その先は想像しろ

エルヴェ・コメール
田中未来 訳

集英社文庫

目次

【主な登場人物】

カルル……………裏稼業で生計を立てるチンピラ
フレッド…………カルルの親友で相棒
キャロル…………サーカスの団員。フレッドの元恋人
シマール…………マフィアのボス
ダンテ……………シマールのボディーガード
ニノ………………〈ライトグリーン〉メンバー。ボーカル担当
ペドロ……………同。ドラム担当
ステファン一号…同。ギター担当
ステファン二号…同。ギター担当
マルセル…………同。オルガン担当
ダン………………同。ベース担当
ペント……………同。サックス担当
サンドラ…………同。トロンボーン担当
ジェレミー………同。トランペット担当
マイヤーリンク…音楽プロデューサー

その先は想像しろ

母に、そして亡き父に。
共に歩いてくれるクロエに。

「欲しいものは手に入らないかもしれない
でも行けばたぶん、わかるだろう
必要なものは手に入るもんなんだ」
——ザ・ローリング・ストーンズ

プロローグ

二〇一二年の五月二十一日ごろ、シチリアのどこかの道端で、オレンジ色の髪をしたロックスター、ニノ・ファスは蒸発した。彼の姿を最後に見たのは、島の南部で彼の泊まったホテルの受付の男。ニノ・ファスは数時間のあいだそのホテルの部屋に閉じこもっていたそうだが、問題の部屋からは何の手がかりも見つからない。二十八歳の若き歌い手は、ステージ上での神経が張り詰めた様子とは打って変わって、驚くほど落ち着いていたという。

メッシーナの港でも、島とイタリア本土を結ぶシャトルフェリーの従業員たちの証言ははっきりしていた。ニノ・ファスがシチリアにやってきたのは全員が確かに見たが、誰一人、彼が海峡を渡って帰るのを見てはいない。その後、フランス北部出身のこの歌手を見たという証言は世界各地から寄せられたが、どれ一つとして信憑性を持つに至らなかった。

デビューから二年、そして二枚のアルバムをそれぞれ全世界で一千万枚以上売り上げたところで、ロックバンド〈ライトグリーン〉は沈黙を余儀なくされてしまった。プロデューサーが、謎の失踪を遂げたヴォーカルに代役を立てることを許さなかったのだ。

ニノ・ファスは果たして自ら命を絶ったのか、それともまだ生きているのか、もしやまだシチリアにいるのか？　彼の口座には何の動きもなく、どこからも身代金の要求は出てこない。彼は誘拐されたのだろうか？　しかし、だとしたらいったい誰が、何の目的で？

いったいどういった出来事の絡み合いの果てに、この流星は忽然（こつぜん）と姿を消してしまったのだろうか。

第一章　カルル

1

しかし今のところ、見渡す範囲に歌手など一人もいない。ホテルも見えないし、イタリアを思わせるようなものも何もない。きらびやかさも感じられなければ、グルーピーたちの哄笑も聞こえない。ただかすかに、ほとんど雑音のような、カウンターの向こうで咳き込むラジオからの音楽が漏れ聞こえてくるだけ。今のところここにいるのは二人のアンチャン、どちらも負けず劣らずゴッいフレッドとカルルだ。二人とも頭は喧嘩でデコボコになっていて、引越し業者のようなムキムキの肩と腕、そして二人の周りには、静寂。歳のころは三十くらい、一般的に言って、大抵の人から見てあまり信用できそうにない連中だ。というよりも正確には、今このバーで、彼らははっきり言って誰にも信用されていない。誰もが彼らを横目で窺い、警戒している。二人の雰囲気にはどことなく、厄介ごとというか、事件さえ予感させるようなところがあるのだ。愉快そうにしているのだが、嵐が近づいているような、緊張が高まっていくような感じがする。何が原因なのかは分からないが。

「なあ、黒猫ってのは梯子の下を通るのを怖がるもんなのか？」

二人組の片割れ、フレッドはグラスには手をつけず、カウンターに両手をべったり広げて一人で憤慨してみせる。このセリフは誰にともなく吐き出したものだ。隣に座った小男が間の抜けた表情でフレッドを見やる。フレッドはマスターを摑まえて、この世の梯子と黒猫たちについてどう思うか意見を求めた。マスターのほうは答えず、よくいるんだよなこういう奴、と言わんばかりに肩をすくめてコーヒーメーカーの上に布巾を広げる。フレッドは独りで大笑いだ。そして話は変わって、今度は牛が問題になる。一体全体どうやって思いつくのか、見ていてカルルはいつも笑ってしまうのだが、とにかく今度は急に牧場の牛の話で、いったい連中は俺たち人間とおんなじなのか？　つまり連中同士で張り合ったりとか、中にはいかにも大仰な態度の奴がいたりとか、そういうのがあるのかってことだよ。店内で笑っているのはテーブル席のカルルだけだ。

「つまりな、もしそうだとしたら」フレッドは、まじまじと視線を返してくるだけの隣の男を見据えて言い募る。「もしそうだとしたら、もし俺らがどいつもこいつもおんなじだと思って見てるあの牝牛（めうし）どもの群れの、あん中に気取ったのが、高慢ちきなのがいたとしてだ、しかも牡牛（おうし）には色目使うような奴だぜ？　そんなのがいたとして、他の牝牛どもはよ、『ちょ、見た見た？　なにあれ？　ありえなくね？　何様のつもりぃ？　ここはモナコじゃねぇっつーの！』とかコソコソ言い合ったりすんのか、ってことなんだよ」

沈黙が降りる。フレッドはビールを一口飲んだ。みんな彼がこのまま黙ってくれることを祈っている。これで終わりにして、もう帰ってくれよ。だがフレッドはグラスを置いて、急に、どういうわけだか分からないが思いつく端から、アリゾナだろ、カンザスだろ、フロリダ、と並べ始めた。ミシシッピだろ、それからネヴァダ。地理の授業のおさらいでも始まったか。彼は一つ一つの音節にいちいち念を押す、ミ・ズー・リ、ウィス・コン・シン。店にいる何人かの客たちは、そもそも最初から聞こえないフリをしていたのだが、いよいよ本気でこの手に負えなそうな大男を警戒し始めた。

「ダコタ、ワイオミング！」

駄目押しにそう付け加えておいて、どうだろ、俺、フランスの県の名前よりアメリカの州のほうがたくさん知ってんじゃねえか？　フレッドは次に都市の名前を挙げ始める。ニューヨーク、シカゴ、ロサンゼルス、すぐ隣に座った客が、もう分かったから、と言った。背広を着たまん丸な小男で、シャツのボタンは上までぴっちり全部留めている。赤みがかった頬に、少しベタついた眼鏡。フレッドはぴたりと黙って、驚いた視線を小男に向ける。やっと自分の相手をしてくれる奴が出てきて嬉しい。小男のほうは、とんでもなく無謀な真似をしてしまったと思って固まっている。そしてフレッドは黙るどころか、勢いを盛り返した。小男に向かって満面の笑みを浮かべる。

「アラバマだろ、それにコロラド！　で、俺たちのフランスには何がある？　ドローム、ドゥー、リモージュ！」

小男はもう何も言えない。

「それからシャルトルだろ、それにジュラも」とフレッドは付け加える。

そうだ、これだ。

これがいいんだ。薄暗いバーの真ん中で空気を引っ掻き回すフレッド。不安そうに横目でチラチラ見てくるだけのチンケな酔っ払いどもを相手に、でっかいものの話をする。連中にはまるっきり呑み込めない質問を投げかける。それから連中の身振りを真似してみせる、腹を突き出して両腕をだらしなく垂らして、間の抜けた表情をしてあらぬ方向に何やらモゴモゴ呟く。元の鋭い目付きになってカウンターをぶっ叩くのはその後だ。

　そうだ、こうやって、ぜんぶ冗談なのか少しは本気なのか自分でも分からないまま、フレッドは奔流になって、発音の怪しい英語でキャデラックだとかアルミのバスだとか、ビルディングだとかの話をする。叫ぶように、エンパイア・ステート、ウォルドーフ・アストリア、パラマウント、ラシュモア山、ヴェガス、こんな名前を並べ立てて、すぐに、それがどこにあるのかなんて知らねえし興味もねえけど、と付け加える。知らねえけど行ってみてえな、行って火ぃ点けてまわりてえなあ。ジャック・ダニエルにエルヴィスをちゃんぽんして、アメリカドルと、ビュイックの後ろの羽根みたいに突き出したところもごちゃ混ぜにする。これだ。ラピード籤の当たり番号が音もなく渦巻く画面を尻目に、ケチなバーのド真ん中で宙に浮かび上がるフレッド。

　そう、これは残る。記憶に残る本物だ。こういう場面を、カルルはいくつも目に焼き付けて、ずっと後まで覚えている。試合巧者なボクサーのように周囲を手玉に取る彼の親友。ラジオの音を圧し、カウンターの同席者たちをビビらせて、しかし彼らが逃げ出さないぎりぎりのところで止める。フレッドは他人が好きなのだ。ベコベコに変形した頭をして、よく通る声で、屈強な乱暴者の腕を擦り切れたジャンパーに通していても、闇討ちや喧嘩が日常茶飯事で留置場の常連ではあっても、フレッドは人間好きなアンチャンだ。頭のてっぺんに大きな傷痕、左目の端にも傷痕。彼は最悪の最悪までやり果(おお)せそうな荒くれの顔をしている。だからバーの客たちはフレッドのおしゃべりを止めようとしない。彼が州や都市の名前を列挙するに任せている。サンフランシスコ、それにミネアポリス。答えのない問いをぶちまけるのも野放しだ。ついさっきフレッドは最新の問いを発した。なあ、この世界にないものってのは本当のところ一体いくつあるんだ? 場の空気は完全に固まる。その真ん中で、カルルは思い切り笑い出した。フレッドは、独り海に立ち向かう岩の上の詩人のように、このしみったれたバーで朗誦する。グロテスクなくらい天才的だ。誰もが嵐の過ぎ去るのを、このイカレポンチがいなくなってくれるのを待っている。

　フレッドはまた黙って、自分の耳を指差す。何か、内なる声が聞こえてきているとでもいうように。さいぜんから誰も口を開いていないが、皆いよいよいっそう静かに口を噤(つぐ)む。つかまえた、たしかに聞こえるぜ。彼は微笑む。

「で、その本の言うことにゃ」頭の中で鳴っている音楽を写し取るように、フレッドは口ずさむ、「奴ら気ままにやってんだ、マイアミじゃ……」

　光が花開くのでも見たかのように、彼はうっとりした様子だ。だが急に身を震わせて、

「で、ここは何だ？」凍った刃のようにフレッドは問う。「俺たちのいる、ここはどこなんだ？」

　一音一音をしっかりと区切って、壁のタイルと黄ばんだネオンに彼の声が反響した。

「紳士淑女の皆さん、私どもはガンベッタ通りのカフェエ、〈ガンベッタ〉にて一杯ひっかけているところであります」

　さらに付け加えて、ここは陰気で味気ないバーであるからひとつ改装工事が必要なのではないかと思うけれどもその件についてはまた後で、と言ってから少し沈黙を挟み、最後の一節を歌い上げるように、

「ここはカレーだ！」

　呆然としてフレッドは平手で腿を打つ。

「カレーだ！」自分でも驚いたように、さらに大きな声で繰り返した。

　眉を上げてフレッドは問いかける。無言のまま、誰か、何か訊きたいことはないかと。誰もが下を向いている。フレッドは頭を左右に揺り動かし、がっかりはしているが驚いてはいない。

　カルルはこういう場面を全部、ずっと覚えているだろう。フレッドの行動はいつも即興で、本人も楽しんでいた。彼のやっているのは一種の綱渡りで、細い境界線の上から暗い側に落ちるか光の中に転げるかは偶然や時の運に任せている。それは戯れであり、挑戦だ。このバーに来たことには明確な目的があったにしても、この場所に流れ着いた

ことが何ら偶然に拠らないとしても、自分がいま何をするところなのか完全に把握しているものの、それが誰のためなのかもきちんと分かっていながら、フレッドは自分の帆いっぱいに風を集めて、十八番を披露するのだ。だからこれは記憶に残る。これがなかったら、ただヤクザな荒くれ者の〈使いっ走りフレッド〉がいるだけになってしまう。ただ〈ガンベッタ〉にやって来てテーブルを二つ三つひっくり返し、椅子をぶん投げてファサードのガラスをしっかり割るよう心がけ、マスターにビンタをくれてマリオからの挨拶だと言ってやったらさっさと車に飛び乗ってずらかる、ただそれだけのフレッドになってしまう。つまりこれがこれから起こること、この二人のアンチャンの帯びている使命だ。だがフレッドは、楽しみながらこれに味付けをしてみせる。もちろんプロとして任務はきっちり完遂するが、ついでに二つ三つちょっとしたお楽しみを付け加えて、三杯か四杯のビールを挟みつつ状況を芳しく味わい、舞台に上がったピエロを演じるのだ。

最後には、フレッドはちゃんとボトルを幾つか割ってやり、予定通り頭突きの二つ三つもくれてやって、カルルが丸椅子でファサードを粉砕している間、跪いたマスターの顔面に「マリオからの挨拶」を幾つか張ってやるだろう。そしてガラスの破片を踏んで店を後にする。最後にはそうやって、この返済の遅い反抗的な態度の債務者をきっちりビビり上がらせるのだが、大事なのはそこじゃない。大事なのは、使い走りに過ぎないフレッドが、くだらない落とし前を付けに来たついでに、このどこにも行けない止まり木を劇場に変えてしまうことなのだ。たとえそれを見事だと思うのがカルルだけだったとしても。それはシュールな事態で、一旦これが始まると、もう何が起きてもおかしくなくなる。何もかもが形を変え、引き伸ばされるのだ。フレッドにはそういう才能があった。彼の中には甘美な優しさや光の欠片(かけら)が幾つもあって、それらが時おり、思いがけず姿を現すことがあるのだ。そして、そんな場面をもう何千回も見てきたにもかかわらず、カルルはいつも一番深いところを打たれるのだった。カルルはフレッドを見つめ、火花が飛ぶのを、何もかもが様変わりする瞬間を待つ。全てが素晴らしく、輝きだすとき、椅子は音楽に舞うように飛び交い、ファサードのガラスは脱線する交響曲のように砕け散り、マスターは悲劇の主演のように哀願する。そして二人の荒くれは一目散にずらかる。

あとは大して語るべきことはない。フレッドは歩道で立ち止まって振り返り、グシャグシャになった店のファサードを携帯電話で撮影する。そしてフロントドアが音を立てて閉まり、タイヤが軋む。カレーの街路を全速で突っ走る車から、何のメッセージも添えずに写真だけがマリオに送信される。

時を置かず届いた返信は、往信と同じくらいに簡潔なものだ。町の北のほうを指示する所書き。彼らは急停止してUターンする。二十分後、二人は道沿いの寂れ果てた家屋の前に車を停めた。フレッドが辺りを警戒しながら降りる。カルルはエンジンを切らずに待つ。傾いた杭の上に郵便受けが載っていた。錠もかかっていない。開けて、中にあった封筒を取り出し、車に戻る。

　あとは浜辺のほうへ、海鮮料理を目指して車を走らせるだけだ。チンケなならず者に過ぎない二人だが、一仕事終えた後はご馳走にありつくことにしている。こんな仕事に誇りなど感じていないが、といって別に恥ずかしいとも思っていない。ただ、フレッドとカルルは子供のころからの付き合いで、一緒に行動するのが一番しっくり来るのだ。一緒なら、大丈夫だ。ある日、ディスコから出てきたところで、完全に飲み過ぎのフレッドが躓（つまず）いて歩道に倒れてしまったことがある。すぐに女の子が身をかがめて、大丈夫？　痛くなかった？　と訊いた。そのときのフレッドの答えを、カルルは今も覚えている。「ああ、うん。ずっと前から……」。女の子はこれをどう解釈したのだろう。痛くなかった、痛いなどと思わなくなって久しい、という意味にか。あるいは、昔、心だか魂だかに傷を負って、それ以来ずっと痛みを感じている、というふうにか。まあ大したことじゃない。大事なのは、カルルはフレッドのことが好きだということだ。

　そうだ、これだ。坊さんみたいな態度でバーを破壊するフレッド。そして、田舎道を走る車の中で封筒の重みを確かめるフレッド。車に戻ってきた彼は、こんな仕事はそろそろウンザリだ、と呟いた。そうして何か出口のようなものを探し、思い描き、計画を組み立てるフレッド。そしてそれを聞いているカルル。馴染（なじ）みのレストランに向かって突っ走る車。着いたら、二人は静かに、ほとんど幸せと言っていいくらいの気分で食事をするだろう。二人の望みはこれだ、静かに暮らすこと。要するにそういうことだ。騒々しい荒事と密かに受け渡される封筒とは、つまり前払いの騒音と狂熱と、そうして手にする静かな日々なのだ。まあ、そのうち見つかるだろう。田舎に引っ込んで、あるいは町で隠居するのでも、とにかくもう喧嘩や叫び声とはおさらばする方法が、どうにか見つかるはずだ。カルルはまだしも大丈夫だが、フレッドはいよいよそんな話をすることが増えてきた。出口を探して、目を凝らしている。この暮らしから抜け出せなければ、もう爆発してしまう気がしているのだ。限界の壁が近づいてきている。衝撃に身構えて、このまま叩きつけられるのか、それとも突き抜けられるのか。煉瓦の破片を撒き散らして、土に塗れてでも、黒い影と砂埃に汚れてでもその向こう側に出ていくことができるのか。車の中でフレッドはそんな話をする。いまここで、ほんの三ヵ月後に彼が、ポルトガルの海辺の小さなホテルのオーナーになっているなどとは想像のしようがない。毎朝、自転車で港まで出かけて鰯を買うところなど想像するのは不可能だ。そうして戻ってきたら二階の、十二号室、一番素敵な部屋に、コーヒーを持って母親をそっと起こしに行く、そんなのは夢物語だ。ホテルの話はときどき出てくる。何年も前にフレッドはそこで一週間ほど、キャロルと過ごしたのだ。別れるほんの少し前のことで、これがフレッドの人生で一番幸福な思い出、彼の心の浮き輪だ。ときどきフレッドが黙って寂しそうにしているのは、きっとこのときのことを考えているのだとカルルには分かる。きっとフレッドの叩きつける拳の中には他のより強い一発、強くはなくとも他とは違う一発があって、それはキャロルとポルトガルに捧げる一発、彼の手から零(こぼ)れ落ちていった全てのものに捧げる一発なのだ。この時点では、もうすぐフレッドがカルルの家の扉を叩くとき、出発のときが来るとは誰にも分からない。そのときフレッドは蒼白に緊張して、それと同時に澄み渡って確信に満ちているだろう。

「行くぞ」カルルの家の戸口でそう告げて、踏み込む前にフレッドはもう一度言うだろう。「行くぞ」。

しかし今は、彼自身でさえそれを知らない。今はグランドホテルに向けて車を飛ばすだけだ。ホテルの見晴らしの良いレストランと、黒と白で固めたウェイターたちと、〈特上(アンペリアル)〉の海鮮盛り合わせに向けて。今はただ、フレデリック・アブカリアンとカルル・アヴァンザートはもがきながら自分たちにできる精一杯のことをしているだけのアンチャンだ。

2

こんなふうな、酷薄でいて優しい、繊細でいながら手強(てごわ)いフレッドの姿を、カルルは記憶の中にたくさん持っていた。集め始めてもうずいぶん経つ。中でも一番古いのは、小学四年(CM1)のときに遡(さかのぼ)るはずだ。その歳にカルルはパリの郊外からカレーに引っ越してきた。先生はこの新入りが手に負えない悪ガキで注意を要すると聞かされていて、彼女は最初から彼を躾けるべく最前列に独りで座らせたものだ。それでカルルの覚えている中でも一番最初のフレッドの姿だが、初めての休み時間、カルルは独りで隅っこのほうにいて、他の子たちはみんなで遊んでいる、そんな中フレッドが近づいてくる。このときからもう既に決然とした様子をして、冗談を言ったり笑顔を見せたりするときにも、頑固で強情そうな気配を漂わせていた。もうこのときから、フレッドの中では力強さと優しさが拮抗していた。

「なあ、チンコ使いたくないか？」

カルルは何も答えない。二人は互いに視線を逸らさず、フレッドはさらに近づく。

「今度の土曜の朝なんだけどな。チンコ十人は欲しいんだけど、まだ四人しか集まってないんだよ」

やんちゃでズル賢く、執念深い一方で冗談好きなフレッド、この歳で既に実際的で人誑しだった。そして土曜日、朝の十時ごろ、高速道路を跨ぐ陸橋の上にフレッドが結集したのは九人の悪ガキどもだ。自転車は原っぱに寝かしておいて、みんな並んで手すりに寄りかかり、足下を過ぎ行く車の流れを眺めている。時おりクラクションを鳴らしてよこす車があって、彼らは手を振ってそれに応えた。皆そわそわしている。フレッドに言われて水をいっぱい飲んできたのが効いてきているのだ。列の真ん中で、フレッドもそわそわしていた。父親の双眼鏡を首にかけ、それを覗いてしっかり見張っている。直線は長く、近づいてくる車は遠くからでも見える。彼が待っているのは赤いやつ。みんな想像しただけで笑いが止まらない。フレッドが待ち構えているのはオープンカーだ。オープンカーなら、さっきも一台通った。それが足の下を通り過ぎたあと、みんな顔を見合わせて、自分たちのしようとしていることをはっきりと意識して、気後れすると同時に笑い出さずにはいられなかった。

不意にフレッドが、来たぞ！　と叫ぶ。跳び上がり、目を見開いて、双眼鏡を置いて叫んだ、早くしろ、構えろ！　みんなチャックを下ろし、一列に並んで、真っ赤なオープンカーが彼らのはち切れそうな膀胱に向かって真っ直ぐ走ってくるのを見定めた。

運転手はきっと、陸橋に一列に並んだ少年たちを見ただろう。彼らがみんな同じ動作をしていることに気づいただろう。みんな両手を股座(またぐら)に伸ばして……すぐに彼は自分が幌を開けて走行していることに思い至ったはずだ。子供たちの顔を見分けることはできなかったろう、そして彼はアクセルを踏んだか、もしかしたらブレーキを踏んだか、どちらにしても手遅れだった、上空で堰(せき)は切られた。フレッドはもう「こーげきかいしー！」——と叫んでいて、悪ガキどもは黙示録のラッパのように哄笑と共に放尿を始め、確実に的(まと)を捉えるべく、弾道をジグザグに揺らす。車は小便のカーテンを通過した。

みんな遠ざかる車を確認すべく陸橋の反対側に走る。笑いすぎで涙が出た。運転手は肩の埃を払うような動作をしている。ワイパーはフロントグラスを行ったり来たりしている。それから彼はバックミラーを捻（ひね）って、後ろの、上方、彼らのほうを見ようとした。きっと、彼らがどこの悪ガキなのか、特に、真っ先に挑発のポーズを取って、ここでも仲間たちを先導したこの指揮官が一体どこの誰なのか、運転手には分からず終いだったろう。彼はそのまま道の彼方に消えた。家に帰って、フレッドは母親に報告する。いつも工場で彼女をいびり倒した上に、毎週土曜の朝は髪を靡（なび）かせて海へのドライブを楽しんでいるなどと自慢して回った上司には、天罰が下ったと。フレッドの母親は今でも、このことを思い出しては笑い転げる。少しばかり後ろめたくはあったが、それでも完璧に陽気に。

カルルはといえば、母親に、友達ができたと話した。フレッドっていって、すごい面白い奴なんだ。

*

それ以来、二人はずっと一緒だ。何をするにもお互いに手を貸し合った。二人で様々なこと、色々な仕事を試した。北仏はベルギー、オランダとご近所さんであるから、国境を二つ三つ越えて出かけてもみた。そして色んな連中、スカッとした奴やそうとも言えない奴らと行き合い、思いつく限りありとあらゆるメーカーの車を転がして、そうやって一緒に大きくなった。ちょっと秘密なブツを運んだこともあるし、男を一人トランクの旅行鞄に紛れさせて国境を越えさせてやったこともある。千も二千もそんな取引をして、無数の荒波をどうにか乗り越えてきた。彼らなりに精一杯やってきたのだ。これは、一番最近に軽罪裁判所にかかったときにカルルが弁護士の女性に言ったことでもある。彼女は頷いた。彼が嘘を吐いていないことは知っている。彼らはたしかにやってみたのだ。仕事も探したし、ときには見つけて、本当に、できるだけ他人に迷惑をかけない生き方を模索したのだ、自分たちが静かにやっていける仕事を手に入れようと。十年近く前になるが、起業を試みたことさえある。ル・トゥケの海水浴場で揚げ菓子を売るという業務内容で、〈アガるぜ！〉という事業名だった。バスケットシューズを履いて、二人それぞれ籠を携えて、海岸を半分ずつ受け持ち、両端から向かい合わせに歩いていく。海岸で遊ぶ子供たちと綺麗なママさんたちを万力のように挟み込んでいくのだ。始める前からもう、半時間ごとに籠の中身を補充しなければならなくなるのが見えていた。もっと大口で仕入れて、なんならワッフルも扱おう。順調に行けば、じきにもっと磐石なもの、砂丘に臨むバーのようなものを構えて、夜遅くまでカクテルパーティーやコンサートを催すのだ。〈アガるぜ！〉はたしかに類稀な思い付きで、実際に彼らはほぼ一番乗り、ただ、残念ながら一番ではなく二番目だった。そしてすぐに、一番目の奴が商売を独占する気で、しっかりと人脈を築いていること、特に警察や衛生管理の連中と仲良くしていることが分かってきた。一度、二度、そして三度目の検査を受けて〈アガるぜ！〉は引き揚げる羽目になる。フレッドとカルルは慣れ親しんだ裏稼業と昔の仲間たちのところに逆戻りだった。

二人はよく、もしどちらかが大金を摑んだなら、それがどちらであっても、二人で一緒にこの状況を抜け出そうと言い合った。これが一種の蜃気楼、二人の頭上に陽炎う夢となり、いつか黄金の杯が降って湧くような、山ほどの幸福の約束と共にカネの幽霊が忽然と実体化するような、そんな気がしてくるのだった。二人は時おりそんな泡銭の話をする。ロト籤の数字の格子を狙い撃ち、天から降りてくるダイヤモンド。カルルは弁えていたが、フレッドは本気で望んでいた。誰が見ても彼はもう待ちきれなくなって焦れていた。いい加減に金塊が転げ出てくる頃合だろう？　焦れるあまり、月を摑み取るために彼は途方もなく馬鹿げた危険に身を投じた。かすかに何かを感じ取りつつも、カルルのほうはフレッドがそこまで息を詰まらせているとは思っていなかった。まさか、この行き詰まりから脱け出すために、フレッドが最悪の選択をするとは思いもよらなかったのだ。

3

扉を叩く音がした。つまりフレッドだ。カルルを訪ねてきて呼び鈴を押さないのはフレッドだけである。フレッドの住んでいる棟では既に全ての呼び鈴が壊れてしまっていて、呼び鈴を押すという習慣がないのだ。カルルの住んでいる棟では、カルル宅を含め何軒かの呼び鈴がまだ奇跡的に生き残っている。ノックはいつもどおり、いつもより強くもなく弱くもなく、簡潔に三回。開けてやると、フレッドは微笑みを浮かべて、そののまま固まっているような、催眠術にでもかかったような様子で、彫像のように見えた。そ

右手には茶色の革の鞄を持っている。

「大丈夫か？」

フレッドはただ「行くぞ」とだけ答えた。静かに、二度か三度、そう繰り返した。そうして入ってきて、びっくりしたように辺りを見回し、それからカルルを見据え、また辺りを見回す。息の仕方さえ忘れてしまったような感じだ。台所の椅子に腰を下ろし、大きく溜息を吐く。疲れ果て、しかし大満足で、なんだか無重力状態にあるようにも見える。

「行くぞ」と、また言った。

言って、フレッドは革鞄を開ける。二人は目を見開いて見詰め合った。

鞄は紙幣でいっぱいだ。満員御礼、溢れんばかり、紫がかった札束を白いゴムの帯がまとめていて、そんなのがみっちりとファスナーすれすれまでぎゅうぎゅうに詰まっている。こんな量の紙幣は見たことがない。待ち侘びていた転機、抜本的で決定的な変化のとき、きっと今がそうだ。一種の極限、全てが様変わりするヒリつくような瞬間。二人は顔を見合わせた。二人の間にはこのありあまるカネ、信じられないくらいだ。そう、たしかに、全てが一変するとき。だが、それは期待したような意味でではなかった。この大金の出所、それをカルルが尋ねた瞬間にフレッドは冷たい表情に戻り、カルルを正

面から見据え、一度気持ちを立て直さなければ現実をこの場に解き放つことができない、その出所こそが、二人にとって全てが一変する理由なのだ。勢いをつけ直し、もう一度勇気を振り絞らなければ口にすることさえできないくらいの。

「こいつはシマールのカネなんだ」

フレッドはただそう言った、カルルもそれ以上訊かない。あまりにも恐ろしくて笑い出してしまいそうだ。ここを飛び出すためのカネ、それはたしかに二人の夢だった。だがこれは、わけが違う。どれほどのカネになるとしても、シマールから盗むなどというのは他の何ともわけが違う。それは芸術的でもなければ、立派なことでも、善いことでも、スカッとすることでも甘美なことでもなんでもない。それは、自殺行為だ。

＊

シマール。カルルはずっと、いけ好かない奴だと思っていた。歩道に打ち鳴らすてらってらの靴、巨大なサングラスをかけたハエみたいなツラ、四十絡みのこの顔役が低所得者向け団地の立ち並ぶ真っ只中に初めて姿を現したとき、十歳になる二人は凄まじい衝撃をモロに受けたものだ。車だけをとっても、シマールの乗り回していたようなのを実際に目にするのは初めてだった。イタ車だ！　それに何かの冗談のような薄紫がかった色のスーツ、冬には毛皮の襟、日差しの下ではパナマ帽、シマールは完璧に自分の役柄を演じ切っていた。見事なものだ。フレッドはすっかりファンになってしまった。シマールは高層ビル街の大物気取りで、身体を揺すって歩く。カルルは笑ってしまった。当時まだ十歳のカルルだったが、彼にとってシマールは不均衡そのもの、足を引き摺っているのにしゃんと歩いているつもりの男、軽妙なつもりの鈍重さ、しっかりキマったつもりの滑稽な勘違い野郎だった。たしかにフレッドとカルルは、地べたを這うような日々の中で何度となく惨めな思いはした。みっともないシノギもしたし、つまらない盗みも働いた。そういつも上等な感じでなかったのは確かだ。しかし、いつだって自分たちの分だけは弁えていた。自分たち以外の誰かのつもりになったことなど一度もない。といって、それが夢を見る妨げになるようなこともなかった。ただ、とにかくきちんと地に足をつけていたということだ。シマールは、不器用な子牛が自分では上手に波乗りをしているつもりになっているような、そんな様子で歩き回っていた。靴の中ではきっと踵敷きがズレていて、腕輪の鎖はだらしなく弛み、笑い声は粘ついていた。

それでも、シマールは札束を持っていた。フレッドはそれしか目に入っていなかったと言っていい。それが他の全部を帳消しにしてしまう。シマールは勝ち組で、安楽な生活も、綺麗な女の子も、きっと何でも選り取り見取りだ。それに、ボディーガードやら運転手やらを全て兼ねた巨大な黒人も連れていた。黒人を選んだのは、映画のようにキメるために違いない。しかし、こだわった流儀や金のかかった服装、黒人の大男、高級車のドアを開けたときに漏れ聞こえるスピーカーからのソウルミュージックなどなどを考慮に入れても、カルルの目にシマールはただの肉屋のオッサンにしか見えなかった。

彼は二人に、というかみんなに、ガキどもを選んで近づいてきて、ちょっとした取引を持ちかけてきた。小遣い稼ぎの雑用をしないかというのだ。シマールはそうやって子供たちにリュックを持たせて、何キロものドラッグを国境の向こうに渡したのだろう。シマールに駄賃をもらってベルギーへの道を自転車で走った子はたくさんいた。カルルも十三歳のときに一度やった。ギリギリのところまでは、自転車をトランクに詰めて車で送られる。車中のシマールは、行く手の空のほうが明るくないか、とかそんなことを言いながら爪の手入れをしていたかと思うと不意に黙り、後部座席のカルルを振り返って、人差し指を立て、かかっている音楽のフレーズに注意を促した。もちろんファンクミュージック、とびきりセクシーなやつだ。

そして目的地からそう遠くないところまで来ると、大男がトランクから自転車を降ろし、カルルにリュックを背負わせた。シマールは彼の手を握り、これでお前も男になれる、などと言って、自転車を真っ直ぐ走らせることを約束させる。一時間後に国境の向こうで落ち合うと、シマールはリュックの中身を再確認してからカルルに紙幣を一枚握らせて出かけていった。彼らが取引に赴いてから森の真っ只中の樹の根元で待つこと三、四時間、再び合流したシマールの車に乗せられて、カルルは報酬の紙幣を持ち帰ったわけである。一度など、近所の子が恐怖と寒さに震えながら翌朝まで待たされたこともあったという。

フレッドとカルルは、この当時からもう一心同体だった。シマールについて二人の見方が同じとは言えなかったが、憧れと嘲り、それに疑念が混ざり合い、この人物については誰もがそれぞれの意見を持っていたと言える。カルルにとって一番気に入らなかったのは、当時からもう明らかに、シマールがフレッドに対して支配的な影響力を持っていたことだ。

シマールは彼らの視界を何度も横切り、いつもこれ見よがしに金の指輪や大きな腕時計をギラつかせ、頻繁に新車に買い換えてはボディーガードの大男の運転でエンジンを唸らせながらゆっくりと街の中を流すのだ。彼に関する噂話も増える一方で、森を真っ直ぐ走り抜けられなかった子が罰として爪を剝がされたとか、前の週にリールの町の真ん中で火事になって焼けたレストランのメニューがシマールの車の後部座席に無造作に転がっていただとか、人がこの話をするのを耳にしたシマールが残虐な微笑みを浮かべたであるとか。あるいはまた、クロワッサン一つ買うのに五百フランの札を出し、疑るような顔をしたパン屋の小母さんに「釣りはとっとけ」と言ったとか、本人の弁によれば前に向こうでお巡りをやっつけたことがあってニューヨークへの滞在を禁止されているとか、嘘と真実が入り混じり、聞くたびにどこかに尾ひれが付いていたり新しい逸話が増えていたり、そんな曖昧模糊とした靄が広がっていくばかりで、フレッドにもカルルにもシマールの実態はほとんど捉えどころがなかった。

とはいえ少なくともカルルが確信していたのは、シマールが自分で話を大きくして吹かしているということ、彼が、カルルたちのようなまだ十八にもならないガキどもを相手にヤクザ者を演じている、あらゆる品格と無縁な男だということだ。一方でフレッドのほうは、シマールに一種の魅惑を感じていた。たしかに虚言癖のある滑稽で弱い男なのかもしれないが、もしかしたらそうではないのかもしれない。フレッドはこの男が本当のところ何者であるのか、それが知りたくて身を焦がしていた。

　彼がそれを知ることは終(つい)になかったが。

4

　フレッドとカルルも二十歳を過ぎた。そして、シマールは二人の間でいよいよ存在感を増していったのである。そのころ、彼らには自分たちの進むべき道が見えていなかった。自分たちの職業人生がもう少し違ったもの、平均より少々荒っぽいものになるだろうとは予感しつつ、何度か普通の仕事をしてみたりもした。人にあっと言わせるようなでかいこと、あるいは巧妙な犯行、一山当てるような大きな儲けの出る強盗、そんなものを模索しながら、彼らは車を修理してはベルギーやオランダに売りに行き、イタリアから密造煙草を仕入れてきたりなどする。二人はそういう旅行も好きだった。旅程の途中ではいい感じのレストランに立ち寄り、静かに食事をして、こんな日々がずっと続けばいいと思ったりもした。

　シマールは相変わらず界隈(かいわい)をうろついていたが、以前よりはずっと目立たず、目に見えて太ってきた。そして連れているのは運転のものすごく下手くそな、ユーゴスラビアかどこかの大男だった。車はドイツ車に宗旨替えしたらしく、暗色でロングホイールベースのメルセデスを転がして澄ましていた。ドラッグの売買をしているのはきっと間違いないが、どうやら他のこともしているらしい。それが何なのかは誰にも分からなかったが。彼は相変わらずフレッドとカルルに上から見下ろすような視線を向けたが、少し様子は変わったと言える。二人も歳を重ねたのだ。シマールは彼らを値踏みしていた。それは確かに感じられたし、フレッドには時おり、シマールが自分たちを恐れてさえいるように思えた。悪い気分ではない。俺も貫禄がついてきてるってことじゃね？　カルルはフレッドのそんな傾向を牽制しようと、他のことや他の人間に話題を振り向けようと試みたものだが、無駄だった。遅かれ早かれ、フレッドとシマールの間に何かが起きるのはもう決まっていたことなのだ。

*

ある夜、シマールはフレッドにサシで会いに来た。一日中、距離を置いて尾け回し、フレッドが一人になるのを待った上でのことである。カルルはフレッドを団地の前で降ろした。このときの車は、午後にどこぞの駐車場で盗んできた上物のフィアットだ。翌日には外装をまるごと塗り替えて、それからドリルで細工して走行距離を五万キロほど巻き戻し、売り飛ばしに行く。

ギアを一速に入れたところでカルルのバックミラーに映ったのは、団地の建物に歩いていくフレッドを、ガラスを下げて車のドア越しに呼び止めるシマールだった。スモークガラス仕様にしたシマールの500SELに気付いたときにはUターンしようかとも考えたが、結局その日カルルはそのまま帰ったのである。

翌朝、明け方にフレッドはカルルを訪ねてきた。一睡もしていない。あの後シマールの最上級セダンに乗せられて、ベルギーのナイトクラブにシャンパンを飲みに行ったのだという。店主は彼らに一番いいテーブルを空けるべく、他の客を追い払った。二人はホールをゆったりと横切り、オスマン帝国の王侯のように席に着く。運転手のユーゴ人はカウンターでオレンジジュースを飲んでいた。長椅子に身を預けて、シマールは話し始める。フレッドを詰るようにして彼は言った、そろそろギアを入れてく頃合じゃないのか、そんなふうにみっともなく燻ってるのはお前の場合ほんとに才能の無駄遣いだぞ、もったいない。分けても、フレッドの印象に残ったのはこのくだりだ。大金を摑むチャンスなんてそこらじゅうに転がってるんだ、お前の周りでは大金が眠りこけてるんだよ、ちょっと目を開けてよく考えてみれば、人生は一気に輝きだすんだぞ。フレッドの目にはまだ無数の星が煌めいていた。カルルはコーヒーを飲みながら、自分の部屋の黄ばんだカーペットと、擦り切れたズボンを見つめている。フレッドの酒臭い吐息は無数の夢のシャボン玉でいっぱいだった。俺はこれからも、あのペテンの臭いのプンプンするオッサンには近づかないだろう、でもフレッドはヤバい、もう今にも折れちまいそうだ。

でもこれは絶対に何かの罠だ。シマールがフレッドに声をかけたのは、何かは知らないが自分のリスクを肩代わりさせるために決まっている。カルルはフレッドに言わせておいた、まずは黙って聞いていて、最後に、全部まとめてひっくり返してやるつもりだ。シマールの企みを断ち落とし、しっかり諭して親友を説得するのだ。フレッドはなおも馬鹿げた大風呂敷の中でのたくっている、「シマールは俺にモロッコかコロンビアを任せるつもりなんじゃねえかな、きっと向こうにもシマを持ってんだぜ、もうすぐそういう話になるはずだ、絶対そうだ」そしてフレッドは急に立ち上がり、ちょっと寝なくちゃと言って帰りはじめる。説得を試みる間もなかった。カルルはフレッドが廊下に向かうのを、酔っ払っているせいで苦労して扉を開けるのを、ただ眺めていた。また後で話せばいい。出ていくときに、フレッドは振り返って、力強く、不器用なウィンクのようなことをしてよこした。狡猾ぶった様子で、絶対そうだ、俺には分かってんだ、と繰り返しながら。カルルは思わず噴き出しそうになった。

　そしてその日、カルルは一人でオランダにフィアットを売りに出かけて、税関のところで左に寄せて停めろという指示を受けた。はっきりした目撃証言もあって、三台の車を盗んだとして起訴された。不幸中の大きな幸いと言うべきか。フレッドと彼とで、実際にはもう五十台以上は盗んでいるのだ。フレッドのことは話さなかった。検事からの圧力も弁護士の助言も突っぱねて、共犯者はいないと言い張った。そして四ヵ月喰らって、結果的には三ヵ月後に出てくることになる。

カルルの出所の日、フレッドは迎えにやって来た。駐車場の奥のほうのＢＭＷのボンネットに寄りかかっているその姿を遠くから見つけて、鞄を肩に担いで彼に向かって歩いていく間に、カルルはフレッドの様子が以前と違っていると感じた。この三ヵ月の間、フレッドはシマールの背中を見て歩いてきたのだと、カルルは感じ取ったのだ。

＊

カルルが収監された日の夜にはもう早速、シマールはフレッドを彼の事務所だという場所に招待した。指定された住所は泥まみれの街路の、職人街のような地域に埋もれた赤レンガ作りの倉庫のような建物だ。その鉄扉を叩く。通されたフレッドが見たのは何とも形容しがたい乱雑ながらくたの山だった。弾痕の残るタクシー、工事の足場、ラコステのロゴが入った段ボールが何パレットも、ドイツの警察のバイク、一番奥に連れられていく間にフレッドはこんなものを目にして、すっかり面食らってしまった。そしてユーゴ人を少し離れたところに立たせておいて、シマールは暗証番号付きの扉を開ける。そこは薄暗くも豪華な居間で、背後の滅茶苦茶とは対照的な、贅沢な隠れ家のようになっていた。マホガニーの机に、メルトンで裏打ちされた革の大きなソファーが三脚、シャンデリアに柔らかな照明、モケットの絨毯。いい感じだ。シマールはコートを脱いで、丁寧に壁に掛ける。フレッドはシマールの内面に触れることを許されたように感じた。少し気後れしつつも逆上せながら、フレッドは部屋の主に言われるままソファーに腰掛て乾杯した。シマールはウィスキーを注ぎ、隣り合って座った二人は黒い上質の革に身を埋(うず)めた。

フレッドの予想に反して、この会談は長いものではなかった。ウィスキーを飲み終えた後は、むしろシマールの話は単刀直入で簡潔だったと言える。お前にやってもらいたい仕事がある、タフで根性のある男が必要なんだが、俺の見る限りお前はその条件を満たしている。俺はずっとお前を見ていた。俺のほうはもう、お前に頼もうと決めてる。あとはお前にやる気があるかどうかだ。いまここで、答えてほしい。

フレッドは厳かな態度になって、騎士に叙任でもされるような気分で、その仕事を引き受けると言った。

それからおずおずとどんな仕事なのか尋ねたのだが、シマールは嬉しそうに立ち上がり、残念だがこのあとパーティーの約束があってこの契約をゆっくり祝っていられないのだと、質問をはぐらかしてしまった。シマールはコートを羽織り、早くも主人然として、フレッドはもう自分がその後ろで小さくなっている下男なのだという感じがした。同時に、もう後戻りはできないのだと、シマールは確かに自分のガラスの壁を割ってみせたがそれはほんの表層の薄い一枚だけで、フレッドを懐柔してここまで来させるため、ちょっとばかりあれやそれやをチラチラと映して見せるため、そうやって自分を捕らえるためだったのだと感じた。

倉庫を出る前、帰す前に見せておくものがあると言って、シマールはフレッドに少しついて来るよう指示する。フレッドは従った。倉庫内の別の一角で、シマールは五点錠の付いた分厚くて重い扉を開く。冷気が漏れてきた。シマールが不意にスイッチを捻ると、室内でコードに吊り下がった裸電球が点灯する。コンクリートの床、汚らしい壁に囲まれた三メートル四方の部屋だ。シマールはフレッドに中に入れと言い、焦れて腕で室内を指し示す。フレッドは即座に吐き気を覚えた。後ろでそれを見ていたユーゴ人が笑う。シマールにじっと見据えられて、フレッドは一歩踏み込む。室内はセ氏零度、そして目の前二メートル先には素っ裸の男が、椅子に縛りつけられていた。ほの暗い電灯の下で男は紫色をして、動かない、死んでいる、身体中に乾いた血が、そして両目が飛び出ている。

「俺をハメようなんて考えるなよ」とシマールは吐き捨てた。「このクソは俺に一万フランの借りがあったんだ。それを二ヵ月もノラクラ躱（かわ）した挙句に、返す気はねえってぬかしやがった」

シマールの顔は猛（たけ）るように凝り固まって、歯を食いしばるようにして言葉を吐き出す。

「その先はてめえで想像しろ」とギロチンの刃のように叩き落として、彼は電気をぶっつり消した。

5

「それで次の日どうしたと思う?」

フレッドは落ち着きなく、休みなく話を続けている。ひっきりなしにカルルのほうに視線を向けて、しかも興奮して車は飛ばす。カルルは聞きながら周りの風景を見回していた。刑務所から出てきてまだ一時間も経たない。たしかにしばらくぶりに自由、しかしそんなに自由な気分でもなかった。

「仕事のために見せるものがあるっつってよ、二人だけで出かけたんだ。シマールが自分で運転してよ。で、そん途中で鳩がフロントグラスにぶつかりそうになったんだ、真っ直ぐ向かってきてよ。そんでシマールはどうしたと思う? なあ、当ててみろよ、なあって!」

カルルには当てる気など毛頭ない。ただ口元に皺(しわ)を寄せている。フレッドは大はしゃぎで、陶酔して、話に効果をつけようと夢中だ。

「シートの下からハジキを出してよ、シマールの奴、フロントグラスごと撃ちやがったんだぜ! 運転しながら! 一瞬のことなんだ、一秒の半分くらい、鳩が来て、ハジキ出して、バン! そこらじゅうガラスだらけになってよお!!」

そして少し落ち着きを取り戻して、崇めるように尊敬を込めて、

「クッソすげえ反射神経だよな」

カルルはその場面を思い描いた。セダンの中で銃を抜くシマール。走っている車から鳩とフロントグラスをまとめてぶち抜く。それから悪態でも吐くか、それとも何事もなかったかのようにして、運転を続ける。車には風がびゅうびゅう吹き込んで、フレッドが隣で固まって、すっかり虜になって。目に浮かぶようだ。たいそうなハッタリだ。とびっきりの演出、目の前で光を放って爆裂する粉塵、自分のキャラクターをばっちり作り上げている。さすがシマール、心得たものだ。

「なあ、何を考えてんだ?」沈黙に少し居心地が悪くなってフレッドは尋ねる。

腹が減ってんだ、とカルルは口にした。それにすげえヤりたい。フレッドは大笑いして、カルルが戻ってきて嬉しいと言った。それから、最近そこらで新顔の女の子を見かけるようになった話をする。キャロルってんだ、きっとお前の好みだよ。

「何してる子なんだ?　どんな感じの?」カルルは途端に人生に興味を取り戻した。

「名前しか知らねえ。話したこともないんだよ、仕事が忙しくてさ」

そう言って浮かべた引きつり気味な笑みの中に、カルルはフレッドの夢が煌めくのを見た。

「聞かせてやるよ」

シマールのシノギは実に単純だった。それまで二人は彼の正体について千もの憶測を重ねて、ありとあらゆる筋書きを、考えられる限り一番みっともないのから最も勇壮でヤバいのまで想定したもので、それくらい二人ともこの男に強く興味を惹かれていたのだが、結局のところシマールがやっているのは単にドラッグの裏取引だけのようだった。しかしそこはシマール、彼一流の巧妙な新機軸を含んだやり口だ。いわゆる〈ゴー・ファースト〉方式の話がテレビに出だすより十年も前から、シマールはお巡りどもを確実に撒いていたのだ。それには、時速二八〇キロをかすめるバイクと、丈夫なリュック、それにライダーが一人いればいい。そしてライダーは、凍える部屋の死体を見せられたことで怯え切って、一旦マシンの操縦にかかれば所定のコースから一インチも逸れることがないというわけだ。毎朝フレッドは倉庫にやって来て、シマールから封蠟を押された大きな封筒を受け取った。中身はコカインか、クラック、あるいはヘロイン、なんでもいいからとにかくドラッグだ。封筒には架空の名前と所書きがされているだけ。フレッドは鉄の駝鳥に跨がって、ヘルメットのシールドを下げて、大抵はパリの郊外を目指して、バイク便のライダーを擬して。指示は簡単で、基本的には車列に紛れて大人しく走る。これがほぼ全行程を占めるのだが、パリの外周環状道路に差し掛かるあたりでグリップを捻り込み、歯を食いしばったまま理性が消し飛んだような狂走に雪崩れ込む、誰が尾けていたとしても必ず撒いてしまうはずだ、そして偶然に任せ、主軸を失ってイカレた独楽（こま）のように旋風（つむじ）を巻いて、不意に消える。一息で出外れて、平常に戻って道行く車の群れに紛れるのだ。そうして指示された所書きまでそろりと転がすのだが、このときもバックミラーにはずっと注意を向けておく。

所書きは毎回異なっていて、しかしいつも集合住宅のホールに並ぶ郵便受けの中の一つだった。フレッドはエントランスの暗証番号を教えられていて、フルフェイスヘルメットのまま入り、問題の名前を探して、与えられた鍵で郵便受けを開き、中に大事な封筒を置いて閉じたらさっさと消える。そして、今度も静かに走ることを旨として北仏に戻るのだ。倉庫に帰り着けば、シマールがフレッド用の封筒をくれる。これには紙幣がいっぱい入っていた。

そのほかのこと——ドラッグの出所、買い手が何者なのか、一回の配達の儲けは実際のところいくらなのか、彼の他にどのくらいの配達員がいるのか、シマールが配達先の郵便受けをどう見繕い、鍵や暗証番号をどうやって手に入れるのかなど——そういったことについて二人が知ることは結局なかった。確かなのは、シマールの捌（さば）いている量が週あたり何キロにもなるということと、彼があの腐りかけの倉庫でこの闇取引の糸を引いているということだけだ。そして、きっと間違いなく途轍もない額の金が動いているのだろう。

　カルルの出所の翌日、フレッドはクビにされた。その日シマールは倉庫の前の、ぬかるみの中で待っていた。イタリア製の靴とスーツの裾を汚して、両手は丈の長いコートのポケットに突っ込んでいる。ユーゴ人は一〇メートルほど離れて、両腕を後ろにまわして立っていた。フレッドはいつもどおり配達のためにバイクに乗るべく近づいたが、シマールは身振りでそれを押し留める。そして静かに、もうお前に頼む必要はなくなった、と言った。フレッドは目を見開いて、理由を知りたかった、どこでヘマをやったのか、しかしシマールはすげなく、もういい、ただ単にもう終わりだと言う。フレッドは食い下がろうとしたが、ユーゴ人が両手を身体の前に持ってくるのを見て後ずさり、そのまま退散した。

　そしてこの話はこれでお終い。あるいはむしろ、見習い期間はこれでお終い、だ。

＊

6

　というのも、この時点でもうフレッドは仕事のやり方をしっかりと把握していた。郵便受けの手口と、バイクでの突貫。これは捕まえようがなくて最高だ。文句のない隠密性、リスクも少ない。しかも儲かる。いっそ簡単な商売と言ってしまってもいいくらいだ。あとはお客を見つけるだけ、ただこれについてはゼロからの出発になる。包みを取り出しに来るのが何者なのか、それを知るために張り込みをする勇気はさすがに湧かなかった。しかしこういった取引の相手を見つけることは可能なはずだ。もう一つの問題は商品の仕入れで、これについてもフレッドには伝手（つて）がまったくない。こちらも遠くからの出発になるが、フレッドはこのとき二十歳と少し、この年頃だと道のりはずっと短く見えるものなのだ。そういえば、こういう言い方はカルルの得意とするところだった。カルルは言葉遣いが上手いと、そうフレッドが言うたびに二人はつい笑い出したものだが、ときにフレッドはカルルを見つめて、感心したように、彼の口にした言葉を繰り返すこともあった。その年頃なら、道のりはほんとうよりずっと短く見えるもんだしな。いやいや、お前そんだけ言葉を使えるんだから、ちっこい町の町長くらいにはなれるんじゃねえか？

仕入れについては、マルベーリャに行こうと思い込んだ。そこで卸をやっている奴を見つけて契約する、そして全部を隠して戻ってきて、パリに向けて船出だ。

元手ならある。ＢＭＷを買った以外には、シマールの配達員をして稼いだ財産は手付かずで残っていた。母親の家の居間の天井裏、彼女は何も知らないが、テレビの真上のあたりにこっそり隠してあるのだ。

しかしとにかくフレッドは早く取り掛かりたくて、すぐにスペインに出発したがった。出所したてのカルルに再び出国の許可が降りるのを待てないと言う。といってそれは大して長くもなく、ほんの六ヵ月のあいだ六角形のフランス本国から出てはならないというだけなのだが。ただの二十四週間、それだけ我慢したら二人で一緒に出かけられるというのに。そうしていたらその後の展開も大きく違ったであろうに。フレッドは餓え、渇いて、早く、今すぐに駆け出したくて、居ても立ってもいられなかったのだ。

　彼はある土曜日に出かけて、日差しの下、マルベーリャの町はずれを三日か四日探し回り、見つけ、味見してみて、交渉し、買い込み、帰路に就いた。そして国境で税関と警察に捕まった。後部座席の下から三〇〇グラムのコカイン、公判で明らかにされたところによれば、ありえないほど薄められた粗悪な代物だったのだという。弁護士はこの点を何度も引き合いに出してフレッドが素人でしかないことを強調したが、これがフレッドには一回ごとに突き刺さった。しょっぱなからパクられたばかりか、仕入れ元にも完全にハメられていたのだ。

　結局、猶予なしで八ヵ月喰らい込むことになった。独房に対する反応は、人によってそれぞれまったく異なる。実際に入ってみるまで、自分がどういう感じ方をするかは分からない。優しい人間が獣に変わることもあれば、その逆の例もある。例えばカルルの場合は、ほとんどまったく何の影響もなかった。それが何故なのかは本人にも説明できないのだが。その一方でフレッドは、散歩の時間のたび高い壁に囲まれた狭い空を飛行機が横切っていくのを眺め続けたこの八ヵ月によって、取り返しのつかない変化をこうむったのである。

少なくとも、カルルはずっとそういうことなのだと思っていた。

7

キャロルと先にキスをしたのはカルルのほうだった。フレッドが収監されて数週間、一人でやっていかなければならないカルルは、仕事を探し、工事現場での荷運びや、ときにはビヤホールの皿洗いなどもやってみたが、どれも長続きしなかった。その一方では車を何台か彼なりのやり方で修理したり、何軒かの地下の物置にお邪魔して売り払えそうなものを物色したりもする。ある日、懐中電灯の光の輪の中に、段ボールの山に紛れてちょっとばかり仰々しい服を纏ったマネキンが現れた。なかなかイカしていて、ちょっと変わった曲線、なんだか品がある感じ、たぶんそれなりに値打ちがあるのだろうと思って持ち帰り、何か分かるまでひとまず部屋に置いておくことにした。そのまま何週間かが経ち、あるときテレビを見ていると周遊航路が特集されていて、同じ生地、同じ仕立てが目に飛び込んでくる。大型客船〈フランス〉のウェイターの制服だったのだ。それが何故あんな物置に転がっていたのか、どれくらいの値打ちがあるのか、そういうことは分からず終いだが、母親の誕生日にプレゼントしたらたいそう気に入ってもらえた。

キャロルはきれいだった。褐色の髪をして、顔にはどこか男性的な要素、肩もがっしりしていて、イカレちまいそうなくらいイカした子だとカルルは思った。長くてボリュームのある髪を肩の上に散らし放題にして、いつも自然な、ほとんど乱暴なくらいの雰囲気を纏っている。それに男性的な側面を持ちながらも体つきはちゃんと女性らしかった。そのころ、彼らと同年輩で、二十歳。サーカスの学校に入るために、叔母の一人の家を頼ってカレーにやってきたばかりだった。カルルが煙草屋を出てきたところに、ちょうど通りかかった彼女のリュックからはクラブが突き出していて、それってなに？　と尋ねた彼に対して彼女はただよそよそしい微笑みだけ浮かべて何も答えずそのまま歩き続ける。カルルは何歩か追いかけて、でもすげえもったいないぜ、と言った。そして歩速を上げ、彼女に追いついて、いかにも残念だという顔で、言わんとするところを説明する。つまりさ、もっと幸せそうだったら、君はもっとずっときれいだと思うんだけどな。

　彼女は少しびっくりして、反駁した。幸せって、私は幸せだけど。カルルは勢いづいた。あてずっぽうに勢いだけで喋り出す、下を向いて風景も見ずに歩いてくなんて損だよ、人の挨拶にも応えずにただ足早に、幸せだって？　信じられないね、君みたいな子が男っ気もなしで幸せだなんてさ。彼は絶好調だった。一息に長広舌を吐き出したあと、カルルは、一杯飲みに行かないかと彼女に挑戦する。もちろん彼女は断った。しかしカルルをそこに棒立ちにさせてほっぽりだす前に、最初の質問には答えてくれる。ジャグリングに使うクラブよ、これは。そしてにっこり笑って、じゃ、いい夜になるといいわね。

その先は特に長く語ることでもなく、二人はまた行き合うことがあり、そのうちに彼女はコーヒー一杯の誘いを受け入れ、彼は（最初のときほど雄弁にはなれなかったものの）精一杯頑張った。そうしてとりあえず、ある晩別れ際に彼女の家の下でキスを許される程度には、カルルは彼女に気に入られることができたのである。彼のほうでは、そのまま彼女の腰に手を回して階段スペースまでついて行こうとする程度にキャロルのことが気に入っていた。とはいえ、家には叔母さんがいるのよ、だから無理。残念。

でも大したことじゃない。

大したことじゃない、というのも、そうして初めてのキスのあと別れて帰る時点で、カルルはもう、自分とキャロルがそう深い関係にはならないだろうと分かっていたのである。何故そう確信したのかは分からないが、とにかく分かるのだ。確かにそう感じた、きっとどこかにそういう運命が刻まれているのだろう。キャロルはフレッドのほうを好きになる。そしてフレッドはその千倍もキャロルのことが好きになる。

＊

二人でフレッドの面会に行った。キャロルは監獄など初めてで、少し気後れするようだった。しかし不思議なもので、カルルのようなアンチャンと付き合うことにも、彼の戦友に紹介されることにも何の恐怖も感じないのだ。そのあたりは平気で、ありうることの範疇だという。非難されるようなこと、禁止されているようなことをしたり、それで捕まって罰を受けたり、あるいは逃れようとしたり。彼らの送るそんな日々は、そりゃあ私の暮らしとは全然違うけど、まあそういうのもあるかな、って思うよ。カルルには驚きの反応だった。彼女にとっては、車を盗んだり、目に付くものを手当たり次第に密輸したりすることも、いわゆる普通の仕事をして平凡な生活を送るのと大差ないというのだ。だいたい、そんなことどっちでもいいじゃん？　キャロルといると、世界が広がるようだった。カルルが最初に試みた口説き方は間違いだった、彼女は幸せだったのだ。本当に。深いところで。別に表立って大笑いするわけでもなく。幸せだった、彼女は何も恐れておらず、この世界の端から端まで全部が彼女のものだった。別に彼女自身がそう口にしたわけではないが、彼女にとって、人がお金持ちであるかどうかなど問題ではなくて、ひとり者か誰かと付き合っているかも関係ない、ここでだろうとどこでだろうと、キャロルの前では、人はただそれぞれ瞳の奥に湛えている何かに還元されてしまうのだった。

その日、フレッドの瞳の奥にはカルルも初めて目にする涙があった。この三週間で、岩のようなフレッドに罅が入りはじめている。キツかったのだ。狭いとか不自由だとか、そういうことが問題なのではない。それは一時的なこと、あと半年かそこいらで終わることだ。それはいい。キツかったのは、フレッドが自分の人生がややこしいものになるという予感を抱いたことだった。まず出だしからして躓いた、二人で始めた揚げ菓子の仕事は三週間後にはその一帯への立ち入り禁止命令に息の根を止められ、それからまた二人で光を求めて裏稼業を色々やってみてもまったくうだつが上がらず、シマールの下でついに翼を手に入れたかと思えば前触れもなく捥がれ、そして残ったものを元手にスペインに向けて滑空してみれば墜落して素寒貧の空手に手錠をかけられる始末。これが全部ほんの二、三年の間の出来事だ。面会室のガラスの向こうでフレッドはもうどうしていいか分からんと吼えながら哀しき総括を行う。カルルがどうにか元気付けようとする傍らで、キャロルはただ黙ってフレッドを見つめていた。別にほだされて悲しい気持ちになるでもなく、ただ聞いている。フレッドは時おり話すのを中断して、困ったような視線を彼女に向けた。彼女の前でも、悲しさも、罅だらけの自分も隠せない無防備でむき出しの状態だった。なあ、どうしたら俺の人生は変わるんだ？　いつか飛び立って、素晴らしいものに変わるというようなことがあるのだろうか。カルルは、希望や約束のいっぱい詰まったウィンクを必死で送ってやった。見てろって、俺は色々考えてんだ。ここで言うわけにゃいかねえけどよ。ここがそういう話をできない監獄の面会室なのはちょうど良かった。実際、カルルには何の計画もなかったのだから。

キャロルはほとんど口を開かず、帰るときに「またね」と言ったきりだった。ただ、そのときに彼女はフレッドの目を見据えてガラスに手を当てた。差し伸べられた手だ。フレッドはしばらくのあいだ安全ガラス越しの手のひらを見つめ、じっと動かず、何か語りかけてくるものがあったのだろう、それから二人に視線を戻した。フレッドはようやく二人に微笑み、ダチがこんなすげえ子と付き合ってて俺も自慢だ、と言う。それを聞いてもキャロルは恥ずかしがる様子もない。挑発的だともいやらしいとも思わず、ごく当たり前の言葉として受け止めたようだった。カルルは満面の笑みで応えた。

その帰り道、カルルはそれ以前よりもなお強く確信していた。フレッドが出所すればキャロルと愛し合うようになるだろう。キャロルもそう予感していたかもしれない。カルルは彼女の様子をこっそり窺う。その後この日の訪問について話すことはなく、二人はただそれぞれフレッドの言葉を記憶に刻むのみだった。彼にとって光を見つけるのがどんなに難しく、まだあとどれくらい喰らい込むのか。そして自分たちが彼に何をしてやれるのかを想った。

その晩キャロルとカルルは愛を交わし、そして今でも、これはフレッドに会いに行ったことと無関係ではなかったとカルルは思う。彼は控えめに動き、優しくした、キャロルもだ。良かった、とても良かった。キャロルは素晴らしかった。カルルは目を輝かせて彼女を見つめていた、ただの一度も瞬きをせずに。二人の関係は数週間続くだろう、そうしてからフレッドの番が来る。そうしたら全てが本当に意味を持ち、本質に迫り、赤熱し、煌めくだろう。もう、間違いない。それもいいじゃないか。フレッド、あいつはほとんど俺自身みたいなものなんだ。

8

フレッドが出てくるとき、カルルはシャンパンを二瓶ぶらさげて、キャロルは雨の中、歩道を曲芸用の一輪車で行ったり来たり繰り返していた。十一月の水曜日、朝の九時。フレッドはすっかり感心した様子で、彼女が水溜まりの間でバランスを取るのに見入って、すげえな、すげえな！　と何度もカルルに向かって繰り返し、なんだか三人で大笑いした。

その日、カルルはフレッドが以前とは変わったと感じる。八ヵ月のあいだジムで重量上げを欠かさなかったにもかかわらず、彼はどこか脆く壊れやすそうに見えた。どういうふうにかは分からないが、二人のイカサマな稼業はこれまでとはどこか違ったものになるだろう。いつでも闘う構え自体は失っていないのだが、フレッドは自分のファイティング・スタイルに以前と同じような確信を抱いてはいないようなのだ。何か妙なヴェールが彼を現実世界から切り離していた。後からなら分かるのだが、このとき、このろくでなしのフレッドは魔法の一手を温めていたのだ。頭の中にアイデアを隠して数週間、おくびにも出さなかった。それにその先もずっとしゃべらなかったが、フレッドはその計画をハナっから隠し持っていたのだ。臭い飯を食っていたこの数ヵ月、いやもっと前、シマールと時速二八〇キロのバイクのころから。そのころに彼は閃きを、天啓を得た、視界の隅で瞬く光を射程に捉えたのだ。そしてすべきなのは、ひたすら待つことだった。じっと、五年、十年待つことだ。五年十年というとじっさい長い。永遠だ。しかも、やっと真っ黒な穴から出てきたものの、以前のとおり限りなく黒に近いグレーゾーンでイカサマ稼業の腐った床板を踏んでウロウロ歩くしみったれた生活に逆戻りなのだ。そんな状態、八ヵ月の更生期間がまったく何の意味もなかったかのようなそんな状態で、延々と待たなければならない。だからフレッドは小糠雨(こぬかあめ)の中で言葉も涙もなく泣いていたのだ。彼にはキャロルが細い糸の上をジグザグ進んでいくのが見えていた、そして内心に、彼女は五年も十年も無為に待つ気はないだろうと分かっていたのだ。

*

二人はすぐに愛し合うようになり、それで誰が困るということもなかった。特にキャロルとカルルが別れるというステップさえなく、ただすんなりと、自然にカルルからフレッドへと移動した感じだ。男同士二人になるとフレッドはキャロルのこと、彼女のクセや優しさのことを話し、カルルは彼女を再発見する思いだった。このころのフレッドは、それにキャロルも、輝いていた。彼女は相変わらずなんだかよく分からない講義に出て、何になるのか分からない講習を受け、そして時おり二人に実演してみせる。ある晩、浜辺で、砂の上に座って見ている二人の前で彼女は火を噴いてみせた。魔法だった。彼らの眼前で、怖くなるくらいの音と共に彼女の口から赤褐色の巨大な噴流が迸る(ほとばし)。黒い夜空を引き裂いて、星の瞬きを塗りつぶした。彼女が後ずさるにしたがって光の束は息を切らし、ついにその場で一回転した彼女の口元に、最後の一房も消え入る。二人は圧倒されていた。

　仕事のほうは、その場で足踏みを続けている状態だった。いつもそうだったとおりに。二人はいつだって夢見るタフガイで、いつでもド真ん中にハードパンチを叩き込んだが、それはただ拳の次元に留まって、どこにも行き着かない。危険と閃光の瞬きを潜り抜けた先に宝物を見つけることなど一度としてなかった。二人は常に目を配り、手当たり次第に色んな道を選んでみては、計画を立てる。そうして何かが実になるのを待ち望みながら、車を盗み、民家に盗みに入り、日曜には蚤の市で使い捨てコップのコーヒーに指を火傷しそうになりながら情報交換に勤しんだ。ときには跳ね起きるようにして、上手い計画、一発当てられそうな妙案。しかし大抵はその逆。しかしなんだかんだ言っても、沈滞や混迷、しくじり、どこにも行き着かない夢と一向に調子の出ないケチなシノギの数々の中で、毎日、いやほとんど毎時間を、彼らは笑って過ごした。カルルはこの日々の思い出を何百と抱えている。例えば二人で縁日に行った日のこと。一体どうしてそんなところに行き着いたのか、ずいぶん場違いではあったけれども二人はアトラクションの幽霊列車に乗り込んでいた。小さすぎる列車に二人並んできちきちに座り、あの手この手で脅かしにくる仕掛け、かすかに触れてきたり突然目の前に現れたりする諸々の中を進んでいく。周りではみんなきゃーきゃー悲鳴を上げていて、そんな中にこの二人が座っているのはちょっと異様なものだったと言えるだろう。カーブになったところで、どこからともなく忽然と太ったゾンビが姿を現し、乗客に襲い掛かってきた。もちろん顔のすぐそば数センチまで来たらそこで止まるのだが。しかしこのときのフレッドの反応は、小さな座席で小さく縮こまるというものにはならなかった。彼は反射的に怪物に向かって跳ね起き、先方は「ちょっ、待っ！　やめっ！」と叫びながら必死に両手で顔を庇おうとする。しかしもう遅かった。恐慌に陥って逆上したフレッドはゾンビ男の顔面に丸太のような拳を叩き込み、闇の奥にぶっ倒れるゾンビは乗客たちの爆笑でもかき消せないほどの大音響を立てたのだった。出口ではアトラクションの責任者がカンカンになって待ち構えていて、その隣では例のゾンビ男が、脱いだマスクを小脇に抱え、髪は汗で額に張り付いた状態で、真っ赤に茹で上がっていた。片目の周りは青あざになり、唇は震えている。フレッドはその場で説教された。責任者もゾンビもちょっと信じられないという顔をして、全部つくりものなのは分かってるでしょ？　ええ？　ほんとに！　ありえませんよ！　他の客たちはそれを横目に笑いながら帰っていく。

紙幣が何枚か手に入るごとに、フレッドはキャロルをホテルに連れていった。ほんの二、三泊のあいだ、別人になったような気がして、そこがすぐ近所のリールの町であっても休暇に出かけてきた気分に浸れるのだ。そうやって彼女に旅行気分を味わわせるのが彼なりの贅沢なのである。そして数日で全て散財して、低所得者向け団地に戻ってくる。キャロルは叔母さんの家に。そして二人の男どもはまたぞろ盗んだ車の中で肩を並べる。キャロルの都合がつかない場合には、フレッドはブローニュ＝シュル＝メールのカジノで燃え上がった。投資の元手など一銭も残らない。もっとでかいこと、社会の階梯を攀じ登るための計画を考えることなど完璧に無意味で不可能だ。一方でここから抜け出したいと言いながら、もう一方ではメルキュールホテルで過ごす目先の週末に散財するかルーレットの赤に全部を焼べてしまうばかり、この点をカルルが指摘すると、フレッドはいつも彼を見つめてただ言葉を探すのだった。カルルは食い下がり、ハジキやら偽の身分証やら、そんなものを買うこともできないじゃないかと言い募る。これでは一生このまま、世紀の妙案でも閃けば別だが、そういった天啓はいくら待ってみても訪れる気配がない。フレッドはいい加減な言い訳を口にして、いっかな説得力のない言葉を吐き、そんなときカルルは親友の瞳の奥に、日陰に閉じ込められていた日々の反映が消え残っているのを見るのだった。フレッドは頭の中では今もまだ独房と鉄柵の万力に締め上げられ続けている、それがまざまざと見えるようで、カルルは口を噤む。

＊

そんな日々が六ヵ月続いて、ある朝キャロルは去った。彼女は起き上がり、この生活はもう終わりだと告げる。それで俺は、キャロルにはサーカスの舞台があって、ピエロを好きになったりする未来が待ってるんだって分かったんだよ、とフレッドはカルルに語った。彼は眼前で消えゆく蜃気楼を見つめるように、何が起きているのか理解できないまま呆然としていた。目の前の女の子が彼をこの道に独り残して、自分は自分の旅を続けていく決心をしたのだということが、フレッドには呑み込めなかった。キャロルがいなくなる。フレッドは震え出し、彼女を繋ぎ止めようと、一ヵ月前に一緒に出かけたポルトガルの話を持ち出した。いつかきっと、いや近いうちに、またあそこに、また一緒に、しかもずっと長く、しかしそんな話をしても何も変わらなかった。キャロルにはきっともっと別な人生があって、それは暴力とも憎しみとも無縁な、空中ブランコや虎の調教以外の危険は存在しない場所なのだろう。去っていく彼女の背中を夢の終わりのように眺めながら、彼女のような女の子が自分に関心を持ったことの不思議に打たれ、それ以上に、そんな日々がいま急に終わりを告げるのだという事実に打ちのめされていた。彼女はただ単に、ここで暮らしていられなくなったと、パリに戻るのだとだけ言った。キャロルにとって、それはちっとも世界が引き裂かれるようなことではないようだった。それがフレッドには最後まで理解できなかった。それはカルルも同じだった。

月日が過ぎ、二人は山ほど色々なことを試み、何人もの女の子と寝たもののそのうちの誰も本当には愛することなく、ずいぶんな量の酒を飲み、それにちょっとは笑ったりもした。そして時おり、フレッドは時間が無駄に過ぎていくと言った。カルルはそうは思わなかった、俺たちはちゃんと毎日を生きてる、それでいいじゃないか。後になって、カルルはフレッドがそんなことを言っていた理由を知ることになる。フレッドは待っていたのだ。

馬鹿野郎が。

9

フレッドは台所の椅子に座って、茶色の革の鞄は腿の間に置き、自分でも面食らったような顔でカルルを見つめる。

「行くぞ」

入ってきてからもう十回も繰り返しているが、まだ言う。他に口から出てこないのだ。

「行くぞ」

走ったあとのように息切れして、開いた太腿に両手をついて、空気が足りないかのようで、目は泳ぎ、そしてときにカルルをぼんやりと捉える。シマールのカネ。革鞄いっぱいの、ぎゅうぎゅうに押し合い圧し合いしている札束。革鞄は本当にはち切れそうだ。二人で色々なものを見てきたし、修羅場だっていくつも潜ってきたが、今回はわけが違う。シマールから何か盗むというのは、つまりサヨナラということ、即ちずらかるという意味。逃げ出すのだ。早く。

「ポルトガルに行く」とフレッドは言う。「みんな一緒に。俺たち三人で」

カルルは怪訝な顔をした。

「途中でキャロルを拾っていく」

そう言ってフレッドはようやくカルルを正面から見据えた。親友の驚きを見てしゃべるスピードを落とし、説明する。

「キャロルはボルドーにいる。三ヵ月前からそこのサーカスで働いてるんだ。途中で寄って、拾っていく」

カルルの頭の中にキャロルが浮かび上がる、もうどれほど前に消えてしまっていただろう？　少なくとも六、七年にはなる。もしかすると八年、十年かもしれない。そしていま不意に姿を現す。存在したのだ。南西の方角に。生きている、ここから八〇〇キロ先で。それは一種の天啓だった。カルルはポルトガルを眼前に思い浮かべる、昼と夜の熱気、この現ナマの財産に腰掛けて、何も、ほとんど何の心配もなく、フレッドと、それにキャロルと。ずっと夢見てきた静かで甘い日々が、今度こそついに腕を広げ待ち受けているのだ、油を流したように凪いだ海さながらの未来が。キャロルが去ってから何年も、フレッドと二人で過ごしたうだつの上がらない日々がいま卒然と消え入る、いやむしろ逆で、燃え上がり、そして橙色の太陽のように鮮やかに炸裂するのだ。

フレッドの言うとおりだ、行こう。

＊

すぐにずらからなければならない。服を二、三枚ひっつかんで南へ。北の海に背を向け、二度と戻らない。シマールの影が台所を漂っている、早くも家具を手でかすめ、もうすぐ彼らの顔を撫でるだろう。さっさと失せるんだ。カルルは荷物をまとめようと手当たり次第に色々と取り上げては元に戻し、じきにパニックに陥る。フレッドは、自分もどこから手を付けたものか分からないままそれを眺めていた。

「行く前に、見せたいもんがあるんだ」

ようやくそう口にしたフレッドは、彼一流のあの微笑みを口の端に引っ掛けている。やんちゃで横柄で、下手をしたら胸クソ悪いくらいの、陸橋からオープンカーに小便をかけてやろうと提案したときのあのフレッドだ。もう今からカルルの反応を楽しんでいるようだった。

「ちょっといいもんなんだぜ。その後でボルドーだ」

カルルの頭の中は全速回転だった、高飛びする、カレーの部屋を棄てて、脇目も振らず、実際にそれがどういうふうになるのかは分からないが、ずらかるんだ。

「母さんのとこに行く」と彼は急に言い出した。「お別れだからな」

そしてフレッドに答える暇も与えず、

「そうだ車は？　母さんの車で行くか！」

「あのシュペール5（サンク）か？」

「そうだ。書類も揃ってるし、保険もかかってる、車検まで通してあるんだ。だって途中でお巡りに職質されるかもしれないんだぜ」

フレッドは三十秒、いやもっと短かったか、考えて、オーケーだと言う。腿の間の革鞄を開けて札束を一つ、スベスベのピン札の塊だ、取り出してカルルに差し出した。これ、お前の母ちゃんに、車の分。カルルは黙ってそれをポケットに突っ込む。時間が惜しい。待ち合わせは十時ちょうど、この建物の下で。カルルは白いシュペール5に乗って、フレッドは札束の鞄を持って。そして南へ。

*

カルルの母親は何も訊かずに二つのキーと登録証を渡し、札束は台所の天袋に仕舞った。彼女は黙ってカルルを強く抱きしめ、涙も流したかどうか、もうずっと、カルルが無茶ばかりするのには慣れっこになっているのだ。カルルも泣かなかった、彼は彼で、母親の心に針を突き刺すことにもう慣れっこになってしまっている。でも今回のこれが最後だ、もうこれ以上、カルルが母親を苦しめることはない。そういうのはもう終わりだ、きっとすぐに迎えに戻る。彼女は立ち上がらなかった。カルルは行く。最後の最後に、母親は半ば独り言のように「気をつけて」と言って、彼が扉を閉めるまでずっと眼差しで見送っていた。

階段を降りるときも、車に向かって歩くあいだも、そして自宅を目指してカレーの街中を走行しながらも、部屋まで階段を上ったときも、カルルはずっと母親の眼差しを思い出していた。空っぽで、それでいてものすごく重い、彼を見つめる母親の瞳。用心しろと彼女は言った、あんなにも美しい薄緑色の両の李果(すもも)が、早くも最悪の事態を懼(おそ)れていた。彼自身はそうとは思いもよらなかったが、カルルが母親と正面から視線を交わすのはこれが最後なのだった。

10

フレッドは落ち着いていた。もう何年も、邪魔な砂粒を噛み込まないよう目を光らせ、偽情報を摑まされることに怯えてきたストレスだらけで足許の覚束ない日々の果てに、いま画然と彼は澄みわたった様子をしている。革の鞄は後部座席に置いて、白いシュペール5のハンドルを握るフレッドは、常になくシートベルトまで締めていた。リラックスした様子で、微笑みさえ浮かべそうな雰囲気だ。カルルのほうは、膝の上に置いた拳がガチガチにこわばり、目はひっきりなしに道とバックミラーとを行ったり来たりしている。フレッドはそんな彼を安心させようとする、平気だぜ、今から行くとこには全部でほんの三十分しかいないしな。何を見せようというのかはまだ言わない。海岸線と並行して南下、もうブローニュ゠シュル゠メールを過ぎた。シュペール5は快調、視界のどこにもパトライトの影はなく、速度計の針はずっと安定して一一〇キロを指している。後方に異常なし。しかし前方、はるか前方で、ずらかる前に二人が寄り道する場所では、ほんのちょっとした、なんでもないようなことが、上手くいかないだろう。

＊

二人はじきにル・トゥケに入り、そこでフレッドは浜のほうに転じた。町の中心部を抜け、小綺麗な店の並ぶあたりを後にして、高級別荘街にさしかかる。静かだ、何もかもが死んでいるかのように。眠りこけた別荘たちの隙間（すきま）を縫ってゆったり進む。この界隈に足を踏み入れるのは、例のクーラーボックスと揚げ菓子のころ以来だ。話題にすることはときどきあった、ここいらの鎧戸（よろいど）を閉めた別荘はきっとみんな金持ちの持ち物で、それなら入り込めばどれくらい金目のものが見つかるだろうか。しかし柵もなしに据え膳のようになっている家々はあまりにも容易（たやす）い獲物に見えて、それだけにきっと牙を隠しているように思えた。警報、警備会社、あるいは武装した警備員。慣れない分野には手を出さないに限る。一度、二人でパリに行って、特に当てもなくぶらぶらしたことがあった。二人とも目を見開いて、道に面した建物の面構えや雰囲気、車、橋、見るもの全てに圧倒されつつ、同時に、暗証番号式のエントランス、歩道からも窺える室内の金で飾られた天井などを観察する。カネのにおいを汗のように滴（したた）らせている通りがいくつもあった。そんな週末パリ行のハイライトはヴァンドーム広場だ。居並ぶ宝石店、ショーウィンドウに驚嘆した顔をはりつけて、なんだこれは、ガラスでできた金庫のようだ、全てが音もなく煌めいていた。このとき見たショーウィンドウは彼らにずいぶんと夢を見させたものである。千余一の計画を夢想し、千余一の逃亡劇を夢幻に駆け抜け、この世のありとあらゆる宝冠を母親たちに贈る想像をした。そうして馬鹿になりそうなほど夢に描いたが、けして踏み出すことはなかったし、そんな店にただ入ってみようとさえしなかった。あんなのはどう考えても彼らとは無縁の世界なのだ。そのうちに、これが不可能事を指す冗談めかした慣用句として定着した。「ヴァンドーム広場で強盗するのとどっこいどっこいだ」と言えば二人の間では意味が通じる。フレッドがこんなことを言ったことがある、もし自殺をするなら、ヴァンドーム広場の宝石店に強盗に入ってぶち殺されるのがいい。

「そしたら周りじゅう粉々になったガラスだらけでよ、ダイヤモンドに囲まれて死ぬんだぜ。きっとすっげえ絵になるだろ」

二人はいま、海に突き当たる道に入っていた。背の高い草が風にそよぐ砂丘の向こうに、海が見える。フレッドは車を駐めた。

物音一つしない、猫の子一匹いない。立ち並ぶ豪邸の一軒として窓のシャッターを開けているものはない。生きているものは数キロ圏内で彼ら二人しかいないようだった。二人は黙って車を降り、フレッドは鞄をトランクに移して鍵をかける。カルルはただそれを眺めながら、次の展開を待っていた。フレッドはカルルを振り返り、腕を伸ばして指し示す。一番向こうの別荘、海に面した、ものすごい豪邸だ。

そこに近づく間、カルルは何度も後ろを振り返る。不安なのだ。フレッドのほうは相変わらず落ち着き払っていた。そして問題の別荘の裏手に着くと、大きな石を持ち上げて、その下にあった鍵を取って鍵穴に差し込む。フレッドは微笑んだ。カルルはちょっとそんな気分にはなれない。そうして二人は豪邸に入り込んだ。

こんな家というのは、これまで見たことがなかった。広大だ。地下室から、石の階段が上階まで続いている。フレッドは電気のスイッチを肘で押して灯りを点けた。今いるところは、沢山の部屋に通じているホールのような場所だった。扉はどれも両開き、飾りガラスのタイル張り、天井には刳り形の装飾。狂騒の一九二〇年代の贅沢な空気が息づいていた。シャッターさえ開けば広大な海を望める巨大なガラス窓が一面に壁を埋め、ここは、ちょっと一杯飲んだりしつつチャールストンを踊るような雰囲気の場所だ。片側の部屋は、集合住宅の2LDKや3LDKまるごと一軒分もありそうな客間。反対側の部屋は、レストランの厨房並みの台所。そして奥の部屋は書斎、イギリス風の、詰め物をしてステッチを施された革のソファーが置かれている。どこもかしこも信じられないほど一流な感じがした。見てみろよとフレッドがいちいち腕をいっぱいに伸ばして指してみせるの後ろについて、カルルは邸内を見て回る。同時に、一体全体こんなところに何をしにきたのか訝ってもいた。行くべき道が二人を待っているというのに、こんなところに一体どんな大事なものがあるというのか。外では彼の母親の車のトランクで札束の詰まった鞄が待ちくたびれていて、後ろからは刻一刻とシマールが近づいてきているというのに。フレッドはそんなカルルの考えを察して、微笑みを向けた。

「じゃあそろそろ見せてやるよ」カルルが痺れを切らさないようにフレッドは告げる。

彼はホールの電灯を消して、扉もすべて閉めた。

「上は寝る部屋とかが並んでんだ。その上は屋根裏が全部ぶち抜きの一続きになってて、そんで屋根が尖ってるだろ、だからなんか教会の中みたいな感じだぜ」とフレッドは手短に済ませる。「そんで、地下室にはお宝があるんだ」

フレッドは大威張りだ。二人は黙って階段を下りる。右の扉を開けると、埃をかぶったワインの壜が棚いっぱいに並んでいる。きっとどれも上物なのだろう。そこは閉めて、今度は左を開ける。

「ここはな、ガレージだぜ」重大な秘密を教えるときのような口調だ。「ものすごいガレージだ」

フレッドはうんうん頷いて自分の発言を強調する。そうしながら、まだカルルには垣間見せもしないように、半開きの薄闇の中に腕を伸ばして電気のスイッチを捻る。そして数歩さがった。

「ほら、入れよ」

もう大得意で、大満足だ。カルルもようやく微笑みを浮かべる。そして静かに扉を開け、足を踏み入れると、一瞬で理解した。その場で小刻みに足踏みをしてから、驚嘆に我知らず二つ三つ言葉を漏らしながら近づいていく。圧巻だ。隣り合って、二台の車が並んでいる。七〇年代にイタリアで生み出された二つの芸術品。過ぎた年月も窺わせない、新品に見える。ピカピカで、獣のようで、どこまでも純粋でものすごく攻撃的だ。

カルルは目を輝かせてそのまわりを一周した。メタリックブルーのマセラティ・インディ、純白のランボルギーニ・エスパーダ。旧フランのにおい、ストライプ入りのスーツの空気と細巻き葉巻の薫りが漂っていた。獰猛な笑みを浮かべた二頭の猛獣、おそろいのイタ公鮫のツラを並べて牙を剝き、水平開脚のように最低の悪趣味と最高の趣味の良さが同じ一枚の鋼板のうちに躍る、そしてこいつらは自分でも知っているのだ、右足を踏み込んだ瞬間に世界中が納得せざるを得なくなるということを。二人にとって究極の二台、それがそこに、眼前に肩を並べている、二人がずっと夢に見ていた二台が、手を伸ばせば触れて、感触を確かめることができるのだ。

「どっちにする？」

フレッドは両腕をめいっぱい広げてみせる。その両手の指先には二つのキー、真ん中にはフレッドの笑み、煌めく星のようだ。

「行くのはシュペール5でだ。でもその前に、ちょっと浜まで出ようぜ」

そう言うと同時に彼は両手をぎゅっと閉じた。さあ、どっちにする？　カルルが選ぶのだ、きっぱりと。二人は急に子供に戻ったように興奮していた。カルルが選び、すべてが転がりだす。マセラティのドアを開いて、内側の空気を嗅いで、ベージュ色の革のシートに腰掛ける、ダッシュボード、天井のカーブに触れて、こんちくしょう、マジかっこいいな、フレッドはポケットからリモコンのようなものを取り出し、ダイヤモンドでもあるかのようにカルルに示す。車のドアを閉めて、緑のボタンを押すとガレージの扉が揺らぎ、徐々に陽光が二人のところまで届いてくるなか、彼はキーを回した。あの伝説のＶ８エンジンが静かに身を震わせる。

「こいつは一番でっかいやつだぜ」とフレッドは興奮しきって押し殺した声で言った、「四・九リッター、三二〇馬力！」

　空ぶかしする。その音で二人は雷に打たれた。鎧のように二人を包む轟き、悪魔的な、劈く咆哮、車が全身で今すぐにでも躍り上がろうとしているのが分かる、重厚でいて機敏、微睡むコブラのように危険な奴だ。一速に入れて、二人はゆっくりと外気の中へ滑り出した。道の反対側では、浜に打ち上げられたプラごみのようにシュペール５が佇んでいる。相変わらず誰もいない、何の動きもない。屋敷の幽霊が立ち並ぶ無人の道の端っこで、この世界には彼ら二人しかいない。マセラティは大蛇のように大気の中に侵入していく。フレッドは右折して、そろうりと海に下る道に入った。ペダルを放し、アイドリング状態でタイヤが砂を噛んでいくに任せる。浜の起伏に沿って車は小さく縦揺れしつつ、小さく喉を鳴らしながら、二人を揺さぶり、規則正しく窪みと盛り上がりを食って進んでいく。海へのドライブだ。

　そして波打ち際までもう三メートルというところでフレッドは停止した。波の飛沫は消え際にほとんどタイヤに触れそうだ。サイドブレーキを引いて、キーを戻す。Ｖ８エンジンは止まる前に少し震え、そして車内は再び沈黙に包まれた。フレッドはカルルを見やる。フレッドは相変わらず落ち着いて、満足げで、先行きに不安などなさそうだ。彼はポケットからCDを取り出し、カルルにジャケットを見せる。ジェームス・ブラウンがマイクを手に、膝をついている。フレッドはそれを、車の持ち主が後付けしたCDプレイヤーに投入した。

官能的で炸裂するようなドラムに狡賢くて絡むようなベースが挑みかかり、次いではオルガンがその上を滑空し始め、ときに苛立ちを剝き出しにして、ギターは飛び跳ね、興奮して、誘いかける、満面に笑みを浮かべたボクサーのように、にこやかに挑発しながら獲物の周りをぐるぐる回る。金管の部隊は音の塊になって全体を支え、メリハリを与え、そんな全部が燃え上がったところにやがてジェームスが、その声が聴くものを焼き、包み込む、熾火（おきび）のように熱く黒檀のように滑らかに、激しく打っては優しく撫でる、全部のてっぺんからジェームス・ブラウンが無数の「Good God！」を投げてよこし、二人の頭はリズムに合わせて前後する。

「これを見せたかったんだ」とフレッド。「行く前にこの贅沢をして、お前に説明しときたかったんだよ」

ジェームス・ブラウンが生の渇望を叫ぶなか、カルルはその先を促すような、問いかけるような顔をする。

「あのカネはシマールのだって言っただろ」

カルルはリズムに合わせて頷く。フレッドは親指で背後を指し、そうしながらもう片

方の手で空を撫でる、

「それでな、あれはあいつの家で、こいつは奴のクルマなんだ」

11

そう聞いた瞬間にカルルは身を硬くして、すぐにもマセラティから飛び出してシュペール5に走りエンジンをかけてつむじ風だけ残して去る構えになったが、フレッドは彼の太腿に手を置いて宥(なだ)める、大丈夫だ、シマールは今タイにいる。あいつは毎年この時期タイに行くんだ、心配ない。なんならここで一晩泊まってったっていいんだぜ。フレッドがそうして最初から落ち着き払っているのがいよいよ妙に感じられてきた。カルルはドアの取っ手から手を放す。フレッドはいったい俺を何に巻き込もうとしてるんだ？　いったい何を俺に隠してたんだ？　そしてこんなにも周到に全部を仕組んで準備していたらしいその果てに、この先いったいどういうことになるのだろうか。カルルは少しく目を細めて、フレッドの目を覗き込む。フレッドは潑溂と微笑んで頷いた。

「全部言うよ、全部教えてやる」

もう一度微笑む、

「もう七年も騙(だま)してたんだ」

そして、ジェームス・ブラウンが歌い、飛び跳ね、愛撫しては打擲(ちょうちゃく)するのを背景に、正面では巻き波が勢いを増すなか、フレッドは話し始めた。やわらかくゆったりとした語調で彼は告白する、七年前から二重生活を送っていたことを。

＊

当時フレッドがシマールについて語ったことそれ自体に嘘はなかった。腐ったような倉庫に溢れるなんだかよく分からない財物、その奥のファインキな事務所。ちなみにそこにあったソファーと、さっきこっちの別荘で見たのは同じものだという。フレッドが北仏とパリとの往復バイク便をこなしたのも事実で、たしかにそれは三ヵ月間毎日続いた。実際に彼は毎朝時速二八〇キロで誰も彼も撒いてみせたのだ。毎回違う住所の郵便箱に小包を、開けてみたりすることなく届けていたのも本当なら、最終的にある朝、閉じられた倉庫の前、泥濘の中でクビにされたというのも実際に起きたことである。前に言ったことは全部、嘘じゃない。

しかしフレッドにはカルルに隠していたことがある。シマールの裏取引の実態や仕組みをそれ以上近くに寄って仔細に観察する勇気こそ出なかったものの、彼は割合すぐに、案外シマール本人を狙うのが簡単なのではないかという考えに至ったのだ。そう言われてもカルルは信じられない。シマールの冷蔵室で紫色になった男の、既に死体であったろうものを見せられたという話をしながら、フレッドが震えていたことを覚えている。だってお前、完全にビビってたじゃないか。七年が経った今になってフレッドが言うには、ほんとはそんな長いことビビってたわけじゃないんだよ。ある朝、パリの外周環状道路へ突撃をかける最中に、フレッドは閃いたのだ。二人の夢見た一攫千金の機会、それはシマールを狙うことだったのだと。シマールの目には今までどおり、取るに足らない人間と映るよう心がけ、奴には皆に恐れられるボス猿を続けさせてやって、そしてある日突然襲い掛かるのだ。じっくりやる。奴の視野から消える、風に吹かれた小枝のようにささやかに。なにひとつ疎(おろそ)かにしない。そしてある日、突如反転して、水撒き人夫に逆に水を撒く、シマールを身ぐるみ剝いでやるのだ。

その二日後、フレッドはパリに行かなかった。カレーを出外れたところで知り合いと落ち合って、包みを渡し住所を伝え、バイクと服を交換、知り合いのほうがパリに向かう。そうして作った時間で、フレッドはカレーに戻り、シマールの倉庫を監視した。そのうちにシマールはユーゴ人を連れて出てきて、メルセデスに乗り込み発進する。

それを遠くからずっと尾けた。本屋に寄って新聞を何紙も抱えて出てくるのを見た、ブルジョワぶりやがって。それからシマールは薬局にも寄った。痔(じ)の軟膏か咳止めの座薬でも買ったのだろうと思うとヘルメットの下で笑いが止まらない。漫(そぞ)ろなドライブはまだ続き、また別の店に入って花束を抱えて出てくるシマール。ユーゴ人はエンジンをかけたまま、運転席で待っている。そして二人はル・トゥケ方面に向かった。フレッドは時間が気になりだし、そろそろ何か変化が起きないものかと期待してしまう。そして実際に変化は起きたのだが、それは期待したようなものではなかった。両側二車線の道路でシマールのセダンはロータリーに入り、Uターンして逆方向に進路をとる。次のロータリーでも、その次でも、都合三回。尾行がバレたかと考えたフレッドは追跡を諦めて直進で去った。

午後にまた知り合いと落ち合い、持ち物を再度交換して、フレッドは怯えながら倉庫へと向かった。

シマールは何も言わずに、いつもどおりにその日の払いをよこす。普段よりも不安気であったり自信あり気だったりというようなこともない。何も気づかなかったのだ。何度もロータリーで方向転換するのはただの用心なのだろう。ということは、シマールはいつも腹の中に恐怖を飼っている、つまり大きなリスクを背負っているということだ。

「クビにされたときはマジかよって思ったぜ。泥ん中に突っ立って、例のでかいユーゴ人が後ろからガンくれてよ、奴は『もう終わりだ』って言うんだ。俺が泣き落としにかかるとでも思ってたのかもな、ずっと使ってくれってよ。まさかだぜ！　俺はやめたかったんだ。自由になる時間が欲しかったんだよ、奴を尾けるためにな」

つまり、シマールにクビにされた直後にフレッドが自分でドラッグ密売事業を始めたいと、すぐにもスペインに向かいたがったのは、それはたしかにそうしたかったにしてもそれだけではなくて、並行して別の計画も抱えていたのだ。フレッドは空いた時間を全て注ぎ込んでシマールを尾行していた。それで具体的に何を知りたいのかはっきり分かっていたわけではないが、ある確信を抱いてもいた。それは、何を発見できたとしても、決定的な行動を起こすまでには何年もの長い時間が必要だということだ。シマールがフレッドと疎遠になり、全面的に忘れてしまうまで、そこここで働かせたチンピラの一人として完全に印象を失うまで待たなければならない。ただの塵になる必要がある。

そして尾け続けるのだ。

前回のロータリーを出た先の国道脇にバイクを停めて、そこが正解の道であることを祈りつつ、待ち伏せする。次の日には新しいヘルメットと別の上着で、また道端で待つ。それを毎日繰り返し、別のコースも試してみる。シマールは毎日出かけ、毎回違う店で花束を買い、時間割はいつも同じ、それから独楽のように車を走らせる、しょっちゅう方向転換して、加速し、徐行し、三度ぐるぐる回り、特に理由もなさそうなのに十分間停車して……尾行はたいへんな苦行だった。

そして夜になると、フレッドはロードマップを前に類推を試みた。×印をつけて、赤い線を引き、星印を書き込み、シマールのデブと運転手の野郎が毎日向かう先がどこなのかを知ろうとした。

「運転手の野郎っつっても、野郎じゃなかったんだけどな」

フレッドは話を中断してカルルを見つめる。うまいことを言ったという満足で目がきらきら光っている。

「あのユーゴ人のことだぜ」フレッドは念を押した。

二ヵ月のあいだ四方八方を駆けずり回り、シマールの後を尾けたり、待ち伏せをかけたり、あるいは偶然行き合うことを期待してうろうろしたりで毎日一〇〇キロもフルフェイスのヘルメットをかぶってバイクを走らせた末に、フレッドはついにシマールが毎日こっそりとどこへ向かっているのかを知るに至った。太ったシマールは尖った靴をピカピカに磨いて、あの泥だらけの倉庫を離れて毎日数時間、ル・トゥケの、海に面した別荘に世間の喧騒と隔絶された一時を過ごしに来ていたのだ。そしてその鍵は小さな庭の大きな庭石の下に隠されている。フレッドは気づかれずに尾行をやりとげたのだ、じゃなきゃここで車を駐めさせなかったはずだぜ、シマールのやつは真性のパラノイアだからな。

その翌日、フレッドは松の木々のあいだに姿を隠し、誰からも見えないように、立派な別荘を視界に捉えていた。ついにメルセデスがやってきて、並木道のとっぱしに停車、それから何分ものあいだ何の動きもなく、再びエンジンをかけて徐行、とっぱなの別荘まで進む。そしてシマールとユーゴ人が降りてきて、フレッドは仰天した、二人は互いの手を優しく撫で合ったのだ。静寂と寒さの中じっと動かずに待っていたせいで少し眠たくなっていたが、途端にばっちり目が覚めて、集中力を取り戻した。そしてユーゴ人が扉に鍵を差し込んでいるとき、今度こそ見間違いではない、シマールがユーゴ人の尻を優しくも力のこもった手つきでぐっと掴んだのだ。マジかよってちょっと信じらんなかったぜ、ユーゴ人の奴もニマニマ笑ってるみたいでよ。扉は閉まり、フレッドはカレーに帰った。呆然として、果たしてこの発見が自分の温めている計画の役に立つのかさっぱり分からずに。

翌日も、同じ場所、同じ時間にフレッドは待っていた。同じ儀式が繰り返される、メルセデスの鼻面が現れて、近づき、停まり、また進み、そして駐車。シマールが降りてきて、ユーゴ人が後部座席の鞄を取るために屈んでいるときに、今度はあからさまにその太腿の間に手を突っ込んだ。シマールはそわそわと小躍りして、ミュージカルのような笑顔を輝かせる、不意にボディーガードが普段よりもすらっとして見えた。二人は別荘の中に入る。

ここでフレッドは隠れ家を離れ、砂丘に紛れて浜の側から別荘に近づこうと試みた。窓のシャッターが開いていれば、もう人目がないと思い込んだ恋人たちが中で何をしているのか、その様子が窺えるかもしれない。砂の上を這い、小山を越えて、じきにずいぶんと綺麗なテラスの正面に至る。巨大なガラス窓を開放して、親分さんとお付きの荒くれは遠くを見ながら小さなグラスを傾けていた。スキーリフトにでも腰掛けているかのようにぴったりと寄り添って。フレッドは目を輝かせ、いったい彼らの寝室はどこにあるのか、それに望遠レンズというのはいくらくらいするのかと考える。シマールが薄ピンクの羽毛布団の中でお雇いユーゴ人といちゃこらしているツーショットを押さえる、それは千金に値するように思えた。

「でもな、その次の次の日、そんときは双眼鏡を持ってたんだけど、もっとずっといい絵が見れたぜ。二人とも居間に残ってて、シマールが机に鞄を載っけるだろ、そんでユーゴ人がシャンパンを開けて、グラスが二つ、前と一緒だ、それからシマールの奴が鞄に手を突っ込んで、お札を空中に投げ散らかしたんだよ。ガキがシャボン玉つくるマシンで遊んでるみたいだったぜ！　ユーゴ人はにこにこしてさ、もうありえないくらい優しいんだ、アニメでも見てるみたいだったな」

その続きは実に鮮烈だった。シマールはすぐにすっぽんぽんになり、ただ水玉模様のネクタイだけは着けたままで、それをユーゴ人が犬のリードのように片手で摑み、もう片方の手で服を脱いでいく。ユーゴ人の服の下から現れたのは膝まで届きそうなぴっちりした薄紫の下着で、自転車選手の穿いているスパッツのような、ただそれは、フレッドはそんなものがこの世に存在しようとは思いもよらなかったのだが、前後に穴が開いていた。ずいぶんな見ものだ。フレッドはじっと、二人のスポーツが白熱していくのを遠景に、机の上に散乱する大金を凝視していた。

12

この日の特筆すべき発見は、おしどりたちがカレーに去った後もカネは別荘に残されたという点だ。二人は何の荷物も持たずに出てきて、メルセデスに乗り込み、落ち着いて、強面に戻ってエンジンをかけた。鞄は置きっぱなしで。シマールは多岐にわたるシノギの成果を定期的にル・トゥケの豪邸にプールしに来るらしい、そしてその邸の鍵はすぐそこ、庭の石の下に隠されている。どういう頻度でシマールがカネを置きにくるのか、どのくらいの期間ここに置いているのか、いったいあの中に正確には幾ら入っているのか、そのあたりはまだ分からない。

その数日後、フレッドは二つのことを思い込んでスペインへと旅立った。一つ目は、出向いた先でまとまった量のコカインを手に入れて、ひとたび戻ればシマールのと同じような密売ルートを構築するのだということ。二つ目は、シマールの追跡を続け、物陰で辛抱強く待つのだということ。そこが成功のカギだ。奴の思い出の中で完全に色褪せてしまうこと。きっと何年もかかるだろう。界隈を離れず、周到に準備をしなくてはならない。奴が札束の移送に使っている茶色の鞄の行ったり来たりをしっかり見張ること。そして、時が来たら、完全試合をキメる。その日がクライマックス、物音ひとつ立てない見事な大当たり(ジャックポット)、盛大に花火が上がって、次の瞬間からは薔薇色の人生。シマールの奴は悔しがってフリフリつきのパンティーを食べてしまうだろう。

＊

翌週フレッドはからっけつでスペインから戻ってきた。鍵のかかったバンの後ろの席に、警察官のエスコート付きで。牙を剝くビジネスマンとしての野心は数年にわたって封印する羽目になった。強制的な場面転換。影のなかで過ごしたこの数ヵ月間、ル・トゥケで鼾(いびき)をかいているカネ、シマールの札束のことを反芻(はんすう)する日々には本当に終わりが見えなかった。考えは寸毫（すんごう）も変わらない、ひたすら待ち、消えること、シマールから忘れ去られること。ある意味では、あのときちらっと、冷凍室で縛られた半殺しの男、あるいはもう完全に死んでいたのか、あれを見せられたのが効いていたとも言える。

「でもまあ、ブタ箱では考える時間がたっぷりあったな」

マセラティは海水に対峙している、ときに太陽が雲間を衝いて長いボンネットのメタリックブルーを煌めかせる。波打つ水の渦巻く音がほとんど、彼らの話し声もジェームス・ブラウンのシャウトも覆い隠しそうだった。しかしジェームスの迸る熱情も、フレッドの燃え盛る血気も依然として海面より高く突き出している。ソウルシンガーは地球上のすべてを相手に戦いを続け、フレデリック・アブカリアンは喜んで吐露し続ける、その当時の喜びも苦痛も再び掻き立てて、幸せだ、なんといってもカルル・アヴァンザートに、彼の生涯の共犯者にようやくすべてを語ることができるのだから。

「俺のカネな、全部カジノでスッちまったとか、キャロルと出かけてホテル暮らしで使っちまったとか言ってたけど、ほんとは違うんだ。もちろんときどきは本当にそうだったけども、ほとんどは今この瞬間のための準備に使ってたんだよ」

そんなすべてを隠していたのは、余計な危険を増やさないため、集中し続けるためでもあったし、何より、途中でしくじったら命にも関わりかねないこの計画の、危険なだけの段階でカルルを巻き込まないためだった。そう考えれば、親友に対して水臭いまねをする罪悪感が薄らぎもした。カルルは落ち着かない。ときどきリアウィンドウを振り返って、何か動くものがありはしないか、誰かが近づいていたり、誰かに見られたりしていないかと気にしている。そうかと思えば、ギアがはずれたように親友の告白に熱中している瞬間もあった。その話が隠しているもの、この先に待っている旅も、いま乗っているこの車、満ち寄せる潮も、シマールのこともすべて忘れて。

「一番大事な発見は、あいつが毎年、三月に、三週間タイに行くってことだ」

それを知ったのは偶然だった。別荘の存在を知って数日、その朝も、いつか付け入るための隙を見つけるべく遠くから追跡を続けていたところ、メルセデスはル・トゥケに向かわなかったのだ。いるかもしれない尾行者を撒くために無闇と方向転換したりも、三連続でロータリーをぐるぐる回ったりもしなかった。セダンは真っ直ぐ高速A1号線に向かう。そして首都に近づいてきたところで、ロワシーのほうにハンドルを切ったようだった。フレッドはユーゴ人が出発前にトランクに詰め込んでいたスーツケースを思い出し、彼らが空港を目指しているのだと理解する。ロワシー、つまりシャルル・ド・ゴール国際空港、エアターミナル、王侯じみた長いコートを纏ったシマールと、キャスター付きのスーツケースを引いた用心棒、二人はカップルで世界の向こうの端まで旅に出て、同じグラスに二本のストローでジュースを飲み、手に手を取って砂浜を歩くのだろう。フレッドは旅行者の群れに紛れて追跡を続け、空港の放送に耳をそばだてる。目をキラキラさせて、できるだけ目立たないようにしながら。小一時間も経ったころ、シマールとユーゴ人はゲートDへの呼び出しに立ち上がった。シマールは内ポケットからエール・フランスの封筒を取り出す。８１３便、バンコク行き。

　ここでフレッドは一息ついた。迷っているようだ、何か付け加えたいがどうしたものか分からない、そしてはにかんだ笑みを浮かべ、けっきょく話し始める。

「次の年もシマールは三月にタイに行った。それでまた次の年の三月、シマールは今度もタイに行くって踏んで、俺は人に旅行代を出して向こうで奴を尾けさせたんだ。三週間な」

　フレッドは笑う。馬鹿みたいなのは分かっている、しかしそう思われても悪い気はしない。何ヵ月も尾行と追跡を重ねて、フレッドにはシマールが一匹狼だという確信があった。どこのギャングにも組織にも属さず、同盟関係もなし、ただシマール本人と用心棒が一人。そして、出所して尾行を再開してみるとシマールの用心棒は例のユーゴ人ではなくなっていた。しかもその翌年のタイ旅行のあと、今度はまた別の、パイロンのようにまん丸なマオリ族の男がボディーガード兼使用人、兼かわいい女中さんの座に収まっていた。この巨漢が初日から別荘のベランダに姿を現し、ベビードール姿で煙草を吸い始める。砂丘に腹這いになって見張っていたフレッドは息が止まるかと思った。

「毎回、連れてった奴と違うのを連れて帰ってくるんだ、うさんくさいだろ。いったい向こうに何しに行ってるのか、なんだってお付きの便利屋を見つけるのにそんな遠くまで行かなくちゃならないのか、気になってしょうがなくなったんだよ」

　しばしの沈黙、そして不意に深刻になって、フレッドは唾を飲み込んだ。

「まあ、その理由も分かったんだけどな」遠くを見ながらそう口に出す。

13

シマールのタイ旅行を尾行させた男を介して、フレッドは以下のことを知った。シマールはタイに着くや否や、一年のあいだ下男兼愛人を務めた男を連れて国の北部、ラオスとミャンマーに国境を接するあたり、あの裏取引の天国、黄金の三角地帯に向かい、そしてバンガローのようなものに二人で籠もる。そして翌日にはシマールだけが出てきて、一人で旅を続けるのだ。マオリ族の巨漢も、その前にきっと何人も、それにその後に続いた何人もが、夜を引き裂いた銃声からして、皆あの小屋の中で頭を撃ち抜かれて、緑茂る地獄の土と消えたのだろう。シマールはビョーキなんだ、地球の裏側に人を殺しに行くマジでヤバいイカれたパラノイアだ。部下を更新するために休暇に出かけて、まず北で一年間の部下を消してから南のパッタヤーの薄暗いバーにナンパに行く、マッサージを受けたりキックボクシングを観戦したり、ほとんどしゃべることもなくただずっとにこにこしてオトコを探し続けて、見つけるとフランスに連れて戻るのだ。

カルルは血の気が引いて、恐怖で心ここにあらずという状態だった。フレッドがタイに送り込んだ男が何者だったかなど耳に入らない。それは監獄で知り合った小柄な男で、食堂で他の囚人に配給の食事を奪われそうになっていたところ、フレッドがその場でカツアゲ男をぶちのめしたので、恩義に感じた小男はいずれ恩返しに何でもすると言ったのだった。カルルは聞いていない。シマールは毎年毎年、男を一人殺す。大男の腕の中で一年間馬鹿みたいに楽しんで、冬になればその相手を虫のように殺してしまう。恐怖で身体が悴む。行かなくちゃ。カネの詰まった鞄はここに置いて、ずらかるんだ、やっぱり南に、でもボルドーになんか寄らないで、真っ直ぐに、すぐに、消えるんだ。カルルのポケットでマナーモードの携帯電話が震えたが、それどころではなかった。ドアを開ける、フレッドを説得して今すぐに出発しなくてはならない。もう車内から砂浜に足を下ろして、いまにも走り出しそうだったが、フレッドが彼のベルトをしっかりと摑み、命令するような声を響かせた。カルルは振り向き、フレッドはその目を覗き込んで、宥める、これが最後だが、何の波風もない、危険は何もないのだと。

「俺は七年間この準備をしてたんだ。七年だぜ。その俺が大丈夫だって言うんだ」

カルルはゆっくりとベージュ色のカーペットに足を戻し、ドアを閉める。フレッドの言うことを信じたわけではない、しかし合わせた視線をはずすことができない。その先を、本当に気持ちを落ち着けてくれるどんな証拠があるのかを待っている。フレッドは微笑んだ。

「シマールはな、今朝俺が殺したんだ。カーペットで巻いて別荘の地下に転がしてある。眠ってるみたいな顔だったぜ。な、だから大丈夫なんだ」

フレッドはハンドルの天辺に両手を並べて、波を眺めている。口の端には微かな笑みが浮かんでいた。カルルはじっと、目を大きく見開いてフレッドを見つめている。フレッドの奴はイカレてる、完全にイカレてる、でもとっくに手遅れだったんだ、もうずっと前から。たぶん七年前にはもう。

「なわけないだろ！　シマールは生きてるよ」とフレッドは急に笑い出した。「あいつをカーペットで巻くだけのために七年もかけると思うか？　あいつはタイにいるんだよ、それだけだ。今朝、今のオトコを連れて出かけやがったんだよ」

三秒のあいだにカルルは両極端の想像をしていた、特に悪いほうにだが。発見される死体、高級別荘街の卑劣な犯行、捜査開始、最新の道具を揃えて何も見落とさない捜査員たち、板張りの床の目地から出てくる一本の髪の毛、ワックスを塗った木の扉に見つかる指紋、既に警察に記録を取られている前科持ちの二人、万力が締まってくるように急激に狭くなる世界、でかすぎる足をした不器用な二人、日向の歩道をこそこそ歩いていたところに衆人環視のなか手錠をかけられる二人、そして終わりになる人生、腕を後ろに回され、地面に押しつぶされて。断崖の縁で躓いて危うく落っこちそうになったときのように、カルルはゆっくりと息を整える。柔らかなシートに背中を押し付け、革の肌触りを確かめ、正面の海を見た。視界の端で、フレッドが彼に微笑みかけている。

「からかうのもたいがいにしてくれよな」と囁くのがやっとだ。

今この瞬間、シマールと現時点で最新のオトコとはトルコの上空あたりを飛んでいるのだろう。飛行機が乱気流に捕まって、肘掛けにしがみついたシマールが小声で祈りを唱えているところかもしれない。あるいは寝ているか、機内映画を観ているかもしれない。戦争物、あるいはコメディー。数時間後にカップルはタイの地に足を踏み出して、日差しの下で少し戸惑ったような微笑みを交わすかもしれない。さらに数時間後には二人のうちの片方がもう一人を殺し、何事もなかったように日々の暮らしを続けていくのだ。

「何を考えてるか分かるぜ。シマールと、あいつが殺した奴らのことだろ。ありえねえって思ってるんだ。それから俺たちのことを考えてるだろ。俺たちが生まれてからずっと閉じ込められてたトンネルを思い出して、今やっと太陽が見えたのが、これまでみたいなのはもう終わりだってのがまだ信じられないんだ。でもほんとに終わりなんだぜ、マジで。俺たちはポルトガルに行くんだ。キャロルと一緒に。他のもんは全部ここに置いてくんだ。なあ。じゃあ、そろそろ行くか」

波の先端はもうタイヤを舐(な)めている。フロントグラスにまで飛沫が上がってきていた。ここはもう世界の端っこだ。カルルはフレッドが言い当てたとおりのことを考えていた、この先に待っていること、腕を広げて彼を迎えようとしていること、持っていけなくて置いていくもの、まとめて×印を付けてしまったものたちのこと。気が遠くなりそうだった。ちょうど、ジェームス・ブラウンはまさにカルルのために歌っていた。〈ザ・ボス(The Boss)〉の然るべき対価を払ってボスまで上り詰めた男のリフレインが真っ直ぐ胸に突き刺さり、腹の中まで震わせる。一呼吸置いて、カルルは頷いた。行こう。

フレッドは見たこともないような笑顔を浮かべた、あまりにも遠くから笑いかける、冒険者の、金塊を探す男の、力強い、野心と胆力に満ち満ちた笑顔だ。フレッドは手下を誑し込む親分のようにして、インディのエンジンをかけ、V8を震わせて、ゆっくりとバックし、この砂浜と自分たちのちっぽけな人生を後にしようと、キーに手を伸ばす。ほんのちょっとしたカチャリ、二本の導線の接触だけで、少量のガソリンが噴霧されて、ピストンが狂ったように前後し始め、砂浜を後退して、ついにここから消えることができるのだ。

それでは絵になり過ぎるからだろうか、エンジンはかからなかった。

14

車内は途端にパニックに支配される。二人は顔を見合わせ、フレッドはCDの音量を下げる、もう一度キーを回し、それから何度も、ゆっくり、それでも何にもならなかった。何の反応も、何の音もしない。無情にも、うつろに響く「カチャリ」だけ。

「どうなってやがんだ畜生」とフレッドが漏らす。

二人とも息を潜め、集中し、不安で、フレッドは何度も神経症的に手を振り下ろしながら小声で「畜生」と繰り返した。マセラティは砂浜に立ち往生、潮はだんだん満ちてきて前輪を濡らす。フレッドはダッシュボードに指をばたつかせながらまだ何度もキーじたいのだ。

を回した。この別嬪(べっぴん)さんが海に呑まれるとしても、もうほったらかして行くしかないとカルルが言っても、フレッドは受け入れられない。ムキになって、まだ希望があると信じたいのだ。

水位が上がりすぎて、二人はけっきょく降りた。靴を海水に浸け、踝(くるぶし)を濡らし、もうクルマは諦めて行くしかない。歩きで砂浜を上って、マセラティは海に。どうしようもなかった。ただ、土壇場でフレッドは運転席に戻り、CDの再生をアタマに戻す。せめて全開の大音量のジェームス・ブラウンにこの海難を看取らせることにしたのだ。

堤防のほうまで上がって、二人はしばらくそこでこの光景を眺めた。妙なものだった、波に囚われるスーパーカー、英仏海峡に攻囲されるメタリックブルー、あたりは風が渦を巻く。風向きによっては彼らのところまで金管の絶叫が届いた。溺死を拒むトランペット。そしてたとえ最後には水を飲むことが分かっていても、口を開けなくなる最後の一滴が上ってくるまで闘い続け、身を硬くして「ノー」を叫び続け、可能な限り長く波間に頭を擡(もた)げ続け、最後の最後まで歌い続けるソウルシンガー。フレッドはそんなすべてに向かって、鋼板を舐める緑がかった海水に向かって腕を伸ばし、何か言おうとしたが何も出てこなかった。もはやすべてが彼の手に余るようで、無防備に、両目いっぱいに恐慌を湛えていた。彼は美しかった。どれほどの時間そんなふうに二人は、こんな状況にもかかわらず誇り高く傲然(ごうぜん)と、海に消えるクルマを眺めていただろうか。最後にもう一度マセラティを振り返って、カルルはフレッドの目に浮かぶ涙に打たれた。彼の肩を抱いて、もうずらかるべきだと、自分たちにはどうすることもできないのだと、もう本当に行くべきだと言う。遠くで、マセラティは波間に消え、ジェームス・ブラウンはありとあらゆる天国を相手取り、その声が二人にも聞こえる、渦巻く風の中に繰り返される「Good God !」の叫びが聞こえる。

15

出ていくこと、遠くに行くことを二人は何度も語り合ったものだ。小学校の運動場で、フレッドはもう逃げ出す話をしていた。わからんちんどもの世界を棄てて、例えば森の中で暮らすこと。八歳の子供が瞳に不思議な雷光を迸らせながらそんなことを口走るのはたしかに滑稽だったかもしれない、当時カルルは笑わされたものだ。二人は色々と計画を考えた、自分たちで建てる小屋、釣った魚で賄う食事、新鮮な森の果物。二人には既に何か目標、遠く視界の果てに霞む目的地のようなものがあった。それからの二人の人生は、どうにかそこに辿り着くための、いくらか現実的な夢の遍歴に他ならない。そしてこれまでに見たどの夢も、いま二人が乗っている白いシュペール5、金庫いっぱいの札束、こうしてポルトガルに向かう旅路というほどには形にならなかったわけだ。

ルーアンの北あたりで小休止を入れて、流れる車を道路脇から眺めつつ、ボンネットに凭れて煙草を吸った。ゴロツキにしちゃあずいぶん良い子だよな俺ら、と二人は笑う。

カルルの母親の車の中では煙草を吸わないということに何か意味があるだろうか、後部座席には新車をプレゼントしてあげられるだけのカネがあるし、そもそもこの車を返すのだって早くとも数週間後のことになるのだ。それは車を返すためというか、彼女を迎えに行くためかもしれないが。母親たちに陽光の降り注ぐ暮らしをプレゼントすること、その考えで二人は喜びに震える。それにしても、もう二〇キロ以上も時速一一〇キロで走るオランダの長距離トラックの後ろに貼り付いたままだ。それというのも国道を行くほうが賢明だと思ったからなのだが、いったい何を根拠にそんな判断を下したのだったろう。フランスの片田舎をちまちま走り、窓から外を眺めている老人、停車した車のナンバーをジロジロ見るかもしれない警官、無数のロータリーを過ぎ、待ち伏せしている自転車のガキどものあいだを駆ける。もっと安全なルートがあったのではないか。カルルはずっと、誰かに見られているような気分でいた。ハンドルを握るフレッドはあっちへこっちへ話題を泳がせる。脈絡もなく色々なものが混じってくる、窓から見える家々、すれ違う車、彼らを先導するこの長距離トラックの野郎がいったい何を運んでいるのか。ビックのライターか、鰐皮のバッグか、ネクタイかチェロか、何なのか知りたいものだった。何年か前なら、フレッドとカルルはこのトラックを尾けて、運転手が休憩を入れる瞬間を待ち受け、やっこさんがトイレに向かうのを目で追いつつ、袖の中にボルトカッターを忍ばせ、屈んで、トレーラーに近付いていったろう。いつだったか、どこかのバーで、二人はなかなか上品な女の子に出会った。彼女はたくさんの仲間と一緒で、カウンターにお代わりを注文しに来るたびに二人はナンパを試みたのだが、毎回けんもほろろにあしらわれ、どうしてだかそれがすごく面白かった。彼女は酔っ払ってはいたが気品を保って、ユーモアに溢れていた。ある時点でバーテンがもうウォッカがないと告げると、彼女は鷹揚に空気を薙ぎ、「いいわ、工夫しろ、適応しろ、切り抜けろ、よ！代わりにジンを入れてちょうだい」と言う。そして笑いながら見ている二人を急に、芝居がかった様子で睥睨してみせたのだった。

「ちょっとキャロルに似てるな」とフレッドは言った。

閉店時間になり、彼女と仲間たちは大笑いと共に消える。フレッドとカルルは次の店に移り、彼女らとまた出くわすことを少し期待もしていたが、残念ながらそれっきりで、二人にはただ「工夫しろ、適応しろ、切り抜けろ！」というセリフだけが残った。二人とも、やっぱり良いセリフだと思う。その後、これが何だかいう映画のセリフなのだと人に教えられはしたが、何という映画だったかは忘れた。あの日、二人の前で口にしたあのときにふっと彼女の口を衝いて生まれた言葉なのだと思っているほうがずっと良かった。ときどき、ちょっと冒険をするときに二人はこの言葉を言い合うことがあって、もしこのとき目の前の長距離トラックを追跡して積み荷を荒らすとしたら、きっと車を降りるときに気合を入れて自信をつけるべくこのセリフを囁き合ったことだろう。

しかしこういった種類のシゴトは、もう今はおしまいだ。もっと違う考え方を身に付けなければならない。時間はかかるかもしれないが。ダッシュボードの下に頭を突っ込んでキーなしで車のエンジンをかけたり、懐中電灯の明かりでバールを使って地下倉庫の扉をこじ開けたり、そういうのはもう無しだ。後部座席には大金がある。いくらなのか分からないが、とにかく沢山だ、莫大だ。もうカネのことなど一切考えずに一生暮らせる額だ。

「なあ、いくらあると思う?」とカルルが言う。

革の鞄は靴の紙箱くらいの大きさだった。なかなか綺麗な茶色の、よく経年の味が出た革で、側面に赤い糸でロゴのようなものが刺繡（ししゅう）されている、組み合わさったDとAの二文字だ。そして中には、太い平ゴムで束ねられたつやつやのお札のコンパクトな塊がぎっしりと、どっしりした小さなバッグの口のところまでいっぱいに、ずっしりと重く詰まっている。こうも長いあいだ長距離トラックに前を塞がれていなかったならフレッドの反応はまた違っただろう、きっとできもしない計画を軽口に並べ立てながら車を走らせ、額が不確定なままのこの状態を大いに楽しんだだろう、なにせ莫大な額なのはたしかなのだ、最低でも三十万、もしかしたらその倍、全部が五百の札なのだから。二人で幻想を弄（もてあそ）び、楽しい道行きになったことだろう。しかしこののんびりしたオランダ野郎がもう長いこと時速九〇キロでちんたらと走り、二人はその後ろに押し込められ、トレーラーのけつにぶら下げられた「TIR」というパネルを眺めながら、この頭文字が何の略でありうるかというお題で退屈を紛らしていた。「テダシ、イケナイ。ランボウダ」、「タイヘン、イケテル、リエキアリ」……「トキドキ、イネムリ。リダツセヨ」

というのには笑ったが、もういい加減たくさんで、ぴったりに降ってきた「トマレ、イマコソ、リカイセヨ」を口にしてフレッドは右ウィンカーを出してブレーキを踏んだ。

「数えようぜ」

タイヤを軋ませてシュペール5は右に舵を切り、けたたましいクラクションを背にフレッドはブレーキを強く踏み込む。後ろの車は急ハンドルを切り、追い越していくのを見送れば運転手は車内でかなり慌てていた。それに続く古いBMWの小柄な運転手も、ブレーキペダルの上に立ち上がる勢いで減速をかけて衝突を避けたようだった。二人が駐車したのは公衆便所の設置された空き地のような場所で、垣根に囲まれたそのスペースには他に誰もいない。フレッドはエンジンを切り、カルルは鞄を取って膝に載せる。二人は顔を見合わせて息を呑んだ。それから鞄を開け、薄紫の紙幣は温かく、おとなしく、靴の紙箱程度の嵩で、物としては別にどうということもない。しかしこの鞄に入っているのは海辺のホテルであり、ポルトガルの太陽であり、ずうっと続く安閑とした暮らしなのだ。キャロルなのだ。それと同時に、ある匂い、嗅ぎ慣れない、オーデコロンのような強い匂いが鞄の中から漂ってきた。二人は驚いて顔を見合わす。

「シマールの香水の匂いか、これ？」

鼻面に皺を寄せて二人は鞄の匂いを嗅ぐ。工事現場で嗅いだアフターシェーブローションのような匂いだ。二人は、太っちょのシマールが上品な紳士を気取って鏡の前で毎朝この匂いの香水を振りかけているところを想像した。それにしても年寄りの車のバックミラーに吊るされたモミノキ型の香り袋みたいな匂いだ。

「ＢＸの匂いだ！」とカルルは噴き出す。

　これも二人の記憶に刻まれた出来事だ。がらんとした駐車場の真ん中のシトロエンＢＸ。日曜の朝、スーパーマーケットの駐車場だった。どこにも誰もおらず、アスファルトに包囲された最後の生き残りのように佇む車一台。本当を言えば彼らの扱うようなものでは、儲けの出るようなクルマではなかったのだが、しかし猫の子一匹見当たらないこの状況で据え膳食わぬのも、と思って二人はドアをこじ開けたのである。その瞬間に匂いが彼らの鼻を襲った。胸が悪くなるほどのウスベニタチアオイ（マシュマロ）とヴァニラの混ざった甘ったるい臭気。反射的に後ずさって顔を見合わせる二人。ドアを閉める。こんなもの盗むのは無理だ。匂いがキツすぎる。この十一月の寒さのなか窓を全開にしてスピードを出して走らなくてはならなくなる、どう見ても怪しすぎる。鼻が曲がったまま二人はその場を後にした。いったいこのクルマの持ち主は最強の盗難防止装置を搭載している自覚があるのだろうか、などと思いながら。それ以来、度を過ごし現実味を見失った芳香のことを二人は「ＢＸの匂い」と呼ぶのである。

　この匂いが一種の警鐘、虫の報せになっても良かったのだ、二人を少し揺すぶって、何かがうまくないと用心の気持ちを起こさせても良かったはずなのだ。しかしカネの匂いはそれよりもっと強烈で、二人はこの現ナマの蜜の壺に汚れた手を突っ込んだ。饑い（ひだるい）餓鬼のように鞄に覆いかぶさり、外の物音も中の匂いも忘れて、二人は数えた。

16

シマールはバンコクに着いたころだろう、カルルの母親はスーパーのレジで椅子に座って赤い光にバーコードをかざしているころだろうし、フレッドの母親も工場でパッケージングの作業を始めているころだ。例の、もう二十年このかた彼女と仲間たちがこっそり「おしっこさん」と呼んでいる上司の指揮の下で。さっきから四〇キロくらい、フレッドとカルルは紙幣のカーペットの上をドライブし、札束のリズムで航海している。シュペール5はコンコルドのスピードで、国道は太陽の高速道路だ。ヨットに乗っている気分でドアに片腕を預け、シートも急に柔らかくなったように思える。茶色い小さな革の鞄の中には、二百万ユーロ入っていた。

「それで、キャロルだけど?」

カルルがこの話題を出したのはむしろ渋々だったが、しかしカレーを出て以来一度も彼女の名前が出ていない、というよりも二人とも話題にするのを避けていて、彼女の影がついて回っている感があったのだ。彼女を目指して走っているにもかかわらず。二人は今や金持ちで、しかし同時に逃亡者、少し違うかもしれないがほとんど逃亡者で、しかしそんなことは実は大した問題ではなかった。本当に大事なのは、一番大きくて、魔法のようで、全てを包み込んでいるのは、そんなのとは別のことだ。二人はキャロルと再会するのだ。

「キャロルがなんだよ?」

十年近い音信不通の後で、金庫いっぱいの黄金を携えて彼女のところに現れ、太陽の下へと連れ去る、このイメージにフレッドは何の疑問も持っていないようだった。カルルはひとり静かに笑い、フレッドはカルルが言葉を継ぐのを待ってじっと彼の顔を見る。カルルはこの年月のあいだにフレッドがキャロルと言葉を交わすことがあったのか、たまたま交信を再開したとかそれともずっとやり取りを続けていたとか、そういうことを詮索する気はなかったし、だから彼女の名前を出したこともなかった。少しの間をおいてフレッドも道路に視線を戻し、沈黙が車内を満たす。大金も、逃亡も、それにまつわるどんな危険も何ほどのものでもない。二人はただ黙って、失われた夢に向かって、ひいては光に向かって車を走らせているのだ。キャロルのことを、当時カルルはほとんど毎日のように考えた。彼女はいったいどこに行ったのか、どんな生き方を求めて去ったのか。星の煌めくサーカスのステージで、妖精のような格好で子供たちの歓声に包まれることが果たして彼女の天職なのか。それに、彼女がフレッドのことを思い出したりしているのかどうか。あるいはカルル自身のことを。最初にカルルの腕の中で過ごした時間のことを覚えているのか。彼らとの思い出を何か、情景の一つか二つかでも胸のうちに仕舞っていたりするのだろうか。関係をそこで終わりにしたことをもしかしたら後悔していたり、あるいは逆に時間を無駄にしてしまったと思っていたりするのか。彼女がどんな印象を持って行ったのかについて彼は考えた。時おり思い出して微笑んだりするのか、そんなことは全然ないのか、そもそも思い出すこと自体があるのかどうか。

二人はもう長いあいだ彼女のことは話題にしなかった。慎重に避けていたのだ。その朝、カルルの家の台所で、それからマセラティの中で、カルルは不意に気がついた、本当のところフレッドはずっと彼女のことしか考えていなかったのだ。キャロルこそが彼らの人生で一番のことだったのだから。


旅はル・マンに差し掛かり、ガソリンを入れ直さねばならなくなったところで道沿いにかなり新しいガソリンスタンドがあった。端のほうには長距離トラックの整備もできる設備、売店もある。先客はキャンピングカーが二、三台にバイクの一群、バイカーたちの顔はヘルメットと長距離の走行で鬱血していた。ポンプの前に車を駐め、フレッドがタンクの蓋を開けに出る。カルルはフレッドに任せてトイレに走った。もう一時間以上ソワソワしていたのだ。

数分後に戻ってくると、フレッドは給油を済ませ、腕を組んで車体に凭れていた。二人のアンチャンは顔を見合わせる、ここまでは問題なく来れた。速度超過をしないようにして、パトライトを避け、鞄は後ろでいい子にしていて、誰にも知られず。人目に立つこともなくここまでやってきた。それがどこか物足りないのだろうか、それとも単に、早くケーキに手をつけたいということなのだろうか。二人は顔を見合わせ、言葉を交わすまでもなく、まったく同じように後部座席に向かう。二人ともその場で足踏みせんばかりになって、誰かに中身を見られる心配がないかとカルルが周囲を見張るなかフレッドが鞄を開けた。そしてドアを閉め、レジまではほんの一〇メートル程度だがしっかり車に鍵をかける。支払いでは赤いユニフォームと対照的にずいぶん青白い顔をした店員が紙幣を受け取り、目を上げて二人を見た。小男は満タンの分を納め、ピン札で払ってよこした二人のタフガイにおつりを返す。フレッドとカルルは喜びに飛び跳ねそうになるのをどうにか抑えながら車に戻る。

畜生、ついに最初の一枚を使ってやったぜ……！

17

キャロルはある木曜日の朝にフレッドのもとを去った。この出来事はフレッドの家で、起き抜けに、ほとんど穏やかな空気の中で完了した。その日はカルルと一緒に古い自動車整備場を見に行く予定で、もう誰も管理していないような場所だが、部品や、もしかしたらオンボロの車体なんかも見つかるかもしれない。古物商いの真似事をしようというわけだ。

フレッドはカチコチに固まって、キャロルが起き出すのをただ見ていた、彼女は近寄ってきて、両手でたっぷりと彼の頰を撫でる。彼女を引き止めようとした、「好きなんだ」とか「行かないでくれ」とかをモゴモゴ呟いて、それで何が変わるわけでもなかったが。ポルトガルのこと、上手く行きそうな計画がいくつもあることを話したが彼女は去った。

午後、廃整備場には行かなかった。フレッドは心臓の周りに感染性の肺炎を抱えて八日間ベッドに釘付けにされてしまった。


キャロルは親元に帰った、叔母さんから聞き出せたのはそれだけだ。二人が訪ねたとき、彼女はチェーンをかけたまま、扉をほんの少ししか開けなかった。二人はキャロルの「親元」、たしかパリの郊外のどこか、それがどこであるのか知りたくて食い下がり、何か聞いてませんか、どっち方向なのかだけでも知りませんか、としつこく訊いたが、終いには追い返されてしまった。姪っ子の色恋なんぞあたしには関係のないことだよ、しかもあんたらみたいな連中が相手じゃなおさら係わり合いになりたくないね。扉は閉じられた。扉越しのくぐもった声で、今すぐに帰らなければお巡りを呼ぶという脅しが聞こえてくる。しかたなく、階段に足音と話し声を反響させて二人は帰った。サーカス学校のほうでも何の情報も得られない。受付の女の人が教えてくれたのは、キャロル・ソヴァージュは課程の途中で退学したということだけだった。それ以上は彼女にも分からない。

「あの子の一輪車はほんと見事だったのにねえ、残念だわよ」

その日は海沿いを歩いた。フレッドは注射続きの八日間を抜けてようやく普通に息をしても痛くなくなってきたところで、少しずつ外気を取り込もうとしている。二人はイギリスのほうを眺めた、もしかしたらキャロルはこの海の向こう、二階建てのバスに乗って、それともパブでビールを前に、幸せにしているのだろうか。彼らはカレーの海沿いを、濡れた砂の上で風を孕(はら)んで膨らんだり転がったりするビニール袋の散乱するなかを歩いている。襟を上まで閉じて、首を竦(すく)めて。人生が急に虚しく、沈黙に包まれたように思える。風の音しか聞こえない。フレッドの目は何も見ていなかった、グロッキーになってロープに倒れこんだボクサーのように、しかし無傷のままで。打たれたわけでもなく、ただ空中で突然気流の乱れにはたき落とされ、無気力に目を大きく見開いて、苦しみすら覚えず、麻痺していた。

*

それでカルルは。

カルル・アヴァンザートは。

彼もまた砂地を歩いていた。おそらくは同じ奈落の縁(ふち)を。フレッドが乾いた涙を流すのを見て、カルルは自分の感じているものが本当のところ何なのか分からなくなっていた。突然この世に独りぼっちになってしまったような友達を思っての、悲しみ、それに痛みにすら近いようなもの。しかしそれだけではなく、欠落、キャロルが突然死んでしまったかのような喪失感があった。考えてもみれば彼にとって、彼女は本当の意味で言葉を交わした唯一の女性だったのではないか。この海岸で、カルルはそのことに初めて気がついた。靴に入り込んだ砂粒が不快に足をくすぐる。キャロルが去って以来、彼のほうも虚無の縁を歩いているのだ。彼もまた彼女のおかげで、その微笑みと言葉によって生きていたのだ。キャロルは世界の全てに向けて開かれた窓だった。彼が覗くことのできたたった一つの窓。甘美な安心感、不安を吹き払う涼やかな風。周りのものを飛び越えて、世界を広げ見晴らしを一気に炸裂させる、手の届くところにある翼。ただ彼女がそこにいるだけで、彼女の魅惑が彼ら二人に及ぶことで、世界が不意にひっくり返ったような。要するにそういうことだ。ほんの半年彼女と共に過ごしたことで、これまでただ線路脇にしゃがみこんで電車を眺めているだけだった二人は変わった。キャロルは二人を自分の上着の裏地にピンで留めて、どこへでも連れていってくれた。彼女は二人にとって、どこにでも通用する「開けゴマ」だったのだ。彼女と一緒なら、美術館に入ることもできた。彼女に連れられてなら、洒落た食料品店にも、喫茶店にも画廊にも行くことが許された。何の話か全く分からない奴も多いだろう。最初から許可証を手にしていた者には分からないことだ。別に特に恵まれていたとか、コネクションがあったわけでも、金持ちだったからというのですらない。ただ自信が、周りの連中と対等で同じ権利を持っているのだという確信があったかどうかの話だ。もちろんみんなそれぞれに欠点や問題があって、惨めさも抱えているだろう。しかしどこに行っても自分が合法的な存在であると思えている奴は、少なくとも自分にはその権利と可能性が認められているのだと再三自分に向かって言い聞かせる必要を感じていない奴は、自分たちがどれほど安楽に生きているか分かっていない。キャロルと出会う以前、フレデリック・アブカリアンとカルル・アヴァンザートは世界を自分たちには高級すぎるショーケースのように眺めていた。彼女という流れ星の眼差しを受け、その澪に浴することで、二人は初めて知ったのだ。人生は、実は誰にでも開かれているということを。

とはいえ、人生は少しずつ元の流速を取り戻す。物色してみたものの売れそうなものが何一つ出てこなかった田舎の別荘、二人揃っての臨時のバイト、バールを持って粉塵のなかコンクリートを砕いて回った十日間、徒刑囚の気分だった。空虚が二人の周りを覆い、フレッドはもうほとんど口を開くことがない。

しかしもちろん人生は続いていく。カルルはキャロルのことを話さないことに決めた、そのほうが二人にとって、少なくともフレッドにとってはいいだろうと思った。本当はずっと延々とキャロルのことを考えていたし、フレッドも大体同じだったのだが。補助輪を取り上げられてしまった二人は、これからは大人のように自転車を漕いでいかなくてはならない。時おり、カルルはキャロルの通っていたサーカスの学校に寄って、中に入ってみた。皆こっそりと彼のほうを窺っている学生の群れに紛れて、彼らの顔の中に彼女の顔を探した。幽霊でも探すように。そして見知った顔ひとつ見つけることもなく出てくる。

　方々で彼女の名前を探した。ある日、古い友人に誘われてナンシーのほうに出かけ、スキーウェアのコンテナを根こそぎにしようとしたものの、中身が全部子供サイズでとても裏ルートに流せそうもないと分かってこの計画はおじゃんになったのだが、帰りにそのあたりのバーに寄って、電話帳を繰ってみた。彼女の名前、キャロル・ソヴァージュの名前を探して、辛抱強くページを繰り、そして見つからなかった。コーヒーの代金を支払って、のろのろと車を走らせてカレーに戻る。改めてもう一度キャロルを失ったような気持ちがした。そして翌日、この話をフレッドにはしなかった。

　フレッドも、ずっとキャロルの影を追い続けていた。彼女を目指して走る道中で彼はそのことを話す。北仏から遠ざかるにつれ暖かくなってくる空気を切り裂きながら。ポワティエを過ぎ、ラ・ロシェルと書かれた標識も見た、海とヴァカンスの香りがする。窓を全開にして、シュペール5は陽光に喉を鳴らしながら走った。彼らはついにキャロルの話をする、ついに、この長い年月を隔てて。ようやく二人は踏み出す、手をつける、体ごと入っていく、他の何よりも自分たち二人を一番強く結び付けている観念の核心へ。フレッドも、片時も彼女のことを忘れてはいなかった。彼もまた方々を手当たり次第に調べてみていた。キャロルの叔母さんの家に出向き、前回ほども開かれるのことのなかった扉の隙間に向かって、俺の代わりにキャロルにキスを送ってください、とだけ頼む。ああ、そうするよ、と言って扉は閉じられた。

それからインターネットができて、友達付き合いのサイト、ソーシャルネットワークができた。カルルはそっち方面のことはまったく分からず、せいぜい広大なネットの海のどこかの離れ小島にキャロルもいるのかもしれない、という程度の漠然とした認識しか持っていなかったが、フレッドのほうはそこらじゅうにアカウントをつくって、ときには夜通し時間を費やし、出鱈目に検索をかけて、外国も含めて捜しまわっていたのである。それでもキャロルはフレッドの手繰（たぐ）る世界規模の投網のどこにもひっかからず、本当に消えてしまったようだった。ある晩にはリヨンの近所のキャロル・ソヴァージュがフレッドの眠気を吹き飛ばしたが、クリックしてみればこの人物は六十歳の美容師で、大食い大会で優勝したと書かれている。このレディーは、町のお祭りでソーセージ用挽き肉（フォースミート）を八キロも腹に収めて圧倒的な勝利を収め、真っ赤に満腹して得意げに表彰台に上っていた。地元の新聞がこの快挙を讃える記事とそれに添えられた写真を、フレッドは目を見開き画面に向かって前のめりになって、食い入るように見つめていた。実はカルルのほうも、フレッドには話さなかったが、自分たちの女神と同じ名前を持つこの大食いおばさんの存在にぶち当たっていた。カルルもまた、彼女を見つけたかと、ほんの数秒のあいだ、画像が読み込まれて見知らぬレディーが姿を現すまで、しばし胸を高鳴らせたものだ。それ以降、カルルはインターネットでの探索からは少し遠ざかった。ときどき思い立ってコンピューターの前に座って猛然と各方面に目を走らせることはあったが、この熱は夕立のようにすぐに去るのだった。しかしフレッドのほうは、何年にもわたってずっと、コンスタントに調査を続けていた。毎日接続して検索し、日によって数分だったり数時間だったり、一度として何の成果も上がらなかったが、それでも調査を再開するときにはいつもまっさらで傷ひとつない希望を胸に抱いていた。

　そんな日々の果てに、いやもうほとんど恐怖に、ある日、画面の中のキャロルと目が合ってフレッドは跳び上がる。喜びに、いやもうほとんど恐怖に、彼は震えた。彼女だ、キャロルがどこかのサイトの写真に、キャプションには名前も出ていて、短いものだが記事も付いている。亡霊のように急に甦るキャロル、以前のまま、燦然と、生身で、生きている、それほど遠くもない、ボルドーで。キャロルはサーカスの学校に職を得たとかで、地元の雑誌が彼女の経歴を手短にまとめ、彼女の才能や技量を褒め称えていた。フレッドは気持ちが昂って涙を流した。すぐにも車で飛んで行きたかったが、それは抑え、両手の指を翳ってでもこのことを口に出さないように努め、落ち着きのない人生の中でこれまでになかったほどの集中力を発揮して、全ての準備を整えるまで震えることがないようにと、何かの祈りのように両手を合わせた。

　その三ヵ月後、フレッドはシマールの別荘に忍び込み、屋敷の中をくまなく調べて回り、宝物を掘り当てて、朝からカルルの家に突っ走って出発を告げたのである。三時間後には駐車場にジャクリーヌ・アヴァンザートのシュペール5のタイヤが軋み、フレッドとカルルは二度と戻らない覚悟でカレーを後にした。

　その晩、十九時十一分、車列に溺れるようにして彼らはボルドーの標識を無言で越える。後部座席には二百万ユーロ、前の二座席にはこの世の全ての夢を乗せて。

18

フレッドは舞台の真ん中で椅子の上に腰を落とした。両腕が垂れ下がる。女の子は何と声をかけたものか分からず、少し困惑して彼を見ていた。サーカスの赤いテントの下、砂を敷き詰めた地面の上、彼らの周りを白馬が一頭ぐるぐる回る。見事な音を立てて大きな円を何重にも描く。蹄の音、鼻息、急に西部劇の世界にやってきたみたいで、カルルはこのイメージにしがみつく。何か話しているキャロルの同僚の女の子と、腕を投げ出して座り込んだフレッド、そして辺りに漂うこの雰囲気、一輪車のピエロに人体切断の奇術、お手玉をする象にイカレた楽団、子供たちの笑い叫ぶ声、ラメ入りのレオタードを着た女の子が空中に踊るような気配。カルルはこの気配に呑まれるままになっている。この空っぽのテントの下で、他にすることもない。無人の客席に音は反響し、白馬はぐるぐる回り、女の子はまたキャロルはいないのだと説明する。ボルドーには、それどころかフランスにさえいないのだ。

「子供たちを引率して、ローマにパントマイムの研修を受けさせに行ってるんですよ」

彼女はパントマイムというのが何なのかもう一度説明しかけるが、カルルはそれには及ばないと身振りで示す。女の子は手振りで詫び、どうしていいか分からないという目つきをよこした。フレッドは子供のように気が抜けて座り込んで、虚ろに空を見つめている。彼らは空っぽのサーカスにいて、キャロルはいない。彼女は今朝、早いうちに出発したのだという。二人が台所でシマールの財宝を前に震えていたころ、キャロルはチビどもがバスに乗り込むのを見てやっていたのだ。行く先ではピッツァが絶品で、パスタはこの世のものとも思えぬ美味しさ、黄色いヴェスパやピンクのフィアット500、青いフェラーリが走っているのだとか話してやっただろうか。兵隊(ベルサリエーリ)は今でもヘルメットに羽根飾りを付けていて、国中が踊り狂うせいでピサの塔が傾いてしまっているのだとか、バスに揺られながらそんな話を聞かせてやったことだろう、二人がカネの前でぶるぶる震えていたあいだに。

目的地まで一五〇〇キロ、バスで二日の旅程、今頃はエクスとモナコのあいだくらいだろう。カルルは車を飛ばして追いかけることを考えた、急だが、もっと馬力のある車を買って、時速二〇〇キロでキャロルの元へ。数歩、意図もなく堂々巡りに踏み出す、足元には砂、辺りを見回し、座りたい、少し休みたい。延々と全速力で走ってきたような気分だ、何時間もずっと息を止めていたような、でももう無理だ。少し、ほんの少しでいいから休まなくては。カルルは何も告げず出口に向かう。フレッドにも女の子にも何も言わずに。あの子は何をする役なのだろう。彼女が星型の板に磔になって、観客の悲鳴と歓声に包まれ、身体の周囲の板に次々とナイフが突き立っていくなか瞳に不敵な笑みを湛えているところを想像する。舞台の端に至り、仕切りを跨いで、出口へ、そしてじきに外に出た、外では太陽が彼を打ちのめす。長いあいだ息もできず地中にいたのがやっと出てこれたような気分だ。腕を広げ、全身で陽光を受ける、それから屈みこみ、地面に両手をついて目を閉じる。

ここに残って、キャロルが戻るのを二人で待とうとフレッドを説得したい。気の利いたホテルに部屋を取って、葡萄畑を見学しに行って、馬鹿高いワインを二つ三つ味見すると言って、一滴も吐き戻さず、豚みたいに意地汚く全部飲み込んでソムリエの目を白黒させてやろう。フレッドがまた走り出さないように、カルルはこんなふうに提案しようと考える。きっとフレッドも乗ってくるはずだ。

自信をつけてテントの中に戻って、カルルは目を見開いた、フレッドが白馬に跨がっている。女の子が手綱を持って一緒に歩き、舞台を周回させてやっている。フレッドはガキみたいに、馬の背に安心してはいないが笑顔で、カルルのほうを見ても笑うばかりで、馬を怖がらせるのを恐れてしゃべろうとしない。馬はだく足で進み、フレッドはそっとその頸(くび)を撫でる、落ちないように両脚は馬の腹に添わせて。そうだ、これも残る。怖いもの知らずのフレッドが子供のようになって、魔法に満たされるままに、優しさがこみ上げてくるに任せている。美しい情景だった。美しくて、超現実的だ。三位一体の彼らがカルルの前に差し掛かったとき、フレッドは微かに身を傾け、馬の反応を横目で窺いつつ、小声でカルルに話しかけた。このまま何日かボルドーにいようぜ。彼も同じことを考えたのだ。もうお楽しみを始めてしまおう、今晩から、なんならもう今この瞬間から。馬が身震いをして、フレッドの表情が急変する、地面を見て、女の子のほうを見る、パニックになって咄嗟に跳び上がるフレッドを見て彼女は笑う。砂埃を舞い上げてフレッドは地面に転がった。白馬は歩みを止めて丸い目で怪訝そうに彼を振り向く。この馬がどんなにおとなしいやつなのかフレッドにもよく分かった。その目を見つめたまま、服についた砂をはたきながらゆっくりと立ち上がる。

「一週間くらいここにいようぜ、なあ、どうだ？」とフレッドは繰り返した。

カルルは微笑んで頷く。女の子は二人を、二人の喜びと、二人が言葉以前に合意に達しているのを傍から見て、彼女も微笑んだ。

「どちらからいらしたんです？」彼らの疲れた様子から長旅をしてきたことを読み取って、彼女は尋ねた。

北仏からだという彼らの返事に、彼女の表情が変わる、何か迷いのようなものが混じり、しかし彼女自身それを追い払おうとしているかのような。それから彼女はもう一度微笑みを浮かべ、困惑混じりの沈黙が降りた。

「カレーですか？」と彼女は押してみる。

二人は驚いて、そのとおりだと答え、顔を見合わせ、その続きを待ち受けた。是非ともその続きが知りたい。その続きは囁き声で、「ああ、それじゃあ……」という言葉の形を取り、二人の胸に真っ直ぐ突き刺さった。二人の視線は行ったり来たりする。「それじゃあ」なんなのか。「あなたが、あのフレッド」なのか、「あなたたちが、あの」なのか、二人には分からない。キャロルがフレッドについて、あるいはカルルについてか二人について、何と言ったのかも、この同僚の女の子がキャロルにとってどのくらい親しい友達なのかも、この子がどのくらいのことを知っているのかも、二人には分からない。二人はそれ以上何も言わず、もうこれで十分だ、これ以上迷惑をかける気はない、じゃあ俺たちはそろそろ行きます。女の子は二人がもう帰ると言うのに少し驚いたようだが、引き止めようとはしなかった。手を伸べて出口を指し、ボルドーをたっぷり楽しんでくださいね、気が向いたらいつでもまたうちの色男に跨がりに来てください、と言う。二人は出ていく、女の子の言葉はきっとあまり届いていない、彼らはただひとつのことだけを考えていた。これだけ何年も経っても、キャロルは覚えていてくれたのだ。

19

〈文字盤〉という名前のバーだった。表には黄色のネオンが走り、中も雰囲気がある、壁じゅうにいくつも時計がかかっていて、赤茶色の革の長椅子が並び、長方形の大きな空間を所狭しと額縁が飾る。中身はどれも写真、シンガー、バンド、ライブの一シーン。カウンターは何メートルもある年季の入った一枚板、ビールサーバーは鈍く光り、棚にはグラスと並んでありとあらゆる果物を漬け込んだ何本ものラム酒の瓶が後ろ側からの照明に耀う。本当に絵になるバーだ。店に入った二人はこの雰囲気にすっかり感心して、これは幸先が良いと考えた。というのも、この店を選んだのは本当にただの偶然、前を通ったときに店のすぐ前に空いた駐車スペースがあったからというだけなのだ。二人とも休暇気分を味わうために一杯飲みたくて、なんでもいいからバーを探していた、ただしシュペール5をすぐ目の前に駐められる店だ。カウンターで乾杯するときにも目の端でクルマを見張っていられなければならない。そのために街の中を一時間以上うろうろと、クローネンブルグの看板が目に入るたびに速度を落としながら、車から降りることもなくクラブやらキャバレーやらを見て回ったのだ。ここは危なそうだ、こっちはあまり安全そうに見えない、そうしているうちに〈文字盤〉に行き合い、店の前には奇跡的に一台分の空き。車にしっかり鍵をかけ、鞄は後ろから助手席の下にしっかりと押し込んでぬくぬくと。念のためにもう一度確認してから、二人は店に入る。そして目を見開いた。これは目っけもの、すごいバーだ。いい雰囲気の、まさに十年前キャロルに出会うことがなければ一生自分たちで入ることのなかったタイプのバー。一流過ぎて、あるいはあまりにイケていて、自分たちには分不相応に感じてとても入れなかったろう。そして、ちょうどかかっていた音楽。彼らに馴染みのファンク、あたりを光に包む最高な曲だった。二人の足はリズムに乗って、早くも踊りだしそうになっている。

　カウンター席にかけ、それぞれ結露の煌めくビールを目の前に。バーテンは頭を揺すりながらグラスをよこした。リンネルのシャツの襟の輪の中を首が行ったり来たりしている。二人もリズムに乗って礼を言った。店はまだ混み合っておらず、いくつかのグループがそこここに固まり、大抵は若者だがみんなというわけでもなく、二十一時、夜はこれからが本番だ。乾杯する。グラスを触れ合う瞬間、二人は大偉業でも成し遂げたようにお互いの目を真っ直ぐに見つめ合った。敵か、恐怖か、何かそういうものに打ち勝った祝杯のように。あるいは不可避と思われた破滅から見事に逃げ延びたかのように。二人は自由だった、ついに、もうこれからはずっと。一〇メートルと離れていない場所に大金を持っていて、その車はずっと視界の端に捉えている。

「聞いたかよ、あの子『ああ、それじゃあ』って言ったぜ」

フレッドは自分の偉勲を確信して孔雀のように大得意で尾羽を広げる。眉毛が山形（やまなり）になっている。あの言葉の後に省略されているのが「あなたが、あのフレッド」だと確信している、カルルはそれを理解した。そして親友がそんなふうに少し自分のことを脇に追いやるのに対して腹を立てることもできなかった。なんのことはない、予想通りだ。フレッドがあの言葉をそういうふうに解釈するだろうことをカルルは最初から知っていたのだ。だから他の可能性を示唆することはしなかった。自分にも少しはキャロルの覚えめでたさの分け前を要求するような意味でも、あるいはキャロルが彼女に話したのがカルルではなく彼ら二人、それともフレッド一人のことであったとしても、それが必ずしも好意的な話ではなかったかもしれないというような意味でも。しかし例えば、キャロルはいつかの晩に、青春の失敗であったり不幸な巡り合わせであったりという話題の中で彼らの、彼のことを話したかもしれないのだ。彼らとのことを、付き合いをやめたことがいかに救いであったか、光り輝くことであったか、あるいは当然のことであったかという文脈でキャロルは語ったのかもしれない。カルルは考える。彼は思うのだ、おそらく自分たちはキャロルの人生を、どういうふうにかは分からないが、少しばかり汚してしまったのではないか。ケチなシノギや詐欺騙りの類をする人間と付き合いを持ったことが、長い目で見れば、軽いものであれやはり何か傷のようになるのではないか、と。彼らの側からすれば、彼女の手で上のほうに引き上げてもらった感がある。ならば逆に彼女のほうは、何ヵ月ものあいだ二つのデッドウェイトを背負わされて、沈み込み、船足を遅らされた、首のあたりを絞められて息苦しい思いをさせられたと感じるのが道理ではないのか。たぶん。おそらく。しかし彼はフレッドに何も言わなかった。せっかくのお祭り気分を台無しにしたくない。カルルはグラスを手に取った、フレッドも同じようにして、乾杯、「俺たちに！」乾杯してグラスにかぶりつく。それと同時にバーテンは音楽のボリュームを一段上げた。二人に目配せをして、大きなツマミを回す、二人は「もっと！」と言うように小さく手振りをする、爆音のベースと金管、飛び跳ねるドラム、やった、ここで、このタイミングでまた、不沈戦漢ジェームス・ブラウンが驚異の浮沈劇を歌い上げる！　バーテンはその場でちょっと不格好に一回転する、二人は笑った。彼は二人のほうにやってきて、自分、ダンスとは長くて素敵なお付き合いなんですよね。

「十二歳のときね、実家のアパートの踊り場でムーンウォークの練習をしてたら階段を転げ落ちちゃって。もう大騒ぎでした。先週も部屋でタンスにぶつかりましたし」

ウケを狙う面白おかしい小男の典型。バーテンダー・オン・ステージだ。

「それもムーンウォークで？」とカルル。

「いや、ジャミロクワイみたいに動けないか、ってね。地べたすれすれに、こう、すいすいーっと」言いながら彼は漠然とその動きをしてみせた、なんだかノロマでぎこちない操り人形のように見える。「そしたら床に落っこちてたパンツを踏んづけて滑っちゃって」

ウケたと思って満足して、二人に向かって微笑みながら彼は向こうに行く。自分が笑わせたとバーテンは思っているようで、たしかにそれもあるのだが、しかし二人はむしろ気分が良いから笑っているのだ。フレッドは二百万ユーロと、キャロルと、彼にとっては魔法のようなあの「ああ、それじゃあ……」が嬉しくて。カルルはこうして今晩ボルドーにいること、どこだかに向けて闇雲に走り出さずに済んだこと、フレッドが自分と同じようにここに残ろうと言ったから、それが嬉しかったのだ。こうして親友と一緒にいる。カルルはそれが嬉しくて笑っている。

＊

少しずつ混んできて、机の上には色とりどりの、様々な大きさのグラスが並んでいく。

怒りっぽく大笑いする若者たちが一息に干す小さなグラス、ミニのドレスを着た女の子たちがストローで啜る背の高くて優美な、グラデーションのかかったグラス。そしてそこここに冷たいビールのピッチャー、ガラスの側面に露を滴らせて。だんだんと行き来が始まる、交わされる視線、隣の長椅子の会話の端を捕まえて広がる輪、口々に浮かぶ微笑み、上手く相手に効果を上げる者、あるいは上滑るだけの誘惑、投げ交わされるユーモア、満ちていく喜び。二人は相変わらずカウンターに座っていた。もうじき外はとっぷり夜になる。二人はもう一杯、さらにもう一杯ビールを注文していた。音楽はいよいよ激しくなり、二人はどよめきの中で言葉を交わす。バーテンは注文を受けに飛び回る、見ていると、彼は団体まるごとを相手にめくらめっぽうナンパをかまし、ちゃきちゃき注いではお代を納め、頭も両手もびゅんびゅん動き、しかし時おり急にヤサくなって、おつりを返す相手の女の子の目をじっと見つめたりもする。彼氏の目の前であっても。そんなことを気にしちゃいない、飄々と次のお客に移り、まるっきり水を得た魚だ。〈文字盤〉は燃え上がっている。もしこれがフレッドと一緒に過ごす最後の夜だと、無言のまま理解し合える時間はもうほとんど残っていないのだと知っていたら、カルルはどんなふうに感じただろうか。もうほんの一、二時間もしたら、そこからほんの一〇〇メートルほど先で、すべてがきっぱりと壊れてしまうと分かっていたなら。知っていたら何かが変わっただろうか？　きっとカルルはフレッドを説得しようと思っただろう。キャロルはもう大昔に遠くに去ってしまったのだと。会う気があれば彼女のほうからいつでも来れたはずで、フレッドはただ空しい夢を見ているだけなのだ、と。あるいは、自分もキャロルのことが好きなのだと言ったかもしれない。そう言うのが当然だと思ったかも、それを告げるための言葉を見つけることができたかもしれない。親友とキャロルが幸せになることを思うと苦しくて気が狂いそうだと、そしてもちろん、そんなふうに感じるのを恥ずかしく思うと、しかしそれでも、もっとどうしようもなく強い気持ちが、フレッドだけがついに幸せになって自分は置いていかれるかと思うと世界全部を取り上げられてしまうような感じがするのだと、そう告げることができたかもしれない。一時間後に二人を待っている出来事に比べれば、そう告げることのほうがよほど簡単だと思えたかもしれない。一時間、全てがおしまいになる前に全てを語り合うのに、もう一時間しか残っていない。しかし誰にもそんなことは分からなかった。無数の歌が、無数の本がこのことを語る。歌い手たちは今を生きろと叫ぶ、明日には世界が終わるかもしれない、力の限り愛し合わなくちゃいけない、しかしそうもいかないのだ。頭上にダモクレスの剣を吊るして生きてなどいられない。カルルやフレッドのようなその日暮らしの、イチかバチかの刹那的なチンピラであってもそれは同じだ。計画を立て、将来のことを思う。まだしばらくは生きている、平均よりは短いかもしれない、それでもまだ来週は生きているはずだ、当然だろう。このイケてるバーでビールを飲みながら、カルルは自分の苦悩をフレッドに語ることはなかった。きっと、話しても何も変わらなかったろう。フレッドにはカルルが何を言っているのか分からない、彼にとっては今朝からもう全ては当然のように決まってしまっているのだ。カルルもまたキャロルのことを、彼と同じように、彼と同じ種類の感情で、好きなのだとどうしてフレッドに理解できただろう。彼女がフレッドの腕の中に移っていくのを、まだ彼女はすぐそばにいる、ほとんど自分の腕の中にいるのと同じようなものだと、そう自分に言い聞かせて堪(こら)えていたことが、どうしてフレッドに想像できたろうか。その晩、カルルはたった一つのことでフレッドを羨(うらや)んだ。彼はそのことをずっと後も思い出す。たった一つ、こんなにも似通って、ほとんど同一人物のような二人にあって、たった一つ。フレッドは信頼しきっていたのだ。人生をではない、自分たちのシノギをでもない、自分自身をですらない。そうではなく、その晩、フレッドは愛を信じきっていた。フレッドはつま先からつむじまで、徹頭徹尾、キャロルが彼のことを、待ち侘びた奇跡のように歓迎して、そして全てが元通りになると信じきっていたのだ。そのことにどんな意味が、そもそも何か意味があったかどうかなど関係ない。フレッドの目が眩んでいたとか、頭が変になっていたとか、度し難いほどのアホだとか、そんなことはどうでもいい。フレッドには確信があった。完全に、間違いなく、自分たちは二人一緒だと、自分は愛されていると確信していた。彼はこの感覚を体験したのだ。カルルが一生涯知ることのなかった感覚を。

＊

バーテンはディスクを替え、新しいのをプレイヤーに投入しつつ、友達に向けるよう

な満面の笑みで二人に叫んだ、

「ジンジャー？　ラズベリー？」

二人は意味が分からずに視線を返す。曲が始まる、後ろのテーブルから何人かの歓声が上がり、女の子が一人立ち上がり、それからまた一人、踊り始めた。それからもう少し向こうでもエネルギーを発散したくなったアンチャンが続く。ディー・ライトの、一番有名な曲、何年か前にテレビ番組に使われた、そう、このための曲、踊るための、身軽になって、みんながお互いを素敵だと思うための曲だ。もうみんな頭を揺らしている。

「ラムですよ」二人のほうに身を傾けて、バーテンはグーッと飲み干す動作をしてみせた。

「ジンジャー！」とフレッドは吼える。

カルルも頷く。こんなイケてるバーで、自分たちに、店からの奢りが出るとは思ってもみなかった。しかしどう見ても、店内の誰も彼らの存在に居心地の悪さを感じていない。珍しい、驚くべきことだ。もう何分か後にフレッドが死んでしまうことを知っていたなら、きっとカルルは「人と一緒にいて良い気分になるには、まず自分自身と折り合いが付いていて良い気分でいないといけない」などと思ったことだろう。馬鹿みたいな文句だがこの夜にはまさにぴったりで、きっとカルルはフレッドを抱きしめて、いまここに、生きて、こうしていてくれることにありがとうと言っただろう。きっと、フレッドが踊ろうとするのを、袖を摑んで引き止めただろう。きっと、やっぱり引き返そうとフレッドを説得しただろう。

　バーテンは二人の前に小さなグラスを二つ並べ、冷蔵庫から薄黄色の液体の入った透明な瓶を取り出した。よく冷えた瓶はすぐに結露で覆われる。バーテンが瓶を傾け、二人の目の前でクロムメッキの注ぎ口から不思議な液体が流れ出し、小さなグラスを縁までいっぱいに満たした。「乾杯！」と叫び、バーテンは瓶を仕舞って他のカウンター客へ走る。二人はグラスを手に取り、揺らさないように、溢さないように縁を打ち合わせ、そして一息に飲み干した。強烈で、冷たくて、甘露、誰一人傷つけずに叩き起こす銃声のような。空のグラスをカウンターに戻すが早いかフレッドはビリリと立ち上がっている。バーテンは笑い出し、フレッドは横に一歩、そしてもう一歩、リズムに乗って、底抜けに陽気に、しかし同時に心の底から大真面目で。もう一歩、これは少し小幅、それから元いたほうへ。意識を集中、わが身を掻き抱き、開く、両腕が空を撫で、表情が変わる、フレッドは抜け出した、そして彼の身体は揺らめく。

　そう、これだ。踊るフレッド。侵略し、しかし同時に侵食されるに任せる、何もかもを原初の場に持ち出して、自分の全て、本当に全てを世界と交感させる。カルルは見ている。今でも見える。忘れることなどできない。フレッドは後ろに滑り、信じられないほどの笑顔、浮かんでいるような、波打っているような、そして不意に一瞬また固体になり、腰に注射でもぶっ刺されたように硬直、そしてもう重力も感じさせないワルツ、スウィング。女の子が一人、それを見守って、彼のリズムで頭を揺らして応援する、フレッドはそれに応えていよいよ力を増し、腕を天に掲げ、腰を揺らしながら腕をプロペラのように回転させる。何人かの客が動きを止めて見入っている。別の何人かがそここで踊っている。カルルは魅入られている、フレッドは最高だ。大好きだ。これは残る。踊るフレッド、炎を宿し喜びに満ちて、壁に犇き並ぶ時計の文字盤が時を指し示すなか、銃声に劈かれたように時間は動きを止める。雄叫びを上げて跳ね上がるフレッド、見開かれた目はバーの表ガラスを見据え、その向こうで動いているシュペール5、駐車スペースを滑り出し、カルルはスツールから跳び下りて、二人はラグビー選手のように人混みを跳ね除け走る、表へ突進する二人に意味も分からず踊りを中断し道を開ける人々、店を出た二人の目の前で小ぶりのエンジンは絶叫してタイヤを軋ませ、噴きつける排気ガスのなか、リミッターを取っ払われたように突っ走る二人、通りのど真ん中をギザギザに刳り貫いていくシュペール5、野郎はライトも点けずに盲進、二人も続いて猛進、二人は疾走しフレッドは叫ぶ。彼が前ですぐ後ろにカルル、怯えてショーウィンドウに張り付く若者たちを尻目に走る。差は広がる、白い車は突っ走る。野郎はきっとバックミラーに二人を見ている、それに聞いているかも、きっとフレッドの怒り狂った咆哮も聞こえているのだ。追いつかれる、二人がそこらの車の運転手を引きずり出して鍵を取り上げ、滅茶苦茶に追いかけてきて、追いつかれるかもしれない、たしかに二人はそうすることもできた、しかし今この世界には彼ら二人と、街灯の明かりの下を真っ暗に逃げ去るお宝だけしか存在しない。狭い通りは大通りに出外れる、二人は一直線に追う、白い小さな車はまだ視界の中、しかしきっとじきに見失う。角を曲がり、夜の細い流れに乗って消えるだろう、野郎は通りの両側に駐まった車をかすめて速く速く、通りの端には信号、赤だが野郎は速度を落とさない、もう一〇〇メートルは離されている、野郎は逃げる、何を乗せているのかも知らずに。ブレーキランプが灯ってフレッドは一気に勢いを盛り返す、カルルも、二人は歯を食いしばるが野郎は信号を無視、大通りを横切って、クラクションの響き渡るなか対岸に消える、しかしフレッドは、それでもフレッドはブレーキをかけない。フレッドはシュペール5の後ろ姿だけを見据えて、カルルはもう手遅れだと分かっていながら走る、しかしフレッドは諦めることを肯んじない、夜を流れる大通りに突っ込んでいく、息を切らして、最後の瞬間にようやくのこと、自分を思うさま弾き飛ばす自動車に気がついただろうか。

*

巨大な音がした。フレッドの身体が車体にぶつかる衝撃、それからアスファルトに打ち付けられる、完全にぶっ壊れて、一〇メートル以上も飛ばされた、それにブレーキの金切り声、大通りのど真ん中で斜め向きに動きを止める車。この全部が一瞬に、信じられないほど暴力的に爆発して、そして鉛の沈黙が降ってきた。全てが動きを止める。カルルは呆然と固まっている、車を運転していた女性も。両手はハンドルに凍りつき、フロントグラスの向こうで両目が飛び出さんばかりになっている。一台の車が停まり、ハザードランプを点けた。対向車も一台停まって、ハザードウォーニングランプを点滅させる。その運転手が所在なげに降りてきて、後ろで衝突の瞬間に叫び声を上げた通行人二人が、蒼白な顔で近づいてきた。彼らは運転席で硬直している若い女性の元へ、そしてカルルは現実感のないままフレッドのほうへ、ゆっくりと踏み出す。仰向けで、頭の下の血溜まりが広がっていく、彼のほうに身をかがめながらカルルは泣き出した。まともに開かない口で親友の名を呟く。フレッドはカルルを見つめている。初めて会った日、校庭で声をかけてきた八歳のガキの笑顔で、身じろぎもせず、痛みや苦しみを感じているようには見えない。そんな全てにカルルは涙を注ぐ、フレッドに涙を注ぐ。助けたかった、言いたかった、もっと好きでいたかった。フレッドの微笑みがさらに広がり、唇が動く、カルルはもっと近づいた、フレッドの肩に手を触れる、不器用に、恐怖で気が遠くなりそうだ、フレッドが口にしたのは、キャロルのことでも、お宝のことでもなかった。フレッドはただこう言った、

「シマールの野郎、ハメてやったぜ」

黄金の夢を追う男の微笑み、昼よりも夜を愛し続け、教室で勉強するよりも女の子を笑わせるほうがずっと好きだったクソガキの目。カルルも一緒になって笑顔を浮かべる。いよいよひどく震えながら。シュペール5はもう遠くだろう。野次馬が集まり始めている。運転席の女性は車を降りて、涙を流し震えている、誰かが「見ないほうがいい」と言って、彼女のせいではないと、全部見ていたと言う、他の誰かもしゃべっている。サ

イレンの音がだんだん近づき、だんだん大きくなってきた。救急車か警察か。もうじき完全に取り囲まれてしまう。カルルは顔に手をやって、頬を濡らす涙を拭おうとした。それと同時にまぶたと額もこすり、再び目を開くとフレッドは瞳を閉じていた。カルルは跳ね起き、フレッドの真正面に膝をついて、たった一人の親友の両肩に両手の指を食い込ませ、その額に額を重ねる。フレッドはそこにいた、もう広がりきった血の後光を背負って。そしてカルルは永久に孤独になった。

第二章　ニノ

1

「消えたりなんてしなくっていい、ただ愛し生きてればいい！」（You don't have to disappear you just have to love and live）
夕暮れのなか観衆の叫びが轟（とどろ）く、ニノは膝をついて、上半身裸で汗だく、右手にはマイク、左腕は天を指す。包まれ、巻き取られ、完全に囲い込まれている、彼の周囲には凍り付くほど正確なベース、こめかみをガンガン打ち続けるドラム、荒（すさ）み苛むツインギター、片方は旋律を奏で、もう片方はどこへだか滅茶苦茶に突っ走っていく、そして時の流れを出外れたように漫（そぞ）ろ揺蕩（たゆた）うオルガン、さらには一つの塊となった金管、トロンボーン、サクソフォン、トランペットがニノに、そして観衆に、魔法のように甘美な殴打を加え続けている。
「ただ生きて愛すればいい！」（You just have to live and love）
そしてニノ、ニノ・ファス、打ちひしがれたフロントマン、スポットライトを受けるオレンジの髪、ほんの一七〇センチに愛が詰まった剝きだしの神経、浮き上がる静脈に燃え盛る上半身、二十八歳の奔流、六〇キロの血と肉と欲望と律動と、二キロの水分がライブのたびに、雀斑（そばかす）だらけの白い肌を滂沱（ぼうだ）と流れ落ちる、飛び跳ねる悪魔、今を最後と叫び続ける炎の塊、観衆の喝采のなか彼の胸は膨らむ、公園の底から湧き上がる巨大な波濤が彼らをみんなステージごと呑み込もうとするかのように息吹を孕む、彼は頭の中で身体の中で数える、皆も同じ、一緒に、カウントする、そしてその全てがドラマーの腕に収斂して、試合の終わりを告げる最後の一撃を打ち鳴らす。

「ありがとう！」彼は叫ぶ、二度、繰り返す。そしてステージ上にはギロチンの刃のように静寂が落ちる。と同時に弾かれた波頭は逆向きに、膨れ上がり溢れ返す津波のように広がっていく。地響きのように、金字塔のようなどよめきがそこらじゅうから湧き上がり、神話的な喝采、みんな立ち上がる、みんな、一番遠くの列までも、草の中に座り込んでビールを飲んだりジョイントを吸ったりしていた連中まで全て、みんな腕を高く掲げ、公園を照らす明かりが点いて観客はみんな完全にキマってしまう、狂熱に真っ白になる。

ニノはメンバーたちを振り返る、皆お互いの顔を見交わす、ペドロは観衆を凝視して、スティックを握り締めている、首から番号札を下げて警察に写真を撮られてでもいるような表情、ドラムセットを武器にして今にも喧嘩をおっぱじめそうだ。ステファン一号とステファン二号はそれぞれにギターを抱いて、微笑んでいる、すっかり感じ入って、はにかんだ少年のようにステージの両端から顔を見合わせる。その二人のあいだではベースのダン、鍵盤に囲まれたマルセル、観客たちを眺め、その歓声を受ける、へとへとだが大満足だ。金管はまだ揺れている、ペントもサンドラもサックスとトロンボーンを提げて、足の先から頭まで、まるごと観客たちのもの、開かれている。サンドラがニノにウィンクをしてよこす。ジェレミーだけは完全に我関せずといったふうで、それとも単に十万人以上が彼らに拍手を送っていることに気づいてもいないのか、携帯電話をいじっている、メールの返事でも打っているのか。舞台袖にはマイヤーリンク、前で両手を組んで、王侯の気品を漂わせる服装、夜の闇に映える白髪、ラペルホールには一輪の薔薇、ニノと目が合う、あるかなきかの微かな笑みを口の端に浮かべて。離れたままで、ニノは彼に向かって大きく腕を広げる。ほんのわずかに後じさり、マイヤーリンクは頷く、敬意と友愛の情の混じり合った気持ちで一瞬の休符を刻む、そして組んだ両手を解いて合図をよこした。最後の一撃が必要だ、観衆は完全に剝き出しになっている、その弱いところに止めを、慈悲の一刺しを突き立ててやれ、このグラストンベリーの星空の下で死なせてやりなさい。

ペドロがスネアドラムを一撃する。その音が夜を真っ二つにして観衆は叫びを上げる。もう一撃。叫び声は倍加する。マルセルがあてずっぽうにピアノの鍵を一つ押し込んだ、サンドラがトロンボーンのマウスピースに唇を宛てる、そして吹く、音量が徐々に上がり、彼女は一音を引き伸ばす、会場の誰もかも何もかもが彼女と共に振動する、地球そのものが、そしてニノも、嵐の轟きに震え、彼は叩き付けるように「ハンッ!」と叫ぶ。ステファン一号二号が続く、それぞれに違うほうを向いて一目散に駆け出した。これが定番だ、マイヤーリンクのお気に入りなのだ。最後の一曲を彼らは巨大な不協和音で始める。まったくわけの分からないグチャグチャ、皆それぞれのポジションで何分間も滅茶苦茶に音を鳴らす。ときにはニノが目を閉じて即興の詞を歌うこともある、降って湧いたままの文句はシュールで、大抵どんな言葉を口にしたのか目を開いた瞬間にはもう覚えていない。不意にニノは目を見開く、ペドロがスネアを打つ音に皆が目を覚まし、すぐに沈黙が訪れ、さらに三発の乾いた音が響けばバンドは既に戦闘態勢を整えている。ニノは「サニー（Sunny）」と唱えた。最後のィの音を長く長く引く。観衆は燃え上がる、ニノは天に汗を振り撒き、「昨日の俺は雨に降り込められていた（yesterday my life was filled with rain）」、ドラムとオルガン、それにベースが加わる、「でも君の微笑みで痛みは消し飛んだ（you smiled at me and really eased the pain）」、なんだか浮き上がるようで、ステージが魔法の絨緞になって飛んでいるような感覚、軽やかな影が漂う、しかしそこで一撃、ニノが攻撃的なシャウトを放ち、途端にケンカだ。ジェームス・ブラウン流の〈サニー〉、一九七一年パリの〈オランピア〉のライブ映像をニノは何度も何度も繰り返し見た。自分では全く足元にも及ばないと思うが、マイヤーリンクは誓って全然そんなことはないと言う。マイヤーリンクの言葉を耳にニノは踊り、歌い、叫び、愛す、バンドは今や大団円の打ち上げ花火に向かって導火線を突っ走る火花。彼らはこの数十年で最高のロックバンドだと言われているが、これもニノにはどうも信じられない。色んな雑誌やインターネットに信じられないようなことが色々と書かれている、ジャミロクワイは彼らのことが大嫌いだとか、スティーヴィー・ワンダーとボノは逆に彼らをリスペクトしているとか、世界中が彼らのファンで……いったいどれが本当なのか、ニノには全く分からない。だから浮き輪にすがりつくようにして自分の疑念に固執している。そうでもしないと頭がどうにかなってしまいそうだ。しかし目の前で十万人がもっと、もっとと叫び、震え、踊っていて、本当に、本当にニノはもうどうにかなってしまうんじゃないかと、それくらいにこれは無茶苦茶な状況に思えて、もうじきこんな全てに呑み込まれて、溺れ死ぬんじゃないかと思うのだ。誰もがそれぞれに、この一年で起きたことについて自分なりに歪めた見解を持っている。この一年、彼らのアルバムが出て以来のこと。初登場からトップ100に食い込んだ彼ら〈ライトグリーン〉を、ビルボードは「まだこの世界には口にすべき言葉があって、鳴らすべき音があって、つまり、生きる意味が確かに存在する、そのことの生ける証明」と評した。マイヤーリンクは彼らを見守る、こめかみに汗の一滴も浮かべはしない。彼にとって、これは当然なのだ。皆がこの一年、魔法の冒険のように体験しているこのオデッセイの、彼はキャプテン。皆、ただしジェレミーだけは例外だ。クルーの中の月世界児、三十数歳になるのに少年のような体つき、カールした髪に丸メガネ、決して乱されることのない無邪気な純真。あまりの無垢さがかえってこの世のほとんどすべてから彼を守っているような。その一方で彼はトランペットを超絶技巧で吹き鳴らし、ときには異常な底意地の悪さすら金管から溢れ出させる。自分の心の気まぐれなときめきだけが全てで、周りで起きることには何一つ意味などないと宣言するかのように。彼らのファーストシングル〈ラブ・パワー・ピース〉でジェレミーはあり得ないようなソロを吹いているが、いつもライブのたび何の気なしに、録音とは全く違ったラインを彼は鳴らす。そして毎回、魔法だ。飛んでいる。耳を奪われるあまり、ニノはだんだん踊るのをやめて、ついには観客に背を向けジェレミーのほうを向いて立ち尽くす。そして眼前に今にも何かが現れそうな気がするのだ。

有名な写真がある。今でもネットに貼られることがあるが、白黒の、彼らの最初のライブで撮られた写真、パリの〈ラ・シガール〉、客席はスタンディング。ソロを取るジェレミーが写っている、一歩前に出て、スポットライトの下、ひょんと立つ、軽やかに、目は閉じて、トランペットに反射する光芒、それを摑む両手、空気を孕んだ両頰、金管に添えられた唇。ニノはその脇に二メートルほど離れて立っている。観客の様子からして凄まじい盛り上がりだ、一人の女の子の長い髪が右に乱れ飛び、別の子は両腕を高く掲げて、動きが、熱気と叫びが感じられるようだ。そしてニノは微動だにしていない。ジェレミーを見ている。両脚はじっと揃い、両腕は垂れて、魅せられている。この見事な写真を見ても、ジェレミーの演奏がどれほどニノを感動させるかが分かるだろう。

しかし、ニノがこの写真を仔細に、いつも部屋の鍵を厳重にかけてからじっと何時間も観察していたのは、その感動が理由ではない。理由は他にある、観客たちと、今にも実際に聞こえてきそうな歓声のなか、そこ、そう、カメラのレンズとステージとの中間あたり、ステージのほうを向いた後ろ姿の居並ぶのに紛れて一人、こちらを向いた人物がいて、その顔が見える。彼だけは踊っていないし、笑ってもいない。聴いているのか、聞こえているのかさえ分からない。観衆の中で、ただ一人。見たところ三十過ぎ、タフそうな面構え。そしてニノはこんな全てが、ライブも、つめかける観客も、女の子たちも、今のこの特権的境遇も、目くるめくこんな生活が遅かれ早かれ終わりを告げることを知っている。グラストンベリーの夜空の下で歓声を受けているこの瞬間にも。〈サニー〉の最後の「愛してる（I love you）」を繰り返しながら、ニノは頭の片隅でこのアンチャンのことを考えていた。写真のことが頭から離れない。あいつは居る、観衆の中に、がっしりとタフに存在している。

一年ほど前、ニノはこの男の車を盗んだ。白いシュペール5、ボルドー。男の名前はカルル・アヴァンザート。車の助手席の下には、小ぶりな茶色い革の鞄に入って、二百万ユーロが載っていた。

2

そのころ、ニノは数ヵ月来カレーの町の出外れのみすぼらしい2Kに住んでいた。そんなところに流れ着いたのは不本意だったが、しかし単に不幸な偶然でそうなったわけではないことをニノ自身も、敢えて正面から見ることのできない心の片隅では理解していた。その六年前に英語を勉強していた大学をやめた時点で持っていた資格は学生パーティーのダンスチャンピオンという称号以外に何もなく、事実上それ以来一つとして実のあることをしてこなかったのだ。人からは天性の歌手と言われていながら。はじめのうち、昼間は色々と面白くもないアルバイトをこなしながら、夜は沢山のバンドの練習に参加することに全精力をつぎ込んで、大抵はどうしようもない時間を過ごした。大したことじゃない。とにかく模索して、出会った、あるときは天上のピアニストと、またあるときは魔界のベーシストと、そしてそこそこ続くバンドを組んだりして、何にせよ、何よりも、歌い続けた。いつの日か、きっと何か形になるはずだ。はじめのうちは馬鹿でっかい夢を見たもので、熱狂するライブハウス、燃え上がるスタジアム、雑誌の表紙にピンク色のプールの水辺でプリンスと腕を組んでいる写真が載ったり……ニノのそんな妄想は、マイヤーリンクや何やかや、いずれ自分の身に起きることを実はかなり正確に捉えていたと言える。とはいえこの時点ではこの時点の現実を受け入れよう、天性の歌手はカレーの煤けた低所得者向け団地に住み、スクーターに乗って、テレビで〈あしたのスター〉を楽しむ家庭にピザを届けて回っていた。時が経つにつれて展望は狭まり、希望は萎む。いくつものレコード会社にバッキング付きであったりア・カペラであったりのデモテープを送ったが、一度として何の反応もなく、〈あしたのスター〉のオーディションを受ける勇気もついに湧かなかった。

排気ガスに黄ばみ、まともに機能する呼び鈴さえほとんどないこの団地に越してきたころ、ニノはフェリーのターミナル近くのバーでカラオケ担当の店員として働いていて、もう自分のキャリアの頂点に行き着いたような、自分は一生こうして燻（くすぶ）っているだけの人間だったのだという気持ちになっていた。六年にわたる職業的放浪と経済的彷徨の果てに、ニノ・ファスはついに無期限の契約に基づいて月給を支払われ、さらにはチップを貰うこともある立場と、自分のステージとを手に入れたのである。他にも、彼のオレンジ色の髪とぴったりマッチする薄紫色の、〈*Le Paradiso*（ル・パラディーソ）〉と刺繍の入ったシルクのカッターシャツも与えられたし、彼よりも横幅のあるウェイトレスがグラスを配りながら流し目をよこす。そして毎晩五十人からの酔っ払ったイギリス人がやってきては順番に、あるいは合唱で、それぞれの青春のヒット曲をがなり立てた。〈ホテル・カリフォルニア〉で腰をくねらせ、トム・ジョーンズに生きる歓びを叫び、U2と反骨精神を確かめ合う。そしてポーグスをバックにビールをお代わり。たいてい最後にローリング・ストーンズを一曲喚きながらゲロを吐いて、ニノがモップをかけているうちにフェリーに乗り込んで英仏海峡を渡っていった。

そうしてニノは、こんな人生だって悪くないじゃないかと思いながら2Kの我が家を目指して帰路に就く。彼は古い映画のようなバックスキンのジャンパーを纏い、黒と黄色の縞模様のハーフヘルメットをかぶって、眠りこけた町をピンクのヴェスパで横切っていく。ときには海沿いの街灯の明かりの下を紫煙を引いて走ることもあった。きっと写真に撮ったら絵になるはずだ。帰宅してムードランプを点ける。まえに古物市で買ったもので、オレンジの光がアルミニウムの中で身をくねらせる。銀紙を全体にペタペタ貼り付けた冷蔵庫を開けて、ビールの栓を抜いた。冷蔵庫はアメリカのアルミのバスの雰囲気だ。窓を開け、壁に留めた等身大のスライ・ストーンに見守られてビールをラッパ飲みする。ＣＤをかけて耳の保養をする、というわけにはいかない。壁が薄いのだ。夜中に右隣が小便をする音が聞こえてくるし、左隣が朝食を摂りながら新聞をめくるのが分かる。下の住人がメールを送る携帯電話のピッポッパが聞こえるし、上の階の旦那が奥さんの耳元で「なあ、明日は日曜だしさあ」と囁くのさえ筒抜けだ。ニノが溜息を吐いて二本目のビールの栓を抜くのだって皆に聞こえているだろう。そんなニノにも時おり、栄光のひとときが訪れる。〈フシギノタビ〉、結婚式や新たな門出、退職祝いや何かの記念、その他もろもろの祭りや催しを彩る、この地方で一番のパーティーバンド。演奏家八人に三人の歌い手、バンドワゴン一台、レパートリーはエディット・ピアフからレディー・ガガまでなんでもござれ。予算に余裕があるとフシギノタビはエキストラを呼ぶことがあり、それはアコーディオニストであったり奇術師であったり、ときとしてニノだったりした。彼らがニノを呼ぶときはどこかアメリカのスターを招くような調子で、ソウルを何曲か求められ、〈ミッドナイト・アワー〉(In the Midnight Hour)には膝をつき、〈ドック・オブ・ベイ〉(The Dock of the Bay)で涙を浮かべ、ぴっちりしたパンタロンを穿いて〈セックス・マシーン〉(Sex Machine)になりきる。ほんのひとときニノはそこに立っていた。歌っていた。

そのほかの現実は、見ないことにすればいい。

ニノの部屋は五階だった。下のほうの階にはあいつ、ニノがここに引っ越してきた初日に話しかけてきた男が住んでいる。人から借りたトラックの荷台に載せてあったヴェスパに目を留めたらしく、いくつか質問をしてきて、どうやらメカに詳しい感じだった。ここいらで出くわす奴らの大半と同じように、喧嘩かなにかでデコボコになった頭、親指と人差し指の付け根の間に青くにじんだ入れ墨のようなもの、レスラーばりの頑強な肩。十一月だというのに薄っぺらい上着を羽織っただけで、野性の力を感じさせる。「ヤボ用」があるという彼は別れ際、チェーンの交換やキャブレーターの調整で困ったら声をかけるように、訪ねてくるようにと言った。

「俺はカルルってんだ。三階に住んでるからな」

見送っていると、カルルが向かった先には大きな車が停まっていて、その運転席にはカルルと同じタイプ、前科持ちでもおかしくない顔をしたアンチャンが座っている。発進して徐行する車中でカルルはニノとヴェスパの話をしたのだろう、運転席のアンチャンがちらりとこちらを見るのが分かった。それからニノは建物の三階で立ち止まる。四つの扉のうちの一軒に、奇跡的にほとんど新品同然できちんと機能する呼び鈴が付いていた。その上には名前が掲げられていて、少し屈んで見れば〈カルル・アヴァンザート〉とある。このアヴァンザート氏がどう考えても公証人でも薬剤師でもなく、きっと機械整備工ですらないことはなんとなく分かった。そして、きっと敵に回すよりは仲良くしておいたほうが良いだろうと、しかし少し警戒もしておいたほうがいいだろうとニノは直感的に判断する。しかしあの男が自分にとって頼りになる人物だということは、この時点では分からなかった。それは近いうちに、満月の夜、海岸沿いの道でのことになる。そしてまた、この男がある朝自分をアヴァンザート的案件に引き摺り込むことも、果てはその翌年、世界的なロックスターとなった自分がロンドン南方の裏通りで拳銃を買い込むことになることも、このときのニノはまったく予見していなかった。

3

ニノ・ファスは〈パラディーゾ〉との契約を勝ち取り、それもあってカレーの中心部の屋根裏同然の七階の小部屋から、ここに越してくることができたところだった。そうしてある意味、大学をやめて以来ずっと追い求めていたものを手に入れたのである。自立して、工場でも事務所でもない場所で、音楽に囲まれて生きること。そしてまた一方で、もっとずっとはっきりとしてしかも暗い話だが、ニノは自身の「ショウ・ビズ界攻略」の終点に到着してしまったように感じることがあった。この惨めな現状が自分のアーティストとしての最高到達点なのではないかという感覚が漠然と、しかし厳然と、あった。それでもニノは日々、笑ったり、踊ったり、雲間に光の差すときは目を奪われたりする。ときには女の子を連れ帰って、明くる朝にもまだその子を綺麗だと思うことだってあった。ときにはデモテープも録ったし、ただその頻度はだんだん下がり、フシギノタビのステージでは自分の命が懸かってでもいるかのようにマイクを強く強く握るのだった。そうやってニノは待っていた、何をかは分からないが待っていた。

カルル・アヴァンザートとはその後もそこここで顔を合わせた。階段ですれ違ったり、それは真夜中のこともあったし、それからまた街中で、これまたどんな時間帯でも、そして大抵カルルは例の親友と一緒だった。カルルと親友とはとてもよく似ている。通りの端の煙草屋兼バーに二人して何時間もいて、いつも真剣そうにどっしりと、何か、あるいは誰かを待っているような、何か企みごとの最終調整でもしているような様子だった。ニノにとって彼らは、一見してきっと子供だましのペテンでちっぽけな人生の糊口（ここう）を凌いでいるのだろうと思える人種、しかしそれと同時に、一目で強い印象を受け、二度見てもなお、ある種の憧れを覚えるタイプの男たちだった。カルル・アヴァンザートはいつも、ニノに会うと挨拶代わりに会釈をする。たいていは笑顔も伴わないし、一言もない。もう一人のほうも同じで、ニノはこの身振りを一種の敬意の表明と受け取っていた。いかついこの二人組は、すれ違う男みんなに挨拶をくれるわけではないのだ。ある晩、ニノがまばらな客を励まして〈ロンドン・コーリング〉（London Calling）か〈伝説のチャンピオン〉（We are the Champions）ででも肺の空気を吐き出さないかと勧誘していると、二人組が〈パラディーゾ〉の扉を押して、バーカウンターに席を取るのが見えた。ビールを注文して、乾杯しつつ周りを見回す、そこで彼らは奥のほうで薄紫の絹に包まれ薄暗い照明のなか白い歯を見せるニノの存在に気がついたらしい。二人して眉を寄せ、両手で目庇（まびさし）をして、それがニノだとはっきりすると、笑顔さえ見せた。ニノのほうでも彼らに手振りをして、こちらに来て何か歌うようにと誘ったが、二人はその場を動かずに断る。まあ予想どおりだ。ニノは用紙を、そこに自分の名前と歌いたい曲名を書くのだが、配って回るのを続け、何人もに曲目のカタログを見せたものの成果はなく、バーのほうでは二人が二杯目を注文していた。ニノは定位置に戻り、こんなふうにぽっかりと間が空いたときには時々そういうことをするのだが、自分の趣味でジェームス・ブラウンの〈座ってないで踊れよ(Get up offa that thing)〉をかけ、カラオケマシンのコンソールを両手で握ったまま大きく目を見開いて歌った。大好きな曲だ。ディスコミュージックとしてはむしろ異端だがファンクとしてはド真ん中、ニノは張り詰め、漲(みなぎ)って、今にも何か深刻な、不可思議なことが起こるとでもいうように歌う。ただ自分だけのため、世界の全てに向かって思いっきり「てめえらなんぞクソ食らえだ！　フ××ク！」と言ってやるために。そして誰もニノのそんな内心に気づきもせず、逆に、いつも必ず、最後にはお客全員が立ち上がってニノに歓声を送るのだった。頭がくらくらする。その夜、そんなふうに手首を搔っ切る代わりにメロディーの悲鳴を上げていると、タフガイ二人が会話を中断し、目を見開いて彼をじっと見つめているのが視界に入った。カルル・アヴァンザートは笑顔でリズムに合わせて頭を揺らし、もう一人のほうはゆっくりとスツールから降りて、静かに、しかし熱をこめて踊りだす。ニノは内心で笑いだしたが、すぐに止めた。アヴァンザートの親友のダンスは上手い、すごく良かった、酔漢の与太足などではなく、笑うようなところは一つもない。少なくとも、コンソールに引っ付いたクネクネのグースネック・マイクに向かって歌っているニノと比べて向こうのほうが滑稽などとは断じて言えなかった。

翌日、通りの煙草屋兼バーのテラス席にいた彼らに行き合うと、二人はニノを座らせてコーヒーを奢り、ゆうべのジェームス・ブラウンよかったぜと何度も繰り返し褒めた。ニノのほうでも、ダンスすごく良かったですよと褒め返したところで、彼は名乗る、俺はフレッドってんだ。

それからの数ヵ月、カルル・アヴァンザートとフレッドは不定期に〈パラディーゾ〉に会いにきて、必ずニノに一曲歌わせるのだった。店に入ってくると、二人は決まって目をしばたたき、奥にニノがいることをまず確認する。そうしてからカウンター席にかけ、飲み物を注文した。マイクの順番待ちがどんな具合だろうと、ある時点で二人のうちのどちらかがやってきてニノに歌をせがむ。カラオケ客が多すぎて無理だというときでも、フレッド、あるいはカルル、は意味が分からないらしく、食い下がった。あるときなど、フレッドはポケットから五十ユーロ札を取り出してニノの襟首に突っ込みさえした。それくらいにニノの歌が聴きたいというのだ。それでニノは二人の酔っ払いの間に割り込んで〈マイ・ガール（My Girl）〉を歌った。フレッドはニノの真ん前にじっと立って聴いている。その両目はキラキラしているように見えた。

ある朝、扉を叩く音に下着姿のまま出ていくと、カルル・アヴァンザートが段ボール箱を差し出してきた。ヴェスパ用のスペアパーツが詰まっている。出所は分からない。とにかくプレゼントだ。またあるときは、カルルはニノのベッドの上にCDの詰まった袋を置いていった。三百枚はある。これもプレゼントというわけだ。ただ、どれもこれも見るからに中古品で、ケースのそこここにスレがあり、ブックレットもたいてい角が潰れていた。ニノはとりあえず全部とっておくことにする。そもそも他にどうしようもない。どこから持ってきたのかはとても訊けなかった。いったいどこの鍵を壊して取ってきたのやら。

そしてある夜、カルル・アヴァンザートとフレッドは奇跡か何かのように、ヒーローのように現れた。ニノは〈パラディーゾ〉の帰りで、海岸沿いを走る途中、少しヴェスパを停めて煙草に火を点ける。夜にただ一人、不意に人生が最高だという気分になって、風を切って吸う一本だ。走り出したところで、バックミラーに自動車のヘッドライトがちらつく。全速で追いついてきて、しかし夜のしじまと濤声のなかバルバル言っているニノの小さな二輪の近くまで来るときつくブレーキを踏んだ。速度を合わせて、かなり距離を詰めてくる。ニノはハンドアクセルを限界まで捻り込んだが、そもそも七〇キロ程度しか出ないのだから仕方がない。そんなうちにも、おらおらもっと飛ばせよおら、ぁんだおら、アルコールで箍(たが)の外れた男たちの罵声が飛んできている。直線はまだ五キロは続く、連中がニノのヴェスパを引っくり返すチャンスは百回くらいあるだろう。ニノは酔っ払いどもがさっさと飽きて解放してくれることを祈りながらハンドルにしがみつく。車はじきにニノの左につけて、窓は全開、汗をかいた野郎が四人、のしかかってくるように首を傾け、ジグザグ走行で何度も、だんだん、どんどん近く、車体が触れるくらいまで寄せてくる。運転手はクラッチを踏んで、イカレたようにエンジンを虚空に噴かす、そうしながら喚いていた。んのホモ野郎おら！　ありとあらゆる罵詈雑言をニノに投げつけ、ふっ飛ばっそおら！　どけよおらどけってんだろおら！　ニノを二進も三進もいかない状態に追い込みながらそんなことを叫び続ける。

そして車体の右前部が急な動きでこれまでよりも接近してヴェスパに触れた。スクーターは胴鳴りに震え、ニノの制御を振り切ってあらぬ方向に加速する。そして歩道の縁を打って、ニノが数メートルもすっ飛ぶ間にピンクのヴェスパはアスファルトに火花を散らしながら車道を横切っていった。車は急ブレーキをかけ、四人のアンチャンたちは千鳥足で、エンジンはかけっぱなし、ドアは開けっぱなしで降りてくる。みんなニノに憎しみを抱いて駆け寄ってくる、そうして罵声の奔流と共に打擲の雨が降り始めた。アスファルトの上で身体を丸め、ニノは全身に打撃を浴びる。一人が彼の首を摑んでヘルメットを引っぺがそうとしたとき、逆方向から来るヘッドライトが見えた。やってきた車は目の前に忽然とヴェスパが現れたところで急ブレーキをかける。両側のドアが開いた。カルル・アヴァンザートとフレッド・アブカリアンが、びっくり箱の悪魔のように飛び出してくる。四人組のアンチャンたちは向き直り、この二人の新手のチンピラたちともニノと同じように遊んでやろうという構えだ。一人が喚きながら駆け出す、そしてフレッドの凄烈な拳の一撃で顔面を潰されボンネットに叩きつけられた。それとまったく同時に、カルル・アヴァンザートが別の奴の歯並びを爆砕している。二人はドタマカチワリ術の神秘的学識を遺憾なく発揮して、人気のないこの車道の真ん中にものの数秒で四人のクソ野郎を叩き壊してしまった。簡潔で、手際の光る虐殺である。そしてアスファルトの上をずるずると四人のアンチャンたちを引き摺っていき、おまけの拳骨を何発かくれてやりながら、連中自身の車のトランクに四人とも無理やり乗り込ませ、押し込み、止めを刺すような、前代未聞の乱暴さで蓋をしてしまう。ニノは蹴られ殴られた辛苦と、それに今は歓喜とで全身が痛くて仕方ない。それから二人はニノを自分たちの車、前のとは違う、ニノは初めて見るやつだが、車にニノを連れていき、ニノのヴェスパも子供の自転車でも扱うみたいに軽々とトランクに積み込んで、エンジンをかける。

去り際に、ニノはさっきお世話になったアホタレどもの車を見やった。道の真ん中でドアは開きっぱなし、エンジンもかかりっぱなし、車体は微かに揺れている。あの後部の闇の中に、四つの暴力の塊が缶詰の鰯（オイル・サーディン）のように圧縮されているのだ、二人とも助けてくれてありがとう。

「病院に連れてってやるからな」とカルル・アヴァンザート。

「お前それイカしたメットだな」とバックミラー越しにフレッドは言った。

4

胸に包帯を巻かれてニノが救急病棟から出てきたのは二時間後のことだ。あばらが三本やられていて、捻挫が一箇所、内出血は全身いたるところに。二人は駐車場でまだ待っていてくれて、家まで送ってくれた。左側が傷だらけになったヴェスパをトランクから降ろしながら、カルル・アヴァンザートは知り合いの電話番号を教えてやろうと言う。塗装代だけで全部キレイに直してくれるからな。しかし結局ニノはその番号にかけることはなく、町を去るまでベコベコのままのスクーターを転がすことになった。そしてある朝、二、三日のつもりでこの町を出て、そのまま一年以上戻らなかった。フレッドは建物の前で二人と別れ、カルルとニノは一緒に五階まで階段を上る。ニノの部屋の前で別れるときも、ニノの感謝の言葉は涸れることがない。繰り返し、あのままだったら殺されてたかもしれない、まだ震えが治まらないです。お返しに何でもしようと提案する、レストランで夕食をご馳走しますよ、それかライブでも、本当にニノは何だって差し出しただろう。カルル・アヴァンザートはただニノの手を握り、その目を真っ直ぐに見つめて、いつか、明日になるか十年後になるか分からんけど、いつか俺の頼みを一つ聞いてくれたらいい。ニノは納得して、黙って頷く。遅かれ早かれ、何かの折に今度は自分がカルルに手を貸し、引っ張り上げてやるためならば、何だろうとやってのける覚悟だ。

ニノは脚を引き摺りながら職場に復帰した。上唇は風船のように膨れ、片目は半ば閉じ、ホールでお客に差し出す曲目カタログは急に鉄の塊のように重い。フレッドとカルルが訪ねてきたのは数週間後のことで、ニノはぜひとも自分に奢らせてくれと言う。〈パラディーゾ〉で働き始めてから初めて、その晩、不意にニノは居心地の良い気分になっていた。生の実感があった。二人がカウンターでビールを飲むのを眺める。背後では赤ら顔の小男が仲間たちの声援を受けて〈ボーン・イン・ザ・USA〉をがなり散らしていた。そうだ、人生というのは要するに、偶然と、浮き沈み、巡り合いとでできているのだ。あの二人のチンケな猪首のゴロツキがいなければ、ニノはもう死んでいたかもしれない。あの夜、海岸沿いのあの道で、殺されるか、死なないまでも一生びっこを引くことになったり、完治不能なほどに肺を潰されるか、それとも指を何本か、あるいは両眼を失ったりしていたかもしれない。その二人が、そこにいて、ビールを飲んでいる、そしてニノは五体満足で、急に、少しのあいだ、何もかもが澄み渡って、ほんの一時、そう、こんなものなんだ、計算なんて取るに足らなくて、人生はみんなが何ややかや言うのよりずっと単純で、ただ生きて、見て、聞いて、それからもしかしたら愛、愛していればそれでいいんだ。周囲の誰も気がつきはしなかったが、ニノ・ファスの心はこのとき不意にどんなにか軽くなったことだろう。

赤ら顔の小男は額から滴る汗を手の甲で拭いつつ、マイクを置いた。満足げにへらへら笑って席に戻っていく。ニノはスピーカーの音量を上げ、コンソールにかがみこむ、何か歌おう。抗議の声がいくつか上がる。順番を待っていたいかつい男はニノにドス黒い視線を投げてトイレに立った。ニノはこれから歌う曲を、「助けてくれた人たちに」捧げる。誰のことか、そもそも何の話なのか誰にも分からないが。店内はなんとなしにざわめいて、一応何かを待つ空気は醸成されているが、そこここから訝るような、非難するような視線も飛んでくる。フレッドとカルル・アヴァンザートは身じろぎもせず真っ直ぐにニノの眼を見ていた。ニノは再生装置にディスクは入れない。ゆっくりと息を吸って、あたりは明かりが消えたかのようにだんだん静まり返る、一呼吸置いて、ニノは口を開く。何を歌うのやら自分でもまったく分からない。足場のない宙に向かって、そっと跳び出していた。最初に口をついたのは「あンの」、そして二つ目の言葉が続く、「小娘は」、さらには「涙目」が飛び出して言葉は不規則なリズムに乗って流れ出す、そして陣々と速い、「あンの小娘は涙目、町は雨降り、で、追っかける俺」、観衆から叫び声が上がる、励ます声、嗤う声、口笛を吹く奴も二、三。赤ら顔の小男は相変わらず楽しくってしょうがないという様子で、対抗するように無伴奏スプリングスティーンをがなり始めたが、隣のテーブルの客に窘（たしな）められ黙らされた。「で、追っかける俺、真夜中の町、でも俺が何をしたって？」語気が荒くなり、調子が上がって、観衆は沈黙する。カウンターの店主も手を止め、呆気に取られてニノを見ていた。ニノがア・カペラで歌うなんていうのは初めてで、それはまあ鼻歌くらいはあったか知らないが、フランス語の歌はそれこそ本当の初めてだ。「あンのバカは悲劇のヒロインみたく俺の愛が足りないって、河に身投げしてやるなんて大げさに飛び出していきやがって」ほとんど息継ぎもせずにニノは一曲を歌い切りにかかる、あばらはまだ痛んで、本当に最高だった、「愛、愛、っていつも言うけど毎日くりかえす値打ちあるかえ？　あいつの鼓動の音も抱き心地も忘れっちまったよ俺」、カルル・アヴァンザートとフレッドがヌガロのファンかどうかなんて知らない。でも二人は今たしかに聴いていて、一緒に、雨のなか涙を浮かべて走る女の子を追いかけている、そう、まさにここで今、ニノは曲の終わりを叫んだ、最後の「愛してる！　愛してるから！」のカデンツァ、そして歌が終わると〈パラディーゾ〉の客たちは総立ちになって喝采した。ニノはカラオケマシンのコンソールの後ろですっかり小さくなる。

消え残る拍手のなか、ニノに割り込まれたカラオケ客がトイレから戻ってきて、当然の権利という顔でマイクを取る。そしてニノを急かして、彼が全身全霊で上らんとする〈天国への階段(Stairway to Heaven)〉の用意をさせる。ニノが装置にディスクを投入して、冷やかしの口笛吹き荒(すさ)ぶなか公開処刑は始まった。カウンターでは、二人のタフガイがグラスの下に紙幣を置いて席を立つところだ。ニノの奢りは固辞して、店を出しなに、ちょっと手で挨拶を送ってよこした。

襲撃を受けて以来、ニノはあの海岸沿いの道を避けて、かなり遠回りして町の中心部を抜けて帰っていた。しかし今夜は、店を出て、堤防へ向かう道を選ぶ。それがとても自然で、とても簡単なことに思えた。数週間前に殴打の雨が降ったあの場所でスクーターを停めて、ニノは微笑みを湛えゆったりと煙草に火を点ける。そのままそこで一本を最後まで吸いきった。星がよく見える。

5

カルル・アヴァンザートとフレッドからは何の頼みごともされないまま数ヵ月が過ぎた。二人とは、以前と比べて特に疎遠にも親密にもなっていない。天性のシンガーたるニノ・ファスの日常にも何の変化も起きていなかった。ア・カペラでヌガロを歌って以来、店主からほんの少し、以前よりも一目置かれている感じがするという程度だ。時おり、店が忙しかった夜に一杯ご馳走してくれるようなこともあった。フシギノタビは相変わらず不定期にアメリカン・スターの役として声をかけてくれる。長距離トラックの運転手のようなガタイのウェイトレスは店を辞めてボウリング場に就職した。シューズのレンタル係をしているらしい。その代わりに、店主は腕に入れ墨をした小柄なブルネットを雇い入れた。彼女はイギリス人の客たちをイカレさせ、ニノのことも週に一夜か二夜イカレさせる。ローリーという名前だった。

何もかもがこのままずっと続くこともあり得ただろう。日常のルーチンがニノを包み込み、大抵のものごとを濾過して毒にも薬にもならなくしてしまう防波堤のように機能していた。ニノは二十六歳、店にはファンが何人か。ニノの中で〈パラディーゾ〉は生きる糧を得る場所としての地位を固め、それほど悪いところではないと思えるようになり、もはやべたつくテーブルでぬるいビールを飲ませるしみったれたバーという位置づけではなくなっている。冷蔵庫に貼り付けた銀紙はだんだん剝がれてきていたがニノはほったらかしにしていたし、ピンクのヴェスパは擦り剝いた左わき腹から錆び始め、もう数ヵ月来、ニノは新譜のチェックもせず、手持ちのディスクを聴いてぬくぬくしていた。そうしてニノ・ファスは笑顔でいる。早い話が、少しずつ微睡に呑まれていっていたのだ。

だがそれも、ある朝カルル・アヴァンザートが扉を叩くまでのことだった。くぐもった音がベッドまで聞こえてくる。そのときはローリーも一緒で、ニノが起き出す横で掛け布団の下からブツブツと文句を言った。ともかく下着を穿いて扉を開けにいく、郵便配達だろうと思った。カルル・アヴァンザートは入ってきながら「頼みがある」と言う。ニノは数時間の眠りからまだ覚めきらず、目を細めて何が起きているのか理解しようと努めた。アヴァンザートはニノに車を一台盗むよう依頼している。いまは朝の九時。

「免許は持ってるよな？」ニノの返答を聞くまでもないという様子で彼は言った。

ニノはわけの分からないまま「はあ」と口ごもるように肯定する。アヴァンザートは一人で形成した合意を勝手に承認するように決定の仕草をして、その先にあるべき対話を叩き折った。

「貸しが一つあるだろ」

そう言われてニノは目を伏せる。

「それに盗みって言っても狂言だ」とポケットから鍵を二つ取り出した。「俺の車、というか俺のお袋の車だからな」

ニノはカルル・アヴァンザートを見つめる。この団地の壁、暴風雨並みに伝わってくる音響、もちろん奥の部屋のローリーにもぜんぶ聞こえていて。ニノは台所に向かった。既に後戻りのできない場所にいる。アヴァンザートもついてきた。シンクに寄りかかって、何をどうすればいいのか手順の説明を聞く。意味が分からない。何か途中で聞き違い、取り違え、話をごちゃくたにしてしまったのかと思ったほどだ。一つ目の鍵は、ゆうべからこの建物の前に駐まっている古いＢＭＷのもので、ニノはこれに乗る。そして白いシュペール５の後を尾ける。もう一つの鍵はこのシュペール５のもので、こちらにはカルルとフレッドが乗っている。その後を尾けるのだ。わかったか？　遠くから、ずっと遠く離れてついてくるんだ。見失うなよ。

「それと、フレッドには何も言うな。あいつは何も知らないんだ」

アヴァンザートが合図をよこしたら、それがいつどこでになるのか分からないが、とにかく合図をもらったら、シュペール５に忍び寄って、そっとドアを開け、乗り込んでエンジンをかけて全速力で突っ走って消える。そしてどこかで停車して、カルルからの電話を待つ。わかったな？

ニノはわけが分からない。もう一度最初からゆっくり繰り返してほしい、ただし小声で、そしてどういう意味があるのかをどうにか理解したい、しかしカルルはザクリと話を切り上げた。

「電話番号おしえてくれ」

携帯電話を取り出して、ニノが自分の番号を告げるのを待つ。そして電話帳に登録して、早速発信した。寝室で電話が鳴り出し、またも叩き起こされたローリーの怒声が続く。ニノは着信音を止めに走り、ローリーはドス黒い眼差し、ああ、大好きだ。台所に戻ると現実に引き戻された。カルル・アヴァンザートは彼の目を真っ直ぐに見る。

「これで俺の番号も分かったな。でもよっぽどのとき以外はかけてくるなよ、俺のほうからかけるから。じゃあ支度してくれ。一時間後に出発だ、メールで言うから」

ニノは彼を引き止めようとした。話を繰り返させて、どうにか逃れる道筋を見つけたかったのだがアヴァンザートは有無を言わさぬ態度で振り向いて、

「説明はあれで全部だ。早く支度しろ。ああ、どうもこんちは」出ていく前に挨拶を付け加える。

ニノの後ろ、奥の部屋の戸口にローリーが裸で立っていた。髪はボサボサで、口からは今にもキツい言葉が溢れ出しそう。それがこぼれ出す前に、ニノは片腕を上げて制止する。ローリーは黙ってベッドに取って返した。ニノはこれから自分のしようとしていることに前もって打ちのめされて、夢遊病者のような状態でシャワーを浴びる。なんだってこんなことになった？　本当は問うまでもない、死にそうなところを助けられて、助けてくれた連中の頼みを何でも聞くと約束した、そういうことだ。

小一時間して、簡潔で無慈悲なメールが届く。「行くぞ」とだけ。ニノはもう二十分も前からBMWの運転席で待機していた。十回もシートの位置やバックミラーの角度を調整して、虚空にクラッチを切り、シフトレバーを滑らせてみた。白いシュペール5をずっと視界に捉え、ずっとピリピリしている。二人がやってくるのを見た、小さな茶色い革の鞄を携えて、それを後部座席に載せ、車に乗り込み、エンジンがかかる。ニノもエンジンをかけ、ギアを一速に入れる、BMWは跳ねるように前に飛び出し、ニノは慌てて急ブレーキを踏む、エンストした。何やってるんだ俺は、落ち着け、と悪態をつきながらパニック状態でもう一度エンジンをかける、前途は九〇〇キロ、アヴァンザートはボルドーに行くと言っていた、九〇〇キロ、延々と続く果てしない道のりだ。何度も立て続けに深呼吸して、どうにか誰も撥ねることなく駐車場を出て車道に入る、遠く前方にシュペール5、運転しているのはフレッドのほう。何度か距離を調整して、少しでも落ち着きを取り戻し、何かで気を休めようとした。音楽をかけようと無意識にカーラジオに手を伸ばしたが、さっき駐車場で見て知っていたはずなのだ、そこにはただぽっかりと穴が開いていて、色とりどりのケーブルが飛び出しているだけだ。フロントグラスの端っこに保険会社の緑色の蝶々が貼られているが、もちろん保障はもう切れているのだろう。小柄なニノが乗るといよいよ馬鹿でっかいこのクルマを、いったいぜんたいカルル・アヴァンザートはどこから持ってきたのだろう？　ニノはなんにもわけの分からないままフレッドとカルル・アヴァンザートを尾行していた。珍妙な事態と言うほかない。ただ、馬鹿馬鹿しいけれども、ある種の安心感はあった。あの二人のアンチャンを信頼していたのだ。とはいえ、ちょっとしたことが一つ、他のことより余計に引っかかる。カルルは真っ直ぐボルドーに向かうと言ったのだが、今のところはどうも最短のルートに乗っていないようなのだ。今のところ、白いシュペール5の向かっている先は、ル・トゥケであるように思えた。

6

ついて行くにはかなりの集中力が必要で、恐ろしく疲れる。ともすればBMWが勝手に加速したかのように距離が詰まり、そうかと思えばいつの間にか撒かれそうになっていたりするのだ。広大なシートに所在も無く、いっぱいに伸ばした腕で巨大なハンドルを摑んで、暖房もつけていなくて寒いのにニノは汗だくだった。そして彼の疑念を裏付けるように、シュペール5は右に、ル・トゥケの方向に進路をとる。意味が分からない。ニノの前のほかの車両は一台も曲がらなかったので、見つからないように、速度を落とし距離を広げるようにした。と、シュペール5のほうもブレーキを踏んで、ほとんど徐行するような速度になる。そうして、向こうに見える海に突き当たるらしい袋小路へと入っていった。ニノは遠く後ろで息を凝らす。

見ていると、遠く視界のなか白い車はゆっくりゆっくり突き当たりまで進み、脇に寄って、そのまま停車した。ニノもすぐに停車する。二人は車を降り、カルル・アヴァンザートはこちらを見たが何の合図もよこさず、二人して一軒の別荘に向かった。ニノは水平線を見据えて待つ。手に握った携帯電話が今にも震えて、アヴァンザートの合図を受け取るのだろう。数分、あるいは十分経った、向こうでは何の動きもない。車は五〇メートル先にじっと、ニノ以外に誰見守る者もなく駐まっている。これはまさに、二時間前ニノに依頼内容を説明した際アヴァンザートが描いてみせた状況だ。しかし青信号（ゴーサイン）が灯らない以上、ニノはBMWの中でじっと待つ。

だが終いには車を降りた。ゆっくり、警戒しながら進む。猫の子一匹見当たらない。左手に広がる公園の、松の木立に沿って歩く。公園の敷地の果てるあたりに白いシュペール5。ポケットのなか、鍵を握り締める。二人は左手に建つ英仏海峡に面した立派な別荘に入ったきり、出てきていないようだ。携帯電話は沈黙を保ち続けていた。もう合図を待たずに、白い車の扉を開けて、エンジンをかけて一心不乱にカレーに向けて逆戻り、全速力の逃避行になだれ込む気持ちが固まってくる。問題の車まであと数歩、ニノは跳び退（すさ）って木の後ろに隠れた。二人の入っていった別荘の、車庫の扉が開き始めたのだ。扉は一息に大きく揺れて、ニノは樹皮に手をあてて窺う、聞いたこともないような、しかし甘美なエンジン音を轟かせて紺碧のスーパーカーが鼻先を突き出す、猛獣の唸り声のようだった。車はゆっくりと全身を現し、ゆっくりと並木道を行く、二人とも乗っていた、フレッドがハンドルを握って、満面の笑み。助手席にはカルル・アヴァンザート、辺りを見回す、こっちは笑っていない。意味が分からない。左にぐるりと回り、青い車は浜辺に向かう。メタリックブルーのスペースシップは砂の上に乗り出して、ゆっくりゆっくり、ついに波打ち際を正面に見て、無尽の砂浜の直中に停車、エンジンを切った。ニノから見て二〇〇メートルほど先。ニノは松の木の後ろに屈みこんでいる、並木道を挟んで右手には大きく口を開けた別荘の車庫、目の前には盗むべき車、その鍵は拳の中で体温に温まり、そして現状、メールの一つもない。しかしもう間もなく来るはずだ。

そんな調子で長いこと経ったが、何も来ない。二人は向こうでだんだん満ちてくる潮に臨んでいる。ニノが白いルノー・シュペール5に乗ってずらかるチャンスならいくらでもあるのに、アヴァンザートは踏ん切りがつかないらしい。馬鹿げてる。ニノは携帯電話を確かめた。ローリーにキスを送ってみる。愛してる、返事ちょうだい？　ちゃんと機能しているか確認するためだが、彼女のほうではじゃれかかっていると思ったのだろう、「くそったれ」という返事がきた。こういう事態でなければニノは笑っただろう、でも今はただ単に、機械には何の問題もなくて、アヴァンザートがぐずぐずしているのだ、と思っただけだ。こちらから行こう、ニノは彼の番号を選んで短文の、「オーケー？」というだけのメールを送る。目では車内に見えるアヴァンザートの後ろ姿をじっと捉えたまま。と、メタリックブルーのドアが開き、アヴァンザートの両足が砂地に突き出される。ニノは反射的にしゃがみこみ、死ぬほどビビり上がって、松の木の後ろにできる限り小さく縮こまった。しかしアヴァンザートは出てはこず、数秒後にはまたドアを閉めて、二人の時間が再開される。今朝からで一番怖かった。その理由はよく分からないが、ともかくニノはもう自分から動くのはやめておくことに決める。こちらからは何もせず、何も言わず、いつでも対応できるように構えておく。要するにただ待つということだ。

そんな調子で長いこと、小一時間も待った。二人はああしていったい何をしているのか、潮が満ちてきているのになぜ後退しないのか、もう前輪が浸かりつつあるのに。そしてようやく二人は戻ってき始めるが、どういうわけか徒歩でだった。スーパーカーは波に呑まれるに任せて。ニノは二人の動きを見て慌ててBMWのほうに取って返す。見つかったらと思うと気が気でない。乗り込んで、ドアをロックする。遠くで、二人の影は車が波に洗われるのを眺めているらしい。そして別荘には向かわずシュペール5に戻る。車庫の扉は大きく開いたままだ。乗り込み、今度もフレッドがハンドルを握る、来たときよりもずっと勢い良くUターンして、この地を去るべく、こっちのほうに真っ直ぐ突っ込んでくる。ニノはハンドルの下に潜り込む、小さなエンジンが吼え声を上げて、スピードを落とさずにBMWをかすめるように通り過ぎていくのが聞こえた。それからニノもエンジンをかける。

以降はほとんど出鱈目で、何度も彼らを見失いそうになったり、誰だか分からないが誰かに見つかるんじゃないかという恐怖に囚われたりした。なぜ彼らのために彼ら自身がいま乗っている車を盗まなければならないのか、分からない、そしてこの問いがずっと頭に取り憑いて離れない。このBMWがどういう燃料で走っているのかも分からない。しかしどこかで停まって給油する必要はあるだろう。カルル・アヴァンザートは経費について、あとで払うからカードで立て替えておくようにと言っていた。ガソリンのメーターは下がっていく。ハイオク専門の車を軽油で満タンにして、あるいはその逆をして、彼らを見失うことになるのだ。しくじりが目に浮かぶ。給油ポンプの立ち並ぶ直中で咳き込むエンジン、そして自分の致命的な失敗に目を見開くことしかできないニノ、南へと突っ走っていく二人。しかしとにかく停まらなければならない。警告音と共に大きなオレンジ色のマークが点滅している。後から追いつくしかない。なんとかなるだろう。ガソリンスタンドが見える、ニノはウィンカーを点けた。

ポンプの前に立つと、逆向きなのに気がついた。BMWの給油口は右側だ。大したことじゃない。大したことじゃない、悪い予兆としか思えないけれども。車体の後ろに525Eと書かれていた。このEはessence（ガソリン）の頭文字か？　内心で十字を作って、ニノはノズルを摑む、そう、これだ、こいつでいいんだ、と自分に言い聞かせながら。給油を始め、画面ではリッター数のカウントがどんどん進む、ポンプのトリガーを握り締め、タンクがだんだん満ちてくるのを感じつつ、賽はもう投げられてしまったのだと思う、そろそろ七〇リッター、次の給料日まで口座がスッカラカンになってしまう額だ。カードを断られないことを祈りながら支払いに走り、後で精算してもらうために領収証を受け取って、急いでドアを閉めた。キーを回す。エンジンは唸りを上げた、なんだか急に嬉しくなってニノは二度、三度と空ぶかしして、それから急発進した。

ニノは国道をまっすぐにぶっ飛ばす。分かれ道はいちいち気にするが、しかし二人が今どこにいるのかは見当も付かない。どこかで曲がったのかもしれないし、それに底なしのタンクを満たしている間にどのくらい距離が開いたのかも分からない。速度計はじきに一二〇を指し、一三〇、ネズミ捕りに出くわせば恰好の餌食だが、山勘で入れたハイオクが当たりだったことでニノは気が大きくなっていた。結局のところ、俺はツイてるんじゃないか？　長距離トラックを立て続けに二台追い越した。対向車はランプで抗議し、ニノの急な動きにクラクションが響き渡る、しかしニノは歯を見せて笑う、ちっとも怖くない、遠く前方、セミトレーラーの後ろに白いシュペール5の姿が現れた。ニノのBMWとの間には赤い乗用車一台。いい位置取りだ。しかし色々と危険が連続したせいもあって、時速一二〇キロで走っていながらニノは飛ばしている自覚を失っていた。見込みが狂っている、ニノは気づかぬうちに車間距離を詰め過ぎて、赤い車の間近に来てしまっていた。ちょうどそのときフレッドとカルル・アヴァンザートは急に道を外れてパーキングエリアに入る。ニノは必死でブレーキを踏み込んだが重量級のBMWの動きは止まらず、目の前のドライバーはもっと上手くて、急なハンドル捌きと同時にクラクションまで鳴らした。ニノは追突しそうになり、ギリギリでたまたまそれは避けられたが、前のドライバーがバックミラーを見ていたらニノのBMWが自分の車の引いているトレーラーかというような距離でへばりついていると感じたろう。シュペール5が垣根に囲われたスペースに駐車する横を、二台の車は矢のように走り過ぎた。

前のドライバーはよっぽど頭に来たらしく、シフトダウンして馬鹿みたいにアクセルを踏み込み、眼前を塞ぐセミトレーラーの脇に出て追い越していく。ニノはトレーラーに速度を合わせ、その後ろに留まって息を整えた。しかしどうしたらいいのだろう、尾行するはずの車を追い越してしまった。

7

ニノはもう一時間も一人で走ってしまっている。とりあえずこのままボルドーまで行っておいて、後はそれからどうにかしようとようやく腹を括ったころに、電話が鳴った。カルル・アヴァンザートからだ。待ちかねた。速度を落として受話する。

「いまどこだ？」

アヴァンザートは小声で、タイル張りの部屋のような反響がある。

「トゥールの近くです。そっちは？　いまどこなんです？」

カルルは答えなかった。ただオーケーとだけ言って、そのままボルドーに行って合図を、いつ、どこで、という指示を待つようにと言った。ニノは食い下がって、いったいこれは予定どおりなのか、いったい何の意味があるのか、いまどこなのかと尋ねるが、アヴァンザートはただ「じゃあ、またあとでな」とだけ言って通話を打ち切ってしまった。

ニノは落ち着いた気持ちで走る。ときおり、今していること以外について考えさえした。例えば〈パラディーゾ〉のこと、マスターに新しいスポットライトを買うように進言したほうがいい、それからローリーのこと、これまで会った中で一番粗暴な女の子だ。ニノは今の関係が気に入っている、ときどき一夜を共にして、朝どういう気持ちで顔を突き合わせるのかは考えない。色々なものを分かち合い、一緒に音楽を聴く、ニノのファンク、ローリーのヘヴィ・メタル、ときには怒鳴り合いになることもあったが、関係は続いていた。お互いのことが、まあ好きだったのだ。

ガソリンの残量メーターがこうも臆面もなくニノを馬鹿にして彼の貯金を鼻で笑うことさえなければ――ありえない、七〇リッターも入れたのに、ほんの三〇〇キロでもう八割がた使っちまったなんて――この経済的底なし沼、金銭的奈落が口を開けてさえいなければ、ニノは、ときおり、本当にいい気分で走ることができたかもしれない。おかしな話だが、すごく自由な気がした。次にこんな気分を味わえるのは大分先のことになるだろう。

午後六時半過ぎ、ボルドーの標識を越える。それまでにまたハイオクを注ぎ足さなければならなかった。心ばかりの一五リッター、ニノの口座をハコテンにするにはこれで十分足りる。あとで、あの二人との待ち合わせ場所を探して町を行ったり来たりするのにも足りてくれると本当に助かるのだが。車を駐めて、心地よい外気の中へ。なかなか素敵な町のようだった。ニノは気を紛らそうとする。合図が送られてくるのを待ちながら、町を散策するか、一杯ひっかけるか。しかし合図までにどれだけの時間があるのか。ＡＴＭで二十ユーロ引き出し、領収証はガソリンの二枚と一緒に尻ポケットにしっかり仕舞って、結局コカコーラを前にテラス席に収まった。煙草を吸いながら、コカコーラを飲み、落ち着こうとする。まあ落ち着けたと言うべきだろう、このあと彼の身に起きることと比べれば。この日、このテラス席で、ニノ・ファスは実際のところ、数年後に早朝のコンコルド広場の真ん中に行き着くときまで再び味わうことのできない、落ち着いた気分でいたのだ。

　夜になり、ニノは今度は店内、カウンターで二杯目を飲んだ。もうそろそろ十時、相変わらずメールも電話も、何の連絡もなし。合図がくるのは明日なのか、それとも夜中か。ＢＭＷの後部座席でバッグを枕代わりに、ファスナーに耳を押し当てて眠っているときだろうか。バーのマスターがそろそろ閉店時間だと数人の客たちに告げたタイミングで電話が鳴った。すかさず出る、一秒と経たずこめかみに血が上ってくる。

「もしもし？」

「俺たちはバーにいる。〈文字盤〉ってところだ」

　妙な話だが、さっきと同じようにアヴァンザートは小声で話し、さっきと同じような反響音がある。たぶん向こうの携帯電話の問題なのだろう。

「車は店の前に駐めてある。慎重にな、俺たちはカウンターにいる。客が増えるまで待つんだ。向かいにいろ、それでフレッドが席を立ったり、ほかのことを始めたり誰かと話しだしたり――」

「それか踊りだしたりしたら」とニノは微笑みを浮かべる。カルルと二人してフレッドにイタズラを仕掛けようとしているかのように。

「ああ。それか踊りだしたりしたら、それを見たら、忍び寄って、エンジンかけてぶっ飛ばすんだ。それでどこでもいいから町を出て、俺が電話するまでどっかで落ち着いて待ってろ。オーケー？」

　ニノがオーケーと返事をすると通話は切れた。

　マスターに〈文字盤〉という店を知っているか尋ねる。二本向こうの筋にある店だという。やっぱりツイてる。

「息子に宜しく言っといてください」とマスターは微笑んだ。「そこのバーテンなんですよ。踊ったりして面白い奴ですから！」

　もう頼まれごとのほうに気持ちが集中していたニノはそれには応えず店を出て、ＢＭＷからバッグを持ち出す。この車はこのあとどうするのかと少し思ったが、シュペール５のと一緒にカルルにキーを返せばいいだろう。そんなことは後でいい。そしてさっきとは逆の側、〈文字盤〉のほうに向かった。

もう完全に夜で、ニノは店の正面の黄色いネオンがはっきり見えてくるにつれて少しずつ張り番の態度になっていく。もう向かいの歩道から店の外観は捉えた、そして車も。店の前、すぐ前にぴったりと駐められている。歩調を落とし、ポケットの中でキーを握り締めた。

ニノはゆっくりと歩く。カルルたちを探してさりげなくバーのほうに目を走らせる。二人はカウンター席にいた、表のガラスと二人の間には誰もいない、見つかるのを恐れてニノは歩を速めた。少し先で立ち止まる。ここなら向こうからは見えないし、バーの扉をずっと見ていれば、入店した客の数を把握できるはずだ。泥棒役もなかなか様になってきたじゃないか。

何組もの客が〈文字盤〉に入っていくのを眺めているうちに、まさか奥にもう一部屋あって、逆側から出ていく通路があったりはしないだろうかと心配になってきた。二時間近く張り込みをしているあいだに入店した客は四十人にもなるのに、ただの一人も出てきていないのだ。

二人の姿はもう見えない。

立ち止まって、店内の様子を遠く窺う。バーカウンターの向こうの男が女性客の前で色々と身振りをしていて、フレッドとカルル・アヴァンザートは人混みと雰囲気に呑み込まれている、もうそろそろか。不意に、動きがあった。そこかしこで何本かの腕が突き上げられ、女の子が一人立ち上がって踊りだす、別の場所で男が一人それに続く、バーテンはボリュームのツマミに手を伸ばしている、ニノは本能的に身構えた。フレッドがスツールから降りる、何ヵ月も前に〈パラディーゾ〉で見たのと同じだ、そしてゆっくりと揺らぎ始める、真剣な笑みを満面に浮かべて。深呼吸して虚空に跳び出す、バッグの取っ手を握り締め、反対側の手には車のキー、白い車を目指して道を横切る、フレッドからじっと目を離さない、息を止めたままドアを開く、手は震え狂躁（きょうそう）する、そう、こんなふうに行動したのだ、バッグを後部座席に放り込みつつドアを乱暴に閉めてシリンダーにキーを押し込む、小ぶりなエンジンが喚きだし、目一杯据え切りしながら一速、リングを引き上げながら左上、バックにギアを入れる、アヴァンザートの言っていたとおり、それからもう一度前進にギアチェンジ、よし。ニノはトカゲが逃げるように滑り出す、と同時に二人のタフガイが走ってくるのが見えた。フレッドが前に立って、身体を低くして人混みを真っ二つに割って突っ込んでくる。人々は道を空け、シュペール5は跳び上がって駆け出した、道の両側に駐まった車を避けながらぶっ飛ばす、二人は店を出て、通りの真ん中をおめきながら突っ走ってくる、ニノは二速に上げるのも忘れてアクセルを全開に踏み込む、必死、夢中だ、なにせ前方には赤信号、後方から二人のアンチャン、彼らのために、言われたとおりにしているのに追ってくる、赤信号が迫ってきた、しかし無視して突っ切らなければ追いつかれて両手を切り落とされるだろう。エンジンが吼える、二速に切り替えた、信号は目前、一瞬ブレーキ、一速に戻しつつ賭けに出る、街灯に照らされた大通りにボンネットを突き出していく、右には誰も、左から来た奴とは目が合った、アクセルを踏み込んで急速前進、左の車は急ブレーキを踏んでクラクション、ニノはその鼻先を恐怖と喜悦に絶叫しながら突っ切った。大通りを渡り切った向こう岸でバックミラーを見れば後ろのカルル・アヴァンザートは速度を落としたものの前を行くフレッドは飛び出してきている、一〇〇キロの巨体は矢のように、そして車が真横から、激突、凄まじい音と幾人もの悲鳴を背後に残し、夜に消えるニノはこの出来事の衝撃に完全に強張っている。息を切らしたまま当て所なく走り、どちらへというのでもなくしかしとにかく遠ざかりたいという一心で角を幾つも曲がった。どこか落ち着ける場所へ、そしてじきに広い道路に沿って町を出外れる。遠く、森のような輪郭が見えて、そのまま突っ込んでいけばじきに木々のあいだ、そしてさらに細いほうの道を選び、走り疲れて、ヘッドライトを消しエンジンを切る、夜の闇に息切れて喘ぐ。カルル・アヴァンザートが電話をかけてくるはずだ、待とう、息を整えて、落ち着こう。電話は鳴らない。ニノはじっとそこに、その場で、ハンドルを握る手は硬直して息は上がったまま。そして微動だにせず、いつしか寝入っていた。

早朝、目を覚ます。電話は鳴らずじまい、何の連絡もない。少しおかしくはないか？　外に出て数歩離れ、自分が足を突っ込んだこの車を眺めてみる。周りを巡って観察、伸びをして、フレッドのことを考える、いったいあの人はどうなったのだろうか。そもそもなぜこの車を盗んで突っ走れなんて頼まれたのか。分からないまま眺めている、古いクルマだ。トランクを開けてみた、空っぽ、それからグラブボックス、そして後部座席の自分のバッグを取りに回ったとき、前の座席の下に押し込まれた小さな革の鞄を発見した。苦労して引っ張り出し、その重さに面食らう。ボンネットの上に置いた。ポプラの木立のなか、ニノは独り。少し肌寒く、空気は澄んでいて、あたりでは物音ひとつしない。茶色い革の鞄をそっと撫で、慎重に開けてみる。

ニノ・ファスは反射的に天を仰いだ、コンセントに指を突っ込んで指から瞳から丸焼きにされたかのように。跳び退って、鞄を凝視する。鞄の中から人の死体、手首だとか頭だとかが出てきたような反応だ。触れようともせずただ鞄を見つめる。羊歯の下生えの直中でじっと動けず、こんな大量の札束ともなれば、汚い裏工作が惹起されるのも当然だと、不意に理解した。眩暈がしてくる。チンケで人騒がせなことに巻き込まれたのだと思っていたら、いまやニノの手の中には恐ろしいほどの大金があった。この巨額が生み出す重圧、引き起こしうる諸々の厄介ごとを想像する。その渦のど真ん中に、いま俺はいる。フレッドが突如出現した車に一五メートルも撥ね飛ばされた場面を思い出した。彼があんなにも熱り立ってシュペール5を追いかけたのは、きっとこの鞄が載っていたからなのだろう。ニノは木々のあいだ、背の高い草叢に囲まれて、ボンネットの上の革の鞄から目を離せずに閉じ込められていた。車の周りを何周もぐるぐる回る。この先の展開がどうなるのかまるっきり分からない。そして目の前のこの鞄の存在さえなければ、ニノ・ファスはカルル・アヴァンザートの名前を表示するこのようやくの着信に応えたはずだ。しかし今、ニノは青い画面を前に、動けない。彼は震えている。鞄のそばに置かれた携帯電話も震えている。それを見ながら、身じろぎもできない。ついにヴァイブレーションは止み、ニノは電話を見つめ続ける、留守番電話へのメッセージ、行動の指針か何かが示されるのを待った。しかし何もない。アヴァンザートは何もしゃべらなかった。

その後の数時間のあいだにカルル・アヴァンザートは何度も電話をかけてきた。ときには立て続けに二度も三度も、あるいは小一時間おいてまた、という調子で。呼び出しが執拗であればあるほど、ニノはようやっと応答した場合の相手の反応が恐ろしくなった。ただただじっと、頰の内側の肉を嚙む。アヴァンザートはニノとコンタクトしようとしている、計画を最後まで説明して、ケリをつけて退散しようと考えている。にも拘わらずニノはここでじっと、財宝を青天井に晒し、携帯電話が再三の着信に律儀に震え続けてバッテリーを空っぽにしていくに任せている。もうじき、電話は鳴らなくなるだろう。もうじき、ニノ・ファスにつながる鎖はすべて切れる。もうじき電話は救済のような沈黙に没して、ニノは自由になるだろう。充電具合を示すバーが早くも点滅を始めている。そうしたらエンジンをかけて、どこへだか分からないがまっしぐらに、とにかく南へ、遠くへ、そして人生はまったく違ったものになるのだ。脱け出すんだ、バッテリーの残量が溶けていくにしたがって頭の中では計画が膨らんでいく、アヴァンザートは青い画面にだんだん消え入って、新たな地平がだんだんくっきりと広がっていく。

キーを回そう、そして走ろう。ニノには行くあてなどないが、きっと二百万ユーロが道を示すだろう。もう決心はついたようなものだったが、何をというのでもなくもう少しだけ、ニノは待っていた。そうしてからボルドーもカレーも背後に見捨て、〈パラディーゾ〉もローリーも、いいさ、置き去りにして、ただ前だけを見て走ろう。

しかしちょうどそのとき、電話がまた鳴った。どこからかと見れば、知らない番号が表示されている。どこか遠く、04で始まる番号だ。無視して出発、突っ走るところだったろう。だがニノはその電話を受けた。何の拍子でそうしたのかは分からない。

「ニノ、明日の朝サント＝マキシムに来ていただくことは可能ですか?」

もう出発するところだった。今まさに掻き消えよう、偶然の壁に溶けてしまおうというちょうどそのとき、ちょうどそのタイミングで、あのイカレ老人のマイヤーリンクが呼び出しをかけてきたのだ。即座に考えを巡らせる、ひとまず、何日か南仏に身を潜めるのは悪くない、そうしてニノ・ファスは「はい」と答えた。

8

マイヤーリンクと行き合ったのは一年ほど前、〈フシギノタビ〉結成以来最大の演奏依頼、何ヵ月ものあいだ周囲で話題になり続け、人に写真を見せたり、そしてバンドに新たな扉を開くことになるのが明らかな、そんな重要な仕事のときだった。それは大規模なライブで、私的な場、個人の結婚式だという点はいつもどおりだったが、これまでとは雲泥の差、段違いと言っていい。なんといってもフシギノタビはこのとき初めて国外にその才能を知らしめに出かけることになったのだ、それもスイスやベルギーではない、全然違う。フシギノタビは、音楽の大地、本物の聖地、あらゆるジャンルに大量のトップアーティストを輩出し続けるあの島に足を踏み入れるのだ。イギリス、ヒットソングの大半が生まれる国、そこへ、ロックシーンを猛烈な勢いで駆け上がるスターの結婚式に呼ばれて行く。当然、メディアも参集している。ロブ・コルトマン二十五歳、発表したアルバムは三枚、ヘロイン所持で執行猶予付き六ヵ月、リスボンでパパラッチをボコボコにした件では罰金一万ポンド、オランピアのライブでの下半身露出でル・パリジアン紙の一面も飾ったこの人物が数ヵ月にわたる波乱に満ちた交際の末に結婚を決めたその相手はトップモデルのキャティー・フィリップス二十一歳、スレンダーで、噂ではほとんど文字も読めないらしい。婚礼はブライトンの、英仏海峡を見下ろす屋敷で挙行される。報道によれば、四百人の招待客の中にはキース・リチャーズ、マイク・タイソン、トレイシー・ローズもいるとのこと。厨房を預かるのはジェイミー・オリヴァー、その金細工職人のような精緻な仕事ぶりはBBCの料理番組で中継される予定。そして音楽に関しては、新婚カップルはこれを秘密にして、サプライズを用意しているという。

そのサプライズこそ彼ら、フシギノタビ、というわけだ。

ロブ・コルトマンの所属レコード会社が式の主催者を務め、ここが三ヵ月前にフシギノタビに連絡を取ってきた。新郎新婦の希望は以下のとおりで、十人程度の編成、熟練して、様々な場面で演奏してきた実績を持つこと、言ってみればミュージックホールのオフロード乗りが望ましい。そして今回の曲目としては、全てフランスの、一九八四年から八八年までの曲、それより前でも後でもダメで、若い二人の生まれたこの二つの年のあいだの曲をお願いしたい。ギャラは夢かと思うほどの額に上り、フシギノタビのメンバーはニノを呼ぶことにした。三ヵ月ある、六十曲、いや八十曲くらい準備するのに十分過ぎる時間だ。そして波を割いて朝靄の中を行くフェリーの船上にあってもなお、みんなこれが現実だという感じが持てなかった。女性シンガーの一人は延々と髪型を直し続け、もう一人は制御を失ってずっと馬鹿笑いを続けていたが、バンド全体としてはコチコチに固まってしまっていたと言えるだろう。

ブライトンに着くと、各自の機材と荷物と技能とをハンプトン・ロードの屋敷まで運ぶべく、トレーラーを付けたミニバスが一台待っていた。そして屋敷ではトランシーバーを持った入れ墨だらけの男が出迎えにきて、彼らを栄光のステージへと案内する。玄関ホールはいかにも広そうな厨房に通じていて、中ではジェイミー・オリヴァーのチームが忙しく立ち働き、オリヴァー本人は敷居のところでどこかの局のカメラの前でインタビューに応じていた。厨房とは逆の側は壮大な広間につながっていて、奥にはステージが組まれて、ドラムセットが一つ、何本ものギターをはじめ、既にあらゆるジャンルの楽器が準備されているのが見える。みんなそちらに向かって、遠慮がちな足取りで歩き始めた。しかし入れ墨の大男が皆を押し止める、特に簡単な単語を選んだりゆっくりしゃべったりといった配慮はない。こっちじゃなくてあっちだ、ということらしい。メンバーは機材を抱えて大男について行きながら黙って顔を見合わせる。広い階段まで来ると、この下で待っていろというように言われた。

下で、大男がやって来るまで少なくとも二時間は待った。二時間、カバーをかけたままの機材を床に置いて、メンバーがありとあらゆる想像をめぐらすに十分な時間だ。隅のほうには見るからにスピーカーの収められている大きなケースがいくつも保管されている。終いにはみんな壁沿いに座り込んで、だんだん口数も減り沈黙に呑まれていった。上では、人が何人も行き来して、指示や叫び声が飛び交い、忙しくしているようだ。しかしコーヒーすら出されないというのも、なんだか妙な話ではある。なぜこんな片隅、トイレとクロークのあいだで待たされているのだろう？ フェリーで馬鹿笑いをしていた女性シンガーはもうそのトイレに五回も六回も出向き、鏡で前髪の具合を確認していた。そういう意味ではたしかに便利だったけれども、いくらなんでもおかしいんじゃないか？ やっぱりイギリス人の考えることはちっとも分からない。

大男がようやく下りてきたとき、メンバーは全員もう二十分も黙りこくっていて、うち二人にいたっては寝入っていた。この二時間について一言の謝罪も説明もないばかりか、大男はすぐに、彼らが持ってきた機材の準備をしていないのを見て怒り出した。英語ができるのはニノだけだったので、彼がみんなどうしていいのか分からないでいるのだということを伝えると大男がこれに応じて、対話がここに成立、その対話の過程でニノの顎(あご)は垂れ下がり、目はまん丸に見開かれる。ついに、貫禄のあるこの入れ墨男はスピーカーのほうを指して、何ごとか吼えた。それが何か命令だということはみんな理解する。そして大男は階上に駆け上がっていき、残されたニノは、知りたくて仕方ない仲間たちの顔に囲まれる。事態が遭難とでも呼ぶべきものであることを理解して、ニノは言葉を選びながらメンバーに説明を始めた。僕たちはここで演奏するんだ。うん。この場で、便所と手荷物預かり所のあいだで、ステージなし、スポットライトなし、観客さえなしで。その間、階上のステージではコルトマンがクラプトンやブライアン・メイたちとジャムる。隅っこのケースに入ったスピーカーはここでフシギノタビが使うためのものだが、デイリー・メールが報じたように四百人の招待客がいて、午後八時前後のこのあたりの人の行き来は相当に激しくなるはずなので、できるだけ場所を取らないようにセッティングしなければならない。彼らはここで、飲み過ぎたシャンパンを排出したり帽子を取りに来たりする招待客たちのために演奏するのだ。彼らは延々と、空虚と無関心のなかでビートに揺れていなくてはならない。今回の渡英は、道化の国への不思議の旅だったわけだ。

呆気に取られたまま機材の梱包を解く。そうしながらときおり目を走らせる広い階段は、階上の祝祭と、彼らの夢見た成功へと上っていくように見えた。こんなことってあるだろうか。彼らは行く人からも来る人からも見える角を選んでギュウギュウ詰めにセッティングを整える。どうにかこうにか、満足感のようなものを得るためにできる唯一の、せめてもの悪足掻き（わるあがき）だ。しかし四時ごろにサンドイッチを持ってきた入れ墨の男は彼らに移動を命じた。そこじゃダメだ。客の流れの邪魔になる。逆側の角で、しかももっと詰めて、スペースを取らないようにしなければならない。とはいえ最悪のところは既に乗り越えている、ニノが大男の指示をメンバーに通訳すると、ドラマーはベーシストに、じゃあ俺の膝の上に座っとくか？　などと言い、女の子たちは女の子たちで、交代ばんこで男連中の肩の上に乗っていようと言った。ニノは、無線マイクがあるなら自分はトイレの温風タオルの下に収まっていようと提案する、頭にあったかい風が当たるのって好きなんだよね。そんなふうに冗談を言い合いながらどうにかこうにか機材を移動しつつ、与えられたサンドイッチの包みを開けて、感嘆するフリをしながら食べた。あのジェイミー・オリヴァーってのは本物の天才だね、このマーガリンの塗り方は百年に一度の職人技だよ。

　午後五時ごろ、準備は整い、彼らもみんな、概ね落ち着きを取り戻していた。既に、もう開き直って〈楽屋〉と呼ぶことにした場所に一人ずつ交代で入ってステージ衣装への着替えも済ませている。赤いズボンに白いシャツ。それからいくつか調整も済ませて、準備完了だ。普段、お祝いごとに呼ばれてセッティングをするとき、彼らはいつもちょっと得意で、集まってくるお客たちの前で内輪の冗談を言い合うものだった。彼らは芸人稼業の理想を体現する者、掌には売るほどの砂金が煌めく。しかし今は逆に、あまりにも自分たちが卑小に感じられて、話すのにもほとんど小声になってしまうほどだった。そうして、なんだか居心地の悪い思いをしている反面、仲間同士の結束はいつになく強固になっていた。ちょうどこの頃というのは、〈パラディーゾ〉がニノの目にそれほどみすぼらしくもなく見え始めて、居心地の良ささえ覚え始めていた時期だった。そしてこの日、大躍進の夢を生き埋めにされたこの地底墓所(カタコンベ)で、彼は同じ体験をした。フシギノタビが自分の居場所だと実感したのだ。

そして夜会用の服に着替えた入れ墨の男が下りてきた。タキシードのズボン、ツートンカラーの靴、花柄のシャツは襟を開いていて大きな金色のネックレスが覗く。一緒に女の子が三人、特に近寄ってくることもなく挨拶をよこし、みんな明らかにフシギノタビのメンバーよりも勝手が分かっている感じで、自分たちからクロークのほうへ歩いていく。壁のシャッターが開き始め、その向こうに現れた広大な部屋には大量の洋服掛けが並び、無数のハンガーが掛かっていた。入れ墨の男はバンドのセッティングを一瞥して、三人娘に何か言ってから、位置について演奏を始めるようにと言ってきた。時間だ。指示の中でも最も重要なのは、決して休まないこと、たとえ誰もいなくてもずっと演奏を続けるということだった。

「ウーン、楽しもうぜ！(Hmmm have fun)」と叫んで大男は階段を上っていく。

「ウーン、ザッツ・エンターテインメント（entertainment）」とギタリストが小声で溜息を吐いた。

みんな笑って、ドラマーの「いち、にい、さん、しい」のカウントを背に、足元に貼ったセットリストを見下ろす、そうして玄関ホールの沈黙に向けて、まずは一九八七年のトップヒットの一つ、ヴァネッサ・パラディの〈タクシー・ジョー（Joe le taxi）〉を放った。

階上ではきっとJ・J・ケイルのストラトキャスターの調整が行われ、ジェイミー・オリヴァーがオマール海老をラガヴーリンでフランベしていて、外ではエキセントリックな新郎新婦をはじめ、真夜中の文士たち、落ちぶれたロックスター、まだ落ちぶれていないロックスター、それに目をギラギラさせた女優の卵たちを乗せたリムジンの列が坂道を登ってきているのだろう。三人娘は一曲が終わると陽気に、しかし音をたてないようにそっと拍手をした。フシギノタビはこれを励みに、セットリストを順番に消化していく。次は一年飛んで、〈イカレた夜（Nuit de folie）〉、デビュー・ド・ソワレのヒット曲だ。

じきにクロークに客がやって来はじめる。メンバーたちはみんな緊張した。最初は八十がらみの老夫婦、映画でしか見たことのない服装だ、爺さんは燕尾服、婆さんはチャールストン・ドレス、毛裏付きのコートをカウンターに預けて、その次も同じ年輩の夫婦、そんな調子で長い夜が始まった。招待客の列は途切れず、バンドが三ヵ月のあいだ綿密に練習を重ねてきた昔のヒットソングには洟（はな）もひっかけず、三人娘のカウンターに並ぶ。青いめがねにピンクのめがね、毛皮の襟の付いた超ミニのコート、アフターブーツを履いて目も眩みそうな背中を露に見せ付ける女の子、ピエール・カルダンのスーツを着た乞食のような連中。ニノがヴォーカルをとる最初の曲がやってきた。バラヴォアーヌの〈アジザ（L'Aziza）〉、ニノは少し萎びた感じの男を目で追いながら歌う。見たことのある顔だと思うのだが、名前が出てこない。

クローク前の舞踏会は一時間ほど続き、その間フシギノタビは気持ちで負けることなく、喝采はおろか何の反応もない中で八〇年代後半のトップ50ヒットを演奏し続けた。ジャン＝リュック・ラエーの〈歌うパパ（Papa Chanteur）〉でなど、ニノは自分たちへの慰めに大奮発して、赤ちゃんに呼びかける歌詞の「きみはしあわせ」「ママはやさしい」のところをどちらも「いもうと」と替えて歌い、招待客たちには完全に無視されながらも、不運の道連れたる仲間たちを大いに沸かせた。それから地下はだんだんと最初の無人地帯に戻っていく。招待客たちは皆もう持ち物を放り出して階上の祝祭に参加しているものらしい。クローク係の三人娘たちは、曲の終わりでまた拍手をしてくれた。さっきよりもいくらか心を込めて。三人とも、絶え間ない招待客たちの弾幕を潜り抜けて汗だくになっている。受付のカウンターを回って出てくると、彼女たちはお手製のサンドイッチを取り出した。どうやらニノたちはこれでもスター待遇を受けていたらしい。三人娘は地べたに座って、フシギノタビの演奏を聴きながら食事をする。入れ墨の男がまた下りてきて、ニノに向かって予定どおり続けるようにと言った。もちろん彼らはそうした。

時間は流れ、フシギノタビはフランスが一九八四年から八八年にかけて生み出したポップスの精華を次々に歌い演奏する。キース・リチャーズが満面の笑みを振り撒いてトイレに入っていき、籠もるのかと思えば期待はずれなことに一分ほどで出てきた。六十代の女性がブラジャーを外してクロークに預け、ブラウスを整えて階上に戻っていくという場面にも遭遇した。上からは叫び声やドラムの轟きが漏れ聞こえてくる。気さくげな表情の男が寄ってきて、マッカートニーがべろんべろんになってるぜ、と教えてくれたりもした。人の行き来は散発的に続き、大抵は彼らに見向きもしない。ときおり、こっちのほうがよっぽど惨めになるが、申し訳なさそうな目を向けてくる人もあった。ホームレスに向かって、施し用の小銭の持ち合わせがないのを無言で詫びるような、そんな眼差しだ。

それから、なんだか貴族のような老人が階段の麓に降り立った。何歩か進む。明らかに、クロークにもトイレにも向かっていない。フシギノタビのほうに向かってきている、しかも酔っ払っている様子でもなく。ワインレッドで揃えた完璧なスーツ姿だ、ジャケットよりも濃色のスラックス、同じく同系色だがジャケットよりも薄い色のシャツ。着用者を死ぬほどダサくも見せ得るグラデーション、しかし彼は狂おしいほどに優美だった。白髪は少年の髪のように豊か、自らの領地に立つ城主のような威厳を湛え、優しさの溢れ出す微笑みを浮かべている。真っ直ぐ近づいてきて、かれこれ数時間にわたっての唯一の聴衆だった三人娘とは少し距離を置いて、彼は演奏に耳を傾ける。その曲が終わると老人は静かに、しかし熱心に拍手を送り、一歩前に出た。みんな次の曲に移るのを躊躇(ためら)って彼のほうを見ている。何かしゃべろうとしている様子なのだ。今夜、彼らが報酬を受けて演奏している曲を初めて真面目に聴いてくれた招待客であることに加えて、彼の纏うカリスマ性が皆の気持ちに火を点けた。老人はニノを見つめ、さらにもう一歩、そして口を開いて、奇妙な訛りこそ帯びているものの完璧なフランス語で、

「ニノ・フェレールの曲はレパートリーにお持ちでないでしょうか？」と尋ねた。

この老人はニノの目に映る幻なのだろうか、ニノに、彼の両親の大のお気に入りで、彼の名付けの由来にもなったニノ・フェレールの曲をリクエストするとは。ニノはメンバーを見回しつつ、残念ですが、と答える。今日の選曲は時期的にかなり狭い範囲のフレンチポップスばかりなんです。老人は頷きつつ、思考を巡らせる様子だ。そして、完全にニノ個人に向かって、

「時期はともかくとして、このアーティストの曲を一つくらいはご存知でしょう？」

老人の要望には何か深い理由があるようで、この問いにも軽い気持ちからではない、真剣な趣きがあった。

「なんといっても、本当のソウルシンガーと呼べるのは歴史上三人だけ、ジェームス・ブラウン、オーティス・レディング、それにニノ・フェレールだけですから。お願いします」

ベーシストが手振りでニノを促した。まあ言ってみれば、今日は招待客のひとりひとりがクライアントのようなものだろう。しかし改めて考えてみても、フシギノタビのレパートリーのどこを探してもニノ・フェレールの曲は見当たらない。申し訳ありません

が……。老人はクロークの三人娘に椅子を持ってきてくれるように頼んだ。流暢で完璧な英語だ。一人が裏に回って椅子を一脚持ち出し、地下ホールのど真ん中、老人がいま立っている場所に置く。彼は礼を言って腰かけ、ニノを真っ直ぐに見据えて、いよいよ本気で尋ねた。

「〈黒人になりたい！〉(Je veux être noir)はご存知ですか？　それとも〈アンチブルジョワ・ブルース〉(Le Blues anti-bourgeois)は？」

「はい、知っています、それに〈イングランドの王様〉(Le Roi d'Angleterre)も、それから〈マドレイラ通り〉(La Rua Madureira)も……」

　老人は勢い良く脚を組み、膝の上に両手を重ねて置いた。

「二曲、歌っていただけますか？　なんなら三曲、いっそ今の四曲ぜんぶでも？」

「でもあの、伴奏なしでですか？」

「かまいません。さあ」

　それでニノは歌った、特に順番も気にせず、最初は老人が一曲目に挙げた〈黒人になりたい！〉、よく父親と一緒に車の中で歌った歌だ。それから〈アンチブルジョワ・ブルース〉、後部座席で母親も口ずさんでいた曲。なんだかシュールな状況だった。こんなに上品で、熱烈な目をした老人が、トイレとクロークに挟まれたこの地下室に座っていて、その正面には片隅に押し込められたパーティーバンド、そして無伴奏で熱唱するオレンジの髪の小柄な歌い手。ニノは四曲を立て続けに歌った。歌が終わると、老人は立ち上がって歩み寄り、ニノの手を両手で握って熱く礼を述べる。

「さっきあちらのお嬢さん方にコートを預けに来たとき、あなたが歌っているのを聞いたんです。曲は何だったか、歌詞を少しばかりもじってらっしゃいましたね」老人は微笑んだ、「あなたの声は素晴らしいと思います。お名前は何とおっしゃいますか?」

数時間前のジャン゠リュック・ラエーの歌に混ぜ込んだ冗談を指摘されてバツが悪く、はにかみながらニノ・ファスは名乗った。老人は微笑んで、ニノ・ファス、この名前を何度か繰り返し呟く。

「それで、どちらにお住まいですか、ニノ?」

「カレーです」

老人は頷き、何か考え続けている。二人の周りでは全てが沈黙していた。バンドのメンバーはこの一時の邂逅に口を差し挟むことはせず、クロークの三人娘もじっと事の成り行きを見守っている。老人は沈思黙考をすっぱり切り上げて、踵を返し、相変わらず優雅な足取りで遠ざかっていった。階段の下で振り向くと、その場の全員に向かって邪魔をして申し訳なかったと告げる。そしてもう一度ニノを見つめ、もう一度礼を言った。

「ニノ、あなたは素晴らしいシンガーだ」

そして階上に消えた。

ドラマーが「さん、しい」とカウントを取り、女の子たちがジャンヌ・マスの〈赤と黒で（En rouge et noir）〉に取り掛かる。

招待客たちがぽつぽつと自分の荷物を受け取りに来るにつれ、階上の音量はだんだんと下がっていった。朝の六時。何人かの男が口を手で押さえながらトイレに駆け込むのも見たし、キース・リチャーズもまた通ったが今度は彼らに何の愛想もなく、ニノは夜の初めに誰なのか思い出せなかった老人がザ・フーのヴォーカルのロジャー・ダルトリーだと気がついて身震いした。イギリスのリアリティ番組にでも出演しているのだろう女優の卵が色目を使ってきたのをいなしたりもした。ワインレッドの老貴族もコートを取りに来て、コートとクリーム色系で揃えた帽子をかぶり、もう一度ニノを見つめて、そっと手で挨拶の仕草をする。疲れたような様子はまったく見えない。あまりに奇妙な夜で、結局みんな悪い気分ではなかった。ただ、最後に、クロークもほとんどすっからかんになったころ、新郎新婦が下りてきたときのことは脇に除けるとして、だが。なにやら奇妙なざわめきがまず伝わってきて、それから新婚の二人が、二人だけで、しかし五、六人分の騒音を立てながら現れる。二人とも同時にしゃべっていて、ときにはそれぞれ正反対のほうを向いて唾を飛ばしながら、それでもとにかくお互いに寄っかかり引っ張り合うようにしながら階段を下りてきた。ロブ・コルトマンは心配になるほどガリガリに痩せていて、裾をズボンに入れずに垂らしたシャツは臍のところまでボタンが開けっぱなし、額からもこめかみからも流れる汗がそこここで髪の房を肌に貼り付けている。あんまり嬉しくて目に付くものを何でもぶっ壊してしまいそうな様子で、口角が耳まで届きそうな気がするほどに笑顔だった。キャティー・フィリップスのほうは裸、いや、確かに服は一揃いすべて身に着けていると分かるのだが、それでもほとんど全裸に見える。その姿を見て、クロークの三人娘と女性シンガーたちは反射的に、スカートの裾を引き下げたりブラウスのボタンを襟までとめ直したりした。キャティー・フィリップスはせいぜい一六五センチの小柄で細くしなやかな身体をして、髪はボサボサに乱し、挑発的な唇を突き出す。ウェディングドレスの裳裾をイメージしたらしい白の本当に短いショートパンツ、ユニオンジャック柄の超ミニなキャミソール、そして太腿の半ばまで届くロングブーツ。キャティー・フィリップスとロブ・コルトマンは二人とも死ぬほど酔っ払って、ゲラゲラ笑いながら、みんなもういいからあがって、飲んで行きなよ、なんならそこらの床でヤッててもいいぜ、などと言う。みんな一杯だけいただいて早々にお暇（いとま）した。

寝ないままブライトンから乗ったフェリーの船上で、フシギノタビの面々は夜の出来事を思い返す。一眠りするためにホテル代も貰っていたので、これを浮かせた形だ。ヘトヘトだったがみんな満足していた、なんだかイカレた出来事を一緒に切り抜けてきたという感覚があった。甲板の吹きさらしの寒さの中、みんなそれぞれに何かを新たに論（あげつら）い、話題は尽きることがない。階上ではロックシーンの生きた伝説たちがステージの上で鍔迫（つばぜ）り合いを演じていたであろうあいだ、自分たちは延々ポップスを鳴らしていたこの夜の、そこかしこにスポットライトを向けてみる。誰もマイク・タイソンを見ていないが、欠席だったのだろうか？　あの式にはいったい全部で幾らくらいかかったのだろう？　ジェイミー・オリヴァーの料理のレポート番組はフランスでも見れるのだろうか、などなど疑問も尽きない。それからあのすごく上品な老人、この夜にちょっと別のお話を挟むようにニノの歌を所望したあの人物を、ドラマーは絶対にどこかで見たことがあると言って、携帯電話で手がかりを検索していた。彼の出身についての仮説も百出する、イタリアだという意見が出れば、ロシアに違いないという主張も出るが、彼のカリスマ性と魅力、優雅さと物腰については誰も異論を挟まない。話がそのあたりを漂っていたところで、ドラマーが急に叫んだ。目は画面に釘付けだ。

「やっぱりだ！　この人だぜ」と携帯電話を皆に見せる。

表示された画像は、たしかにあの老人だった。

「ラルフ・マイヤーリンクだ」と言って、ドラマーは画面に目を落とし、見つけてきた記事を音読する。「一九三五年九月十九日、オーストリアの実業家の家に生まれる」

口を噤んで先を読み進め、要点を探す。みんな彼の唇の次の動きを待ち焦がれ、ドラマーは顔を上げると同時にその場で跳び上がった。

「一九五七年の夏、両親がイタリア旅行に出て留守をしたあいだに、家族の屋敷を抵当に入れて融資を受け、その金で大西洋を渡り、当時は無名だったエルヴィス・プレスリーの最初のアルバムをプロデュース」

みんな一斉に叫び声を上げる、ご両親がどんな顔をしたか想像すると笑い転げずにいられない。大邸宅一軒、エルヴィス何某なんぞと引き換えにするとは何事か。そしてその取引をした糞ったれの放蕩息子が、後から両親に何軒のお屋敷をプレゼントしてやれたかを考えると。しかしドラマーは手振りで皆を黙らせる、続きも出だしに負けないキャリアだった。

「彼が関わったアーティストはアース・ウィンド・アンド・ファイアー、クイーン、ザ・ビートルズ、ザ・ローリング・ストーンズ、クール・アンド・ザ・ギャング、マーヴィン・ゲイ、オーティス・レディング、マドンナ、など。最後に携わったのは女性シンガー、エイミー・ワインハウスで、彼女の早すぎる死がマイヤーリンクをして、もうディスクを作ることはないと言わしめた。ラルフ・マイヤーリンクはロンドン、サンフランシスコ、サント゠マキシムを行き来して暮らしている。生地であるオーストリアのマイヤーリンク村の自治体は、ラルフから彼の生まれ育った大邸宅を寄贈され、現在これを老人ホームにして運営している」

沈黙が降りる。みんな間近に見たあの人物の人生に圧倒され、互いに顔を見合わせた。それにあの優雅さ、慎み深さ。ロブ・コルトマンの、毎朝世界の七不思議に八つ目を産み落としているとでも言わんばかりの態度とはずいぶん対照的だ。

「そんな人に『素晴らしいシンガーだ』って言われたんだよ」と女の子の一人がニノに囁く。「あの人いったい何人の歌を聴いてきたと思う?」

ニノは、でももう夜も遅かったし、きっと上の階がやかましくて耳がどうかしちゃってたんだよ、などと言って、矮小化しようとする。毎週パラディーゾでもすごいって言われるけどさ、そんなのそれだけのことでさ、だからどうってことでもないんだよ。女の子は彼を見据え、ほとんど怒り出しそうでさえあった。

「またデモテープ作りなよ。それともエルトン・ジョンがあんたのチンポしゃぶりに来るまでずっと待ってるつもり？」

みんな大笑いした。ニノは考えてみると言って、彼女は頷く、相変わらず彼を見据えたまま。フェリーの揺れが彼らをあやす。そろそろフランスだ。遠くに朝日が見える、きっと今日は晴れだろう。ニノは立ち上がり、手で目庇をして岸を望む。北風に船の汽笛が轟く、凄まじい音量だ。ニノは艦橋を振り返る、高く仰ぎ見て、そして叫んだ、

「待ってろよ、エルトン！」

みんな大笑いした。

9

桟橋で解散ということになり、エルトン・ジョンの名前を出してデモテープを作るよう勧めた女性シンガーがニノを車で送ってくれた。団地に着いて、ニノがもう玄関ホールに入っていこうというところを、彼女は車の窓を下げ、少し身を乗り出して呼び止める。ニノは彼女のところまで引き返した。

「ねえ、さっき言ったこと……その、ね、あたしは、フシギノタビでシンガーやってて、それで満足してるの。ここより先には行けないって分かってるから。リズムは取れるし、音も外さないけど、でもそれだけ。あたしは歌の労働者。でもあんたは……」

彼女は気持ちが昂って、恥ずかしそうでもあり、言葉を探す。ニノは少し微笑むことで彼女を促した。

「あんたは本当の歌い手よ、自分の解釈で歌える、芸術家なの」

ほとんど冷徹なくらいの態度でそう言い放ち、彼女はニノの目を真っ直ぐに見据える。

「みんな言ってるわ。いい？　ニノ、みんなって、素人が言ってるんじゃないのよ？　あんた今みたいじゃもったいないわ」

少し沈黙があって、それから二人とも目を伏せた。二人とも既にへとへとだった。

「さあ、もう、よく寝なさいね」一速に入れつつ、彼女はどうにかこれだけ絞り出す。

ゆっくりと階段を上る途中、フレッドとカルル・アヴァンザートに行き合って、会釈された。自分の部屋に着き、バッグを床に置いて、ニノは自分のCDのコレクションを眺める。フシギノタビの女の子の言葉、それにマイヤーリンクの言葉がぷううんと小さな羽音を立て続けていた。頭の中を飛び回る蚊から逃れようとしつつ、ニノは着替えもしないままソファーの上で眠りに落ちる。

そしてその同じ日の夜、いつもの薄紫の絹のシャツで〈パラディーゾ〉のホールに立った。

二週間が経ち、ニノはデモの断片すら録音しないまま、きっとマイヤーリンクは少し耄碌(もうろく)しかけの老人で、フシギノタビのシンガーにしても優しい女の子なだけで大して何も分かっちゃいないんだと、思い込めるようになってくる。

その次の月の初めに店主はローリーを雇い入れ、大体その三週間後にニノと彼女は初めて夜を共にした。

だんだん全ては元通りに収まる。

ある朝アヴァンザートに叩き起こされるまでは。そして白いシュペール5の運転席に押し込まれてボルドーの夜を劈(つんざ)き、後に引く航跡に死に体の巨体を一つ浮かべるまでは。そして息を切らし、パニック状態で停車した迷いの森の直中で、助手席の下に二百万ユーロを見つけるまでは。そしてまさにそのタイミングで、マイヤーリンクが彼をスターにすべく電話をかけてくるまでは。

*

エンジンをかけて漠然と走り出す、ゆっくりと、どこに向かっているのかはっきりと分からないままに。考えてみればボルドーの地理も知らないし、紺碧海岸(コート・ダジュール)へ向かう道筋だってまるで分からない。それに何より、いつカルル・アヴァンザートと出くわすか分からないのが恐ろしかった。きっとお互いにそれほど離れていなくて、数キロ圏内にいるのだから。ハンドルを握る手を強張らせ、ニノはカルルの影と、道沿いに現れる標識を目で追う。そうして結局、国道沿いの宿駅のようなバーに立ち寄ることにした。シュペール5は長距離トラックの陰に駐める。客のいない店内をそそくさとカウンターに向かうと、テーブル席の支度をしていたウェイトレスの片方がやってきて、コーヒーを作ってくれる。サント＝マキシムにはどう行けばいいのかと尋ねると、彼女は目を丸くした。

「地図ならあるけど、ほら、あそこ」と部屋の奥の壁を指す。「一ユーロ半ね」

ニノはカップを手に、壁に近寄った。二メートル四方にフランス全土が描かれている。上のほうにはカレー、ローリーと、仕事、薄紫の絹のシャツとグースネック・マイク、それから左下に行ってボルドー、ここでは数時間しか過ごしていないけれども、間違いなく人生の転機になる場所だ。それからサント＝マキシムを見つけた、右下のほうにかなり離れている。親指と人差し指で縮尺を取ってここからの距離を計ってみると七、八〇〇キロくらい、丸一日かかるだろう。あいだで通る町の名前を頭に叩き込む。アジャン、モントーバン、トゥールーズ、モンペリエ、頭の中で道筋をつけて、何度も何度も、カウンターのほうに戻りつつだんだんスピードを上げて辿り直す、空のカップを置いて、もっと速く、余計な空気を追い払って、疑いや不安を消し去ってしまうほどに、モンペリエ、ニーム、エクス＝アン＝プロヴァンス、車へと走る、アジャン、モントーバン、トゥールーズ、キーを回しながらアクセルを渾身の力で踏み込む。カルル・アヴァンザートがまた電話をかけてきている、見ればバッテリーが点滅して、今度こそ最後だ、電源が落ちて、ようやく、彼の眼前で力尽きた。小ぶりなエンジンは快調に回り、ニノは自由、朝日も鼻先を覗かせている。一速に入れて、一路南へ。

午後七時、ついにサント＝マキシムの標識を見つけたのは、一〇キロほども見事な海岸沿いを走ってからだった。空には雲ひとつない。道中には何の問題も生じず、シュペール5は驚くほどに燃費が良かった。給油に際しても今回は無茶な賭けをせず、少し離れて車を停めて、朝に見かけた気がしたとおりグラブボックスに入っていた整備手帳を確認した。見返しの遊び紙に殴り書きされた車のナンバーさえ見落とすことなく精読して、このシュペール5が軽油で走ることを知る。と同時に、この車の持ち主の住所と氏名も知った。ジャクリーヌ・アヴァンザート、カルルの母親だ、住んでいるのはニノとカルルのとは大分離れたところにある低所得者向け団地。燃料代を支払うにあたって、指を火傷しそうな気がして後部座席のお札は使えず、今回もカードを使った。

ラルフ・マイヤーリンクからはアンブル通りのヴィルヘルム二世荘という住所を教えられている。番地はない。町の入口に立てられた地図を見ると、問題の通りは海に突き当たっているのが分かった。徐行でアンブル通りに入っていくと、この袋小路には道の両側に一軒ずつ、二軒しか建っていない。そしてどちらも高さ一階分はある石壁で敷地を囲われている。外からは樹木が見えた、きっとよく整備された庭園と、息を呑むような眺望が隠されているのだろう。ヴィルヘルム二世荘は右手のほうで、サイドブレーキを引きつつ、ニノは精一杯の気力を掻き集める。そうしてようやくインターホンの前に立ち、ボタンを押した。スピーカーの向こうから知らない声が応じる、

「ニノ・ファスさんですね？　マイヤーリンクは玄関先で待っていますので、道なりに進んでください」

門扉が開くと想像したとおりの牧歌的風景が広がり、ニノはシュペール5を松の並木道に乗り入れた。二百万ユーロは座席の背後に落ち着いている。前方、小道の突き当たり、豪壮な邸宅のポーチの階段にマイヤーリンクのシルエットが見えた。バックミラーの中で門扉は閉じていく。この風景に包み込まれていくにつれて、アヴァンザートも誰もここまでは探しに来れないという確信と安堵が胸に広がっていった。

玄関先で彼を出迎え、マイヤーリンクは随分と急な呼び出し方をしてしまったと詫びる。

「どうもこうして世間を離れて暮らしていると、時間の感覚がなくなってくるんです」

そう言って彼は腕を掲げ海のほうを示す。

海は緑に息づく庭園の向こうに青く煌めいていた。それから屋敷に招じ入れられ、マイヤーリンクよりは若いもののそれでも高齢なローザという女性に預けられて、部屋まで案内された。女中の装いをして、まん丸な体形、黒い肌、あまりおしゃべりなふうには見えない。

与えられた部屋に一人になり、ニノは入口の脇の飾り台のような所にバッグを置く。バスルームの扉の横の洋服箪笥を開けてみて、彼の体格に合った各種礼服でも揃っているかと期待したが、普通に空っぽだったので少しがっかりした。大金の入った革鞄はこの洋服箪笥の奥に仕舞っておくことに決めて、ニノはシャワーを浴びにいく。

八時ごろにローザが扉を叩いた。

「マイヤーリンクはあなたにはゆっくり休んでいただくようにと申しておりました。お疲れのようでしたので」

再び一人になって、ニノは鏡を見てみる。たしかに、彼は蒼白だった。

10

翌日の夜、客間に集められた九人はローザの支度した立食テーブル沿いに並んで小さくなっていた。彼女は少し脇に離れて立っていて、シャンパンのグラスを片手にマイヤーリンクが音頭を取る。

「まずは、私の呼びかけに応えてくれたことにお礼を言いたいと思います」

ニノは見知らぬ顔に囲まれて、背中に脂汗を浮かし、木の葉のように震えだしそうになるのを必死で堪えていた。他の面々も皆ニノと同じくらい居心地が悪そうにしているのがせめてもの救いだ。一日中、部屋から一歩も出ずに、ずっと不安を抱えたまま過ごして、ニノは完全に疲弊している。それに、シュペール5での逃亡劇で既に叩きのめされていた。道から見える水平線は眩暈を誘い、眠りに落ちないようそれに抗わなければならなかったし、道が少し曲がるごとにアヴァンザートの影がチラつき、ときには後部座席の札束の入った革鞄がバックミラー越しにじっと彼を見つめる。部屋で横になると、ニノはこの道中を百回も繰り返し、衝突のシーンを千回も追体験した。フレッドの身体が弾き飛ばされ、叫喚が耳を聾する。逃げてきたこの距離、背の高い石壁、背後で閉じた重厚な門扉、そのどれもニノを安心させてはくれない、むしろ逆だ。不安はかえって大きくなり、ニノの身体と頭とに進駐し、その隅々にまで展開したようだった。昼下がり、窓の下で大きな音を立てて水飛沫が上がり、そのくぐもった大音響と歓声で落ち着かない眠りから引きずり出されて、ニノは反射的に洋服簞笥へと走る。革鞄は満杯のまま、一ミリも動かずにそこにあった。そっと窓に近づき、カーテンにほんの少しだけ隙間を開けて外を覗くと、陽光に目が眩む。庭のプールでは太った男が鯨のように泳いでいた。両腕を妙な具合に回転させて、顔には大満足の表情が浮かんでいる。カーテンから手を放すニノの背中を一滴の汗が流れた。

鯨の名前はマルセルといった。マイヤーリンクと向かい合った九人のうちにいて、いかにもお人よしで満足げな表情、縞々のポロシャツの裾をズボンに入れていて、六十がらみ、そして早く料理に跳び掛りたくて仕方ない様子だ。ニノはマルセルと、その隣のサンドラを見つめている。ふっくらとした栗色の髪の美女、綺麗な花柄のドレスを着て、星を振り撒くような瞳。彼女もまた何かを渇望しているように見えた。男連中のなかの一人も彼女を見つめているが、こちらはその視線を隠そうとする様子さえない。肉屋の小僧のような面構え、猪首に熊のような両腕、マイヤーリンクはまずこの男から紹介を始めた、ペドロだ。二人とも同じタイプの、華奢で線の細い青年、文学部の学生のような雰囲気。ダンはマルセルの後ろに立って、警戒している感じだった。四十がらみ、気難しそうな様子。黙りこくって突っ立ったまま、落ち着きなく足先で貧乏揺すりをしている。真ん中に立っているのはいつの時代かと思うようなロックンローラー、テラッテラに一分の隙もなく固めたリーゼント、カウボーイ風のシャツに極彩色のサンチャゴ靴。紹介を待たずに自分から、ペントだ、前腕に刻んだPENTOの五文字を掲げてこのニックネームを名乗った。それから、なんだかひょろっとした奴がわくわくしたような無邪気な微笑みを浮かべて皆を眺めている。子供のような物腰、無垢それそのもの、ジェレミー。それからニノ、この中でたった一人の赤毛、この中で一番背が低い。そしておそらく今この中で一番頭が沸騰してもいる。

シャワーを浴びた後で清潔な服に着替えたついでに、カレーから持ってきた荷物を点検して、近いうちに買い物に行かなくてはならないと思った。ポロシャツ三枚のうち一枚は既に汚れていて、下着も靴下も同じ数、ズボンは一本しか持っていない。

それから二百万ユーロと、後を追ってきている男が二人。

辺りを警戒しながら部屋を出る、鍵をかけたかったがそういうものは一つも付いていなかった。廊下でサンドラと出くわして、即座に、色っぽいなと思う。

「やっほー」と彼女は笑顔を浮かべた。

互いに名乗り、彼女は手を差し出す。思わずその気になりかけていた気持ちも握手で鎮まり、一緒に客間に向かった。すごいお屋敷で、二人とも目を丸くする。どの部屋からも海が見えるようだった。そして客間に着くと、袖をまくった革ジャン姿のペントが黙って煙草を吸っていた。大窓の外では、太っちょのマルセルがプールのへりで勢いをつけて、全身を放り出し、跳べる限り遠く水面に向かって跳び込んでいる。


こうして全員と向かい合って、ラルフ・マイヤーリンクは皆を呼び出した理由、こうして全員が揃うまで待たせていた理由を改めて説明する。みんな入学したての小学生のように彼の話を聞いた。

「手短に自己紹介させていただきますが、私はラルフ・マイヤーリンクと言います。今年で七十五歳。この訛りはオーストリアのものです。私は、少なくとも五十年ほどのあいだ音楽プロデューサーをしておりまして、いくつかヒットにも恵まれました」

「へえ、ほんとかなあ?」とマルセルが笑いながら皆を見回す。

マイヤーリンクは微笑んで応えた、

「くつろいでもらえて嬉しいですよ、マルセル」

それからまた皆に向かって、

「皆さんとはここ一年ほどのあいだに色々なところで偶然にお会いしまして、それぞれに強い印象を与えてくださいました。私はもうアルバムを作るのはやめて、この素晴らしい景色を眺めながら余生をゆっくり過ごすつもりになっていたのですが、世界のあちらこちらで皆さんと出会ったことで、まだ何かするべきことがあるのではないかと思うようになったのです。特に、皆さんの中の一人のパフォーマンスを聴いて、もう一枚だけアルバムを作り、もう一度だけバンドを組んで、最後に最高のライブツアーを催すべきだと思いました」

この少し大仰な長広舌（ちょうこうぜつ）を茶化してマルセルが何かまた冗談を言うかと思われたが、そんなことはなくて、マルセルもまたマイヤーリンクをじっと見つめ、明らかに気持ちを動かされていた。皆が皆、自分こそがその一人なのだと思って気持ちを昂らせ、皆お互いがそう考えていることが分かるので、どうにも余計に気まずかった。

「親愛なる皆さん」ラルフ・マイヤーリンクは明るい調子で、新築の建物のお披露目でもするように両腕を広げる。「その後ろの鏡にご自分たちの姿を映してみてください」

皆ゆっくりと振り返り、三メートル×二メートルはある大きな鏡の中に全員が収まるように、お互いに距離を詰める。そうして、なんだか分からない写真パネルのように彼らは並んだ。地球の裏側で飛行機から降りてくる観光客の団体のようだった。マイヤーリンクは少し身を引いて、鏡像の中には入っていない。ペドロは屋敷の主の言葉など意に介さず、ただサンドラの身体の曲線一つ一つをじっと観察しているようだった。二人のステファンは居心地悪そうに、床のほうに目を逸らしている。ダンは相変わらず一体全体こんなところまで何をしにきたのかと考えていて、いつ出ていってしまってもおかしくなかった。ジェレミーは夢見るようにふわふわしていた。ニノはと言えば、正面から自分の姿を、いや誰のことも見つめる勇気がなく、この場で一番小柄でいながらなおも小さくなろうとしている。

「ご覧なさい」とマイヤーリンクが言う。「よく見て。あなたたちが世界で最初にこれを目にしているんです、もうじき世界中が目にすることになるものをです」

そしてほとんど囁きのように、

「私の目に狂いがなければ、今あなたたちが見ているのは、このさき何十年ものあいだ世界に君臨することになる最高のロックバンドの姿です」


簡単なことじゃない。

このちぐはぐな集団のうちに、汗と涙を流して踊る音楽の革新を見るなどというのは簡単なことじゃない。マイヤーリンクもこの空気は感じ取っていた。彼らに週極めで給料を支払うと説明してから（この給料の額についてはみんな十分以上のものだと思った）、マイヤーリンクは微笑みを浮かべる。この状況が珍妙であることは彼も自覚しているのだ。彼らを納得させるため、皆を地下室へ案内する。下りの階段で口を開いたのはマルセルだけだった。表に駐まってたシュペール5って誰の？　ニノは身を強張らせ、自分のだと震え声で小さく応える。

「俺も、まえ乗ってたんだ」仲間意識が生まれる糸口を摑んだと感じて、マルセルは嬉しそうだ。「あれはほんと丈夫だよなぁ。売っちゃったの後悔してるよ」

階下でマイヤーリンクは広大な地下室の扉を開く。明かりが点くと、そこは録音スタジオだった。一人また一人と足を踏み入れて、皆すっかり感心してしまう。一つの壁には所狭しとゴールドディスクが並び、残りの壁は白い。床は板張りで、隅にはソファーがいくつか。ピカピカのドラムセットが鎮座して、他にも黒いグランドピアノを筆頭に楽器が並ぶ。ガラスの向こうにはくらくらするようなミキシング・コンソール。演奏家たちは誰からともなく、ひとりでに自分の楽器に向かって行った。ペドロは一片の迷いもなくドラムセットの向こうに納まり、ステファンとステファンはお互いがいよいよ似てくるのを感じながらそれぞれギターを手に取る。サンドラがトロンボーンのスライドを滑らせるのを見てペドロは吼えるような歓声を上げた。ジェレミー坊やは相変わらず微笑みながらトランペットを摑む。マルセルはもう混ぜっ返そうともせずピアノを撫で、鍵盤のタッチを確かめて席に着く。

ペドロのエンジンがかかるのを見るのは、簡単なことじゃない。最初の数打からもう、彼が喧嘩っ早いだけでなくとても優しい男なのが伝わってくる。それにダンのベースが、そう、すぐに同じ航跡に乗って、最初の数小節からもうこの二人がぴったりと合わさっているなんて、これは本当に簡単なことじゃない。これは奇跡だ。そこにステファン一号が躍り出て、殴り込みをかける。笑い声を上げるイタズラ小僧のようにリズム隊の二人の間をすり抜け、纏わり付き、ギターは彼らを苛立たせ、上をかっ飛び、突っつきまわす。さらにステファン二号が加わり、二本のギターはつむじ風を巻き起こす番鳥のように舞い踊る。そこへ二人を引っ捕まえようと今度はマルセルがやってくる。さきほどプールで泳ぎまわっていた鯨男はここでアスリートに早変わりを遂げ、波に乗り、風に舞い、鍵盤をかすめて踊り狂う。彼は重さを失い、その顔はどこか耽美な表情を浮かべ始める。今ここで初めて顔を合わせたこの五人の音楽に、もうニノは踊り出さずにはいられない。目の前のマイクスタンドに向かって彼は叫びを上げ、マイクを捥ぎ取り、そのグリルに自分の不安と恐怖とを叩きつける。シャウトの中で一足退けば、ペントがサクソフォンに口を付けるのが目に入る。彼の襲撃は強烈で、不協和で、楽器の隅から隅までを一気に震わせる。サンドラもトロンボーンを唇に当てて一歩踏み出す、マイクなど必要ない、リズムは完璧に捉えている、そして彼女は闘技場に踏み込んできた、ニューオーリンズの黒人の巨漢のように彼女は金管に咆哮を上げさせる。ニノは呆気に取られて、今はまだ勃起もせず、彼女に釘付けにされて、彼女の発散する凄まじい力に吹かれ当てられるままになっていた。ペドロも彼女を凝視して、歯を食いしばってシンバルをぶっ叩く。マイヤーリンクはこの傍らにずっと立っていた。自ら掻き集めた才能たちの初飛行を目の当たりにして、自分の嗅覚が正しかったことを知る。眼前で演奏家たちが結びついていく。彼は静かに頷いた。片足がリズムを取り、腕は後ろで組んでいる。彼は皆の一挙手一投足に賛意を示し、一音一音を称え、彼らを励まし、煽り立てる。その隣で、ローザは満面の笑みを浮かべている。年老いたお手伝いさんは少女のようにリズムに身体を揺らしていた。

簡単なことじゃない。

乱暴なくらいあまりにも明白な何かが、そう、目の前で起こっているということを認めるのは実際簡単なことじゃない。ここに何の障害もなく、前に進まない理由など一つとしてなく、ただ駆け出して、歌うしかない、何一つ欠けたものがなくて、つまり言い訳の余地などどこれっぽっちもなくて、いつか遠くから夢に見ていたものが今、ここにある、今がそのときで、それはゆるくない、ものすごく素敵だけれどもゆるくない、自分がいま夢のロックバンドの中心に、躍り踊らせるマシンの真っ只中にいるのを見るのは簡単なことじゃない。自分の人生を並行した別のものとして脇に除けておいて、そして不意に横っ跳びして戻ればそれが現実だなんていうのは簡単なことじゃない。そんなのを受け入れるのは簡単なことじゃない。しかもラルフ・マイヤーリンクが見ている前で、安全対策なしの無鉄砲なスキャットに駆け出す彼を、崖っぷちを突っ走る最高なニノを当然のごとく微笑みを浮かべて見ているマイヤーリンクの前で。簡単なことじゃない、だって幽霊が、カルル・アヴァンザートの亡霊が付いて回るのだ。

演奏は休みなく一時間ほど続き、インプロヴィゼーションのテーマはカーティス・メイフィールドの墓石の上を滑空し、エルヴィスと握手を交わし、エラ・フィッツジェラルドに口付けして、アイク・ターナーがサンドラの腰に手をまわすのを見た。彼らはいくつもの早瀬を駆け抜け、大河を下り、滝を転げ落ちながらみんな悪魔のように踊り狂って、そうして時おり、数分の間、ニノの頭からカルル・アヴァンザートが消える瞬間さえあった。ものすごかった。ついにマイヤーリンクが皆の中心に歩み出て、静寂が訪れる。彼も感激していた。みんなと同じくらいに。彼は全員の顔を見回し、控えめな微笑みを浮かべる。自分の魅力を自覚した微笑みだ。そして、いま彼ら自身に証明させたこのバンドの魅力についても、同じくらい確信を抱いている。

「きみたちは世界一のロックバンドになる。ねえ、ジェレミー？」

ジェレミーは頷く。満面に笑みを湛え、なにごとか口の中でもごもごと呟きながら。トランペットを抱きかかえて。みんなびっくりしてジェレミーを見ていた。彼はこの間ずっと、初めてレコードを聴く五歳児のようにただその場でよちよちしていたのだ。ただの一音も鳴らさずに。

11

頭の中でぐるぐる回る。パラディーゾ、カレーで一番の喉自慢、フシギノタビ、もう何年も何かを夢見ていて、それが今ここに、あるいはその兆しだけかもしれないが、目の前にあること、そんな全てが堂々巡りして、こうしてチャンスが巡ってきた今、ニノは自分が何者なのか分からなくなってしまった。顔合わせの翌日、彼らはみんなして一日中熱狂的に目的もなく演奏して過ごした。だんだんお互いのことを知り合い、ジェームス・ブラウンの〈コールド・スウェット〉を基に三十分以上にわたるセッションなどして、いよいよはっきりしてきた、認めざるを得ない。マイヤーリンクの思い描いたバンド、ニノ自身も含めたこの集団は、きっと何もかも跳ね飛ばして驀進することになるだろう。ジェレミーだけは相変わらず音を出さず、隅っこに一人座ってにこにこしていた。なぜ参加しないのか、誰も敢えて彼に尋ねることができない。

午後も遅く、ニノはなけなしの勇気を掻き集めて敷居を踏み越え、シュペール5の運転席で震えながら、がんばれ、さっさと済ますんだ、みっともないTシャツ二枚だけでやってけるわけがないだろ、身の回りのものを買うために町に出たのだった。革の鞄からお札を四枚抜き出して、カードと一緒にポケットに突っ込み、南に逃げてきて以来はじめての外出だ。お札を何枚か溶かしてしまうことで、あの衝突の記憶から解放されるかもしれないという期待もあった。車輪の下を転げるフレッドと逃げ去るニノ、このお金に手をつけることは、これを自分のものにしてしまって、これにまつわる全てのことを自分の中で、もう終わったことにしてしまうことに繋がるかもしれない。ともかくやってみることだ。自分の人生の手綱を取り戻すために。

そして夕方、ニノは買い物袋を四つ抱えて戻ってきた。他のみんなはテラスで食前酒を摂っている。シュペール5から降りてくるニノに向かってマルセルが大きく手を振って招いたが、ニノは先にシャワーを浴びてくると身振りで応じる。そのやりとりを見ていたマイヤーリンクは、何か考え込むような、ほとんど心を痛めるような様子だった。

　二つのことがニノに取り憑いて彼を苛んでいた。まず一つ目だが、町に出たニノは携帯電話の充電器を買って車のライターから電源を取るという誘惑に勝てなかった。店を出るとすぐに駐車場に戻り、履歴を見てみる。ローリーからのメールが二通。一つ目は「あんた今どこ?」それから次の日にもう一通、「ニノ、今どこにいるの?」返信はしない。不在着信も三十以上ある。一件は〈パラディーゾ〉の店主が、お前どこで何をやってるんだと言ってきていて、それ以外、それ以外は全部、三十六件全部がカルル・アヴァンザートからだった。一番新しいのはほんの一時間ほど前で、留守番電話へのメッセージは一つもない。カルル・アヴァンザートはきっと怒り狂っているだろう。大金が指の間をすり抜けていったのだ、ブチギレているはずだ。薄暗い駐車場で一人、ニノは汗をかく。カルルはきっとありとあらゆる手段を使ってニノの足取りを追うだろう。そしてこの携帯電話、こいつは最高のGPSなんじゃないのか?　聞いた話では、携帯電話のありかというのは誤差三〇〇メートル以内で特定できるものらしい。アヴァンザートの知り合いに警官かフランス・テレコムの職員か、誰かそういう方面の人間がいたら、それだけで今ニノがフレジュスとサン゠トロペのあいだのどこかにいて、おそらくは豪遊しているのだろうという判断ができてしまうわけだ。震えながら車を降りて、小さな歩幅で気ぜわしく港に向かう。停泊中の船を前に、ニノは最後に一度だけこの携帯電話を使った。西日にかざした画面を凝視して、インターネットに接続し、どこかに記事が出ていないか調べる。そしてsudouest.frに見つけた。二日前、深夜のボルドー、カルノー通り、車の盗難事件に続いて、よくあるような交通事故。車の持ち主たち二人は犯人を追って走り、そのうち一人が仕事帰りの看護師の車に撥ねられて、窃盗犯はそのまま遁走。フレッドはその場で死亡していた。ニノの震えはさらにひどくなり、凶器を手から振り払うかのように、携帯電話を港の水底へと投じる。全身が強張り、強く息を吸い、荒く吐く、そしてもうとても無理だと思いながらも、渾身の力を振り絞って、引き返し、旧市街に向かう。オフシーズンにも営業しているブティックの群れ、たくさんの姿見。自分のしたことは引き受けよう、気を取り直して、現状を確認、落ち着こう。そうして夢遊病者のように、車の入れない通りに建つ店の一軒に入った。シャツ、ズボン、下着、Tシャツ。これが基本だ。基本的なことに集中する。吸って、吐いて。

シャワー室から出てきてもなお、ニノは相変わらず落ち着こうと必死の努力を続けていた。鼓動が安定しない。鏡を見る、薄緑色を基調にした服装。うん、洒落てる。内心に何度も繰り返した。俺はちゃんとここにいる、イケてる、大丈夫だ。問題など何もないのだと自分に向かって言い募るうちに、どれほどの時間が経っただろうか。この別荘の中でいま伝説的なロックバンドが形成されつつあり、自分はそのフロントマン、前途は洋々なのだと掻き口説くように繰り返す。両手をポケットに突っ込んで、正面の鏡像の瞳の奥をじっと見据えて。誰かが扉を叩く。扉の向こうでマイヤーリンクが彼の名を呼んだ。はい、と答えて戸を開ける、マイヤーリンクが入ってきて戸を閉める。彼は落ち着いていた。他の状態のラルフ・マイヤーリンクなど存在しないかのように。その静かで優雅な力強さにはどんな綻びも起き得ないように思えた。

「調子はどうですか、ニノ?」

返事を待たず、彼は果てのない優しさでニノの目を真っ直ぐに見つめたままベッドに腰を下ろす。

「『上々です』なんて言わないでくださいよ」と微笑んだ。

二十歳でエルヴィスのレコードを作るために親の大邸宅を質入れしたイカレ老人のマイヤーリンクに正面から見つめられている。そう長いこと隠してはいられないだろうとニノは確信した。そして何も言えず突っ立っている、もう丸裸にされてしまっている気分だ。ラルフ・マイヤーリンクはまたニノをちらりと見やり、口を開いた。

「選択のときだ」どこか遠くを見て、独り言のように囁く。「困難な、選択のとき……」

マイヤーリンクはしばし、思い出の波に洗われているようだった。きっと山ほど思い出すことがあるのだろう、老境に至っても思い返して震えるような難しい選択の数々があったのだろう。目を上げて、

「そういうことでしょう?」

これは質問でさえなかったが、ニノはもごもごと口の中で「はい」と言って、それ以上なにも付け加えることができなかった。マイヤーリンクにはそれで十分で、黙って頷く。彼には分かるのだ。マイヤーリンクは改めてニノを見つめる。

「ニノ、あなたは素晴らしいシンガーだ。自分でも分かっているはずです。そして今はまだ名前も付いていないこのバンドは、必ずこの時代のトップクラスのものになります。これも分かっているはずです」

かなり気恥ずかしいのと同時に、ものすごくワクワクしていた。

「ニノ、何を恐れているのです？」

しかしすぐに思い直して、両手を前に突き出し、性急さを詫びて、緩慢な手付きで既に口を出た質問を掻き消す。その答えならもう知っていると言うかのように。老人は感慨に浸っているようだった。

「ここに来た最初からずっと、なんだか雁字搦め（がんじがら）になっていますね。本当なら、いまこそ一番自由というものに近づいているはずなのに。この場合、自由というのは自分自身の人生を生きること、あなた自身の、本当に徹頭徹尾真実な自分で生きる人生のことですが」

少し間を置く。

「ご両親は何をなさっているんです、ニノ？」

問われたニノはしゃべらなくてはならない、口を開いて跳び出す、しかし事実を述べるに留める。父は中学の音楽教師であること、それから彼のギターのこと、生まれて初めて教えてもらった歌のこと、ラルフ・マイヤーリンクは熱心に聴いている、居間でスウィングして、歌い、笑うニノの父のこと。そろそろ定年が近いこと。

「お母様は？」

「病院で事務をしています」

「お母様も歌を？」

「いいえ。母の趣味は刺繍です」

そう言いながらニノは笑みを浮かべる、マイヤーリンクも楽しそうに、その笑みの意味を目顔で問う。

「刺繍したものをそこらじゅう、壁じゅうに飾ってるんですよ……」

マイヤーリンクも笑みを浮かべて、しっくり来る重さの言葉を選ぶ様子を見せる。部屋に入ってきたときからずっとそうだったが。

「例えば、お父様が本当はギタリストになりたかったとか、お母様がお店を、なんでしょう、例えばお花屋さんとか手芸品店を開きたかったのかもしれない、そう考えたことはありませんか？　ご両親が幸せでなかったと言いたいのではありません、きっとこれまで良い人生を送ってこられたと言っていいでしょう、想像ですが、綺麗な家に住んで、素敵な旅行もしてきて、ときには新車を買ったり、ちょっとした贅沢を楽しんでこられたのでしょう。それにもちろんあなたを授かったわけですし」

　ニノは彼がそっと語りかける言葉に耳を傾ける。この老人がニノのことを理解し、感じ取り、ニノがこれから口にする言葉をもう知っている、ニノの瞳の中に既にそれを読み取っているということが分かる。ニノは単に、自分の身に起きつつあることが自分にはもったいないと感じているのだ。まだ早い、あるいは良い話に過ぎる、自分にはそれほどの価値はない、あるいはまた、それが自分にこそ相応しいものだとは思えない。ニノの奥底には昔からずっと痼りがあって、スポーツの世界ではこれを〈勝利への恐れ〉というらしいが、この二日というもの、ニノの中では不安と希望がごちゃ混ぜになっていた。〈パラディーゾ〉のことを思い出す。面白がりながら、本気ではなくやり始めた下働き。しかしこのバーがだんだんニノにとって繭のように、宝石箱のようにさえなってきたこと。ほとんど惨めなくらい取るに足らない形ではあっても、たしかにニノは自分の好きなことを仕事にしていた。それが最底辺の、ケチなカラオケ係ではあっても、たしかにニノは一つの岬を越え、小さくとも一つ上の段階に至ったのだ。幸福を基準にした家族内ヒエラルキーで、彼の位置はたしかに上昇したのだ。

「ニノ、人間にはたった一つの義務しかありません。たった一つ、両親がそうだったよりも幸せになることです。父親と母親よりもほんの少しでも自分自身のあるべき姿に近づくこと、この世に生きる時間を享受して、両親よりもいっそう満喫すること。そして少しでも、より深く、自分が自分の人生をどうしたいのかを見つめること。これこそが、家族から受け継ぎ、積み重ねていくべきことです。これは誰についても、どの一個人についても言えることで、社会的、経済的な成功などとはまったく、ひとかけらも関係のない問題です。例えば、私の親類の中で一番幸福な人生を送ったのは従兄のハンスだと思います。私と同じように銀の匙を握って上流社会の強力な人脈の中に生まれ落ちて、彼は自動車整備工になりました。アルファロメオの代理店に三十年勤めて、その間、毎朝奥さんと子供たちにキスをして鼻歌を歌いながら仕事に出かけたものです。たいへん幸せでした。きっと彼こそがこれまでのところ、歴代のマイヤーリンクの中で一番の人生を生きたと言えるでしょうね」

マイヤーリンクは言葉を切り、満面に笑みを湛えてニノを見つめる。

「彼は型を破ることに成功したんです。私の親戚のうちで誰も、彼のように十六歳で学校を辞めた者はおりません。別荘を持たず、オーダーメイドの靴を履かない人生を送った者も他にありません。私にしても、既に決められたとおりの社会的成功から、この分かりやすい経済的成功という型から抜け出すことはできませんでした。それでも私なりに彼のあとを追ったのです。ハンスは、自由でした。純粋に自分自身の欲求、望みだけを見つめることができたんです。私はずっと彼を尊敬しています」

上っ面の恥じらいもなく、何のごまかしもなしにマイヤーリンクは語った。自分の莫大な財産を隠さず、そのことの有利を過小評価することもない。彼は明らかに、完全に、呆れてしまうほどに真摯だった。

「今日び、よく言われるような、〈○○（なんとか）の息子〉というのが嫌いなんです」涼やかな微笑みでニノの瞳を覗き込みながらマイヤーリンクは小声で吐露する。「そういう血族というか……親と同じ仕事をしようという考えしか持てなかった子供というのが、私は嫌いなんです。雑誌で話題になるような歌手の息子、役者の息子だろうと、パン屋の息子、医者の息子でも同じです。こういう人はみんな、学校になんて行っただけ無駄です。全部自分の親からだって学べるはずのことなんですから。私たちがこの世に生を享けるのは、この世界を自分のものにするため、それが言い過ぎだとしても、できるかどうかを実際に試してみるのが義務というものです。そのリスクを負うべきなんです」

少し黙り、どこか虚空を見やる。マイヤーリンクの言葉は半ば独り言のようで、それでも不思議とニノは呑まれ、魅了されていた。

「私の従兄は、かなり早いうちから自分の好きなものが何なのか知っていました」マイヤーリンクの視線はまたニノを捉える、「心からイタリアの自動車を熱愛していたんです。私には結局少しも分かりませんでしたが。オイルだのピストンだのといったものにはまったく心を動かされないので」

ニノは震え出す。もちろんマイヤーリンクもその震えに気づいたろうが、穏やかに話を続けた。その言葉に浸(ひた)され、実感を伴って、彼はその内容をいま生きている。ニノは、こんなにも充実して黄金色に輝くマイヤーリンクの半生が、その実、ただ遅々として進まない探索の旅だったのだと理解した。煌めく星(スター)の宝石と紛い物のガラス玉の入り交じるその脇を流れる細い小川、その水面に身をかがめ、涼やかに風がそよぐ、何か時の流れを出外れたような微かな感覚、マイヤーリンクの言葉は部屋に満ち、空気に混じり合い、踊り、そして散り散りになっていく。

「ニノ、人生はいつでも無為と空虚に取り囲まれています。無意味な試みやつまらない子供だましに常に脅かされています……。周りの人たちのことを思い出してごらんなさい、どんなにかたくさんの人が光のない人生を送っているか。何にも本当の関心を抱かず、何の目的意識もなく、人生を一口だって味わうことのないまま、自分自身の根幹を流れる樹液の味すら知らないままで死んでいく人たちがどれほど多いか。どれほどの男と女が、何一つ分かち合うこともなく、ただそれが普通だからというだけで一緒に暮らしているか。奥底を覗いてみれば、どれほど多くの人が何にもならない人生を送っているか。どれほどの人生が無駄にされていることか。見下して言っているわけではありません、私も同じ目線から言っているんです、私だって皆と同じ、他の人よりマシなわけでもひどいわけでもありません。それでも、私には一つ、分かっていることがあります。それを、揺るぎない真実として、あるいは命令として、今、あなたに告げましょう。ニノ、周りで何かが起きているのなら、目を逸らさずにそれを見つめること。ざわめきの渦の中で誰かの声が耳に届いたなら、それをよく聴くこと。もし、何か言うべきことがあるのなら、それを口にすること。これだけが我々の課された義務、たった一つ我々の演じるべき役割です。きっと、あなたもこれまで他人とは違う自分を作り上げようと、色んなところから掻き集めてきた自分らしさのようなものを積み上げてきたでしょう。

一風変わったシャツだとか、時代遅れのバイクだとか、あなたの場合にそれが何であるかは分かりませんが、いつも背負って歩く自分だけの舞台装置のようなものを持っているはずです。少し映画の登場人物のような気分を作って、同時に、自分の日常が本当の現実ではなくて、だからそれほど味気なくもないんだと思えるように。誰だってそんなふうに、どうにかこうにか折り合いを付けているものです」

ニノはマイヤーリンクを見つめたまま、椅子を引っ張ってくる。ピンクのヴェスパ、ムードランプ、銀紙を貼った冷蔵庫、フシギノタビのシンガーの女の子に今のままではもったいなさすぎると言われたことを思い出した。ある朝ローリーの隣で目を覚まし、とても素敵な気分だったこと。どうして週に一、二夜という関係のその先に進もうと一度も考えなかったのだろう？　これ以上震えないように、椅子に腰掛ける。そしてラルフ・マイヤーリンクの語りかける言葉がぐいぐいと、ニノを崖っぷちから押し出そうとする。

「きっと私の経歴に気圧（けお）されているんでしょう、ここに来てからネットで調べたでしょうしね。ビッグネームがいくつも並んで、それに地下室のゴールドディスク、それにこの別荘も。でもね、私だってあなたに圧倒されているんですよ。あのブライトンの結婚式であなたと出会ったあと、私は明け方にロンドンに帰りつきました。そして朝になって、朝食のとき、ローザに『ゆうべは素晴らしい出会いがあったよ』と言ったものです。他の誰でもない、あなたのことですよ」

彼は立ち上がり、数歩あゆむ。ニノは動けない。マイヤーリンクの魔性に一切の重力を奪われている。不意に声の調子が変わった、同情は遠のき、突き放すような、ほとんど侮蔑さえ帯びたような声音、赦しの時は過ぎ、ラルフ・マイヤーリンクは暗い一面を、妥協のない一徹さと冷たいほどの厳しさを表出する。

「これまでに何人も、優れた才能を持っていながら野心があまりに大きすぎて、結局、何もしないで終わったアーティストを見てきました。せいぜい友達のレストランでの個展だとか、何軒かのバーでライブをしたり、市民体育館での演劇公演、それが自分に合っているからというのではありません。全然違うんです。ただ単に、どんな条件で声をかけてもらっても彼らは全然満足できなかったんですよ。でもそうやって、気難しさ、あるいは一種の上から目線、尊大と言ってもいいような態度を作っている裏では、一瞬一瞬、ずっと怯えているんです。本当は、ただ怖いだけなんですよ」吐き捨てるように、独り言のように彼はそう呟いた。

そして、また不意に優しい目になって、

「ニノ、一線を越えることを怖がってはいけません。見る前に跳ぶことを恐れないで。ご両親よりも、周りの誰よりも、そんな遠慮は捨ててしまいなさい。自由になることを遠慮してはいけません。リスクを冒すべきなんです。教育も、お作法も全部、呑み込んで消化して、乗り越えられるために存在するんです。そういうものは最初のうちだけ導いてくれるガイド、跳ぶための踏切板に過ぎません。その先は、自分の人生は、自分自身で想像するんです」

マイヤーリンクはゆっくりと扉のほうへ向かう。ノブに手をかけようかというところで彼は動きを止め、振り返った。決然として一切譲らない構えだが、しかし微笑んでもいる。

「あなたはシンガーです。ここに残っても、あるいはここを去ったとしてもそれは絶対に変わりません。しかもあなたはただ台所で歌っていればそれで満足という人ではない。私と出会ったとき、あのバンドに参加していたわけですから。あなたはそうしたいと思っている、私には分かります。そしてあなたには才能があります。巨大な、類稀な才能がです。一歩、横に動きなさい。両足ともをあなたの本当の人生に突っ込むんです。あなたは音楽を、コンサートやディスクを夢見てきた、そしていま壁の麓にいます。団地で一番の喉自慢でいるのはもうやめにしましょう。近所の友達に『お前ならスターにだってなれたかもな』なんて言われながら一生を過ごすつもりですか？　本当のシンガーになるときです。そして本当のスターとして輝くことを目指すんです。目の前の壁に手をかけて、登りなさい、途中で落っこちるかもしれないとしても。出来損ないの映画はもう終わりです。ここに来てもらったのは冗談なんかじゃありません。あなたは今、自分の人生の前に立っているんです」

彼は扉を開け、最後にもう一度微笑みを投げかけた。

「自信を持ちなさい。あなたならきっと登りきれると、私は心から思っています。でも、いいですか、一週間後、もしまだあなたがあのブライトンで見せてくれた素晴らしいパフォーマンスを出し惜しみするようなら、私はこのプロジェクトを諦めて、集まってもらった皆さんに丁重にお詫びして帰っていただくほかなくなります」

ニノは椅子に座ったまま呆然としている。あの七十五歳の少年の言葉に心を奥底から掻き回されていた。これまでの人生、描いてきた夢、そしていま眼前に差し出されたこのありえないほどの選択。高名なプロデューサーが、彼に、夢の成就を強いているのだ。ニノはマイヤーリンクが彼を押し出そうとしているこの断崖の縁で震えている。両親を思った、彼の遠慮、そしてブレーキとなるもの。マイヤーリンクが「勇気を出して」と言う、北のほう、カレーで父が〈マラゲーニャ(Malagueña)〉を演奏してくれるのが聞こえる。ここの地下室のピアノと壁面が目に浮かぶ。音楽、マイヤーリンク、自分自身の人生の陰で過ごした二十六年間。そうだ、これはリアルな現実だ、前へ、心を開いて、跳ぶんだ。このしっちゃかめっちゃかには全部ちゃんと意味があって、それが分かる、ニノはそれを知っている、もうずっと前から予感してさえいた。

それと並行して、もう一つのリアルな現実がある。買った服を詰め込んだ袋を提げて茫然自失したまま車まで歩いて戻って以来、絶え間なく緊(きび)しく身を切り付けてくる、より切実で緊迫した現実。この滞在は長くなるだろう、港に携帯電話を沈めて以来誰からも連絡が付かない状態で、ニノはここサント＝マキシムはアンブル通りのヴィルヘルム二世荘に釘付けにされている。それが彼に強いられた現実だ。この滞在は長引かねばならない、他に道が無いから。ここに残って、自分の真価を見出し、それを表出する、ここに居続ける資格を得るために、この囲いの中で才能の翼を広げてみせなければならない。一軒目の洋品店以来、そう決まった。二進も三進もいかなくなった。いまマイヤーリンクの香水がまだ残る静かなこの部屋でニノが着ているリンネルのシャツを、女性店員が丁寧に包んでくれて以来。その女性店員が、ニノの差し出した紙幣を青い光に翳して以来。怖くなって、何かの間違いだと思おうとしたが、二つ目の証拠が店員さんの言ったことを裏付けた。二つ目の青い光に、ニノは身体の芯から震え上がった。立ち寄った四軒の洋品店はみんな同じ機械を備えていて、店員たちは丁重な微笑みを浮かべては、ロシアンマフィアもいますし、すぐお隣がイタリアでしょう、用心に越したことはありませんから、などと言う。そしてニノは毎回、信じられないまま、謝罪して、財布からカードを出すことになったのだ。立て続けに四軒の洋品店がニノの口座を焼き尽くし、儚い希望を完膚なきまでに叩きのめした。目の前がぐるぐる回りだして、ふらふらと足元も覚束ないまま車に戻り、走り屋のようにぶっ飛ばす、アンブル通り、彼にとって終の獄舎となる場所を目指して。

ここに閉じ込められている、そうだ、そう強いられている。マイヤーリンクは図らずもニノの状況を的確に言い当てた。まったく、本当にそのとおり、他に選択の余地など一切なく、ニノは逃れようのない袋小路に追い詰められている。そうとも、ここに残って、歌う、シンガーになって自分の中の恐れをすべて搾り出してやる、天に向かってこの怯えの全てを叫び散らしてやろうじゃないか、それ以外にどうしようもないんだから。仕事はもうない、そして口座は大赤字、カレーに戻ろうとすれば常に命の危険と隣り合わせ。ここに来るまでの道のりで、瞳に焼きついた死者一人。もう携帯電話もなし、自分を付け狙う殺し屋が一人、自分のものではないシュペール5が一台、そして衣装箪笥の奥に押し込んだ革鞄が一つ。馬鹿げた額の現金が詰まった鞄、そのせいで全部、本当に何もかも投げ出すことになったクソつまらない大金。今すぐにでも燃やしてしまいたい気持ちを抑えながら見つめている札束。

鞄の中には二百万ユーロ、そしてこの大量の紙幣のうち、ただの一枚も本物ではないのだ。

12

四夜連続でほとんど目を閉じることさえできず過ごして、その朝ニノはバンドの皆が朝食を摂っているプールサイドに姿を現した。その顔色の悪さに皆が一様に無言で驚いているなか、マイヤーリンクは彼に同席を勧める。ニノはストレスと疲労でもう倒れる寸前だった。三日後には、この隠遁生活も終わりだ。三日後、年老いたプロデューサーは今回の試みを断念し、手間を取らせて申し訳なかったと言いながら皆を帰すことになるだろう。そしてニノは、とにかくカレーにだけは戻らないという以外に何の当てもない旅を、逃避行を続けることになるのだ。自問自答が眠りを妨げ続けた。しかしそれは考えるまでもない問題で、その答えは仮借も容赦もなく、自明なものだ。アヴァンザートに会いに行って鞄と車を返す、そんなことは無駄だ。裏切りと逃走、沈黙をなかったことになどできない。アヴァンザートはニノを壁際に追い詰めて、顔の形が変わるほどボコボコにするだろう。紙幣が本物でも偽物でも、そんなことはこの際もはや関係ない。ニノは命の恩人であるあの男を裏切ったのだし、その同じ件で男の親友は命を落としているのだ。アヴァンザートはニノを殺す。遅かれ早かれ、確実に。

拳骨と恐怖、袋小路だらけの不眠の悪夢にまんじりともせず迎えたその朝、ニノは自分から断崖の縁に身を晒すかのように、テラスに出てきた。皆が見ている。青い空と陽光の下、オレンジの髪が輝いていた。ニノはじっと強張って、彼らに面と向かって立っている。そして突然、予告も脈絡もなく、自分でも何故なのか分からないまま、不意に何かに取り憑かれたように、不意に何もかもから自由になって、彼は歌いだした。

「これから、薄緑色がゆっくりと全てを覆っていくでしょう」歌が終わると、マイヤーリンクは微笑みを浮かべてそう宣言する。

メンバー一同、それがどういう意味なのか分からず、彼のほうを振り向いた。マイヤーリンクは誇らかに、ニノを見つめて曇りのない笑みを浮かべている。

薄緑色。ラルフ・マイヤーリンクの目に映る色彩の魔法。気持ちの一つ一つ、あらゆる一音一音、あるいは概念でさえもが、彼の頭の中ではそれぞれ一つの色に対応していた。といってもマイヤーリンクは特に絵画に造詣が深いわけでもなく、そもそも色弱に悩まされているくらいなのだが。この話の流れでニノは、初めて出会ったブライトンのあの夜にマイヤーリンクの着用していた三段階調のワインレッド、彼の優美さと大胆さの明白な証拠と見えたあの濃淡が、実は意図せざるものだったことを知る。マイヤーリンクはあのとき、まったくの同色で揃えたつもりだったのだ。そしてロンドンに戻って、どうしてまたそんなに似た色のズボンとシャツとジャケットを組み合わせたんですか、とローザに尋ねられてもなお、それから改めて自分の姿を鏡に映してみてもまだ、やはり同じ一色で揃っているように彼には見えるのだった。でも、すごく素敵ですよ、とローザは微笑んで請け合ったという。

しかしこの色彩感覚が万人と共有されようが彼に固有のものであろうが、とにかくラルフ・マイヤーリンクという人間は生まれてこのかたこの感覚と共に、この感覚によって、そしてこの感覚のために動いてきたのだ。彼の頭の中では聞くものすべてが色と結び付き、記憶に刻まれ続ける。七十五年にわたって体験し続けてなお、彼自身にとってもこれは驚異だった。また、この関連付けは彼がその瞬間に覚えた関心の度合いや気分とは無関係に行われる。例えばデヴィッド・ボウイは即座に鮮やかな黄色となった。一九七一年に初めて出会って、それ以来この色は変わらない。デヴィッド・ボウイを非常に高く買っているのに対して、この喧しい感じの黄色は大嫌いだった。しかしともかくそうなっているのだ。マイヤーリンク自身にも何故なのかは分からないままにバリー・ホワイトは薄いアカバナ色(フクシャ)で、あの男くさい人物がこれを聞いて喜ぶかは分からないところだが、ともかくこの老プロデューサーは自分の意思とは無関係に、ずっとこういうメカニズムで動いてきた人間なのである。色彩が彼の人生を導き、おのずと彼の音楽、プロデュースするディスクの方向性を定めてきた。

彼の内なる瞳に初めて薄緑色が映ったのは一年前のことだ。マイヤーリンクはイタリアの友人に招かれ、数日の予定でローマにいた。ある晩、一緒に街で食事しようということになって、友人夫婦の行きつけの素敵なレストランに連れて行ってもらう。前菜は文句なし、ピッツァも最高、それに雰囲気もとても良い。奥の中庭(パティオ)にはバーがあって、ローマの若者たちが煌めく夜空の下、ときにバンド演奏などを聴きながら、ちょっと飲みに来るスペースになっていた。そのざわめきは彼らの席にまで届き、マイヤーリンクの感覚を尖らせる。そしてデザートのときに、古くからの友人たちが面白そうに見ているなか、彼はいつもの癖を起こして立ち上がった。奥へ、喧しくも美しい若者たちに紛れて小さな小さなステージへと歩を進める。六〇年代ロックのバンドだ、黒い革ジャン、仕来りどおりのリーゼント、四方八方にツイストしながらビル・ヘイリーのカバーを演奏している。ベーシストは目をギョロギョロさせながらエンドピンを軸にダブルベースをぐるぐる回転させ、ドラマーはタムタムを叩くのと同じくらい、腕を高く掲げ女の子たちに微笑みを振り撒くのに忙しく、ギタリストは膝をついて、自分の知っているただ三つのコードの重みに押し潰されそう、そしてヴォーカルはたいへん貴重で珍しい英語、南シチリアングリッシュを操る。このアンサンブルはラルフ・マイヤーリンクの意識の中で妙ちきりんなスパンコールのピンクにキラキラ光って、ステージ上の彼らが心底楽しそうで素敵だなあという気持ちにさせた。しかしメンバーのうちでただ一人、たしかにアンサンブルにしっかりと加わっていながら、鳴らす音、眼差し、立ち居振る舞い、その演奏でもって、画然と自分だけの色を発している男がいた。サクソフォニストの周りだけが薄緑色だ。マイヤーリンクはそのまま何曲もそのバンドの演奏を聴き続け、何が彼の耳に留まったかと気になって友人夫婦も合流する。とはいえ、その夜の時点ではマイヤーリンクは別に何を見つけたというのでもない。ただ新しい色、きれいな薄緑色。このとき出会ったサクソフォニストを探し回ることになるのは数ヵ月後のことだ。そしてパリはサン゠ジェルマン大通りの大きなパブに彼を見つける。相変わらず完璧なリーゼント頭を振り立てて、前腕に自分のニックネームを彫り付けた彼、ペント。

　しかしよくよく考えてみると、ローマ滞在中に目の前に現れたこの薄緑色に、マイヤーリンクは既にどこかで出会ったことがある気がした。同じ類の緑、薄色の、名状しがたい、まったく同じ色に。数日後、夜中にサント゠マキシムに戻ったときに微かな記憶の呼び声を聞いた。その色はもう何年も前から彼の頭の片隅に隠れ住んでいる、たしかにこれと同じ薄緑色に出会ったことがあるのだ。マイヤーリンクは自分の関わった全てのCDを、一トラックずつ確認し始めた。色調のはっきりしているものはどんどん除外して、それほど一体感のないアンサンブルには一旦保留をかけて再び精査する。そして三日後、地下室の床に数百のアルバムを散らかした末に、彼はベースの音にはたと手を止めて天を仰いだ。〈ファビュラス・ピング〉という売れなかったバンドの唯一のアルバム、八年ほど前にサン゠テティエンヌの地下室で録音されたものだ。ジャケ裏に集合写真があって、その下にメンバーの名前が書かれている。全てのトラックを薄緑色の輝きで包む正確無比なベーシストは、明らかに気難しくて取っ付きにくい人間に見えた。反面、名前のほうはむしろ気さくな感じで、〈ダン〉とある。

「この薄緑色というのがどんな色なのか、どういうふうに現れて、私の中でどんなふうに見えているのかを皆さんにも説明できたらと思うのですが、とても上手くいきそうにありません」彼らに出会った経緯を語る途中で、マイヤーリンクは言った。

正午、食後のテーブルを囲んでのことだ。朝から晩までチームで暮らすようになってそろそろ二ヵ月が経つ。日々、自分たちは一緒に演奏するために生まれてきたのだという感覚が強くなる。そうとしか考えられなかった。

「薄緑色です、薄緑色なんですよ！」とマイヤーリンクは言ったものだ。

この薄緑色は、さっそく数日後にも彼の目に飛び込んできた。地下のスタジオの床にはまだＣＤが散乱したままだ。

「まだ元の場所に戻せてもいませんでした。なにせ数が多いですし、それに皆さんも気づかれたかもしれませんが、適当に並べてあるわけではないのですよ。まあともかく、一息入れようと、地下室から出てきて日光浴をしていたんです。ここ、このテラスで、ローザとお茶を飲んでいました。そして、滅多にないことなんですが、その日はラジオをつけたんです。どこの局だったかは覚えていません。そうして、また薄緑色が見えたんです。実にひどい曲でした。いや、すいませんステファン」

ステファン一号は身を捩って笑い転げる。悪さをしているのを見つかった子供のように頰を赤らめながら。

「最低でした、本当に、ステファン、あなたもそれは認めざるを得ないでしょう」と優しく付け加える。「でも、とてもエネルギッシュだと称するひたすら苦痛な三分間の中に、一つの驚きが、私に真っ向から叫びかけてくるものが隠れていたんです。ただただ無色で騒々しい沙漠の中で、軽やかに飛び跳ねるギターが薄緑色に輝いていました。私は呆気にとられましたよ。ローザも私の様子に気づいて、どうしたのかと尋ねました。私でも私が答えるまでもなく分かったんですね、『新しいディスクが生まれそうですね』と彼女は言いました。ローザは私のことを本当によく分かっているんです」

それからマイヤーリンクは薄緑色を探し始めた、というわけではない。むしろ薄緑色のほうが自然と彼のほうにやってくるのだった。彼の話を聞いていると、なんだか魔法のように思えてくる。何か人間よりも上位の存在が彼のために矢印を描き、しかるべき方向に導いたのではないかという感じだ。

「不思議なことですが、私の人生はずっとそんな調子でした。出来事のほうからやってくるんです」マイヤーリンクは面白そうに言う。「きっと私の最大の才能は、聞き分け、見分けること、そして目の前に現れた糸をきちんと引っ張れることなんじゃないかと思います」

マイヤーリンクとニノは一瞬目が合って、二人かすかに笑みを交わした。

「自分に差し伸べられた手を摑むことができた、ということなんでしょうね」

そうして薄緑色はまたすぐに彼の前に現れた。アンジェのライブハウス〈ル・シャバダ〉の熱に浮かされた夜のことだ。ラルフ・マイヤーリンクは彼と同じく音楽プロデューサーをしている古い友人の勧めで、その友人が目を付けている無名のバンドを見に行ったのだが、それがなんというバンドだったかはもう忘れてしまった。それくらいに彼は緑色だけを見ていたのだ、緑色が他の全てを消し去ってしまった。淡く白く燃え上がるような緑、目を閉じられないほどに明るい、爆裂する薄緑がトロンボーンから噴き出している、サンドラがステージの最前線で焼け付くようなソロを吹き鳴らしている。音符が天空を散り散りに駆け巡り、これは奇跡じゃないかと目を輝かせるマイヤーリンクの眼前で煌めきの尾を引いた。そしてケーキのてっぺんを飾る取っておきのチェリーがまだあった、客席の最前列にいた男がサンドラのスカートの下の太腿を撫でようと手を伸ばして、彼女は跳び退り、また前へ、その間もソロは緩くなどならない、それどころか激しさを増し、彼女は腰を落として、何も気づかない無作法な男の脳みそを蕩かすのに十分なくらい腿を広げてみせ、次の瞬間、男の眉間にトロンボーンのスライドで強烈な一撃をお見舞いした。顔面に叩き込む拳骨そのものの乱暴な挨拶に男はひっくり返る、後ろにいた奴が抱き止めてくれたおかげでどうにか倒れずに済んだが。楽音を途切れさせることもなく、サンドラは割れるような喝采に包まれてスポットライトの中に跳ね戻っていった。

以来、薄緑色の主張はどんどん激しくなった。次にそれはロワシーのシャルル・ド・ゴール空港にステファン二号という姿で現れる。妙なもので、彼は数週間前マイヤーリンクが電波越しに拷問じみたナンバーを介して出会ったステファン一号とそっくりだった。素敵なブロンド娘がぼんやり見ている前で、搭乗エリアでギターを爪弾いていた。その娘はその後、どこかのフォークシンガーのベッドに消えたそうだが。それはペチペチと小さな音で、ステファン二号の歌声はそれよりもさらに小さかったが、それでもたしかに薄緑色が、またも薄緑色がそこに揺蕩っていた。マイヤーリンクは近付く。イタリアでこの色に出会って以来はじめて、マイヤーリンクは自分から一歩を踏み出し、言葉を発した。そろそろ動く頃合だと分かったんです。

「すみません、あなたの連絡先を教えていただけませんか？」と彼は言った。

少しも警戒することなく、といってこの優雅な老人が何者なのかなど知りもしないまま、ステファン二号はくしゃくしゃの紙に電話番号を走り書きしてマイヤーリンクに差し出す。マイヤーリンクのほうも名乗って、そのときはそれっきりだった。一時間後、飛行機が飛び立つころにはもうステファン二号は老人の名など忘れて、ブロンド娘の機嫌を取るのに一生懸命だった。彼女のほうは、スチュワードたちの制服が滅茶苦茶セクシーでそちらに夢中だった。

ペドロの場合、出会いはインターネット上で待っていた。ある日マイヤーリンクは有象無象のビデオクリップを次々に目から耳から流し込んでいた、大体がソロの演奏家が自宅で録ったものだ。居間でポップチューンを何曲も歌う中央山塊（マシフ・サントラル）のどこだか在住の女性、暖炉のすぐ横の壁には鹿の首の剝製。ウェブカメラに向かってかがみこむ青年のラップ、パフォーマンスの途中でヘッドフォンがキーボードの上に落っこちて寸断されるクリップ。ダイアー・ストレイツを完璧にカバーする顔の映らないギタリスト、これマーク・ノップラー本人じゃねーの？　それか息子とか、などと言い合うコメント。台所で独り取り憑かれたようにギターを掻き鳴らすカウボーイ、豹柄のストラップ、隣で揺れるピンナップ。大草原のヴァイオリニスト。白い壁、一組のドラムセット。洋服簞笥のような男がやってきて座る。ポルトガルの石工のような面構え、エジプトの塔門(パイロン)のような腕にピラミッドじみた首、その彼がドラムヘッドをかすめると、不意に薄緑、そして彼が打ち、次第にぶっ叩き、洪水になって溢れ出し、抱きしめ、遊び、踊る、生きて、愛するのと同時に緑が広がる、白く明るく、眩く、そしてマイヤーリンクは背もたれから起き直り、画面のピクセルにしばたたく目を輝かす、男の名はペドロ。ペドロだ。

彼らの中で唯一、他のメンバーよりも威厳のある経歴を持っているのは(その前に、マイヤーリンクはニノと出会ったときの逸話も語っていた。ロブ・コルトマンとキース・リチャーズのデュオがステージで汗だくになっているのを放置して、ニノの歌を聴きに行ったのだということも。陽光の下、小柄な赤毛は胸を張ったものだ)、その気になればちょっと自慢してもいいくらいの過去を持っているのは、皮肉なことに彼らの中で一番そういうことを気にしない、お人よしで朗らかな人物だった。マルセルはパリでピアノを習い、ジャズの大御所などと面識があって、弱冠二十一歳でフィラデルフィアに渡りディジー・ガレスピーのビッグ・バンドにも参加した。みんな呆気にとられて彼を見つめる。マルセルは陽気に笑って、そうだよ、ほんとのことだ、と答えた。それからマイルス・デイヴィスのアルバム録音に参加して、さらにもう一枚、そこでマドレーヌに出会い、ヴェルコール山地の奥の奥で獣医をしながら画家でもあるという彼女について行くことに決める。何年かの間はまだライブのために遠出をすることもあったが、だんだん旅行が辛くなってきた。それよりもずっと、マドレーヌと一緒にいたかったのだ。結局マルセルはマドレーヌと一緒にコニャン＝レ＝ゴルジュに牧場を買って、腰を落ち着けることにする。鷲が旋回する空の下、古い建物をリフォームして、マルセルはライブやディスクとは縁を切って観光ガイドとなった。夜は納屋で独りピアノを弾き、マドレーヌは絵筆を執る。そんな魔法のような生活が三十年続いた。三十年、男の子が二人生まれて、自然の中で育ち、一人は料理人、もう一人は弁護士になった。三十年、マルセルは何千という夜を鍵盤で彩り、ヴェルコール山塊の小道を隈なく踏破した。三十年、マドレーヌは何百という絵を描き、そしてあるとき腹部に痛みを覚え、次いで鼠蹊部に、そして二人で病院に出向き、それからまた出かけ、そして次には数日入院することになり、癌細胞が既に転移していると告げられる。彼女が弱っていくのを見つめ、まだ抱きしめた温もりを覚え、だんだん彼女の息吹と命がすり抜けていくのを感じ、空を見上げ鳥の姿を仰ぎ、その旋回する様に世界を美しいと思う、全てが指の間からこぼれ逃げ去っていくとしてもそれでも美しいと思った、そして彼女のために一曲、最後の〈チュニジアの夜〉（A Night in Tunisia）を、毛布を羽織った彼女の前で。マドレーヌは、ある朝、病院で、ほとんど彼の腕の中で亡くなった。彼のすぐ目の前で、彼女は瞳を閉じる、最後まで彼を真っ直ぐに見つめてきらきらと輝いていた双眸を。マルセルは彼女を最後の最後まで愛し通した。そして何時間も、グラン・ヴェモンの山頂にピアノを運んでもらうあいだもずっと泣き続けた。友達みんな、それに二人の息子もそれぞれの奥さんを連れて、みんなマルセルのピアノの周りに集まった。黒い鏡面仕上げの上に遺灰をあけて、マドレーヌの好きだった曲を弾く。何人かが手拍子をして、音符は南風に散っていく遺灰と共にヴェルコールの空の隅々まで広がり消えていった。みんな泣き、歌い、お別れの最後は農場で、マドレーヌの描いたキャンバスの並ぶ前で締めくくられる。皆それぞれ一枚ずつ、彼女の絵を貰っていった。

月日は過ぎ、マルセルは観光客を案内してハイキングコースを行く。ときおりグラン・ヴェモンを見上げれば、マドレーヌはそこに、すぐそばにいて、彼と共に歩みを進めているのだと感じた。人生は続く、果てしなく空虚で、どこまでも満たされている。永遠に、彼の周りじゅう、どっちを向いても、彼女はそこにいるのだから。

マルセルがこの話をするあいだ、誰もしゃべらなかった。みんな圧倒されてただ耳を傾け、マルセルのほうはどこまでも穏やかに語る、そして既に全部知っているはずのマイヤーリンクも、じっとマルセルを見つめていた。そこらの店でソーセージでも売っているような雰囲気のこの太っちょが実は最高のジャズメンと一緒にプレイしたミュージシャンで、だがしかしそれ以上に、彼は人生を愛した男、一人の女性を愛し、音符を愛し、大自然を愛した男なのだ。ニノは、あのときマイヤーリンクがベッドに腰掛け彼の目を見つめながら話してくれた従兄ハンスのことを思わずにいられなかった。大銀行家か外交官になるお膳立てが調っていたのに整備工になることを選んだハンス。そしてマルセル。ニノは胸がいっぱいだった。

弔いの数ヵ月後のこと、弁護士になったほうの息子夫婦がマルセルを招いて、一緒にサント＝マキシムの高台に借りた別荘で過ごそうと言ってきた。マドレーヌの灰はきっとここにも届いたろうと思って、マルセルは招待を受ける。だが現地に着いてみると、システムのバグでダブルブッキングが生じてしまっていたと不動産業者が平謝りだ。見晴らしの良い別荘の代わりに父親と息子夫婦に宛てがわれたのは町の中心部のアパルトマンだった。別にかまわない。加えて、部屋は古い集合住宅の三階にあって、建物の一階に入っている店が三人とも気に入った。〈バルデコ〉、古くからあるレストラン・バーで、ライザ・ミネリが一九六三年、食事の後にクインシー・ジョーンズのピアノ伴奏で歌ったというところだ。マイヤーリンクが時おり食事に来ては、腕に覚えのあるお客たちが必ずこの伝説となったピアノで何か弾いていくのに耳を傾ける場所でもある。そして、このレストラン・バーに、ある晩、薄緑色が降って湧いた。マイヤーリンクは立ち上がって、奥のピアノで太った男が、明らかに赤裸々の心で、最高の〈チュニジアの夜〉を奏でているのを認める。ふくれた頬を一筋の涙が伝い、次いで滂沱と鍵盤を打った。マイヤーリンクは逡巡したが、しかしやはり薄緑色の輝きには抗えず、男に近づいていった。

「皆さんのうちの誰も、私がこれまでに出会った最高の演奏家というわけではありません。ニノも、一番上手いシンガーではない。でもそんなことはどうでもいいんです。音楽は技能コンクールではありません。皆さんを繋ぐもの、それは皆さんと順々に出会って、いつも同じ色が私の頭に浮かんだということです。全然別の場所で、まったく同じ薄緑色を感じました。時も場所も越えて、皆さんは一種の錬金術を行ったわけです。この薄緑色が、少しずつ一つの塊になろうとしているのが私には分かりました。ただ、決定的な何かがまだ欠けていました」そしてマイヤーリンクはいたずらっぽく付け加える、「その何かは、まだアンブル通りを渡って来ていなかったんです」

最後のきっかけとなる何かはジェレミーという名前で、海に突き当たるこの道の左側、ニノもここに来るときに見たもう一軒の別荘の持ち主の子だった。この小道の両側にはそれぞれ、まだ鋭敏な耳を持ちながらも隠遁を決め込んだ音楽プロデューサーと、自分の部屋からほとんど一歩も出たことのない光り輝く作曲家とが暮らしていたのである。ジェレミーは一度としてバンドを組んだこともなく、どんな楽器でも演奏し、職歴は完全な白紙、きっと女の子を抱きしめたこともないのだろう。世界中を飛び回っている彼の両親は、別荘の管理人兼庭師を務めるという条件でジェレミーの口座に最低賃金相当の給料を振り込み続ける。この両親というのがいったい何をしている人間なのかは気になる問題だったが、ジェレミーのデモテープを聴いた瞬間にそんなことは皆もうどうでもよくなった。

ニノが自分の運んできた財宝が偽物で無意味だと知った次の日に、マイヤーリンクはジェレミーのことを皆に大々的に紹介していた。彼は並ぶもののないくらいのトランペット奏者で、これについてはもうじき彼が吹き口に唇を当てれば誰の耳にも明らかになる。だが、ジェレミーはそもそも、ある日、ＵＳＢフラッシュメモリを携えてアンブル通りを渡ってきたのだ。スタジオ化した自室で毎夜踊り狂った成果を、ヒットメーカーだった老人に聴かせるために。

ラルフ・マイヤーリンクは最初の数小節から惹きつけられて、熱心に耳を傾け、驚倒した。細っこい巻き毛の少年は隣できょときょとしている。二曲目には老人の脳内で電球が一つ二つ灯った。三曲目のなかほどで緑色がぼんやり表れ、次のトラックでそれはもはや紛うかたなく、あの美しくもまったき薄緑色に輝きだす。マイヤーリンクは思わず立ち上がった。ジェレミー坊やは無垢な笑みを帯びた眼差しでそれを見ている。坊やにしか見えないジェレミーが実は三十を過ぎていることは、後で知った。

全てが揃った。曲も、一年ほどのあいだに各地で出会った各パートのプレイヤーも。マイヤーリンクは出会いごとに書き留めていたメモを引っ張り出し、薄緑色の大判の紙に全員の住所と電話番号を書き出す。ニノに関しては、カレーにニノ・ファスが一人いることを確かめ、その番号にかけてみた。それはニノがボルドーの森で蒸発の覚悟を固めている最中で、電話に出たローリーからニノの携帯電話の番号を教わる。そうして全員の連絡先を確認し、バンドを組ませてレコーディングをすべく全員に電話をかけた。全ての音符が響き合い、立ち現れる薄緑色はさらに何倍も強く、素晴らしく輝くだろうとマイヤーリンクは確信していた。

そして彼がニノの部屋を訪ねた夜、老人の頭の中の色彩のことなど知るはずもない青年が、薄緑色のシャツを着ていたのである。彼がその格好で姿見の前に立っているのを見て、マイヤーリンクは頭が変になったのではないかと思った。頭が変になりそうなのはニノも同じだったが、理由はそれぞれまったく別のところにあった。ニノのほうはすっからかんに、本当の素寒貧の無一物になったからだ。ラルフ・マイヤーリンクのほうは、集めたメンバーがここで、彼のところで、この星で一番のロックバンドになるのがもうあまりにも明白だったから。全てが、何もかもが薄緑に染まる、この赤毛の悪魔さえもが薄緑色を纏っている。それは、本当を言えば、マイヤーリンクが昔からずっと大嫌いな色だった。

13

マイヤーリンクがそれぞれとの出会いを語った翌日、ニノはそっと、他のメンバーとは離れて老人に近寄った。食事の後のことで、ローザは台所でコーヒーを淹れているところ、ペドロと二人のステファンはテラスで紫煙を燻らせている。マイヤーリンクは立ち上がり、仕事に戻る前に何か音楽をかけようと、地下のスタジオに向かった。ニノはそれについて行ったのだ。そしてマイヤーリンクが秩序立って並べられた数千枚のアルバムを物色するのを眺め、そっと踏み出した。

「あの、ラルフ……」遠慮がちに囁く。

　本人からそうするよう言われたとはいえ、彼をファーストネームで呼ぶというただそれだけで、ときにニノは動揺してしまうのだった。

「どうかしましたか、ニノ？」

「昨日、一人忘れましたよね」

　マイヤーリンクはびっくりした様子で振り返った。

「ローザとはどんなふうに出会ったのか、話してくれなかったじゃないですか」

　老人は微笑みを浮かべ、緊張を解く。そしてディスクの物色を再開しつつ、ローザとの出会いには特になんということも、四十年を経てなお語るべきことなど何もないのだと告げた。

「そう、四十年ですね。いまでは私たちは長年連れ添った夫婦のようです。歳は離れていますがね。ローザはまだ六十ですし。でもとにかく、もう四十年も、彼女は一緒にいて、私を支え、私の日常を監督してくれています。文字どおりに家政を司り掌握してくれる〈家政婦〉さんですね。でも出会いそのものはとても単純でした。ごく普通に求人広告を出して、彼女が応募してきたんですよ。そしてそれ以来ずっと、ということです……ああ、ありました。これを皆さんに聴かせたかったんです」

　こんな興の薄い、いくらか期待はずれの返答をもって、二人は階上に戻る。

あの面談から四日目の朝、陽の降るプールサイドで、ニノはマイヤーリンクの思い描くバンドに自分の居場所を勝ち取った。そしてそれ以来、彼は自分の幸運に必死でしがみつき、歌う。彼の命はそのことに懸かっていた。そうやってぎりぎりで首の皮をつなぎつつ、ニノは自分の皮からはみださないよう己を押し込める。ときには歓喜が用心を踏み倒して、何もかもが澄み渡り、不意にほとんど自由になれる瞬間もあった。しかしそれはあくまでもほとんどに留まる。というのもニノはまったく誰にも消息を伝えずに紺碧海岸（コート・ダジュール）の陽光の下この不安と快楽のシャボン玉に閉じこもっていたわけで、両親にかけているであろう心配を思うと良心の呵責が荒波のように彼を打つのだ。それに、追跡の過程で、きっとカルル・アヴァンザートはニノの両親を訪ねただろう。あのマンモス男を前に不安げな母親と、不審げにしながらも自分たちこそ情報を求めているのだと言い募る父親の姿を想像する。両親は逆にアヴァンザートから何か手がかりとなる情報を引き出そうとさえするかもしれない。もちろんあの男は革の鞄に詰まった札束を巡る陰謀については一言も話さないだろう。両親に電話をかけて、自分は元気にしていると伝えたい、毎日一度はそう思う。しかしそれは、最終的にカルル・アヴァンザートがニノの首を絞めるところまで行き着く連鎖に手を突っ込むことに他ならない。死んだふりをして待つほかはない。何を待てばいいのか分からないが。

両親に相当な心配をかけているだろうこととは別に、ニノにはもう一つ気になることがあった。何度もその疑問に立ち戻り、しかし確実な答えは最後まで得られないのではないかという気もする。アヴァンザートは、あれが偽札だと知っているのだろうか？

　いや、もちろん知らないはずだ。札束が偽物で何の値打ちもない見せかけだけだと知っていたなら、どうしてニノにあんなことをさせるだろうか。疑問は尽きないが、そのどれ一つとしてニノの頭の中で明確な像を結ぶことはなかった。フレッドは何も知らされていないようだったが、双子の兄弟のようなあの親友に隠れて、カルル・アヴァンザートはいったい何を画策していたのか。こんなこと、あの盗みと路上の横死に巻き込まれて、その意味もまったく分からないままでいる、そのことでニノの日常は鉄条網に囲まれた空き地の様相を呈していた。その空き地の居心地自体はたいへん良かったにしても。この不定見、頭の中を飛び回る仮説の数々は一思いに抹殺してしまわなければならない。生き残るためにはそれが必要だ。彼は二百万を盗んだ、それが本物かどうかなど、偽物であることなど問題ではない。だいいちアヴァンザートがそんなことを信じるはずもなければ、それこそ、札束が偽物だとしてもそんなことは問題ではない、盗んだ物の値打ちの問題ではないのだ。今やニノの取った行動だけが、裏切って逃げたという事実だけが意味を持つ。数年前に読んだ戯曲の一文を何度も思い出す、たいていは独り鏡の前に立っているときだ。〈罰されるに値するのは、その意図のみ〉。ニノの抱いた意図、あんなふうに、一言もなしに逃げ出したこと、そう、そのことに対する報いが、遅かれ早かれ頭の上から降ってくることになるのだ。こうして高い壁に囲まれていたとしても。

それにいずれは、この壁の外に出なければならないだろう。そういう思いに囚われるたび、ニノは野生児のように身体を丸めて、ただ静かに震えるのだった。

とにかく、外には出ないことに決めた。壁の内側では守られているのだから。

マルセルが町に出るとき、シュペール5を借りていくことがある。不審に思われないためにも、断るわけにはいかなかった。戻ってきて鍵を返すとき、マルセルはいつもこのタフな小型自動車を褒めそやす。

「やっぱこれこそ車のエンジンってもんだよな。まえに俺も乗ってたって言っただろ?」大きな顔に陽気な表情を浮かべて、彼は必ずこう言うのだった。

鍵を部屋に片付けるとき、ニノは祈る。カルル・アヴァンザートはどこか遠く、北仏にいますように。少なくとも紺碧海岸（コート・ダジュール）には、特にサント＝マキシムにだけは絶対にいませんように。どこかの街角でアヴァンザートが母親のシュペール5を見かけたりしていないことを祈った、それはあの男にとっては天恵のようなもの、そしてありえなくはない偶然だ、当てのない探索の途上に閃く一条の光、突如眼前に現れるルノー・シュペール5、運転席には見知らぬ太っちょ、暢気（のんき）に走るシュペール5、そのあとを尾ける、降って湧いた幸運に動転したまま後を追う、ニノの尻尾を掴んだと、もう視界に捉えたも同然だと奴は思っている、もうすぐ、もうすぐ、カーブを曲がって、もうひとつ曲がって、もう爪がかかる、ニノ・ファスが車のキーを片付けるときに想像していたのはこんなことだ。こんなイメージに取り憑かれている。そうして窓の外を眺めると、敷地を囲む壁が不意に低く脆弱に見えてくるのだった。

14

ニノを悩ませることがもう一つあった。相対的にはそれほど深刻なことではないのかもしれないが、しかしホルモン的な意味でずっとチクチクと彼の気を散らす。甘美な悩みは彼の向かいの部屋に暮らし、輝く微笑みと素晴らしい唇を、それに全体としてニノが内心〈ザ・ラブ・システム〉と呼ぶものを備えていた。わざわざシェークスピアの言語を使うのが馬鹿らしいときは〈ヤりたい身体〉とでも言うところだが、とにかくサンドラは彼を悩殺した。彼女がプールに跳び込むとき、余計な波を一切たてないその様子など、完全にシビレてしまう。これまでの人生で出会った中で、きっと一番セクシーな女の子だ。

彼らは皆、彼女ともっと親密になろうと何がしかの試みをした。マルセルだけは別で、時おり一人で〈チュニジアの夜〉を弾いて目に涙を浮かべていたが、それ以外の男連中は皆、一人残らず、それぞれ優しいところや男らしいところ、面白いところやセクシーなところを見せようと頑張ったのだが、全員が空振りに終わった。いつでも男の下心はお見通しで、それでいていつも優しく、絶望的なくらい自然に、サンドラは彼らをロープ際に追い返すのだ。彼女は別に男の視線を惹きつけようとなどしていない。ただ常に優美で、トロンボーンを手にしたならば、その唇、腕の動きでみんな否応なく、彼女の鳴らす音に果てしなく情欲を掻き立てられる。浮世離れした感じのジェレミーでさえも、時おり彼女を振り向いて、聴き惚れるというより見惚れていることがあった。ニノはこのモヤシを横目に見て、内心で嘲笑っていた。この引き込もりの青年はこれまでずっと閉じこもってきた殻を破ろうとしている、少なくとも本人はそうしたくて仕方ないらしいのが見え見えだ。

皆、だんだん我が家のようになってきたこの広大な別荘に住み込んで、天才少年が独りで部屋に閉じこもって練り上げてきたナンバーを形にすることに日々を費やす。そして週末になると、マルセルはヴェルコールの農場に飛んで帰り、ペントはペントで、自分でレストアした真っ赤なビュイックに乗って各地で開催されるクラシックカーの集会に出かけていった。持ち主の弁によると油を流したような海を行くタンカーのように、熱い風の中を巡航するために作られた一九五四年生まれのこのアメリカ車は、ある日曜の夜にペントが乗って戻って以来、テラスの向こうでピカピカ輝いている。このビュイックが隣に並ぶと、シュペール5は子供のおもちゃのように見えた。

ニノは一度も敷地から出ていない。週末はプールサイドで過ごした。ジェレミーはいつも向かいの自分の家に閉じこもる。いったいどんな週末を過ごしているのやら、とみんな思っていた。そもそも彼だけはマイヤーリンク邸に住み込んでおらず、毎晩アンブル通りを渡って自分の部屋に帰るのだ。ある金曜の晩に、ニノはバッグを持ったサンドラと行き合った。週末、楽しんでね、と彼女は言う。それに対してニノは、彼女のほうはどこに行くのかと尋ね、返事を聞いて卒倒しそうになった。お向かい、ジェレミーの家。このダイナマイトと、純粋な天才にして純然たる童貞に違いないあのうらなりが、水入らずで四十八時間も一緒に過ごすというのだ。負けを惜しむニノの目に、サンドラは常よりもずっと魅惑的に映った。

月曜の朝、二人は一緒にやってくる。ジェレミーはこれまでと同じように、月世界人めいた笑みを満面に浮かべて。サンドラのほうは、燦然と陽光を放ち、官能的で、満ち足りている。みんな呆然となって、スタジオ内でポジションにつく二人を見ていた。マイヤーリンクとマルセルでさえ、うっすらと微笑みを浮かべたようだ。巻き毛にメガネの坊やはどうやら、インターネットでめいっぱい予習して、全部きっちりマスターしたらしい。なにより、こいつは勉強熱心なだけでなく、フライトシミュレーターから本物の戦闘機に移っても訓練の成果をばっちり発揮できるタマだったのだ。男連中はすっかり魂消てしまった。

しかしともかく、これで問題が一つ解決したとも言える。みんな内心でそう思った。これで、サンドラはもう皆が息せき切って付け狙う危険な栗毛ではなく、ジェレミーの正式な相手に、つまりはダチのカノジョになったわけで、これでもうみんな彼女のことを獲物を狙う目で見るのはやめるだろう。即座にそう落ち着くというわけではないが、方向性としてはそういうことだ。同時に、ジェレミーのほうはもはや月世界児ではなく、もっと男らしくて敬意に値する、こんちくしょうのクソ野郎となった。

そんなふうに、ぜんぶ割合うまく回っている。ここに来てからの三ヵ月、ニノ・ファスの内なる空はどんどん薄緑色に染まり、アヴァンザートの黒雲は小さくなっていった。マイヤーリンクは偏執狂的完璧主義者で、全てを聴き取り、現に表れてくる前から音や何やを感じ取っていて、同じナンバーを何度も何度も録り直させる。完璧だったじゃないかと思っても、いつも誰か、毎回違う誰かがマイヤーリンクと同じ意見で、いったいマイヤーリンクの耳は一人で全員分なのかという感じだった。そうして一生懸命レコーディングに勤しむ生活は最高に近かった。外界からは完全に隔離されていたにしても。というよりはむしろ、隔絶されていたためにこそかもしれない。やはりそれが正しいだろう、というのも、ある日ドアベルが鳴っただけで全てが崩れ去り、ニノは一発で陥落したのだから。それは何でもない、ほとんど何でもないことだったのだ、土曜の夕方にプールサイドで飲んでいるところにローザが呼びにくる、ただそれだけだ。二人のステファンとペドロと一緒に一杯やりながら、向かいの邸の二階に灯る明かりを恨めしげに見上げ、窓の奥にいるのだろうジェレミーとサンドラを想像しつつもあまり下品になりすぎないように、乾杯して、馬鹿話に笑い転げているところにローザがニノを探しにやってくる。みんな話を中断して、一緒に一杯どうかと勧めるが彼女は断った。

「ニノ、あなたに会いたいって、男の人が二人いらっしゃいましたよ」

15

門に向かって踏み下りていく階段は千段もあるように思え、頭の中は大混乱の押し合い圧し合いになっている。誰も、誰一人として、ニノがそこにいることを知る者はないはずだ。カードでの支払いはたしかに彼がサント＝マキシムに来たことを、彼の携帯電話の信号が最後に確認されたのと同じ日にこの町にいたことを示しはしたろうが、それだけだ。港に沈めた携帯電話が発見されたはずもないし、万一引き揚げられたとしてもわざわざ持ち主を探すわけがない。そしてそれ以外に手がかりなど何一つ残さないできた。そして、もう少なくとも二ヵ月半、この門の外に足を踏み出していない。門に近づくにつれて足を速め、カレーの団地の管理局からなんてことはありえない、家賃は口座引き落としにしてある、門のところでアヴァンザートと顔を合わせるのだと思うのと同時に、絶対にそんなことはありえないと思い、奴がここに来たのならば世界中の憤激を掻き集めてぶちのめしてやろうじゃないか、もうこの世から消し去ってやる、正面から、こんなのはてめえのいつものうだつの上がらない小細工じゃねえかと、てめえのカネなんか全部が全部偽札で、もうかなりキてる俺がいよいよ本気でブチギレる前にとっとと失せろと、唾を飛ばしながら顔面に叩きつけてやるのだ。最後の数メートルはもう走っていた、完全に逆上した状態で、乱暴に扉を開ける、そして現れた光景に、すとんと気持ちが凪ぐ。眼前に、西日を受けてじっと立っているのは、二人の国家憲兵隊員(ジャンダルム)だった。

「ニノ・ファスさん？　ちょっと一緒に来ていただけますか？　少し伺いたいことがあるんですよ」


ニノを乗せたパトカーは回転灯を点けることもなく、それで一気に安心した。街を抜けるあいだ彼は一度も口を開かず、二人も話しかけてこない。いったい何の用なのかとニノは訝る。手錠もかけられなかったし、隊員たちも警戒する様子がない。赤信号で停まったときなど、運転しているほうが開店準備中のピザ屋を指差して、二人して店の色使いについて意見を言い合ったりしていた。ニノの緊張も解けてくる。

事務局に着いて通された部屋でも、割合に丁重に扱われた。しかしともかく慎重に行こう。

「ファスさん」と隊員の片方が切り出す、「来ていただいたのはですね、あなたに親訴捜索願が出されているからなんです。これがどういうものかご存知ですか？」

ニノは萎縮した「いいえ」を搾り出した。そこで隊員たちが説明してくれたところによると、ニノの両親は、あまり頻繁に連絡を取り合っていないとはいえ関係は良好なはずの息子が全く電話に出なくなったことを不審に思って、直接会うつもりで〈パラディーゾ〉に出向いたところ、もう数週間無断で欠勤していることを知った。その際、腕に入れ墨をしたウェイトレスからは、ニノがほとんど何も持たずに部屋を飛び出したきり帰っていないとも聞かされる。三人は顔を見合わせた。ローリーはニノとはゆるい関係の恋人みたいなものだと自己紹介して、その朝、ニノの部屋にいたことも告げる。店にも何回か来たことある、かなりいかつい男が朝からノックしてきて、それから一時間くらいして、ニノはバッグ一つ提げて出てったんです。それ以来、彼の消息を知る者はない。かなりいかつい男のほうは二週間後に一人で戻ってきた。いつも完全に同じタイプの男と一緒であったのに、このときは独り。ローリーにニノはいるかと尋ねて、逐電したと聞かされても驚かない。打ちのめされたような、また同時に気遣わしげな様子で、何も注文せずに彼は去った。

「そこでご両親は我々の同僚に、カレーの国家憲兵隊にあなたの失踪を届け出たわけです」

ニノは食いつくようにして聞いている。

そういうわけで捜索が開始された。

しかしすぐに行き詰まる。どこにも何の手がかりも見つからず、国家憲兵隊は八方塞がりに陥ってしまった。そうはいっても、こうして見つかった以上、ニノはボルドーという地名が出てくる瞬間を待ち受け、怯える。あるいはどこかでニノの指紋の残ったBMWが見つかったのか。それともこの町での買い物か。何軒かの洋品店がこっそり、赤毛の男が偽の五百ユーロ札を使おうとしたと通報したのだろうか。しかしここでも肩透かしで、そんな話は一切出てこず、二人の隊員は事細かに経緯を説明してくれる。

「でも、カレーの隊員があなたの通話記録を洗うことを思いついたんです。携帯電話のほうには、プリペイドの番号相手に発着信履歴がいくつもありましたが、これの持ち主は特定できませんでした」

素振りを見せないようにしつつも、ニノは歯を食いしばっていた。その番号の向こうにアヴァンザートが隠れているのだ。

「固定電話のほうには、あなたが失踪した翌日に通話の記録が残っていました。そしてそれと同じ番号から、数分後にあなたの携帯電話のほうに電話がかかっています。あなたが応答した最後の着信ですね。その番号は電話帳に載っていました。マイヤーリンクさんの電話番号です」

マイヤーリンクの名を口にするとき、隊員たちはこの事実を発見したときにも浮かべたのだろう安心した表情を浮かべた。なるほど、あの老人がらみで悪いことなど一度も起きたはずがない。そういうわけで彼らは今からほんの二時間ほど前にヴィルヘルム二世荘に電話をかけて、受話器を取ったローザにニノ・ファスという人物に心当たりがあるかどうかを尋ねたのである。

「ええ。とても素晴らしいシンガーですよ」

「その彼が今どこにいるかご存知でしょうか……？」

「もちろん。テラスで白ワインを飲んでいるところです」

そこで隊員たちはアンブル通りに向かったわけだ。

「というわけです」と口数の少なかったほうが締めくくる。「あなたがこうしてここに居ることは分かりましたし、咎めるつもりもありません。あなたには蒸発する権利がありますから、我々があなたの今の連絡先をご両親にお伝えするかどうかはあなたの判断次第です。なんでしたら、あなたの所在は摑んだけれどもあなた自身が内緒にするように望んだ、とだけお伝えしてもいいんですが」

「決めるのはあなたです」ともう一人。

ニノは二人の隊員を交互に見つめる。どうも話を理解できた気がしない。特に、自分がまったく咎められていないという点をそのまま受け取っていいのか不安だ。盗難にも、逃走にも、車に轢かれた男の死についても、それから町の中心部で青い光に翳された偽札についても全く責任を問われておらず、なんならこのまま隠れていてもいい、そう彼らは言っている。

「具合が悪いんですか？　水をお持ちしましょうか？」

「どうしてまたこんなふうに失踪したんです？」ともう一人。

彼も椅子に腰を下ろした。

「いったいどうしたんです？　急に何もかもが嫌になったとか、憂鬱症の発作みたいなものですかね？」

温かく、親身な口調だ。目の前にいるのはもはや国家憲兵隊の隊員ではなく、一人の人間だった。父親と同じくらいの歳の男で、息子の音信不通に心を痛めているようにも見えてくる。

「それで、どうします?」

ヴィルヘルム二世荘に戻ると、皆は特段のこととも思わずに彼を待っていた。ローザはニノに会いに来た二人の職業、制服について何も言わなかったのだ。ニノは真っ直ぐマイヤーリンクの書斎に向かい、今すぐにレコーディングをしたいと申し入れた。老人は反対もせず理由を聞こうともせずに、受話器を取って牧場のマルセルとラリー中のペントに緊急呼び出しをかける。それから直接向かいの家に出向いて、サンドラとジェレミーに服を着てできる限り早く来てくれるようにと頼んだ。

三時間後には全員がスタジオに揃って、彼らの最初のシングルとなる〈ラブ(Love)・パワー(Power)・ピース(Peace)〉のレコーディングをしていた。こんな真夜中に、緊急事態であるかのように。サビでニノは手に持っていた歌詞のメモを放り投げて、即興の歌詞を鬼気迫る勢いで朗唱する。後にグラストンベリーの十万人の観客が大合唱することになるサビだ。

消えたりなんてしなくっていい(You don't have to disappear)
ただ愛し生きてればいい(You just have to love and live)
ただ生きて愛すればいい(You just have to live and love)

Good God!

16

一ヵ月後、まだ名前のないバンドのファースト・アルバムが完成した。ヒットチューンの十四連発、ラルフ・マイヤーリンクに言わせれば一曲一曲が惑星を席巻すること間違いなしの十四のナンバー。みんな顔を見合わせ、たしかに何事かが起きつつある実感を持ってはいたが、同時に、爺さんはちょっと頭がイカレちまったんじゃないかとも思っている。老プロデューサーはアルバムをエンドレスリピートでかけて、その音は邸内の至るところに仕込まれたスピーカーから流れ出て広がった。いまヴィルヘルム二世荘はマイヤーリンクの予見するこの世界の未来の姿を示している、逃れようのない薄緑色の洪水に呑まれているのだ。

　マイヤーリンクは自分の言うことが法螺ではないことを示すため、そしてまたポンプに呼び水を注ぐための行動を開始した。各人がそれぞれお好みの形容を加えるポンプ、ダンにとっては〈カネを吸い上げるポンプ〉、ニノやペドロをはじめ他の男連中にとっては〈オンナを吸い寄せるポンプ〉、相変わらず陽気なマルセルにとっては〈ビールを汲み出すポンプ〉、リビングで音楽に合わせて踊っているサンドラにとっては〈ぶちかませ（pump it up）〉、そして相変わらず状況が全部は呑み込めていないジェレミーは〈ポンプがどうかしたの？〉、そのポンプを動かし始めるために、マイヤーリンクは撮影班を呼んだ。撮影は午後いっぱいかかり、バンドは地下の広大なスタジオで〈ラブ・パワー・ピース〉を四十回は演奏する。それをありとあらゆる角度からフィルムに収め、二日後には編集が仕上がってきた。みんなマイヤーリンクのパソコンの画面の前に詰めかけてそれを見る。見終わると、このイカレ老人はどうやらそれほど狂っているわけでもないらしいと思い直した皆の目の前で、マイヤーリンクは動画をYouTubeに、「名前なんて、別にいいだろ（No name but who cares?）」という簡単なコメントを添えて投稿した。

「親愛なる友人諸君、平和な日々はもうお終いです」と、〈投稿する〉ボタンをクリックする前に彼は皆を見上げて告げる。「今後、皆さんに安息は許されません。ファンたちの愛の重みに背を曲げながら、一年中ずっと移動の飛行機の中で暮らすことになります。信じられないという顔をしているのも分かりますよ、無理もありません。皆さんはこれからのことを見通す上では一番不利な立場にありますからね。でも数日のうちに、このコンピューターの画面で最初の証拠が見られるでしょう。確実です。この動画は天文学的な回数シェアされて、大いにバズることになります」

　老人の口からそういう言葉が出てくることに驚きつつ、みんな笑みを浮かべた。皆マイヤーリンクの言葉のとおりになってほしいと心から思っていたので、言葉遣いがどんなものであってもやっぱり微笑んだのだろうが。ただ、マルセルが笑ったのは別の理由だ。小声で、しかし十分みんなに聞こえる声で、うまくバズれるか当てがハズれるか、微妙なとこじゃないかな、と彼は呟いた。上手い言葉遊びができたと満足して、ともかくお祝いに一杯飲もうじゃないかとマルセルは提案する。

「マルセル、ステージではあなたにマイクを持たせないようにしないといけませんね」とマイヤーリンクも笑みを浮かべた。

マルセルは陽気に頷き、みんなリビングに向かう。既にシャンパンと一口サイズのオーブン料理で立食パーティーの用意が調えられていた。ローザが、感極まって、じっと立っている。音楽がリビング全体を浸していた。

「この四ヵ月、あなたたちの食事を任せてもらえたことが誇らしいです。皆さんの洗濯物も任せてもらって、とにかく私なりにこれに」と部屋の空気全体を腕で示す、「協力することができて、本当に誇らしい気持ちでいっぱいです」

そして少しの沈黙を挟んで、

「バンドの名前を考えたんですけど」

ラルフ・マイヤーリンクと彼女はほんの少し視線を交わした。それはとても短い目配せで、そこに込められた光の意味は誰にも読み取れない。ローザは皆のほうに向き直った。

「〈ライトグリーン〉というのはどうかしら」

その翌朝、動画は既に六千回も再生されている。ペドロはカウンターを凝視して「やっべえ、なんだこれ」と漏らした。彼が一人でドラムを叩く動画の再生数はどれだけ良くても五百を超えたことがなく、それも二、三年かかっての数字なのだ。そして稀に寄せられるコメントはいつも他のドラマーからのものだった。それが、この一晩のあいだに書き込まれた三百ほどの反応はありとあらゆる国のありとあらゆる種類の人々からのものなのだ。どれも熱烈で、大抵は大量の感嘆符が使われている、もっと聴きたい、なんというとんでもないバンド、そしていったいなんという名前なのか？　彼らの国籍を推測しあったり、とにかく踊り狂ったりの大騒ぎだ。〈ラブ・パワー・ピース〉は走り出した。動画の状況を確認し終わって、マイヤーリンクは皆に部屋を出て今日の大仕事にかかるように促す。また、午後一番にスタイリストがやってきて皆のルックスを整えることも告げた。もちろんあなたの場合はそのままでオーケーですよ、と言われたマルセルはわざとらしく疑るような表情を作ってみせ、二人して笑い合う。ペントが一歩脇に離れて、

「俺のリーゼントには指一本触らせないぜ」と宣言した。

「心配いりませんよ、むしろそこをフィーチャーしてもらいますから」

夕方、もはや彼らはフランス中からマイヤーリンク邸に寄せ集められたてんでばらばらのミュージシャンではなく、正面の鏡には新しくなった彼ら、〈ライトグリーン〉が映っていた。以前の彼らも依然として健在で、各々のスタイルを保ち、誰一人として仮装しているようには見えない。舞踏会にでも出かけるような白のスーツを纏ったマルセ

ルでさえ、ごくごく自然に見える。スタイリストの女性は彼らのどこらへんの糸を引っ張ってやればそれぞれの性格、カラー、発散している雰囲気を強調できるかをきちんと見て取った。ニノにはジーンズを穿かせた、スタイリストさんもサンドラも「ヤバいくらいイケてる」と言う、それから薄緑色のTシャツ、これが〈ライトグリーン〉のニノのトレードマークになるのだ。二人のステファンはなんとも計り知れない感じ、ほとんどゴシックな雰囲気でありながらカラフルな、耽美なマリオネットのような姿。ダンとペントはシャツにスラックス、なかなかにエレガントで、大抵のドレスコードを満たす格好だが、何か奥底に洒落っ気を匂わせる、言うなればジェントルマンのビーチウェアといったところ。ペドロは最初ラメ入りのTシャツを嫌がったが、試しに着てみて納得した。呆気に取られて、鏡に映った自分をずっと見ている。猪武者が自分の隠された一面を知った瞬間だ。ジェレミーには少年っぽいチェックのシャツに、少し丈の足りないズボン。なんなら通学カバンも持たせたいところだ。スタイリストさんはサンドラには何も指図はしない。彼女はそのままで最高に美しく輝いている。最終的に、誰からも文句は出なかった。

みんなして鏡を見ながら口々に〈ライトグリーン〉と繰り返しているところにマイヤーリンクがやってくる。彼は足を止め、頷きながら皆を見つめて満面に笑みを浮かべた。それから真面目な顔になり、一語一語を確かめつつ歩み寄る。

「親愛なる友人諸君、一週間後、初めてのライブをやっていただきます」身体の前で両手を握り、皆を正面から見据えて彼はそう告げた。

急なことにみんな欣喜雀躍して互いに顔を見合わせる。マイヤーリンクは片手を挙げて静粛を求めた。

「会場はここ、正確には庭でですが、それから観客はほんの二百人足らず。世界中からやってくるこの二百人というのが全員、契約相手の候補です。これから一週間で、彼らに条件の競り合いをさせるためのショーを準備します」


戦闘態勢の、ハードな一週間だった。汗とフルーツジュースの七日間、それぞれ負けず劣らずだんだん苛烈になっていくイカレた夢見の七夜。ミュージック・クリップは既に百万回以上再生されている。海に臨む庭園に二日前から男たちがステージを組み上げ、スピーカーを配置していた。午後にサウンドチェック。作業員のアンチャンたちはみんな手を止め、だんだんステージの前に集まってくる。バランス調整の演奏が終わると、太陽の下、入れ墨をした十五人ほどが彼らに喝采した。

午後七時、招待客が到着し始める。メンバーの一部は、顔を見たことのあるプロデューサーたちを見分けて硬直した。ニノは違う。彼の表情は、男女二人連れの客を見たときに強張った。二人は所在なげに、おずおずと近づいてくる。ニノが震え上がったのは、自分がえげつなく、いやらしく、滅茶苦茶で、本当に頭がどうかしていたことに気がついたからだ。彼は事前にこっそりマイヤーリンクに話して、一つ頼みごとをしていた。一種の特例、プレゼントとして……というのも彼はもう数ヵ月、誰にも何も言わずに蒸発していて、それにこれも皆には黙って、国家憲兵隊からはただ自分が南仏で確かに生存しているということだけを伝えてもらっていたので、この機会に両親を招いてほしいとマイヤーリンクに頼んだのである。そしてニノは硬直する、遠くから、両親が肩を寄せ合って庭園に入ってくるのを見つけて、二人がこのことの意味をまったく理解できず、わけが分からないでいる様子を見て。父親の老け込んだ様子、母親のそれでも相変わらず綺麗なことを見て取って。そして悪事が露見した悪ガキのように二人のほうに歩いていきながら、二人の丸く見開かれた目を前に死ぬほど後悔しながら。死んでいたのがいま不意に甦りでもしたかのように家族三人で抱き合って、彼はしどろもどろの詫び言に崩れ落ち、二人はもう二度とこんなことはしないでくれと乞いながら。ニノがガチガチになるのはあくまでそのときだ。

ニノはやきもきと爪を嚙みながら招待客たちの入場を見つめていた。誰もがステージを見やり、握手を交わし、席に着いていく。緊張が高まっていく。メンバーたちは隅っこにかたまって、セットリストを再確認していた。マルセルはそっとニノに近寄って、しんみりと、自分の妻となる人、マドレーヌと出会ったのはマイルス・デイヴィスのライブのときだったのだと言う。ニノは何も言えなかった。マルセルはニノに微笑んでみせ、

「今晩、そういう人に出会えるかもしれないぜ」と優しく言った。

その晩、ニノは両親以外の誰とも出会わなかった。二人はただニノだけを、幽霊でも見るように、食い入るように見つめていた。二人の周りでは、誰もが踊ったりメモを取ったり、客席からは時おり叫び声さえ上がったり、ステージを見つめたままどこかに電話をかけている人たちもいる。重要な決定を下すべく、熱心に相談しているようだ。その晩、ニノは音楽を愛する父——ニノの音楽に対する気持ちは父親譲りだ——父がずっと笑顔で頷き続けているのを見た。そして母がそんなことはどうでも良さそうにしているのを見た。それは彼女も音楽は好きだったが、しかしそういう問題ではなくて、これはずっと変わらない。ニノの母親はそれ以降のニノたちの作品にも特に感動することはなかった。彼女にとってニノは息子であり、彼女にとって大事なのは、別にニノがまばゆく輝くことでも、天上の人々と対等に言葉を交わすようになることでもなかった。成功、栄達など二義的なもので、彼にたくさんの追っかけができようが、そんなことはどうでもよかった。母親である彼女にとって大切なのは、ニノが健康で、幸福であることだけなのだ。ニノがそのことを理解するまでには相当の時間がかかったもので、それが分かったとき、一気に成長したような気がした。同時に、なぜもっと早く気がつかなかったのかと自分を責める気持ちにもなるのだが。

　しかしその晩の時点、庭園でのパフォーマンスを終えた時点のニノは、まだそういったこととは遥か遠く離れた場所にいた。彼は両親をあんなにも怯えさせたことに内心で涙を流していた。二人はローザが町の中心部に手配した部屋に寝に帰る。もう完全に夜になってから、お客たちが三々五々ホテルに帰り、入れ墨の男たちが黙々とステージを解体するなかでマイヤーリンクがショーの感触を語って聞かせるあいだも、ニノは内心で泣き続けていた。ライブは大成功で、当初から月を摑み取るような話で皆を少し戸惑わせていたマイヤーリンク自身でさえ、これほどの熱狂的な反応は予想できなかったほどだ。既に二つのレコード会社が彼らに黄金の花道を用意しようと言ってきているし、全ヨーロッパ規模の興行主が彼らのツアーを取り仕切りたがっている。マイヤーリンクの電話には今も続々とオファーが押し寄せてきていて、彼は手にした電話が点滅するのにいちいち応えるのも諦めてしまう始末だ。ものすごく急な話ではあるが、既に最初のライブの契約は結ばれている。パリだ。これもまた彼らの名をバズらせるためで、今度はマルセルももうこの言葉を茶化さなかった。ぴったり一週間後に、パリの〈ラ・シガール〉で演奏する。それが彼らの、今回の特別プレミアを除けばファーストライブとなるのだ。

　そう、マイヤーリンクがこういったことを話して聞かせるあいだ、ニノは内心で悲愴な涙を流していた。彼は夢に手をかけ、〈ライトグリーン〉が彼の本当の人生の姿となる、それをはっきりと感じた、歓喜に酔い痴れてもいた、そのとおりだ。しかし彼は人知れず涙を流していた。なぜならそれは、この隠遁生活の終わりを意味しているからだ。人目を離れた俺は爆発四散し、彼の閉じこもっていたシャボン玉は破裂する、そして生き延びなければならない、何ヵ月もの隔離生活を切り上げ今こそ外に足を踏み出して、数多の視線を迎え撃ち、胸を張って堂々と歩かなければならない。たとえ外界が猛獣の詰め込まれた穴倉のように思えたとしても。彼の顔は二日のうちにもうネット上で百万回以上も人に見られて、彼らの名は早くも大西洋の向こうにまで轟いている。この新ピカの〈ライトグリーン〉の正体を知りたくてしかたがないネットユーザーのうちには、メンバーの顔をいくらか見分けた者もあるはずだ。インターネットで火が点いたのだから、当然〈ラ・シガール〉でのライブの告知はフェイスブックや外部サイトにも流されるだろう。今この時から、ニノ・ファスが静かに暮らせなくなることは確実だ。彼の顔も、名前も、それに世界ツアーを行うならば出演スケジュールも、ぜんぶ遅かれ早かれカルル・アヴァンザートの目に飛び込むことになる。

バンドのメンバーたちにとっては、ここから夢が形になっていく。マルセルにとってだけは、ただ単に人生が続いていくだけのことなのだろうが。

そしてニノ・ファスにとっては、人知れず、ここから悪夢が始まるのだ。

17

最初のうち、カルル・アヴァンザートは蒸発してしまったのかとニノは思った。ふぃいぃーっとか細い音を立て、味気ない煙一筋だけを残して消えてしまう瞬間的な燃焼。それっきり。もう何の心配も、どんな小さな脅威もない、のかと。パリの〈ラ・シガール〉に発つ前夜、この先数ヵ月はマイヤーリンクの邸に戻ってこないことはほぼ確実だった。契約は立て込み、フランス国外も含めてもう数え切れないほど連続でライブをやることが決まっている。荷物をまとめていると、沖を渡る風が早くもニノの心を焦がし、カルル・アヴァンザートは水平線に霞み始めていた。シャツを畳み、ズボンも、衣類を全て畳んで荷物をまとめ、そして茶色い革の鞄が目の前に残る。側面には妙ちきりんな赤い刺繡、中には四千枚の偽札を孕んで一ミリも元の場所を動いていない。ニノはもうずっと、この鞄にまったく触らないできた。このときになって、中に手を突っ込み、そして何か感興が湧かないかと、発掘された夢、埋蔵されていた幻に手を触れるような感慨でも浮かんできはしないかと思ったのだが、何も感じない。愚者の黄金は彼に何の官能も与えなかった。ニノの気持ちはすでに遠いところ、ステージの上、手にした夢の中にある。しかしそうはいっても、ここには何も残していけない。特にこれはいけない。皆が出発したらローザは大掃除をするだろう。そしてこれを見つけたなら悲鳴を上げ、悪いほうに考えて、ニノは極道だったのだと思ってマイヤーリンクに電話をかける。そうしたら修羅場だ。冗談じゃない。この四千枚の偽札はどこか彼とは関係のないところに、跡形もなく消してしまわなければならない。火はダメだ、全部燃やすなんてキリがない。ゴミ袋に詰めて町のどこかに放り出したなら、きっと清掃員が回収して、重い袋だと訝って中を見るだろう。考えあぐね、突破口を求めて窓を見やる。海が見えた。広大で、深遠な海。

マルセルと一緒に海に出た。ステファンたちはビビるだろうし、ダンもペドロもポケットいっぱいに詰めて持っていこうとするだろう、それどころかどんなやり口で儲けたのか根掘り葉掘り訊かれることにもなりかねない。ペントなら大笑いして、テレビで五百フラン札を燃やしてみせたゲンズブールへのオマージュだと言って波間に五百ユーロ札の篝火(かがりび)を焚くだろうし、ジェレミーとサンドラはどちらか片方だけではついて来てくれないはずだ。

ただ一人、黙っていてくれそうで、何も訊かずに共犯者になってくれそうなのがマルセルだった。何より、夏のあいだ皆を何度も水上ピクニックに連れ出してくれたマルセルは船舶免許を持っている。マルセルの部屋を訪ねて、ごく手短に、手を貸してほしいとだけ言った。マルセルはいいよと言って、三十分後にはサント＝マキシムの港にシュペール5を停めて小型のモーターボートを一艘、二時間の約束で借り出す。舫(もや)いを解いて、ヨットマンたちの見ているなかモーターボートは堤防を離れた。マルセルは集中した様子で最初からガスを噴かし、ニノはこの作り話じみた革鞄の取っ手を強張った手に握り締めて。

遠く、真っ直ぐ駆ける。速度を落とすことも、ほとんど口を開くことさえなく、炎天下にモーターの音だけが聞こえる。マルセルは何も訊かなかった。ニノは岸壁が小さくなっていくのを見ながら、海流の動きや魚たちのことなどを思い、この紙幣の一部が再び誰かの目に留まるようなことはあるだろうかと考える。一時間ほど経って、貸主の説明してくれた性能を信頼するならば六〇キロも来たことになる。マルセルはニノの顔を見ながらレバーを引き戻し、帳が降りるようにボートは減速していった。エンジン音が静まるにつれて風も止む。もはやどこでもない大海原のど真ん中で座礁したような感じだった。そうしてボートは舷側をつっつく細波の随にゆったりと揺れ始める。ニノは意を決して鞄を手に取った。そして開き、立ち上がる。マルセルは呆気に取られて見ていたが、ニノは手を突き出して、何も言わないでくれという身振りをした。マルセルはニノの目を見て頷く。彼の瞳には怯えた様子も、ニノを裁くような気色もない。彼らは二人とも、同じようにただ精一杯自分にできることをしている、それだけだ。

「その鞄はとっといたらいいんじゃないか」なんとなく予想がついたらしく、マルセルはただそう言った。「しゅっとしてるし、丈夫そうだし」

ニノは考える、革を撫でた、たしかに良いつくりだ。これをとっておく、それは前にも考えたが。不意にその気になって、ニノは鞄をボートの縁に置く、マルセルもやってきて、ニノ・ファスは札束を一つ手に取った。幅広のゴムで束ねられたそれを波間に放り投げ、どうなるか様子を見る。紙が水を吸って、札束は扇が広がるように変形する、そして水面下に、ゆっくりとあちらにこちらに揺らめきながら闇に沈んでいった。オーケー分かった、もう一つ放り投げる、ぜんぶ海の底に消えるわけだ、偽札は深淵に散らばっていき、ここいらの魚たちの腹に収まる、面白いじゃないか。マルセルも何も訊かずニノと同じように、一つ掴んで海に放り込む。彼はなんとも言いがたい笑みを浮かべていた。呆気に取られているような、それでいて喜色満面でもあるような。二人して、小石で水切りをする子供のようにボートの周り中に札束を投げまくる。ほとんど暴力的な喜びのようなものを覚えた。浪漫非行に耽っているような、世界に反抗しているような気分、自由な気分だ。最後の一束に至って、ニノは紙幣を一枚抜き取った。少しの間、二人はその一枚を見つめる。それからマルセルはエンジンを始動させ、ゆっくりと反転して舳先(へさき)をサント＝マキシムに向けた。二人は黙って笑い合い、マルセルは一気にレバーを押し込む。ボートの艫(とも)は一瞬波間にぐっと沈み込み、次の瞬間二人は髪を靡かせて風の中。船体は弾かれたように突進し、エンジンは高らかに嘶く(いななく)、ニノとマルセルは沙漠を疾走する馬上のカウボーイのように笑い合った。ニノは抜き取った一枚を折り畳んでヒップポケットに、そしてトップスピードを出すボートから、最後の札束のゴムを振り捨て、九九枚の偽札を放り上げる。しかし花火のような紙吹雪が小さく水面に落ちるところを振り返りはしない。ニノはただ前を、遠く前だけを、真っ直ぐに見つめていた。

　こんちくしょうだ。お札を、それも一番でっかい紫の札を、何千枚も一気に溶かしてやったのだ。

18

それ以来、茶色の革鞄はニノ・ファスの手荷物入れになった。身分証や、買い直した新しい番号の携帯電話、お金をいくらか、書類のたぐい、それから替えの薄緑色のTシャツ。

〈ラ・シガール〉でのライブは大勝利で、セットリストを消化する間ただの一度もテンションが緩むことはなく、一体となって高圧の電撃が走りっぱなしだった。なんでも、チケットを取れなかった人が三百人ほど、中で轟きわたる熱量を少しでも感じようと外の歩道に詰め掛けていたという。彼らがステージから下がった後も喝采は何分間も続いていた。楽屋でマイヤーリンクがシャンパンを開け、みんな汗だくのまま乾杯する。一息で飲み干したペドロはプロデューサーの目を覗き込んだ。

「お祝いに、ファンの女の子を呼べませんかね？」

マイヤーリンクは頷き、観客が散っていく歩道に自ら出向くという。自信たっぷりに落ち着き払って離れていく背中に、このおじいちゃんは俺たちをみんな合わせた以上に見て、触れて、体験してきたんだろうなとニノは思った。と同時に、マイヤーリンクのそんな様子に一番驚かなかったのもニノだ。サンドラとジェレミーはそそくさと一杯だけお代わりを飲んで、ホテルに戻るために待たせてある車へと急ぐ。マルセルはただシャワーを浴びて、着替え、本当に久しぶりのパリの街を散歩しに出ていった。夜の大通りを独り、ヘッドライトと月明かり、街灯に照らされて。

残った男連中のところにマイヤーリンクは十人ほどの女の子を連れてくる。みんなバンドメンバーとこんなに近づけるというのですっかり舞い上がっている。マイヤーリンクがアルバムをかけ、飲み物が用意される間にも二、三人の女の子が踊りだして、楽しい会話の時間が始まった。

翌朝、五人のメンバーはそれぞれの部屋で鼻歌まじりに、椅子の上のブラを眺めていた。ニノの一夜の恋人は黒檀の肌をした黒人ちゃんで、今はシャワーを浴びながら〈ラブ・パワー・ピース〉を口ずさんでいる。ほんとに、そう、ほんとにこの新しい生活は最高だぞ、とニノは思った。

そう、たしかに最高だと思った。雲の上の人々と対等に付き合い、かつて神と崇めた相手と食事をしたり、薄緑色の旋風に彼自身が呑み込まれていた。彼はスターになり、以前には想像もできなかったほど充実して高密度な人生を送っている。〈ライトグリーン〉は高く舞い上がり、行くところ全てで満員御礼、時を置かず発売されたアルバムは世界中のヒットチャートを席巻した。メンバーたちの予想を遥かに超えたことだった。信じがたいほどの波に乗り、行く手の何もかもが容易く、彼らに味方する。ニノはもうヒョロめな赤毛のチビではなく、めちゃめちゃセクシーでイケてるお兄さんということになった。同じシャツを着ても、一張羅に着られてるよねとは思われず、超似合ってるしということにされる。パリ滞在数日目に、ニノは独りで地下鉄に乗りに行ってみた。周りがあまりにものすごい狂熱に包まれつつあるので、無理にならないうちにもう一度、群衆に紛れて散歩しておこうと思ったのだ。曲がりくねった通路を辿り、路線から路線を渡り歩いて、地下の街路を逍遥するあいだ、ニノは誰の注意を惹くこともなかった。このときはまだそれが可能だったのだ。それに、誰にもぶつからなかった。ニノはほとんど本能的に、水を自然に掻き分ける魚のように人の動きを読み、次に曲がる者、立ち止まる者、全てを感じ、予見して、その流れを掻い潜ってすいすいと進む。いい気分だった。ただ自然と、足のつま先から頭のてっぺんまで自分の収まるべき場所に収まって、一種の完成された感じ、充足感のようなものを覚える。カルル・アヴァンザートなどもはやどこにも存在しない。

それは三ヵ月のあいだ続いた。

＊

ライブとライブのあいだに数日からだが空くようなとき、メンバーたちはてんでに別行動を取った。ペドロは大抵、ショーをやったその場所に留まって、彼にとっての最高の報酬を頬張る。いつも必ず、誰かファンの女の子が有頂天になって自分の家に泊めてくれるのだ。二ヵ月ほどで郷士ペドロのアドレス帳は三倍にも膨れ上がった。ペントは宿願のキャデラックを探し求めて中古車ディーラーを虱潰しにしていく。マイヤーリンクの毎週振り込んでくれる給料が上方修正されて相当な額になったことで、ついに手が届くようになったのだ。サンドラとジェレミーはヨーロッパ各地の首都を飛び飛びに巡っていたが、男連中が嗅ぎ取った限り、どうやら旅先ではホテルの部屋から一歩も出ず、ルームサービスで注文する料理の名前以外に異国情緒を齧ることはないようだった。マダンは毎回サン＝テティエンヌに帰って、レンガ造りの自宅を自分で改装し始めた。マルセルは麗しのヴェルコールとマドレーヌの画布のもとへ、漫ろ歩きの山道と愛して止まない静謐さのなかにひとときを憩う。二人のステファンとニノは、マイヤーリンクと一緒にサント＝マキシムに戻った。ステファンたちはマイヤーリンク邸の居心地が気に入っていたから、そしてニノはそもそもどこにも行く場所などないからだ。カレーに行けない事情がなかったとしても、行きたいという気持ち自体がこれっぽっちも湧かない。カレーの町は彼の思い出の中でただただ灰色にくすんでいる。ニノにとってマイヤーリンク邸は、もう以前の眩暈がするような高級すぎる別荘ではなく、自然と落ち着ける自分の居場所になっていた。ローザも、今や親切で少し気後れするほどなお手伝いさんではなく、どんな頼みにも応えてくれる一種のカリスマ的女主人、そしてこの邸でそんな彼女と共に暮らすことも自然なことと思える。ニノ自身も、そのくらいに特別な人間となったのだ。ラルフは彼にシュペール5を移動させてくれないかと頼んだ、少し景観を乱してしまっていますからね、と老人は微笑む。そこでニノは白い小型車を庭園の奥、プールの浄水システムの建物の陰に駐車しなおした。マイヤーリンクはもっと新しくてお洒落な車に買い換えてはどうかとも提案したが、ニノは曖昧に躱し、プロデューサーもそれ以上は言わない。きっと何か勘付いたろうなとニノは思う。しかしともかく白いシュペール5が視界から消えたことで、このヴィルヘルム二世荘に最初に来たときのことを思い出させるものは何もなくなった。あの内気で怯えていたころのことを忘れ、尾けられているかもしれないこと、少なくとも自分を捜している人間が確実にいるということも忘れて、ニノは自由だった。悪夢からはもう覚めたつもりで、ポケットの奥底にお守りのように忍ばせた例の五百ユーロ札は怯えた過去に向かってずっと舌を突き出し嗤っている。

＊

なんにせよ、そんな状態が続いたのは三ヵ月だけだった。三ヵ月でそれが途切れたのは、マイヤーリンクが情報系の大学を出たばかりの女の子を雇って〈ライトグリーン〉に関する報道を浚わせていたからで、この仕事でキャリアに弾みをつけるつもりの彼女が丹念に業務をこなしたからである。彼女は一日中インターネットとキオスクに入り浸って、ウェブと手に入る限りの新聞とを精査し、関連記事をテーマごとに分類した。それらを、今後の方向性を探るよすがとすべく、マイヤーリンクが検討する。そうして日々送られてくる書類の中には写真もたくさんあって、そんな写真が老プロデューサーの書斎の壁の一面をだんだん埋め尽くしていった。ありとあらゆる角度、ステージ上でプロが撮ったものからファンが携帯電話で撮ったもの、カラーもあればモノクロもある。この栄光の壁の前で、ある日ニノは世界が一気に窄まって万力のように彼の頭を締め付けるのを覚えた。全てが途端に危うく壊れやすくなり、いま立っている場所が逃げ場もなくすぐにも爆発しそうに思える。彼の目は何の気なしに、数多の写真の中の一枚を捉えたのだった。右下に日付が入っていて、三ヵ月前、〈ラ・シガール〉で行った最初のライブのときに撮られたものだと分かる。ステージ上のニノが映っていて、レンズにはほとんど背中を向けている、そしてニノの視線の先、二メートルほどのところにはジェレミー、スポットライトを浴びてトランペットを天に振り立てる彼をニノは呆然と見つめていた。彼の体温、そしてジェレミーの音符に包まれた彼の置かれている無重力状態、彼の熱狂、魂が手に取るように分かる。

「素晴らしい写真でしょう?」と背後でマイヤーリンクが囁いた。

ニノは答えない。すっかり写真に呑まれている。素晴らしい写真、たしかにそうだ、そしてギロチンの刃鳴りのように恐ろしい。唇を嚙み千切りにくる口付けのように、燃え上がる家屋のように背筋を冷たくさせる。カメラを持つ手とニノの間には現実がいた。

そこに差し迫った脅威が立っていて、楽しい夢はこれでお終いだ。観衆の中、ステージから数歩のところ、踊る人たちと笑顔の女の子たちに紛れて、あの記憶がこちらを振り返っている。はっきりと映っていた。デコボコの頭、完全な無表情、平和な太平洋のど真ん中に浮かぶこの場違いな流氷しかニノの目にはもう映らない。カルル・アヴァンザートだ。ニノを見つけていたのだ。後はライブのスケジュールさえチェックしていればいつでもニノを捕まえられるだろう。彼に残る城壁は、楽屋への立ち入りを禁止する警備係くらいのものだ。カルル・アヴァンザートなら、きっと遅かれ早かれ誰も彼も出し抜いて、ニノの面前に、一対一で現れる。そして言い訳などは一切通用しない。

この日、ニノを包んでいたシャボン玉は完全に破裂した。向こう何年もの地獄が始まったのだ。

19

マイヤーリンクの部屋を出るとき、肩を扉にぶつけてしまった。ニノは当てもなく歩き、リビングではステファンとステファンがギターで即興のボッサを弾いていたが、長椅子に頽(くずお)れたニノは鼻歌で参加することもしない。それからテラスに出て、札束の消えていった海を見ながら煙草に火を点ける。怒りで泣き出したい気持ちで、これが最後の一本ででもあるかのようにフィルターを強く吸いつけた。脚が震えている。その晩は夕食にほとんど手も付けず寝に行った。

この脅威を常に感じながら暮らさなければならない。どこにでも現れて彼の生活を埋め尽くしていく影と共に生きていかねばならなかった。ただ一時、ステージ上で、次の小節にはもう脳天に鉛玉を喰らって死ぬ運命と言わんばかりに歌っているときだけは少し亡霊を押し返すことができたが。ニノはいま二十七歳。彼の崇拝するイコンの何人かは二十七歳のとき、上り坂の途中、落雷の露と消えたものだ。だがニノは神にロスタイムを賜るよう冀った。眼前に悪魔を見るかのように鬼気を帯びてマイクに叫び、そんなときには、心底から高揚して、地に足を着けながら頭は星海に遊び、つむじから土踏まずまで燃える息吹に貫かれて、たしかにまた自由になれるのだった。しかしそれもすぐに霧消する。突然に湧き出した興奮は不意に勢いを失い、急激に退いていく。そして一曲の終わりは観衆の大喝采に迎えられ、ニノは再び全身に絡みつく恐怖と苦悶とともにそのときを迎えるのだった。最近では、批評家たちもニノの歌う様子を〈取り憑かれている〉と表現するほどだ。

ニノはあらん限りの工夫をして、絶対に一人にならないよう、特にマイヤーリンクが彼らの移動中の警護に雇った三人のボディーガードから離れないように行動した。メンバーたちはみんなして彼の警戒ぶりが病的な域に達していると指摘する。ペドロなどは、奔放な栗色の髪の女の子と付き合えばすぐにマトモに戻るはずだと説得を試みた。この際だから赤毛でも金髪でもかまやしねえさ、なあ。しっぽり熱い夜が気持ちの痼りを融かすだろうと彼は主張するのだが、実はニノのほうはだんだんことを最後まできちんと遂げることができなくなってきていた。欲求自体はしっかりとある。ベルリンでの一夜、たっぷり視線を交わしてから二言三言話してみて、それからホテルの部屋に連れ込んだ女の子は一時間ほどで遣る瀬無い表情をして出ていくことになった。彼女が悪いわけではない、と説明することさえできずにニノはベッドの縁に腰掛け途方に暮れていた。女の子と二人きりになっていざ、となっても、外の廊下にアヴァンザートがいるのではないかという想像が頭から離れないのだ。朝には疲労困憊して目を覚ます。奴が窓から現れて、自分は叫び声を上げることさえできない、あるいは次の大成功の地へと向かうバンドワゴンの行く手に奴が武器を持って立ちはだかり、皆の見ているなか自分を連れ去る、それとも寝ている間に奴に刺される、そんな夢ばかり見る。奴が自宅でメモを取っているのが見える、奴のパソコンのディスプレイには〈ライトグリーン〉の今後の予定が数週間、数ヵ月分も表示されていて……奴の気配を常に感じていた。いま奴の姿を見たと、もう百回は思った。百回、ホテルに向かう車のスモークガラス越しに、ニノは革張りの座席の上で跳び上がる、奴が、そこに、歩道の上で、俺をじっと見てる、しかしそれはまったくの別人で、そもそもニノのほうを見てすらいない。百回、バンドの眼前に集う観衆の中に亡霊が姿を見せた、奴の頭、見間違いようもない、そして少しの間その頭のてっぺんが視界を埋め尽くす、それから両目、口、顎に視野は広がり、まったく知らない男の顔がそこにある。その間ずっとニノのこめかみはガンガン脈打つのだ。百回、ニノは段差で蹴躓いた。百回、完全に避けたつもりで、擦れ違う相手とぶつかった。彼の身のこなしがぎこちなくなるのは、ただただ頭の中に奴がいるからだ。もうじき世界の全てを手中に収めようというロックバンドのヴォーカリスト、全人類に持て囃されるアイドル、フルスロットルで絶好調に輝く彼の生活は、しかし本人にとっては見渡す限りびっしり凍結した地面を怯え切った老人の足取りで進んでいる状態に他ならなかった。

そしてグラストンベリーがやってくる。この時点の彼らにとっての大一番、そこに向けてみんな胸を張り、かぶりを振り上げて進んでいた。何と言っても波に乗っているのだ。ニノだけが腹に不安と恐慌を抱えていた。昔見た途方もない夢が次から次へと現実になっていく、何もかもが日を追うごとにいよいよイカレた様相を呈してくるが全て紛れもなく事実、サント＝マキシムで撮られた動画は既に四千万回以上再生され、ファーストアルバムは世界中で一千万枚以上を売り上げている。全て事実、非現実的で魔法のようだが本当のことだ。そんな全てを、ニノは味わうこともなくただ過ぎ行くに任せ、眺めていた。鏡の前で一人表情を輝かせることもなければ、完全勝利の大成功、信じがたくも永遠に続きそうなこの大好評の甘美さに酔い痴れることもなく、彼は自分の影の中に暮らしている。この順風満帆の途方もない船の、狭い通路に彼は生きていた。誰とも視線を交わさずに。ただ時おり、マルセルとだけは目が合った。マルセルは彼の肩に手を置いて、大丈夫、心配はないと言う。他のみんなはもっとあまりにも高いところ、遠く雲海の上、輝く星々の間にいて、ニノを片時も放さない不穏な何かには気付けなかった。マイヤーリンクは何か勘付いて、何か影が存在することを理解していたが、しかしその影がこの成功に寄与するところがあるとも考えていた。人々はニノがあり得ないくらいの深み、厚みを持ったと言い、彼の歌声は奈落の上を吹き渡るようだと評する。マイヤーリンクはきっと間違いなく何かを感じ取っていたが、しかしまさにその何かこそがケーキの仕上げに載せるチェリー、彼の画いた龍に点ずるべき睛(ひとみ)、最後の煌めき、究極の宝、賢者の石そのものだった。だからそれがいったい何で、どこから来るものなのか、彼は決してニノに問わなかった。

ニノは弱火で焼き殺されていく。

そしていよいよグラストンベリーがやってきたが、ニノが以前トイレとクロークの間で歌う羽目になった結婚式の主役、あのロブ・コルトマンとそのバンドが今回〈ライトグリーン〉のオープニング・アクトを務めるのだという事実を小気味良く思う気持ちすらもニノには起こらなかった。進行を確認する際にラルフ・マイヤーリンクの告げたオープニング・アクトの名にメンバーたちは反応する、皆マイヤーリンクが薄緑色の歌声に出会ったときの話を覚えているのだ。皆この巡り合わせを笑ったし、ニノ自身もある種の滑稽な状況だとは思ったが、残念ながらそんなことは彼にとって二義的でしかなかった。グラストンベリーはドーバーから車で三時間しかかからない距離にある。そしてドーバーはカレーからフェリーでほんの一時間半。伝説のフェスに赴こうというときにニノが考えていたのはそのことだけだった。昼も夜もカルル・アヴァンザートの影が取り憑いて離れないのだ。

そして、もう終わりにしなければならないという気持ちがどんどん大きくなっていった。

〈ライトグリーン〉のパフォーマンスはグラストンベリーを燃え上がらせ、観衆の感激の波は公園の端からステージまで押し寄せ彼らを呑む、そしてニノは〈サニー〉の最後の「愛してる（I love you）」のリフレインを叫び続ける、観衆の中、そこらじゅうに千人ものアヴァンザートを見た、彼らはニノの叫びを聴き、ステージの上の彼を磔（はりつけ）にする、脚が立たなくなって大喝采のなかで倒れたのと入れ替わりに群衆は総立ちになって、メンバーたちがニノのいるステージ手前側に集まってくる、締めくくりの一礼、そして破壊的な賞賛の轟き、ニノをしっかりと抱きかかえて支えるマルセル、その頬に接吻して彼の熱を感じる、サンドラがニノの脱ぎ捨てた汗だくの薄緑のTシャツを拾い、何もかもが限界までキリキリになった中でこれに口付けして観客たちに向かって投げた、それを摑もうと無数の腕が伸び、摑み取った女の子は無音の絶叫を上げている、何もかもが叫んでいて、〈ライトグリーン〉の面々は鳴り止まぬ叫喚のなか幾度もお辞儀をして、肩で息をしながらステージを後にする。舞台袖に下がるニノは歯を食いしばっていた。打ち上げにはロブ・コルトマンはもちろん、ノエル・ギャラガー、デーモン・アルバーン、みんなはスティングとシャンパンを飲みレニー・クラヴィッツと一緒に踊るのだろうがニノは他にやることがある。悪魔の試練が待っているのだ、二日前にそう決めた。すぐに車に乗らなければならない、運転手を待たせてある。ロンドンの外れで、武器を手に入れるのだ。

静まり返った宵闇が深まっていく中を三時間。ニノが運転手しか付けずに一人で出かけるというのは実に久しぶりのことだった。こうして現実の暮らす空間に無防備に出てきて、しかし不思議なことに心の底ではもう怖いとは感じていない。もう終わらせてやる。運転手は何か会話をと思って話しかけたが、ニノは答えなかった。そしてロンドンに近づいてきて、具体的にはどこに行くんですかと運転手は尋ねる。ブリクストン。その答えに、運転手は思わずバックミラー越しにニノを見やり、本気ですか、と少し強張った笑顔で問うた。午前一時というこの時間に、イギリスの首都のジャマイカ人街になど誰がすすんで乗り付けるだろう。しかもリムジンで。

赤レンガの建物が並ぶ街路に、運転手は警戒しながら、そっと車を滑り込ませる。ハンドルを握る手は強張っている。ゆっくりと流れる車窓からニノも辺りを注意深く窺う、頼りない街灯に照らされて、そこここに人影が見える。数分の間そうしてあてずっぽうに進んでいると、建物のポーチで一人ジョイントを吸っている男がいた。停めて。ジョイントの男は一歩身を引き、闇に溶ける。ジョイントの、いや、メルセデスから外に出てみればマリファナではなくただの煙草の臭いだと分かったが、その火の点いた先端しか見えない。ニノはそっとそちらに向かった。男は微動だにしない、ニノのほうからは相手を窺うことはできないが、男のほうではニノをじっくり検分できているはずだ。やがてニノの顔を見分けたらしく、男のほうも身を乗り出してくる。

「〈ライトグリーン（Light Green）〉？」仰天したまま男は囁いた。

「銃が欲しい（I need a gun）」とニノ。

話は早かった。言葉少なに、手短に。ごく簡単な取引、売買と紙幣、ニノの手に残される拳銃。男はどこかに行って数分で戻ってきて、黒いピストルをゆっくりと操作してみせる、マガジンには弾が六発。いくらだ？　値段は？　三百ポンド。不意の閃き、理性と行動が乖離（かいり）して、ニノは崖っぷちから踏み出すように尻ポケットに手を伸ばした。男は彼の行動を見守る。苦悶の数ヵ月の間もずっと温めていた五百ユーロ札をニノは男に差し出す、男は受け取って検（あらた）め、にやりとする、レートを計算して丸儲けできると思ったのだ、「釣りは持ってない（No change）」と男は告げる。ニノはピストルを背中に、ベルトと素肌の間に突っ込んで、釣りはいいと言いながらゆっくり後ずさった。背後には運転手がいて、何一つ見逃さなかったことも分かっている。紙幣も、拳銃も、取引が成立したことも、全部見ただろう。男はニノの目を真っ直ぐに見つめ、頷きながら呟く、〈ラブ（Love）・パワー（Power）・ピース（Peace）〉。ニノの正体を見破ったとでも言うように。聖なる愛の歌い手を僭称しながら、本当は誰かを撃とうとしている。男はパッケージから新しい煙草を取り出し、ニノにも一本すすめた。情事の後には必ず一服つけるのだと言って笑い転げる。ニノは笑わない。いま自分の冒した危険に震え上がっている。もらった煙草に火を点けて、踵を返しリムジンに跳び乗る、出してくれ、早く。真っ直ぐに、一刻も早く、今もこちらを見ているあの男から離れたい、じきに真実に気づいたあいつの神経を震わすだろう雷霆からできるだけ遠くに、あの偽札から少しでも遠くに逃れたい。もっと踏み込んで！　ニノと同じで死ぬほど怯えている運転手は言われるままにアクセルを踏む、一散に町を駆け抜けて、やがて高速道路に乗った。

ピストルを握り締めて、グラストンベリーが近づいてくるにつれてだんだん落ち着きを取り戻した。先ほどの自分の行動を改めて言葉で表そうとしてみる。あの場面をなぞって、男に偽札を差し出した瞬間を追体験する、どんな豪華な拳銃でも買えるだけのお金を持っていながら、わざわざ悪魔を挑発して、おそらくは自分の命を危険に晒したのだ。もしあの男が気づいていたなら、ニノがあの裏通りから戻ってくることはなかっただろう。

ある意味、彼は生まれて初めて自殺を試みたのだ。

ピストルはニノの手荷物の中に収まり、日々は拳銃購入以前とまったく同様に過ぎていった。何の変化もない。ただ、武器を持っている。ついにアヴァンザートの手が伸びてきたならば、そのときニノは茶色い革の鞄に手を突っ込んで、奴に銃口を向ける、いやたぶん実際に殺すだろう。あの大金を抹殺したように死体もこの世から消滅させる。今度もマルセルに協力を頼んで、全部すっきり片が付くはずだ。どんな手口でも実行に移せるだけのカネがある。車を借りる、救急車でもタンクローリーでも借りられる、死体を貨物船に紛れ込ませて海を渡らせることだってできる、そして何事もなかったように全部元通りに収まるのだ。奴を殺して、自由になる。完全に。何の嫌疑をかけられることもない。俺はスターだ。お伽話にちょっと穴を開ける銃声、でもお伽話はもちろん無事に続いていく。

ニノ・ファスは本当に気が狂い始めていた。

ニノはアヴァンザートの家を襲うべく、立場を完全に逆転させるべく、カレーに舞い戻る。階段を上り、三階の奴の部屋の扉の前、表札は変わっていない、しかし呼び鈴は壊れていた。ここいらの他の呼び鈴と同じだ。お前はもう特別じゃないぞ。ニノは木の扉をぶっ叩く、足元に鞄を半開きにして、銃把にすぐ手が届く状態で、奴の名前を叫ぶ、乱暴な、苗字だけで呼び捨ての「アヴァンザート！」を連呼する大声が建物中に響き渡る、しかし何の反応もない。何一つそよとも動かない。誰もいない。

歯噛みしながら階段を下りる。わざわざ上の自宅までは行かなかった。そもそも鍵を持ってきていない。そうして建物を出て、待たせておいたタクシーに戻り、革鞄を自分の脇のシートに置いてドアを閉める。

「ファスさん、次はどちらまで？」運ちゃんは、空港からここまで、自分の車に〈ライトグリーン〉のニノ・ファスを乗せてきたというのがまだ信じられない心地でいる。

「サント＝マキシム」

「サント＝マキシムって……紺碧海岸(コート・ダジュール)の？　つまり空港までお連れしたら宜しいんで？」

「ちがうちがう、車で、サント＝マキシムまで」

運ちゃんは、料金が目ん玉飛び出るくらいになりますよと、夜になるからあたしの宿代もいただかなきゃなりませんしと言ったが、ニノはそんなつまらないことには興味がない、思わず拳銃を取り出して運ちゃんの首筋に突きつけ、黙って走れと命令しそうにさえなった。「サント＝マキシム！」スターが断固として叫ぶと運ちゃんはエンジンをかけ、ニノは睡眠薬を呑み込んで、高速道路に乗るころには眠りに落ちる。


その夜ヴィルヘルム二世荘に着いたニノは、マイヤーリンクと二人のステファンの眼前を彼らには一瞥もくれずに素通りして自室に向かった。二十三時、もう何日も続けて何も食べていないが、空腹は覚えない。ただ喉が渇いて、ただただ渇いている。浴室の蛇口から水を飲み、鞄からピストルを取り出して鏡を見る、銃口はこめかみに。これまで何度もやってきたことだ。それからマズルを口に含み、次は心臓のあたりに当てる。瞬きもせず、ただじっと鏡の中の自分の目を見据えて。呼吸さえもほとんどしていない。静寂。

自室で、パソコンを起動させる。もう数ヵ月前から、ニノは逆尾行を始めていた。彼のほうからアヴァンザートをウェブ上に探して、毎日、ときとして朝晩二回もその名を検索ボックスにタイプして、何かの記事に奴の名前が出てこないか、じっと見張っている。見つけてやる、どうしていつまでも出てこないんだ、ニノは必ず奴を見つけて、終わりにしなくてはならない、自分の周囲に垂れ込めた靄を消し飛ばさなくてはならないのだ。その晩もいつもどおりに、天井に向けてマガジンを空にする代わりにウェブブラウザを立ち上げて、ツールバーの検索ボックスに〈カルル・アヴァンザート〉と打ち込む、いつも何も引っかからない、いつもここで行き止まりになるのだがその夜は、リンクが一つ現れた。ニノは椅子の上で跳び上がる。liberation.frだ。クリックする。ページが開き、一枚の絵、奴を描いたスケッチが現れた。一目で分かる、奴だ、レスラーのような雰囲気、丸刈りの頭、記事を読むニノの頭の中で轟音が吹き荒ぶ。法廷日報、ややこしくもつれそうな公判、ヴァンドーム広場の宝飾品店で起きたむごたらしい強殺事件、お巡りが二人殉職、もう一人は一生身体が麻痺、そして被告人席には一人のアンチャン。単独犯、喉元まで届く堆い前科の数々、視界は絶望でいっぱい、いかついが弱々しく、しかし堂々としている。何日かのあいだニュースはこの件で持ちきりになるだろうが、そんなことよりも、ニノにとってこれは長い長い茨の道の終わりを、日一日と黒い憔悴に深く嵌まり込んでいく状況の終わりを意味していた。彼はやっと自由になれる。カルル・アヴァンザートは終身刑を免れないだろう。

20

できることなら傍聴席に潜り込んで、見、聴き、カルル・アヴァンザートという男が何者だったのかを知りたかった。あの晩は命を救ってくれて、それから自分を車泥棒に仕立て上げた男。いったい彼の念頭にはどういうことが浮かんでいて、あの運命の夜、ボルドーでフレッドと何を画策していたのか。新聞記者や野次馬たちに紛れ込みたかったが無理な話だ。そもそも〈ライトグリーン〉が全ての電波に乗っている今、ニノがどこにであれ紛れ込むなどということは不可能だったし、法廷でアヴァンザートの目に留まってスキャンダルを招くような危険を冒すわけにはいかない。論外だ。お話にならないとは分かっていても、ニノは欲望に身を焦がす。この一年半というもの、彼の人生はあの男と強固に結び付けられていたのだから、奴が何を話し、何をして、何を体験するのか、それを知ることは生理的な欲求と言っていい、絶対に必要不可欠なことだ。何一つ余すことなく知らなくてはならない。あの亡霊がしゃべる内容を一言一句間違いなく知ること、そして奴がどうなるのかをはっきりとこの耳で聴くこと、つまりそれは同時に、ニノ自身がどうなるのかを面と向かって宣告されることなのだから。

初めてサント＝マキシムの町に出かけた日、革鞄の大金が何の価値もないものだと知ったあの日、旧市街を歩いていて、どこかの建物の正面に探偵の看板が出ていたのを思い出した。馬鹿馬鹿しい話だが、その看板を見たときは思わずびくっとして、自分は尾行されるのではないかと怯えたものだ。しかしともかく、この思い出が解決策を提示してくれた。その探偵を雇って、公判を傍聴させればいいのだ。探偵は堂々と裁判所に赴き、正面玄関から入って、公判を聴き、詳細なレポートをまとめる。もしかしたら超小型のマイクや隠しカメラも持たせられるかもしれない。ニノは例の建物の陰からシュペール5を引っ張り出す。エンジンは何の問題もなく一発でかかり、テラスから見ていたマルセルは親指を立ててこの小型車への愛と賞賛を示してみせた。ゆっくりと、今度は絶対にアヴァンザートと行き合うことなどないという確信を胸に、邸の門をくぐる。ちょうどアンブル通りをものすごい車が徐行してくるところだった。キャンディ・レッド、ぴっかぴかのキャデラックの運転席で、ペントは尾羽を広げた孔雀のように得意満面だ。

一時間後、ニノは数千ユーロ分身軽になってヴィルヘルム二世荘に戻ってくる。探偵はトゥーロン空港からパリに向かって飛び立っていることだろう。陽光の下、煌めくキャデラックの周りに〈ライトグリーン〉のメンバーたちがみんな集まっていた。

「一杯やるの？」窓から頭を出し、停車せず庭園の奥の駐車場所に向かって走り続けながらニノが叫ぶと、みんな陽気な笑顔を浮かべた。

瓶の並ぶテラスに向かう皆と合流する。ラルフ・マイヤーリンクが歩み寄り、彼にグラスを差し出した。

「きみは変わった子ですね」皆がざわめき、新しく買い入れた路上の宮殿の素晴らしいところを自慢するペントの声が一際大きく聞こえるなか、マイヤーリンクはそう呟く。

「出会って以来、きみの薄緑色は、それ自体は変化していないのですが、ずいぶんと沢山、なんとも表現のしにくい感情を塗り重ねてきたように思います。そしてもうそろそろ、きみの色は何か根本的な変化を遂げようとしている、それがどうしてなのか、それにどのような変化なのかは分かりませんが、そんな気がします」

マルセルには聞こえていたようで、彼は近づいてきて二人とグラスを合わせる、そして黙ったまま頷き、また他のみんなのほうに合流した。ニノは思わず、いつかきっと全てを話すと二人に約束しそうになったが、本当のところは自信がなかった。結局何も言わず、ニノは二人の優しくも好奇心に満ちた眼差しの下、心の中で歌いながらグラスを空ける。


その次の日の夜、例の馬鹿高い探偵から長いメールが届いた。一種の中間報告だ、公判が終わった時点で完全版の報告書を提出してもらう約束になっている。現時点では、カルル・アヴァンザートは自分の罪状を軽くしようという努力をする気配がまったくなく、たしかに単独で、覆面もせず、武装して、そして相手を殺す意図をもって発砲した、そう、逃走するため、生き残ろうとして本能的に。そう彼は認めた。密偵は報告書の中で二度か三度、アヴァンザートは平静な様子だと記述している。落ち着き払って、間違いなく下るだろう判決を受け入れる構えでいるらしい。ニノはメールを読みながら、早くも自由の光が地平線の向こうに覗く思いがした。しかし同時に、あの運命の日にカレーからボルドーへ向かうアヴァンザートがいったい何を企んでいたのか、おそらくそれを知ることはできないのだろうという予感も抱いた。

21

判決の日、〈ライトグリーン〉はベルリン中心部の広大な植物園、〈ボタニカル・ガーデン〉で公演を行っていた。見渡す限りの観衆は総立ちで、ニノは自由のとば口に立っている気分だ、早くも自由が全身に満ち渡って、いつになく踊るような気持ち、身軽で、ヴィタミンがいっぱい、久しぶりの、胸を開いて思い切り息を吸い込む感覚。そうして一曲一曲、ニノの猛る切望の咆哮に観客たちの歓喜の雄叫びが応える。彼がステージの上で音楽と陽光に包まれて飛び跳ねているころ、フランスはパリの法廷ではカルル・アヴァンザートの運命に封蠟が捺(お)されつつあった。彼は二人の警察官に挟まれて身じろぎもせず、新聞記者をはじめ傍聴する者たちの視線に囲まれる。この一生忘れられないライブのあいだ、ニノは何度もアヴァンザートに思いを馳せた。彼のために歌っていた部分さえある。いま、自分の人生、娑婆での生活の終わりを告げられながら、もう二度とバーをはしごしたり浜辺を散歩したりスポーツカーに乗ったりできないと宣告されながら、果たしてカルルはニノが今どこでどうしているかを知っているのだろうか。ニノは何度も胸が詰まる思いがした。自分の人生が始まるために、一つの人生が終わる必要がある。そう、そして涙さえ零しそうになった。思いの中で形成された涙はしかし喜びの涙、そしてその喜びを恥ずかしく思う涙だ。自分を責める気持ちになりきれない。ニノはたしかにスジを枉(ま)げた、あの財宝を見た瞬間に舵を切って、盗人から盗んだ。二人の軌道はあそこで分かれて、以降それぞれに精一杯、やれるだけのことをやってきた。たまたま利害が一致しなかっただけのことだ。そして今ニノは人生を取り返し、カルル・アヴァンザートは失おうとしている。ニノのほうだけが、ようやくまともな感覚と落ち着きとを取り戻すことのできる巡り合わせだったのだ。心の健康のため、羞恥と自己嫌悪に呑まれてしまわないために、ニノはそう自分に言い聞かせていた。そんな全てがベルリンの空に渦巻いて、彼の目には閃き渡る雷光がいっぱいに映っていた。

その晩、ニノは眩いばかりのベルリン娘の最高にイカした誘惑を断って、どうにか一人でホテルの自室に戻る。頬の内側を噛んで、苦しい言い訳をしながら後ずさる彼を、彼女は意味が分からないという表情の貼り付いた笑顔でずっと見送っていたものだ。彼女の美しさを思えば、このときニノを動かしていた力は超人的なものだったと言っていいだろう。ニノ自身、そのことを誇らしくさえ思った。とはいえ、これにはもちろん理由が、他のこと一切を無視させて当然な理由があった。二十二時、アヴァンザートの公判の判決は既に下り、メールが届いているはずなのだ。

自室のドアに鍵をかけ、息を呑んでパソコンを立ち上げる。いつもより時間がかかる、単にいつもよりニノの気が急いているだけか。頭の中がごちゃごちゃでパンクしそうだ。長い長い沈黙を経てアヴァンザートの殺人事件の裁判に出くわし、それからまだ二日しか経たないのに早くも判決内容を知ろうとしている。青い画面を見据え、身じろぎもせず、ニノは汗をかく。ようやくデスクトップの壁紙に設定した写真が現れた。何ヵ月か前から壁紙にしているのだが、ラルフ・マイヤーリンクとローザがサント＝マキシムのテラスに並んで立っている写真、二人が笑い合っているのをこっそり撮ったものだ。二人とも首を少し後ろに反らせて、マイヤーリンクがいつか言っていたように長年連れ添った夫婦のようだった。

受信トレイが開く。新着メールは三つ、一つは前の日に〈カルル・アヴァンザート〉というキーワードで設定しておいたアラートだ。ウェブ上に彼に関する新着記事が上がったということで、すぐに見に行けば大見出しが目に入って涙が出る、正真正銘大粒の涙が形成されて頰を伝い、流れ落ちてキーボードに弾けた、抑えようとも思わない、目はじっと記事のタイトルを見据え、それは彼にとって解放の証（あかし）であり、それと同時に恥の刻印でもある、ニノが結局最後まで隠れっぱなしの弱虫のクソガキと決まった瞬間だ。

〈アヴァンザート事件結審、謎は謎のまま終身刑確定〉。

カルル・アヴァンザートは強盗の状況について何一つ否認せず、罪状を全て認めた。

弁護人が彼の不幸な幼少期とカレーの貧民街の環境を論った際には、カルルははっきりと、うちは貧乏でした、それはたしかにそうです、でもだからって俺が不幸だったことにはなりません、と反駁して法廷を沈黙させたという。皆、いったい被告人はどういう弁論を展開するのかと困惑したが、カルル・アヴァンザートはそもそも何も展開するつもりなどなかったのだ。それから弁護人は何度も陪審の同情を買おうと試みた。カルル・アヴァンザートは陪審員を一人ずつ、一度も目を伏せることなく見据える。裁判長も自ら被告人を問い質し、いったい、金銭的動機とも見えませんが、どういう意図から武装して宝石店に押し入ったのですか？　そしてカルルがどういうわけであんな血の海を生じさせたのかを解明しようと試みた。長い沈黙の数秒間、裁判長の目を見つめるカルル・アヴァンザート、聴衆の注意がその唇に集中する。

「それは、俺だけの問題です」と彼はついに言い放った。

「ちょっと、あなたは人を二人殺したんですよ？」と次席検事が熱り立つ。「我々はその審理のためにこうして……一生牢屋に入ることになるかもしれないとあなたは分かっているんですか？」

「それは分かってます、たぶんあんたよりずっと」

記者によれば、被告人は冷静で、その眼差しには何者にも慰め得ない悲しみが宿り、一秒たりと途切れることのない冷ややかさで己と世界とを見つめているようだったという。アヴァンザートは一つとして質問を躱そうとはしなかったが、いくつかの質問については、検事、裁判長、あるいは自身の弁護人の目を真っ直ぐに見据え、きっぱりと回答を拒んだ。そこに立つ被告人は何の希望も持っておらず、もし仮に自由の身であったとしてもそれは変わらないのだろうと傍目にも分かる。ここでだろうとどこでだろうと、放たれようが縛められていようがもう何の見込みもない、しかしそれでも最後の最後まで屹と立ってい続けるだろう、カルル・アヴァンザートはそういう表情をしていた。法廷の構成員は皆、この公判のどこかの時点でそれぞれに被告人の奥底に秘められたものに迫ろうとして、けっきょく誰一人辿り着けずに終わった。

判決は終身刑、最低三十年は仮釈放も不可。フランスで下せる一番重い刑だ。しかし被告人の表情には何の変化も起きず、彼はただ頷いただけ。そして、最前列で彼の母親が嗚咽を漏らすなか、カルル・アヴァンザートは発言の許可を求め、認められる。彼は立ち上がり、廷内にぐるりと一瞥をくれ、陪審も、誰も彼もを一眸に収め、誰に対して恨みを含む様子もなく、はっきりとした声でぽつぽつと語り始めた。

ニノは記事を最後まで読み終えた。最後にアヴァンザートは静まり返った法廷で演説をした、そして記者も、誰も、その意味するところは理解できなかった。皆ただ目をしばたたきながら、男が語るに任せ、どうにか理解しようとはしたのだが、けっきょく記事は最後にこの謎を書き留めて終わっている。臨席した人々の前で滔々と独り語りするカルル・アヴァンザート。自分自身のため、そして最前列の二人の女性のため。片方は彼の母親で、もう一人はいったい誰なのか、とにかく二人とも涙に溺れて悲鳴を上げた、そしてその他の誰にとっても彼の話の意味は不明なままだ。なんでもフレッドという人物と、一台のシュペール5、そして一人の女の子、キャロル、一つの恋の物語らしかった。ニノの背中、肩甲骨の間から腰までを、ゆっくりと汗が伝う。

二つ目のメールは両親から。両親がメールをくれるのは珍しい。十行ほどの短文だった。両親の友人夫婦がオルレアンからイギリスに行く途中で二日ほど寄っていったのだが、イギリスに発つ夜、フェリーに乗る前に四人で〈パラディーゾ〉で一杯飲むことにして、その際、店主が店の壁にニノのポートレートを大きく引き伸ばして飾り、〈ニノ・ファス、二〇〇八年から二〇一〇年まで当店のカラオケ責任者を務める〉と添え書きしていることを知ったという。なんでも、何人もの客が毎日壁のニノの顔に手を当て、なんだか本人に直接会ったような気分を味わうのだそうで、店主はそういうお客には必ず、ニノのキャリアの出発点を作ったのは自分だ、と吹聴するのだ。両親はそんな様子を見て大いに笑った。さらには腕に入れ墨をしたウェイトレスも、相手がニノの両親だと気づかずに、一年半くらい前にね、あたしあのニノに捨てられて泣かされちゃったんですよ、などと話す。誰にであれ息子が辛い思いをさせたのかと思うと申し訳なくて、ジェラール・ファス氏は彼女に同情するように身を乗り出したが、彼女は微笑み、気を取り直して彼らのほうに身をかがめ、ひそひそ声でこう言った、

「でもね、こんなこと話すのはアレかもしれないですけど、あたしベッドではニノに色

んなことを教えてあげたんですよぉ」

状況が違えば、ニノは画面の前で独り笑ったことだろう。全然変わってない、あけすけで飾らないローリー、そんなところが大好きだった。彼女の言葉にいったい母親はどんな顔をしたのやらと想像したりもしたろう、しかし今は、むしろ何か苦いものを覚える。自分がいなくなって彼女も辛かったのだ、自分も彼女と会えなくなって辛かったし、あのときコソ泥のように消えることになったのを悔やんだ。しかもニノは実際に泥棒をしたのだ。

それにもう一つ、笑う気になれない、また心から感傷に浸れもしない理由があった。三つ目の、探偵からのメール。添付ファイル付きだ。

開く。本文は短い。判決を伝え、おおまかに公判の展開を伝えているが、あの長い記事を読んだニノにとって新しい情報はない。しかし、添付ファイルの内容にはきっと興味があるだろう、とも告げられていた。これは後から聞かされたのだが、ニノの訪問を受けた後、探偵は去り行くニノの後ろ姿を窓から眺めていたのだという。新顔の客が現れたときにはそうする習慣なのだ。彼は事務所を出たニノが足早に白いシュペール5に向かい、飛び乗るのを見た。そのとき、ナンバープレートにパ＝ド＝カレー県の62が振られているのも観察していたわけだ。それゆえに、法廷で最後にアヴァンザートの発した謎めいた演説を聞いたとき、戸惑いに呑まれることなく、ニノ坊やがこの公判に並々ならぬ関心を寄せているその理由を垣間見ることができたのである。添付ファイルは臨席した誰もが意味を理解できなかったその談話、ほんの一かけらの空が覗く正面の壁の窓を見据えて、アヴァンザートがただ吐露するためだけに口にしたような言葉の録音だった。勢い込んでクリックするとダウンロードが始まり、ニノはスピーカーの音量を上げて、部屋に鍵をかけていることを確かめにいく。椅子に戻る途中で、不意にアヴァンザートの声が部屋を満たした。ニノはその場に釘付けになる。すぐに分かる、あの声だ、それにあの虚飾のない剥き出しの言葉遣い。それでいてどこか優しい、何か心が通じるような気がする響き、話し始めたカルルの言葉は重い刃のように降ってきた、最後の審判を伝える槌音（つちおと）のように。ニノは身を硬くして息を呑む。

「なんにせよ、俺は二度と娑婆には出てこない」

彼の言葉は完全な沈黙の中に響く。

「あんなつもりじゃなかったんだ、生きててほしかった。前みたいにずっと二人で……フレッドは俺にとって兄弟だったんだ」

女性の嗚咽が法廷の壁に反響した。誰もが、今のニノと同じようにカルルの次の言葉を待っている。

「あいつがカネの詰まった鞄を持ってきて、キャロルに会いに行くんだって言ったから、これまでどおりじゃいられないって分かったんだ。これまでみたいなのは終わりだって。俺には無理だった」

ときおり長い間が空く、しかし彼の声はこれっぽっちも震えてはいない。言葉を一つ一つ、その重さを確かめながら選んで話しているのだ。

「だから俺はシュペール5を盗ませたんだ。後ろに載せたカネごと」

「いったい何の話をしているんです？」苛立った声が遮る。検事か裁判長だろう。

カルル・アヴァンザートは答えない。ゆっくりと、はっきりと話し続ける。

「あんなつもりじゃなかったんだ、フレッドを死なせるなんて、俺は一生自分を責め続けるんだろう。あいつの最後の笑った顔がずっとここに、俺の両手の中に残ってる」

女性が叫ぶ、息の詰まった悲鳴のような、アヴァンザートに向けられたものなのだろうが、彼は話し続ける。全てを認め、全てを吐き出していく。そしてニノは硬直している。

「スペアキーを渡して、俺たちの後を尾けさせた。一日中かかって、ボルドーに着いて、夜に、俺の言ったとおりに車を盗んでった。俺たちはその後を追っかけて、フレッドが撥ねられて、俺はどうもできなかった。それでフレッドは死んだんだ」

女性の叫びは音量を増し、周囲から罵声が上がったが、男の声が静粛を求め、再び沈黙が降りる。男は続けて、

「アヴァンザートさん、あなたはいま、結果的に死人の出た窃盗事件の証言をしましたね。これは非常に重大なことですよ」

「牢屋に入る前に言っておきたいんだ。フレッドが死んだのは俺のせいだ。わざとじゃ

なかったにしても、俺が悪いんだ。俺は、あいつとキャロルが一緒になるのが耐えられなかったんだ」

「キャロルというのは誰ですか？」と男の声が柔らかに問う。

しかしカルル・アヴァンザートは答えない。

「二人が一緒になるのが耐えられなかったんだ」と繰り返す。「二人で抱き合って、前みたいに、きっとそうなるって分かったんだ。辛すぎた。無理だったんだ」

それから間を置いて、カルルの声は低く、夢でも見ているようになった。

「キャロルのことは、俺も本気だったんだ。カネの詰まった鞄を持ってキャロルのところに……それで連れ出して……二人が俺の目の前で一緒になる……カネをどうしたらいいかなんて分からんけど、どっかの空き家にでも隠して、フレッドと俺は今までどおり、キャロルとは遠く離れて、しょうがないだろ、二人が一緒なのを毎日見せられるのと比べたら全然マシだ」

「アヴァンザートさん……なぜ今になってその話をするんです？」

「この中に、本当のことを話しておきたい相手がいるんです。面会室のガラスを挟んでじゃなく、面と向かって。何があったのかを、俺が、フレッドがキャロルと一緒になるのがいやで、あいつはそのせいで死んだんだって。それからカネがどうなったかは俺も知らないってことも。俺が引っ張り込んだ奴が持ち逃げしたんだ。俺だってあいつの立場ならたぶんそうしたと思う」

「アヴァンザートさん、あなたは共犯者を庇っているということですか？」

「俺は誰も庇ってなんかいません、どうでもいいんです。懲役三十年に十年足してもらってもかまいません」

「カネというのは何ですか？　いくらあったんです？」

「二百万ユーロ」

法廷はざわめき、叫び声さえいくつも上がった。

「その共犯者は今も自由なのですか？」

「ああ」

「事故の後、その人物を探しましたか？」

「ああ。何度も姿は見た。でも話はできなかった。でも誰だっていいんだ。カネの出所だってどうでもいい。そんなことはどうでもいいんだ、そんな話をしたかったんじゃないし、これ以上俺は何も話さない。なんなら余計に二十年でも付けてくれたらいい」

だんだん、二人の女性の嗚咽が廷内に囁き合うざわめきよりも立ち上がってくる。徐々に静寂が形成され、リベラシオン紙の記事が言及したとおりの呆然とした空気が満ちていく。カルル・アヴァンザートはただ小さく「ごめんよ、マルチーヌ」とだけ付け加えた。それに対して女性が、マルチーヌさんなのだろうが、「誰なの？　カルル、そいつは誰なの？」と涙声で尋ねる。それにカルルは答えず、これ以上は何も話さないと身振りで示したのだろう、木槌が打たれ、

「閉廷！」の宣言が響いた。
二人の女性が叫び、ニノの鼓膜を劈く。二人の涙、一人は自分の息子が永遠に自分の手の届かないところに、警官二人に挟まれて去っていくのを見て、もう一人は、自分の息子を死なせたもう一人の人間が今も外に、自由の身でいることを知って、二人の叫びがニノを打ちのめした。録音は法廷を後にする人々のざわめきの中で終わっている。囁き声、小声の論評、そして不意に、無。そのまま数分間、身じろぎもできず、ニノは荒い息をしていた。

ゆっくりと冷静さを取り戻し、ニノはベッドに腰掛ける。

夜が更けてから、彼は闇の中でもう一度カルル・アヴァンザートの録音を聴いた。眠ることができず、カルルの声が部屋を、そしてニノの頭蓋を満たす。ニノは自由なのだ。ベッドの上で大の字に寝転んで、カルルの言葉を浴びる、追跡者が収監されたからにはニノは自由だ、もう二度と二人の軌道が交わることはない、物語の終わり、おぞましくも数奇で歪な大団円の輪が閉じる。
ただ、その夜、ニノは知らない女の子の夢を見た。目が覚めてからも覚えている。フレッドとカルル、それにニノ自身も巻き込んだ出来事の発端である女性、カレーからの急な出発、フレッドの死、ニノの逃走、それからニノの強迫観念、そして自らに罰を与えるためにか宝石店を襲ったカルル・アヴァンザートの沈黙、そのすべての元凶とも言える女の子。ニノは会ってみたいと思った。どんな人物なのか、会って確かめたい、理解したい。このこんがらがった巡り合わせの要石(かなめいし)を手中に、把握したいと思った。分かっているのは名前だけ、そのほんの小さな音の並びの向こうに無窮がある。〈キャロル〉。

22

例の探偵のやり口、いつもいつも執拗に仕事が大変であったと強調して、したがって報酬が高くなるのも止むを得ないのだと主張する態度にはゲンナリさせられたが、それでも彼がカルル・アヴァンザートの公判に関して完璧な仕事をやってくれたことは認めるほかなかった。何ページにもわたる詳細な報告書、そしてその裏付けとして、傍聴した二日間の公判のすべてを録音した音声ファイル。ニノはそれを頭から通しで聴き、裁判官たちを前にしたアヴァンザートが実に堂々としていることに感銘を受けた。探偵はさらに、どうやったのかは分からないが隠し撮りした沢山の写真も提示して、本来法廷での撮影は禁止、厳重に禁止されているのだと強調する。ニノはそれらも一枚一枚仔細に検めた。被告人席のカルル・アヴァンザート、いかつく決然とした顔には以前は見られなかった何かが薫る。一種の悲しみ、あるいは何もかもに意気阻喪したような感じ。彼は十歳くらい老けたように見えた。

料金は高かったが、とにかくしっかりした仕事をする探偵だ。見知らぬキャロルに取り憑かれて目覚めた朝以来、ニノはずっと彼女のことを考えている。そして、あのイラつく探偵をもう一度訪ね、どこにいるとも知れない彼女を見つけさせようという考えが徐々に彼の頭いっぱいに広がっていった。手がかりはほんの少ししか、いやほとんどないと言っていい。キャロルという名前と、おそらくアヴァンザートやフレッドと同年輩、三十前後で、一年半ほど前にボルドーにいたらしいということ、これだけしか分からないのだ。後は推測するしかない状態だが、探偵というのは絡まった糸を解きほぐし、真実と虚構をきれいに選り分けて、真実に至る道筋を見つけ出すもののはずだ。

「ファスさん、こいつは長くかかりそうですよ、すごく長く」と彼は言った。

まん丸に太ってテラテラ脂光りするこの探偵は毎回毎回、口にした形容詞を強調して、副詞のおまけを引っ付けて繰り返す。必ず、機械的にそうするので、もう神経に障ると言っていいレベルだ。これが彼なりの地均し、馬鹿高い料金を正当化するための準備であって、そして申し訳なさそうな顔をしてお代を頂戴するのだが、仕方ないんですよ、ご依頼の内容は厄介な仕事なんです、とんでもなく厄介な。ニノは小切手帳を取り出して前金を払い、探偵が必ずキャロルを見つけるだろうことを疑わない。こいつはプロだ。狡賢いイタチだ、とても狡賢い。事象の歯車の噛み合い方を承知していて、どこを探せばいいのかをよく分かっている、非常によく。

「何が可笑しいんです？」思いやりのこもった、と見せたいらしい手付きで小切手を受け取りながら、探偵は尋ねた。

「いえ、必ず見つけてくださると信じているんで、今からもう嬉しいんですよ」

帰路に就くべくニノは立つ。受けたお世辞に誇らしくなって、探偵は青年の微笑みを見つめていた。ニノはシュペール5に乗り込む、サント＝マキシムの市街地でこの車を乗り回すことにもはや何の不安もない。頭には新たなリズムの萌芽、まだ漠然としたものだがあの探偵と話していて浮かんできた歌の文句の断片を転がしながらアンブル通りに戻った。メンバーは全員揃っている、翌日にはローマに向けて出発するのだ。皆が食前酒（アペリティフ）を摂り始めていたのを中断させて、ちょっと思い付いたことがあるんだけど、スタジオに行かないか、ちょっとだけさ、そして探偵との会合でニノが得た着想は数ヵ月後のセカンドアルバムのタイトル曲となる。〈ミスター・ダブル〉。

ローマから戻ると、ニノはついにカレーで借りっぱなしになっている部屋を引き払うことに決めた。考えてみればボルドーに向けて発ったあの日以来、一度も足を踏み入れていない。引越し業者を雇って、一緒に向かう。かつて住んでいた2Ｋに踏み込むのはおばけ屋敷に乗り込んでいくような風情があった。扉を開ける、これだけ留守にしていたのに錠が破られていないのは意外だ。中では、何もかも以前どおりだった。以前の暮らしの剝製を前にして、ニノは急激に心痛混じりの暗い気持ちに落ち込む。居間、そして寝室と見て回って、なんだかわけも分からないまま不用意に一つの人生から別の人生に飛び移ってしまったような気がした。窓のそばに画鋲で留めた等身大のスライ・ストーンは相変わらずファンキーな閃きを秘めた瞳でこちらを見つめているし、冷蔵庫に貼っていた銀紙はすっかり剝がれてだらりと床に垂れ、棚の上では縞模様のメットが埃をかぶっている。床に散らばった何百枚ものCD、その中にはアヴァンザートがある朝持ってきてくれたものも交じっているのだが、全部ニノが散らかしていたそのままだ。一緒についてきたマルセルは、そんな全てを微笑みを浮かべて眺めている。出会う前のニノがどんなふうに暮らしていたのか、その一端を知ることができて嬉しく、感激しているのだ。引越し業者のアンチャンたちは家具や何やの荷物を運び出す指示を待っている。ニノは全部処分してしまうことに決めた。このがらくたの山の中にいくらか換金可能なものがあるならば、全部エマウスのチャリティーに寄付しよう。業者のアンチャンたちが仕事にかかるなか、マルセルはムードランプを指差して、これいいね、とスイッチを入れた。部屋は水槽になり、不定形の影が揺らめき始める。

「ほしい？」とニノ。

「うちにも、ほとんど同じようなのがあるんだ。ピアノに載せてあるんだけどね、マドレーヌからのプレゼントだったんだよ」

そして少し間を置いて、

「うん、よかったら、ほしいな。うちにあるのと並べさしてもらうよ」

マルセルは少しニノのほうに寄った。周りでは逞しい腕をした男たちが忙しく立ち働く。

「なんか夢みたいだよな、〈ライトグリーン〉ってやつはさ。こんな体験は普通はできるもんじゃないし、なんだか流れに押されて、乗せられて、俺たちは自分の奥底にあるものを見つけに行かなきゃならなくなってる。それで、そんなものが自分の中にあったなんて思いもよらないようなものが見つかるんだ。正直キツいよな。たしかにすっごいことだけど、やっぱりものすごい密度で、背負ってくのはなかなかしんどいさ」

ニノは年上の友人の言葉に耳を傾ける。彼の優しさ、目の前に差し伸べられた手を感じる。

「俺たちの中で、これだけのことが起きててもまだ本当には自由になれなそうなのが二人いると思うんだ。俺にとってずっと謎めいたままの二人さ」

それは非難するような調子ではなくて、ただの感想だ。

「マイヤーリンクとお前だよ。お前がまえに何をしてたのか、言いたくないなら俺は訊かないさ、お前の問題だしな。それでいいよ。俺はこのランプをもらってく。それできっといつか、こいつの作る影の中に俺はお前の顔を見つけるんだ。きっとその夜は、お前と一緒にいるような気分になれるよ」

マルセルはランプのコンセントを抜いて、ぎゅっと抱え込んだ。

「馬鹿みたいだと思うだろうけど」と彼は微笑む、「ときどきな、お前がそのうち、ふらっと消えちまって、二度と会えなくなるんじゃないかって気がするんだ」

ニノは何も答えなかった。しかしたしかに、いまマルセルの言ったことは彼の人生の不思議を簡潔にまとめている。この冒険の重み、〈ライトグリーン〉とそれにまつわる全てのこと。ただそうは言っても、それはただ単に自分自身の重み、誰も彼もがいつかは直面することになる困難、自分自身と正面から向き合うこと、そして良いと、ただそれで良いと、独り、そこで、理由もなく、ただそれをありのままに受け入れられるよう努めなくてはならない瞬間なのだ。マルセルが口にした素朴な言葉を、ニノはニノなりにどうにか躱し、しかし相手取り、ある意味では消化した。彼の頭の片隅にはそっと、しかし確かに、このときのマルセルの言葉が刻まれた。だいぶ先、二年ほども経ったころに、曙光の撫でるコンコルド広場で思い出せるくらいにしっかりと。

二人が無言で眺めているうちに、業者のアンチャンたちは荷物を運び出し終える。その間、ニノは自分の過去の一時期の痕跡が消えていくのを感じ、マルセルのほうは近いうちにこの部屋に引っ越してくるのだろう世帯のことを想像していた。なんせ〈ライトグリーン〉のヴォーカルが住んでた部屋だもんな、きっと何かご利益があるだろうさ。最後に業者のアンチャンたちは箒を出してきて掃除にかかる。ニノも箒をとって埃を払うのを手伝い、マルセルは笑いだした。

「なあ、窓も開けたらいいんじゃないか？　北風が、麗しき過去の残滓（ざんし）を、リズムに乗せて吹き払うよう」とイタズラな目で叙情的に詠う。「何もかも旋風を巻いて、何もかも風の輪舞曲に消え果てるまで」海を前にした詩人のように大仰な身振りをして、マルセルはなおもふざけたおす、「嗚呼そして、飛び入る鷗は泥塗れ、めでたくここも糞に塗れる！」まったく、陽気なおじさんだ。

トラックへの積み込みも終わり、扉は全て閉じられた。管理部門には業者のほうから返してくれるということで部屋の鍵を渡し、〈パラディーゾ〉に電話をかけてみる。名乗らず、ただローリーはいますかと尋ねた。二週間の予定でベイルートに旅行に出ているという返事で、ニノは独り微笑み、通話を終了する。ローリーらしい旅行先だと思った。

「んじゃ、行くか？」とマルセル。

借りてきた車はオーディオ機能重視で、ヴィルヘルム二世荘までは十時間の道のり、新曲のデモを聴くことにしている。後部座席にはムードランプと茶色の革鞄を乗せて、最高な小旅行だ。

エンジンをかける、南へ、音楽のほう、未来のほうへ。

＊

「厄介でしたよ、ファスさん。すごく厄介でした」

ミスター・ダブルは相変わらずの話しぶりで、生真面目な顔をつくり、両手を机の上

にぺったり広げる。ニノのほうでは、〈ミスター・ダブル〉はほとんど煮詰まってきて
いて、マイヤーリンクもこれを次のアルバムのリードシングルにしようという肚だった。
「また笑ってらっしゃいますね。妙な感じです」と探偵は椅子の中で居直る。
「ちゃんと見つけてくださったようなので。当然でしょう」
「ええ……こちらが彼女のフルネーム、それに今現在の所在です」
「彼女と話しました？」
キャロル・ナントカさんの名前はキャロル・ソヴァージュといった。探偵は二ヵ月に
わたってあらゆる種類の調査、追跡を行い、カレーからパリ地方を経由してボルドー、
そして最終的に南イタリアはシラクサの地、海に臨んで建てられたサーカス小屋に行き
着いたという。麗しの栗色の髪の乙女はそこで空中ブランコ乗りをしていた。机の上に
は彼女のサーカスと彼女自身の写真が何枚も広げられ、ニノは海を、そして宙を舞うこ
の女性、キラキラのタイツに脚を包み無重力に髪を浮かべて、象の周りを虎たちがぐる
ぐる回る地面から一五メートルは上空でブランコにつかまる彼女を眺める。どの写真に
も、逞しいのと同時に優雅な女性、力強くてしかし優しい、ほとんど男性的とも言える
何かを漂わせた顔立ちと切ないほどに女性的な雰囲気、ニノ自身を含めて少なくとも三
人の運命に強く関わった彼女は、どこか現実離れした存在のようにも見えた。
「いえ、話はしませんでした。私は隠密に行動しました、とにかく隠密に」そして少し
声を落とす、「でもどうしても我慢できなくてショーは三回観に行きました。彼女は素

晴らしいですよ――」

「本当に素晴らしい」写真から目を離さないまま、独り言のようにニノはリフレインを引き受けた。

23

カレーの部屋でマルセルの口にした言葉が、頭の中をトコトコと小走りにうろついている。ニノが急に姿を消してしまう、ピアニストの予感は妙なものだったが、同時に、それほどニノ自身と無縁な発想でもなかった。現に一度蒸発しているのだ。誰にも知らせず、知られず、何ヵ月もこのバンドのメンバーの中に、マイヤーリンク邸に姿を隠していた。しかしそのことを脇に除けても、うまく言葉にはならないがたしかに、不意に空気に溶けるようにして消えてしまう、そういうイメージは昔からたびたび妄想していたように思う。無人島に一人きりになる夢を見るようなものだ、実際にそんな状況に置かれても二日ともたず退屈で死にそうになるだけと分かってはいるのだが。自分は死んだと見せかけて、新しい顔と新しい名前でアルゼンチンにでも転生する、別にアルゼンチンでなくてもいい、カナダの森でも、太平洋の岩礁でも。とにかく何の前触れも挨拶も無く誰も彼もにオサラバする、そしてさらっぴんの一人きりの自分でやり直す、それがニノの時おり見る夢、夢とは言わないまでも、どこか惹きつけられるイメージなのだった。一度だけ、そのことを少し真剣に考えてみたことがある。ただの一度きり、あくまで試しに、その先を想像してみたのだ。遠いところに、一人きりで。まずすぐに、言語の壁が行く手を塞いだ。ということはベルギーかスイス、それでなければアメリカ、イギリス、オーストラリアしか選択肢はないことになる。まあそのくらいは大した問題じゃない、オーストラリアならけっこう大したもんだ。〈パラディーゾ〉からの仕事帰り、この夜も職場で見たものと、それ以上に耳に入ってきたものにげんなりして、部屋のソファーに腰掛け、バックパックを背負ってことは遠く離れた場所にいる自分を想像してみた。日焼けして、サングラスをかけて。カンガルー肉のステーキをバーベキューに。フォスターズラガーをラッパ飲み……夢想の中に、だんだん紙幣が介入してきた。ポケットの中のしわくちゃの豪ドル、おんぼろのピックアップトラックに給油したり、モーテルに泊まったりで支払うお金、南半球の広大な土地を渡り歩くための軍資金。その紙幣はどうやって稼ぐのか。もっと冒険家な奴なら、金は天下の回り物だからなんとかなるさと答えただろう。そこらで何か仕事して、また他所に紹介してもらって。なあに、テはあるさ。そうやって持ってもいない金塊を使って旅ができただろう。しかしニノは、六本目のビールの途中でこの問題に直面したところでぴたりと立ち止まってしまった。蒸発して、シドニーのバーでまたカラオケ担当になるなどというのは、全然ロマンチックには思えない。それどころか完全に馬鹿げている。夢見の雲の上から日常の地平に軟着陸すべく、残りのビールをちびちびと片付ける。カレーの上空を低空飛行、逆方向に転舵してまた高度を下げ、海と砂浜の上、それからローリーがあちらこちらで顔を出す、そしてニノが自室の床に足をつけたのは午前六時。時差ボケが全身にまわって、自宅で、眠りの海原へと漕ぎ出していくベッドに横たわった。

長いあいだ、この夜がニノにとって一番遠くまで蒸発しに行った体験だった。

二度目にニノの混乱した脳みその中でこのイメージが唸りを上げたとき、彼はボルドーの森の中で白いシュペール5の運転席に座っていた。茶色い革の鞄に財宝を見つけて、そう、その朝ニノはほんの数秒、べきかべからざるかを天秤にかけ、決断したのだ。その朝ニノは不意に、永遠に消えてしまう決断をした。そしてそこにかかってきたマイヤーリンクの電話が、エンジンさえかけないうちに彼の大爆走を止めてしまったのだ。ニノの描きつつあった計画を書き換え、プログラム変更、目的地サント＝マキシム、消滅というよりも眩い光のほうへの出発。

それ以来、彼は蒸発することについて事実上一度も考えなかった。アヴァンザートに対する恐れが極限に達していたときでさえも。死ぬことも、殺すことも考えた。しかし消えようとは考えなかった。今ではそうするための物質的条件は揃っているのに。とはいえ、もう二度とカラオケ係などやらずに死ぬまで暮らせるだけの額が口座にある代わり、彼の顔はもはや世界中どこでも絶対に人目を惹かずにおかなくなっているわけだが。

〈ライトグリーン〉のセカンドアルバムのレコーディングは完了した。今回も十四曲、その中にはもちろん〈ミスター・ダブル〉も入っていて、この曲ではマルセルが目くるめく急転のソロをとっている。魔法のような、幻惑されるような一時だ。地下でマルセルがそこを弾いているとき、チャコールグレーのスーツを纏ったラルフ・マイヤーリンクはスタジオの真ん中で少し、踊るようなステップを踏んだものだ。ラルフ老は信じがたいほどの気品に満ちて、圧倒的な優雅さとリズム感覚で皆をくらくらさせた。ある日の練習には三人の記者が招かれ、三人ともが度肝を抜かれて帰る。そしてそれぞれに口を極めて彼らを褒め称え、〈ライトグリーン〉こそは歴史上最高のロックバンドかもしれない、少なくともマイヤーリンクがプロデュースしてきた中では間違いなく一番だというふうに書いた。

まさに、歴史は塗り替えられようとしていた。〈ライトグリーン〉は大気圏を越えて軌道に乗ろうとしている、皆がそう感じていたし、その後の事態の展開はその予感を裏付けることになった。〈ライトグリーン〉はこの二十一世紀初頭の世界の全大陸を牽引するバンドとなった、それもたった二枚のアルバムで。彼らは世界中の何百万人もにとって熱愛の対象となり、ニノはある世代の若者のすべてにとって一種の偶像となった。それがどの世代なのかはニノにも分からなかったが、とにかく彼を写した何十万枚というポスターが世界中の市場に流れ、次から次へ、地面までも埋め尽くす。ボブ・マーリーと、手放せないそのマリファナ煙草。カート・コバーンと、切り離せないその絶望。そしてこの二人のあいだに、ニノ・ファスと、解き明かせないその謎。

しかしニノに関する謎というのは、実は単純なものだった。何もかも始末がついて、カレーの部屋を掃除して解約し、両親から電話があって――なぜこのタイミングだったのだろう？――二人ともただ彼の成功を喜んでいると言った、それからニノがまた〈パラディーゾ〉に電話をかけてみたところローリーはもう辞めてしまっている、マルセルがバンドの皆に何日か遊びにおいでよと言い出して、ニノはペントと一緒に、彼のキャンディ・レッドに陽炎う宮殿のようなキャデラックでそこに赴き、そして彼の農場を見て、ヴェルコールの静寂を体験し、壁にかかった絵にマドレーヌが常しえに生き続けているのを知り、マルセルの黒いグランドピアノの上に自分のあげたムードランプがマドレーヌのプレゼントと並んでいるのを見つけて涙を浮かべ、それを見たマルセルは静かに微笑みをよこし、アルバムのレコーディングが終わって、それが世界を丸呑みにする大津波になるだろうという予測が打ち出され、そんな全てに一つ区切りがついて、そして来るべきさらなる嵐の日々に飛び込んでいく前に、ニノは少しばかりの静穏を、永遠に触れる一時を、物事を理解して幕を引くことを望んだ。ニノの謎というのはここに立脚している。彼の秘密、彼に纏わる数々の伝説、それ以来世界中で囁かれたありとあらゆる噂はここに端を発する。こうして何もかもの準備が完璧に整ったところで、誰にも何も知らせないまま、ニノは〈キャロル〉に会いに出かけたのである。

24

もともとドライブは好きだった。昼でも夜でも、車に乗っているのが好きだった。昔から、運転するのでも乗せてもらうのでも、新しい車でも古いのでも、車窓を流れていく風景が好きだったし、行く手で何かが待っているという予感も好きだった。子供のころの学校帰り、迎えに来てくれた父親の車の後部座席から、家のほうに左折する父に向かって、真っ直ぐ行こうよ、などと言ったものだ。道を直進した先で喜びが、煌めく太陽の光が、冒険が待ち受けている気がした。父親はバックミラー越しに微笑んで、ママが待ってるからさ、と言う。じゃあママも乗せてさ、みんなでさ、そいつはいいなと父親も同意して、家の前に着く、母親が出てきてニノを抱きしめ、そして子供のニノはもう別のこと、おやつのことか、遊びのことを考えている。

それ以降も、車中のニノ坊やは不意に違う道に入ったり、迷うかもしれない近道を試したりと想像することがよくあった。まだ工事中の新しいインターチェンジに進入して、表示される指示のまま、どちらを向いているのやら分からないままぐるぐると走り続けるのも面白そうだ。少年時代には自転車に乗って当てずっぽうに走り、気がつくと遠いところ、といっても知っている界隈からせいぜい数キロメートルなのだが、知らない場所に辿り着いては新大陸に接岸したような気分になった。立ち並ぶ家々のかたまった島々を眺め、いったいどんな人たちが暮らしているのか、それぞれの壁の中ではどんな生活が営まれているのかと想像する。もっと大きくなってからはピンク色のヴェスパのハンドルを摑んで、もう少し遠くまで足を延ばした。

シラクサに向かうと決めると、前途は一六〇〇キロ、ほとんどずっと海沿いの道、目が眩みそうになる道行きだ。ニノは人生の醍醐味を知ろうとしていた、日差しの下の長い長い道のりを、一人で、真実に向かって走る。片腕を窓から突き出して、大音量で〈ミスター・ダブル〉を流して……そんな想像のままにニノは夢のようなメルセデスをレンタルした。上向きに開くドア、どんな場所へでも一吹きで届いてしまう風になる、戦闘機のようなスーパーカーだ。出発は火曜日の夜、後部座席には例の茶色い革鞄、その中には現金少々、身分証、それに拳銃、これも、これから会いに、直面しに行くキャロルという人物に関係する物だと思って持っていくことにした。面会の後に、どこかの崖か橋の上からでも海に投げ込んでしまおう。拳銃が偽札たちと同じ海に沈んだら、それでやっと全部終わりになる。

何の面倒もストレスもなく国境を越える。〈ライトグリーン〉以降、世界は一変した。ニノはいつでも余裕で、イケていて、セクシー、そして出会う人々はみんな親切で、好意的で、信頼してくれる。以前なら、道を訊こうにも三人か四人に声をかけてようやくという調子だった。バーに入ってトイレを貸してくださいと言っても、先に何か注文しろと返されるのが常だった。フランスパンの代金が三サンチームぽっちでも足りないと売り子はパンを引っ込めて次の客の相手を始めたものだ。外を歩いていて夕立に出くわしても、雨をしのぐ手段を提供してくれる人などあるはずもなかった。しかし〈ライトグリーン〉旋風が世界を駆け巡り始めて以来、初めて会った人たちが即座にニノの言葉を信じ、盲目的に信頼するようになった。道端でズブ濡れになることも、ついぞない。いつでも誰かが傘に入るよう言ってくれる。サンドイッチを買おうとして十サンチーム足りないと、おまけしてもらえた。そんなのは序の口で、何も飲まずにトイレを借りたバーでは、用を足して出てくるとなみなみと注がれたグラスがカウンターで待ち受けていて、大喜びの店主が奢ってくれるというのだ。そしてもう迷子になることなどできはしない。いつでも誰かが彼を見ている。要するに、〈ライトグリーン〉が放送電波を席巻して以来ニノは、周りの人々がみんな自分のために動いてくれるという、誰もが夢に見る状態で生きているわけだ。結局のところは、非常に単純なことだった。有名になるというのは、誰もが心の底で願っているような状況を生きるということなのだ。褒めそやされたり、祭り上げられたりすることには何の意味もない。そうではなくて、誰だってみんなの仲間でいたい、認められ、受け入れられ、一緒にいたいのだ。誰だって一度は、間違った道の不運な巡り合わせの結果、誰かの助けを必要としたことがあるはずで、それは例えば真夜中にヒッチハイクをしなければならない事態だったりしただろう。誰も、イカレ野郎を拾っちゃかなわないと思って停まってくれない。夜中に車が故障してしまったら、夜が明けるまで地獄は終わらないのだ。あるいは、知らない町でお金も身分証も無いという状況もあるだろう。後部座席に乗せていたバッグを盗まれてしまって、と言っても誰も信用してくれない。嘘など吐いていないと証明しようのない、しかし実際によくある事態だ。こんなふうに誰だって、人がどれほど他人を恐れ警戒しているか、まざまざと見せつけられたことがあるはずだ。しかし〈ライトグリーン〉以降、ニノの周りでは誰も怖がったりしない。彼の周囲では何もかもが単純で簡単だった。サント＝マキシム旧市街の、この町で最初に行った四軒の洋品店にまた行くことがあったが、女性店員たちは皆〈ライトグリーン〉のヴォーカルを見分けて、誰一人として何ヵ月も前に偽札を持っていた男のことは思い出さなかった。現金で支払っても、お札を青い光に翳す素振りなど微塵も見せない。こんなことなら何枚か残しておいても良かったかと思った。有名になって以来、彼の差し出すお札なら本物に決まっているというわけなのだから。状況の不条理さ不誠実さが口元まで迫る水嵩に思えることもあったが、正直なところを言えば、ニノの中に生まれる義憤のようなものはすぐにこの快適さに懐柔されてしまうのだった。有名になった赤毛のチビは、家一軒買える値段の自動車に乗って、バックシートに実弾入りの拳銃を載せたまま悠々とイタリア国境を越えて行けるのだ。

夜遅く、トリノの辺りで休憩にして、ホテルで眠った。星が近く見える窓を開け放し、茶色い革鞄はベッドの脇の椅子に載せて。翌朝、町に替えの服を買いに出る。こうして旅程を進めるにつれてその場その場で着替えを買う、クレジットカード一枚だけ持って旅をするというのが、おっそろしく自由な気分で最高だった。ホテルに戻って朝食を摂り、朝陽の低く差す駐車場でクルーザーの汽缶にそっと火を入れ、唸らせる。白いシャツに青いズボン、キャンバス地の靴に航空隊モデルのレイバングラス、ニノは自由で、南に向かっていた。

路上に一日を費やしてシラクサに着いたのは昼下がり、カーブで路肩に寄せてハンドブレーキを握ったまま、独り陶然となる。ターコイズブルーの水面が陽光に煌めき、岩礁は鋭い刃のように突き出しているが印象は穏やかで、剣呑な断面を晒す岩礁の群れのなか、石ころの原に浮かび上がる蜃気楼のように詩情が打ち建てられていた。継ぎ接ぎだらけで色とりどりの、サーカスのテント。赤が主体の上に黄色い星をぶちまけられて、〈Castiglione（カスティリオーネ）〉と太字で大書されている。そしてそのテントの前を象が一頭、それに続いてキリンが三頭、歩いていた。切っていたエンジンをかけなおし、ゆっくりと徐行で、両手とも貼り付けられたようにハンドルを握りしめてデコボコ道を下る。両側には歪な形の石がいくつも転がり、路面の赤い砂埃が車体を撫でた。どうやら、この道は歩きで行くのが普通で、車はもっと上で路上駐車でもしておくものらしい。毎晩、家族連れが一歩一歩、花開くのを待つばかりの夢の欠片（かけら）が飛び交う中を下っていき、帰りは満天の星々の下を逆方向に、見て、聞いて、思い描いたものにうっとりしながら歩くのだろう。

ニノのツードア車は小石だらけの道を呑み込みガタガタ揺れながら下っていく。ニノの目に映る風景は、何もかもが非現実的で壮大だった。いまいる場所からだと、サーカスのテントは崖から突き出してギリギリのバランスで留まっているように見える。温度計によれば外気温は三二℃、しかしニノはじっと、一九℃の車内空間に包まれて、夕暮れの熱気の中で活気づくサーカスを遠く向こうに見ている。ショーの準備に忙しいのだろう、人々が活発に動き回っているのが分かるが、そろそろ自分がどんなふうに迎えられるのかについて考え始めた。公演が始まるのは一時間後、出演者たちは食事でも摂っているころか。それに、フレッドとカルルの話をしたらキャロルを動揺させてしまうのではないか。そう考えて、ニノは待つことにした。観客に紛れて、まずは舞台上の彼女を見る。ショーを、猛獣使いやピエロたちを見て、それから会いに行く。夜の闇が親密な会話と通い合う心を優しくあやすだろう。

崖のほうに寄らないよう気をつけながら石ころだらけの坂道をバックで逆戻りして、慎重に徐行していたものの途中で二、三度急ブレーキを踏み、帰り着いた舗装道を適当に走り出す。そのうち安料理屋にでも出くわすだろうし、何でもいいからそこで何か食べよう。何キロか行くと丘の中腹に藁葺きの四阿（あずまや）のようなものが見えたので停車する。外に出ると即座に熱気が纏り付いてきて、ニノは反射的にシャツを引っ張って肌との間に風を通そうとした。ドアを閉じ、窓もしっかり閉まっているのを確認して店に踏み込む。屋根の下に入ると空気は涼しくて、いくつかのテーブルに観光客や現地の老人たち、合わせて五、六人の客がいた。漠然と歩きかけているとキッチンスペースの太った男が好きなところに座れと身振りをしてよこす。そこで店の奥を正面に見る位置に陣取った。もっと気温の低い地方であれば大窓が設えられているところだろう、ここでは単に壁が存在せず、柱と柱の間がぽっかり開口部になっていて、振り返れば実に見事な眺望が広がっている。眼下で町が、日が落ちてくるにつれて明かりを灯し始めていた。席にはちょうど扇風機の風が来ていて、まだ注文を訊かれてもいないのに子供がキンキンに冷えたワインを持ってきてくれた。いい気分でグラスに注いで、満足の溜息を漏らしながら飲む。すごくいい気分だ。居心地もいい。店内の誰も彼の顔を見分けた様子はなく、その事実もこの幸福感に寄与していることにニノは気がついた。

サーカスでは席料を払い、家族連れに紛れ、最前列の子供たちに交じり、無名の人々に埋もれて、なかなかひどい座り心地の木のベンチに押し合い圧し合いしながら座る。あちらこちらで色とりどりの電球が輝き、赤、青、黄色、緑色の雑多な光が暖かい照明を構成していた。スポットライトには自動車のヘッドライトの再利用品も交じっていて、配管に沿って電線が走っているのも見える。継ぎ接ぎだらけのテントから想像できるとおりガタガタのがらくた細工のような内装ではあったが、場合によっては警戒感も混じる初見の驚きさえやり過ごしてしまえば、誰もが居心地よく思える場所だった。中央の舞台は星の模様で縁取られている。天井近くでは、支柱の一つに固定されたシャボン玉マシーンが稼動していた。小さな輪っかが液体石鹸のバケツをくぐっては送風機の前に現れて、無数の小さなシャボン玉の群れが延々と、てんでばらばらに、地味に放たれ続けている。静けさと儚さを連れ来て頭上を揺蕩い、ゆっくりと飛び交いながら降りてくるシャボン玉を眺めるうちに、みんなどこか遠い場所に運ばれているのだ。テントが満員になり、誰もが静まり返る、外はもう完全に夜、ここで、座長がペケペケと爆音を響かせながらモペッドで登場する。やあやあ、お待たせしちゃってどうも、とマントの下から鳩やらウサギやらをどんどん取り出して、大きすぎるオウムはやり場に困って最前列の震え上がったご夫人に押し付ける、次に出てきた猫のようなへんてこな動物は一目散に観客席の下に逃げ出して、座長氏が鳩を捕まえようとマントをはらり脱ぎ去ればスポットライトの下、彼は上半身裸で、ズボンを吊るし支えているサスペンダーはどう見ても長くはもたない頼りなさ、少々とっ散らかっていて、つかみとしては面白いのだがどこか古臭いこの導入に、象が踏み込んでくると場面は不意に疑いようのない詩情に塗り替えられる。男と巨獣はさながら兄妹のようで、友達のようで、続いて馬が登場、その鞍上では女性が曲芸を繰り出す、さらにはお手玉師に道化師たちの行列、ニノがサーカスを観るのは二十年ぶりだ、これがサーカスとして上出来なのか不出来なのかなど分からない、まあ平均的なのか、それとも凡庸とでも言うべきなのかなど知らないが、ともかくこれはシンプルに、直球で迫ってきた。観客たちはみんな手を叩き、心から笑って、出演者を励まそうと、あるいはまた彼に迫る危険を知らせようと声を嗄らすのだ。ニノは涙が出るほど感動していた。世界中の大きなステージでいつも何千人という観客を前に演奏してきた彼は今日この夜、ほんの小さな家族、キャラバンで移動するほんのちっぽけな一座がこうして全身全霊を捧げ、そして観客たちから同じくらい、ニノたちと同じくらいの歓声を受けているのを見た、いやそれ以上かもしれない、ここには交感があった、熱気と愛、歓声、幸福が充満していた。ニノは思う、誰しも、どんな仕事をしてどんな人生を送っているのであれ、結局は皆こういうことを求めているのだ、ただ一つの身振り、好意を感じさせるような反応、心の支えになるような何か、ただ誰かに微笑んでもらうことを。誰もそんなに長く生きるわけじゃない、気がついたら年寄りになっているのだろう、みんな頭の片隅ではそう分かっているのだが、そういう話はほとんどしないものだ。もう時間を無駄にするのはやめにしないか、互いを避け合うのはもうやめて、手を取り合って生きるべきときなんじゃないのか。この夜、ニノはそんなことを考えた。喜びと叫びに満ちてシャボン玉の飛び交うこの儚い天幕の下で。シャボン玉マシーンは絶え間なく動き続け、観客たちはみんな、ちょっと馬鹿みたいなギャグにもみんな声を合わせて笑い、そしてあの美しい栗色の髪の乙女が、何の防具も付けず、一枚の防御網も張られていない虚空で、ブランコからブランコに優雅に飛び移る様にみんな肝を冷やしながら見惚れていた。

ショーは終わり、観客はゆっくりと捌(は)けていく。何人かの子供は、出ていく前にステージに降りてそこの砂を触ってみたり、ピエロの物々しい足取りを真似してみたりしていた。ニノは目立たないようにしつつ、他の客たちが去っていくのを眺めている。しかしどこから取り付いたものだろう、誰に声をかければいいのだろうか。ご同輩たちの流れにつられ歩いて、気がつくと車道へと続く坂道のところまで来ていた。夜は明るく、観客たちは散り散りになっていく。ニノは両手をポケットに突っ込んで、シチリアの息吹を感じる、ここでなら時間は止まるかもしれない気がした。当て所ない旅人もここになら留まることができそうな、そんな静寂を覚える。まだ暖かい空気を吸い込み、体内を優しく撫でられるように感じながらニノは振り返る、そして見た、ほんの二〇メートル先、キャロルがこちらに向かって歩いてきていた。ニノは固まる、彼女の輪郭がだんだん鮮明になり、何かが変貌を遂げるかのように、ピントを合わせる彼の視界の中で彼女の顔立ちがしっかりと形を成していく奇跡をただ眺めている。ほんの三秒後、彼女は彼の目と鼻の先にいた。

「キャロル?」

彼女は驚くこともたじろぐこともなく、ニノのほうを向く。

「そうですけど。こんばんは」

ニノも「こんばんは」と応える、ついに、こんなにも近くに彼女がいるということに動揺していた。周りでは、帰りがけの観客たちがキャロルを見てはニノの腕を軽く小突いたり、耳に「お見事!(Bravo)」「やるじゃん(Bravo)」と囁きかけたりしていく。ついでにニノの顔を見る者もあったが、それでもやはり誰の視線もキャロルのほうへ戻っていった。彼女は眩い。ニノも「感動しました」とはにかみながら微笑み、キャロルはその賞賛をごく自然に受け止める。ニノは目を伏せた。有名であるという事実が、逆に彼を弱くする。この人の前では、自分がただのペテン師のような気がするのだ。キャロルには一目で見抜かれてしまうだろう、と。彼女には安ピカの宝石も大勢の歓声も必要ない、なんにも誰も必要ない。彼女はただ光が弾けるように美しく、栗色の髪をして、少し硬質な顔立ち、どこか男性的で髪は鬣のように乱れ、それでいて完璧に女性的、どこでだろうと通用する魅力だ、自然で、華麗、少し広めだがそれでも華奢な肩、きれいな輪郭を描く腕、すらりと逞しい二の腕に、白い衣装を張り詰めさせる丸い乳房。

「楽しんでいただけました？」内気な〈Bravo〉以外にもまだニノには何か言いたいことがあるらしいと察して、彼女は尋ねる。

「はい、とても。ほんとに。隣のお客さんたちを抱きしめてキスしちゃおうかと思ったりしました」

キャロルは微笑む。あとで彼女の話したことだが、ここで出演するようになってから実に色んな褒め言葉をもらったもので、例えばある少年は、お姉さんと一緒に溺れ死にたいと、それくらい彼女を綺麗だと思うと言ったし、またある男は、口からシャボン玉をぷくぷく吐き出せるように明日から石鹼水を飲みたいなどと言った。ある老婆などは近いうちにまたセックスをしたいと、自分の中でまだ燃え残り燻っていたものにまた火がついたと言った。たしかにそんな中で、今のニノの褒め言葉が彼女を特段驚かせる道理もない。彼女はただそれを受け、礼を述べる。

「あなたに会いに来たんです」とニノ。「一六〇〇キロ走ってきました」

驚いた様子で、目をしばたたきながらキャロルはニノを見つめる、そして不意にその表情が変わった、奇妙な微笑みが再浮上する。

「前に会ったことありますよね？」

数ヵ月来、ニノは彼女のいま発したような質問に何度も何度も遭遇していた。どこでもそう訊かれ、大抵そのおかげで物事は都合よく運ぶ。彼の顔はだんだん世界中のお茶の間に浸透していて、みんな眼前の青年を見たのはテレビの画面越しだったということに気づく前から自然に親しげな口の利き方をする、ごく普通に握手の手を伸べてそのまま引っ込めない、仕事仲間であるとか昔からの友達のように思ってしまうのだ、そして誤解に気づくと仲間内で大笑いする。ここでようやく会話に入る突破口が生まれた、ここまで彼女の前で萎縮し切っていたニノだが。

「いいえ」と応える、態度が高慢であったり軽蔑的であったりに見えないよう細心の注意を払いながら。「知り合うのはこれからですよ」と魅惑のスターの衣装を纏う。

「カレーに住んでたでしょう、十年くらい前に？」

ニノは身震いした、なんだ？　意味が分からない。

「私も住んでたんですよ」と彼女は笑い出す。「何ヵ月か、サーカスの学校に通っててね、カナディアン通りに、叔母さんの家に住んでたんです。あなた、たしか七階とかの狭い部屋に住んでましたよね？」

「ええ」呆気に取られたままニノは答えた。

この女の子は俺を知っている、そう、地球上の全員がテレビの画面越しに見かけたことのある彼に、へビーローテーションの電波を介してその声を耳にしたことのあるニノに、この娘は既に会ったことがある、十年か、もっと前の時点で。そしてその先のことは何も知らないらしい。不意に、ニノにはもう何の飾りも、ポケットの大金も成功者のステータスもなくなって、ただの七階の小部屋の赤毛のチビに戻っていた。ニノはそこについて何も言わない。あのときと今で自分がどう違うか、その劇的な変化を明かすことはせず、ただのニノ・ファスとして名乗り、握手の手を差し出す。キャロルはどうやら〈ライトグリーン〉をまったく知らないようで、ニノはそのことがものすごく嬉しい自分に気がついた。彼女はニノの手を握って微笑む、こうして十年の時を経て、二五〇〇キロの距離を南下して再び、シチリアの夜に互いの人生航路が交差することに驚きを隠さない。

「そうです、そのことをお話ししたくて僕は来たんです」とニノは弁解のように言う。

「十年前、カレー。僕は知りたいんです」

キャロルはニノを見つめ返し、続きを促す。優しく、話を聞く構えだ。

「フレッドとカルルの話をしに来たんです」ついに言った。

なぜだかは分からないが、ニノは彼女の返事を恐れている。じっと突っ立って、場合によっては拳を浴びる覚悟もした。正面から向き合うのだ。二人の周り、道にはもう誰も見当たらず、遠くで最後の何台かがエンジンをかけている音がする。少し下手ではサーカスの団員たちが片付ける機材を抱えて行ったり来たりしている。だれか女の人が歌っている。キャロル・ソヴァージュは驚いたような表情でニノの目を見つめる、

「えっと、誰ですって？」

25

彼女の口調はごくごく自然で、ニノは力が抜けてしまった。ここは違うサーカス、違う国の違うキャロルなのか？　一言詫びて引き返すべきなのかとも一瞬思ったが、しかし駄目元で「カルルとフレッドですよ」と繰り返す。そうするとキャロルは不意に頷いて、彼女の頭の中でパズルのピースがしかるべき場所に収まっていく、ごめんなさいね、すぐに思い出せなくて。「あんまり昔のことで」と彼女は軽い調子で言い足した。彼女の、その無邪気さを前に、ニノは言葉もない。その二人の男たちの、片方は既に死に、もう一人は残りの一生を牢屋で過ごすことに決まっている、そして彼女はといえば、崖沿いの道をちょっと行ったところで話しましょうか、と彼を誘う。その道の先、サーカスとキャラバンとは離れたその場所は海に向かって突き出した二メートル四方ほどの岬で、虚空に浮かぶ粗末なリビングのように、折りたたみ式のデッキチェアが三脚並んで

いた。キャロルは腰掛け、微笑んでニノも座るようにと促す。それに従った。足元では地中海が月影に煌めいている、カルルもフレッドももう決して見ることのない光景だ。

「じゃあ、少し語らせてください」とニノ。

キャロルは彼のほうを向く、薄闇の中でも微笑んだのが分かった。手がポケットに伸び、取り出したパッケージから煙草を、ニノにも勧めてくれる。二本の煙草に火を点けるライターの明かりで、二人の顔が順番に浮かび上がる。彼女の話を聞かせてもらうには、その内心を露にしてもらえるためには、まず自分のほうで受け入れる準備をしつつ、先に自分のほうから彼女に全てを披瀝する必要があるように感じた。それで始まりから、話す。人気のない海岸沿いの道に、びっくり箱から飛び出す悪魔のようにフレッドとカルルが現れて、暴漢たちを襤褸屑のようにやっつけて助けてくれたこと。キャロルは耳を傾け、ニノがあの二人のボディーガードとしての優秀さを描いてみせるのに微笑んだ。〈パラディーゾ〉の帰り道で四人のイカレた男に絡まれて殺されかけたときのことから話す。

ともかく事実だけを順に語る。その後の展開、二人がある晩バーに現れたこと、ニノの歌った歌、それからある朝アヴァンザートがニノの扉を叩いたこと。わけも分からないままの尾行劇、青い車が波に呑まれていくのを松の木立に隠れて見つめていたこと、何も枉げず、隠さず、自分の器の小ささも裏切りも、札束から目を離せなかったことも、そして遁走し蒸発したことも全て話した。自分を丸洗いするように。彼女は驚くこともなく、といって気が漫ろになることもなくしっかりとそこで聞いていた。そしてニノの話のどこを取っても、彼女はそれを信じられないとも下賤だとも、チンケだともみっともないとも思わない。ただ単にそれがこの世界のありのままなのだと受け止めている。あの暗黒の一日を語り進めていくにつれて、ニノは彼女の真っ直ぐな反応に心を奪われていった。この娘の頭のなか血のなかには、何か強固なもの、彼女自身の外見が印象付ける頑丈さをそのまま持った何かがあって、その前では何一つ困難なことなどなく、全てが可能に見えてくる。何もかもがきちんと意味を持ちはじめ、ニノはほんの一瞬も、彼女に裁かれ糾弾されるような感覚を抱かなかった。フレッドの死は伏せておいた、ニノはまず自分を汚すことから、つまりは言い換えれば自分の汚れを洗い落とし、振り払い、ポケットを空っぽにすることから始めようと思っている。自分の逃走を語り、その先で、サント゠マキシムで待っていたものについても話さなかった。今の自分の立場は、彼女が知らないのであれば言わないでおきたかった。もっとも、彼女にとってはそれで何かが変わるということもなかったろう。ニノはその先を語る、ライブやホテルで過ごす夜のことは伏せて、洋品店の青い光のこと、偽札のことを話す、それを聞いてキャロルは笑みを浮かべ、ほとんど笑い出したと言ってもいい、それからボートとマルセル、札束を撒き餌(え)にしたこと、ここでも彼女は笑って、とても綺麗な情景だと言った。

夜は更けて、おそらくもう一時、二時だろうか、しかし月は明るく、ニノはキャロルに自分のことを話す、彼女は質問を挟まず、ただ信頼して聞いている。そう、彼女はニノが風呂敷の中身を取り出して並べていくに任せ、聞いていればそのうちに輪が閉じて彼が身の上話を始めた理由も分かることだろうと思っているのだ。そして話を進めていくほどに、ニノは、自分とは遠くかけ離れたあの二人、フレッドとカルルのことが分かってくる。あのタフなアウトローたちが、キャロルをただ綺麗な女の子と思っていたわけではないのが理解できてくるのだった。二人は、いま十年の時を隔ててニノが眼前に見ているものを見ていたのだ。キャロル・ソヴァージュは澄み切っていて、その透明さでもって真実を開示してくれる。個人的なもの、内奥に隠していたようなものを洗浄してくれる。彼女は世界を平明に、簡単に組み立てなおしてくれる。下衆の所業もただ人間なら誰しも当然やってしまうようなことでしかなくなり、逆に栄光もその意味を失う。彼女の微笑みと静かな落ち着きの中で全ては等しく均され、彼女と相対する者は不意に、ただの己自身となった自分を発見する。彼女の眼差しに照らされ、彼女の存在に温められて。二度か三度、ニノは話を中断した。キャロルの瞳を覗き込んで、何か反応があるのを待ったのだ。非難、あるいは拒絶。それにまた二度か三度、彼女が微笑みかけてくれて自分は誇らしく胸を張れるだろうと思った場面もあった。しかしそういったことはどちらも起こらなかった。彼はただ告解のように自分の話をして、彼女は月の下でそれをただ聞いた。フィルターを咥えた口から漏れる息と、チリチリと赤く燃える熾を通奏音として。

ニノは彼自身の航跡を、どういうわけでそれがカルルとフレッドの軌道と交わることになったのかを語り終えた。キャロルは彼の顔を見つめる、なぜそこで話をやめるのか分からない、ニノがどういう意図でその話をしたのかが分からない、彼女の微笑みに混じっているのはそういう表情だ。何か違和感、疑惑のようなものを覚える。ニノが話しているあいだ、彼女はたしかに二度か三度、優しい微笑みを浮かべはした。それは彼女もあの二人の与太者と過ごした時期があるからだというように思えたのだが、しかし思い返してみれば彼女の反応には心からの彼らへの愛着は窺えなかった気もする。どうも、二人の野郎たちがキャロル・ソヴァージュに対して抱いていた気持ちと、彼女の側からの彼らに対する気持ちとのあいだには相当に深くて広い溝があるように思われた。彼女の存在は十年にわたって二人の人生の道しるべだったのだが、一方で彼女にとって、あの二人はただ北仏で何ヵ月か勉強していたころに知り合いだっただけの朧な人影なのだ。ニノはデッキチェアの上で起き直る。彼女はまだずっと彼を見つめている。

「こういうわけだったんです」とニノは無理やり話をまとめにかかった。「僕があなたに会ってみたかったのは、今お話ししたことが全部あなたから始まったこと、あるいはあなたのおかげで起こったことだからなんです」

　話の嚙み合わない空気のなか、二人はしばし見つめ合ったまま沈黙する。

「僕がボルドーでシュペール5を盗んで逃げたとき、二人とも、つまりフレッドだけじゃなく、僕にそうしろと言ったカルルも、追いかけてきました。二人とも全速力で走って、それでフレッドは車に撥ねられたんです。即死だったみたいです」ニノは囁くように付け加えた。

　悲報を告げる使者の気分だ、報せを受けた女は暗い使者の腕に泣き崩れ、生きる意味を見失ってしまうのかもしれない。キャロルはただじっとニノの目を見つめたまま、ひとつ頷いただけだった。寒気を覚えるほど、まったく動じていない。その冷たさ、あまりの距離が理解できず、ニノは目をしばたたく。

　キャロルも起き直る、ニノが途方に暮れているらしいと感じ取ったようだ。ニノが彼女から何かを期待している、あるいはただほんの少し、彼女が実際のところどんな人間なのかを知りたがっているのが伝わったらしい。

　キャロル・ソヴァージュは、パリの郊外で生まれた。父親はライン工からだんだんに社会の階梯を上って工場長にまでなった人物。母親はまったく逆の道を辿った。医学の学位を得て職に就いて、何年もしてから転針して美容師になり、子供のころの夢だった美容室を持ったのだという。彼女はこの夢見る二人の娘として、年子の兄と、これまた一年足らず年下の弟のあいだに生まれた。両親は三人の子供たちに徹頭徹尾、何もかも、どんなことでも、人生に不可能なことなどないのだと言い聞かせたもので、三人とも、家庭の経済事情の許す限り、子供のうちからこの世界に存在する素敵なことを何でも試してみることができた。ハープ演奏、アーチェリー、果物の彫刻、ゴーカート、乗馬、ボディーペインティング、ボート漕ぎ、読書、あるいは裸で野原を走り回ったり、時を気にせず放歌高吟したりして、他人への信頼と自信とに満ち満ちた子供時代。ポワシーの高層マンションでそんなふうに幸せに、兄と弟と共に彼女は育った。男兄弟たちは向こう見ずではあったが馬鹿ではなかったし、キャロルが反対を唱えて押せば素直に引き下がる。二人とも彼女に敬意を抱き、彼女の意見は聞き、ときには彼女のためにちょっとしたサプライズまで用意した。キャロル・ソヴァージュの子供時代は愉快で活気に溢れていた、キャロル・ソヴァージュには夢を見る権利、夢を追ってどこへでも出かけていく権利があった。キャロル・ソヴァージュは成長して大人の女性になり、兄弟たちも大人の男に、バイクに跨がり郊外のダンスホールを股にかける二人の美青年になる、てらりと光るレザーを羽織り、腰に絡みつく女の子たち、そしてキャロルも男の子たちと付き合ったり、他の欲求に感(かま)けたり、兄姉三人の絆(きずな)は解(ほぐ)れることなく、早駆けする人生の背に三人で跨がってしっかりと鬣を摑んでいた。そしてあるとき、キャロルはジャグラーになりたいと思い立つ、曲芸師かピエロでもいい、そのために彼女は発つことになる、地図の上のほう、カレーでサーカス学校が待っている、カナディアン通りの叔母さんの家が待っている。経済学部を一年目で中退して、極彩色のドーランとドラムロールの高鳴るほうへ。

　彼女の話を聞いていると、自由の息吹を感じた。サント＝マキシムの部屋でマイヤーリンクの口にした言葉が甦る。「幸せになることを遠慮してはいけません」。眼前のデッキチェアに座っているキャロル・ソヴァージュ、彼女にとって人生はどんなにかシンプルに進行していくものなのだろう。二十歳の彼女を想像してみる、既に頑健に完成された人物、そして二人の従騎士のような兄と弟、きっと二人とも、ある意味では彼女に惚れ込んでいたのだろう。カレーで過ごす最初の日々は心地よくも複雑で、事実上何事も何者も許容しない気難しい叔母との共同生活は大いに気遣いを要したが、サーカス学校の授業には夢中になれた。キャロル・ソヴァージュは己の情熱に触れた、この先の人生の意味を摑もうとしている実感があった。彼女はピエロか、綱渡り師か、曲芸師になるのだ。

「フレッドとカルルに出会ったのもそのころで、どっちを先に見かけたんだったか思い出せないけど……」

キャロル・ソヴァージュの目に、この二人のタフガイは陽気なのらくら者と映った。二人は見るたびにいつも違う車を乗り回し、女の子にはそれなりにイケてる態度で接することができて、いつだって何か悪いことを企んでいるのか、あるいは今にも奇跡を起こそうとしているのか、そういうふうに見えた。そしてある夕べ、彼女はカルルの熱心さに押し切られて、彼の唇を味わう。やかまし屋の叔母が姪っ子の学校が終わる時刻からずうっと時計の針の動きを窺い続けている部屋の三階下で。それから数週間、カルル・アヴァンザートは彼女の目には最高に映り、いっぽうで叔母は自分の窓の下を往来する与太者に眉を顰めていた。暫くして、カルルは彼女を時の流れの外れ、何もかもから出外れた、彼の兄弟も同然のフレッドが微睡む場所に連れていく。罪状など誰も覚えていないが、フレッドは数ヵ月の禁錮を言い渡されて収監されていた。強化ガラスの向こうのフレッドは、強く、そして脆く見えた。

キャロルは言葉を切る。

「柄の悪い女だと思われるかもしれないけど、別にヤクザな男が特に好きってわけじゃないんですよ。ちゃんと闘って、ちゃんと泣くことのできる男が好きっていうか」

その数週間後にフレッドが出獄してくるとき、カルルとキャロルは彼を迎えに行って、歩道の上で待っていた。そう、雨が降ってて、私は一輪車に乗ってて、二人ともにこにこして見てるんですけど、二人とも顔を流れる雨には涙が混じってて。

「三人で、ほんとにすごく楽しかったんですよ、好き放題やって」

気がつくと彼女はカルルからフレッドに乗り換えていたが、これはなんとなく、たまたまという感じだった。二人はどちらも負けず劣らず屈強で、同じくらい面白かったり機知に富んでいたり、フレッドがカッコよかったとすればカルルもまた魅力的だったのだ。キャロル・ソヴァージュは二人についてあまりはっきりとしたことを覚えていない。二人と出会ったのは彼女が特に何も考えず、それまでどおりただ心を開いてにこにこ笑いながら過ごした青春時代のことなのだ。そして時おり朝帰りなどするようになった彼女のそうした生き方そのものを、叔母は大いに憎んだ。玄関で地団太を踏まんばかりになって小言を並べ彼女の不真面目さを責める。キャロルがどう応じようが結局のところ何も変わらなかったろう、叔母さんは男というものに何年にもわたる恨みを抱いていた。より正確には、それは夫と離婚して以来のことで、元旦那のほうが新しい人生を謳歌する一方で彼女はただただ廃墟となり果てた過去を眺め続けてきたことによる。

「馬鹿な話ですよね」とシチリアの夜にキャロルは言葉を放つ。「叔母さんもまだせいぜい四十五歳くらいだったのに、もう人生は全部終わっちゃったみたいにしてて。カラッカラに干上がっちゃって……たぶん私に嫉妬してたんでしょうね、私が充実して生きてるのを見せ付けられるのが耐えられなかったっていうか」

姪っ子と叔母さんとの関係は徐々に変質し、二人は互いを侮蔑し合うようになった。他にどうしようもない。言葉を交わす代わりに悪意のこもった視線をぶつけ合うようになり、ついには暴言や苛立った身振りが目立ちはじめ、お互いに息が詰まり息切れがするようになっていった。叔母にとってこの姪の存在は、自分の生活空間を日々侵食していく闖入者でしかなく、はじめから耐えられるはずのないものだったのだ。

「もう叔母さんの家にはいられませんでした、ほんとうにもう息もできない感じになっちゃって」

「それでカレーを去ることになったんですか？」とニノは小声で尋ねる。

彼女は向きなおり、そのとおりだと言う。理由はそれだけ。彼女の父は当時、二段階ほど昇給を受けてはいたもののまだ工員の立場で、母親のほうも針路を変えたばかりでレ・アルの美容室で見習いをしている状態だった。

「それに兄弟もいますしね。兄貴はけっこうお金のかかる大学に行ってたし、弟もそろそろ大学入学資格（バカロレア）を取るころで、大学にも行くつもりだったし。私の一人暮らし用に部屋を借りてもらう余裕はなかったんです」

ニノの恐慌状態を見て、彼女は微笑みながら言い足す、

「別にそんな大したことじゃないんですよ。私はポワシーに戻って、残りの課程はトリール＝シュル＝セーヌのサーカス学校で消化したんです。こっちもすごくいいところだったし、おかげで叔母さんを殺さないで済んだし」

「あの、叔母さんのところにいられなくなったから、フレッドとカルル・アヴァンザートと別れたっていうことですか？」とニノは質問を繰り返す。

「そうですよ」

ニノがその質問に込めた重みを感じて、キャロルは少し考え、それに釣り合う返事をしようと試みた。

「十八、二十歳くらいのときに彼女がいたりしました？」不意に、話題を変えるかのように彼女は問う。

「はい、何人かは」とニノ。

「私にもいました。何回も彼氏ができて、それなりに真剣に付き合ったし、わりと長続きしたこともあったりして、まあ普通の二十歳の女の子ってそんなもんでしょ。要するにフレッドとカルルもそんな中の一人、二人だったってことです」

「つまりそれ以上ではなかった、と」ニノは半ば独り言のように呟く。

「そう、それ以上じゃなかったんです」とキャロルも強調する。「いっぱい付き合った

中の誰かってだけで」

　ニノがあまりじっと見つめるので、

「どうしてそんな目をするの？」

　もう午前四時、空は煌めいている。ニノの眼前のキャロルは果てしなく美しかった。彼女が煙草を吸いつけるたび赤らむ光が照り返して顔が浮かび上がる。ニノの耳には遠く、法廷の壁に木霊（こだま）するカルル・アヴァンザートの声が響いていた。バックミラーの中を追ってくる二人が見える、あの二人の叫び声と夢が去来する、そして激突の音、地に転げる巨体、上空ではラメ入りのタイツを纏った天女が右から左、左から右へと飛ぶ。天と地の隔たりは甚だしく、彼女の心もとうの昔に離れてしまっていた。

「ちょっと聴いていただきたいものがあるんです」とニノは言う。

　二人はゆっくりと立ち上がり、上の駐車場まで歩いた。車に辿り着き、ニノがドアを開け、二人とも乗り込む。携帯電話をスピーカーに接続した。カルル・アヴァンザートの言葉を聞かせたところで、何がどうなるというものでもない。キャロルの心はもうずっと、十年も前に、彼から離れていた。彼女をあの二人に繋ぐものは最早なにもない、しかしそれでも、ニノにとっては彼女に全てを伝えるのが至極当然のことに思えたのだ。全て聞かせて、彼女に知らしめること。何が起きたのかを知っておいてもらうこと。あの二人の運命を彼女は知るべきなのだ、二人にとっては全部キャロルのためにしたことなのだから。車内灯はゆっくりと消えていき、不意に音が車内を満たす。

「なんにせよ、俺は二度と娑婆には出てこない」

アヴァンザートの声が二人を包んだ。彼女は反射的にニノの腕を摑む。目は大きく見開かれている。

「あいつがカネの詰まった鞄を持ってきて、キャロルに会いに行くんだって言ったから、これまでどおりじゃいられないって分かったんだ。これまでみたいなのは終わりだって。俺には無理だった」

キャロルは止めてくれという合図をした。説明して。ニノもこれでは何がなんだか分からないということに気がついた。再生を停止して、この声がどこから来たものなのか、例の探偵と隠しマイクのこと、この言葉の来歴、心のどんな部分から湧き出してくるものなのかを説明した。十年前、カレーの雨の下、彼女と過ごした時間以外に何も持っていなかったアヴァンザートとフレッドの人生のことを。

「もちろん、あなたが悪いわけじゃありません。でも、二人にとってはあなたと出会ったのが人生で一番のことだったんです、たぶん……」

彼女は微笑み、ニノの言わんとするところを概ね呑み込んだらしい。アヴァンザートの言葉の続きが封じられた携帯電話を一瞥する。

「フレッドは私を忘れられなかったんですね？」

「ええ」

フロントグラスの向こうをぼんやり眺めながら疑るような溜息を吐いて、キャロルはニノのほうに向き直った。

「どうしてあなたがこんなところまで来るんです？」

「あなたに会って、どんな人なのか知りたかったんです。ホテルでカルル・アヴァンザートの声を聞いて、あなたの名前を聞いたとき、〈キャロル〉という名前が頭の中に入り込んできて離れなくなったんです。それで今日あなたと会ってからはアヴァンザートの言葉が頭の中でずっと繰り返し響いています。あの二人のしてきたこと、二人が夢に見ただろうことで頭がいっぱいです……」

彼女は再生を再開するよう促し、アヴァンザートはまたゆっくりと独白を始める。キャロル・ソヴァージュにとってこんなことは青天の霹靂（へきれき）だったろう、カルルの言葉と思い出に揺られながら、途方に暮れたような彼女の眼前で地中海に日が昇る。その目からは涙が、少なくとも一滴、静かに頬を流れ落ちた。

録音をもう一周聴いて、二人は曙光の中で別れた。キャロル・ソヴァージュは車を降りて、生まれ来る光の中を数歩行き、海を見ながら煙草に火を点ける。新しい一日が鼻先を突き出して、濃い青の空に岩礁の輪郭を描き出す。ニノは何も言わず、彼女の背後までやってきた。キャロルは振り向き、二人は微笑みを交わす。彼女がパッケージを差し出して勧めた煙草に、ニノは黙ったまま火を点ける。そうして二人ともじっと立っていた。

「二人のことを思い出したことなんてなかったんです」彼女は恥じるように言う。

「自分を責めるようなことじゃないですよ。あなたが悪いわけじゃない」

「そうね。それでも、なんだか申し訳ない気分にはなるかな」

そうして少し間を置いて、自分自身のためのように微笑んで、

「ちょっと嘘。一回だけ、二人のことを思い出したことがあったんだ……市立の団体で子供にサーカスの技術を教えるって言ってボルドーに行ったことがあって、そこの同僚の女の子が、弟が飲酒運転で牢屋に入れられたって、ものすごく怯えちゃってたんです。そのときにフレッドのことを話したんでした……」


ニノは暁に帰路に就いた。もう話すことは全部話して、何も残っていなかった。キャロルはカレーを去った後、首都圏に戻り、トリール＝シュル＝セーヌのサーカス学校に通って、それからサーカスをいくつも渡り歩き、軽業師としていくつもの国を旅しながら、ときどきポワシーの実家にも戻ったけれどもカレーには一度も足を向けなかったという。カレーでは叔母さんがずっと暮らしていて、今では完全に隠遁状態にあるらしい。そんなふうに彼女は自分の足取りを語り、ニノはそれを聞いたが、二人とも既に心は他所にあった。キャロルはサーカスの空中に、ニノは歌のなかに、どちらも地上で繰り広げられる諸々からはもう遠く離れている。

さよならを言うに際して、キャロルは手を差し出し、ニノはそれを心を込めて握った。

こういう流儀は好きだ。夜毎に別の女の子を抱いては名前さえ知らずに終わることに慣れきったニノに、こうして一夜を親しく語り合って過ごした女性が手を差し出してくれる。たっぷりと意味のこもった握手、おそらくはもう二度と会うこともない二人の友情を、ここにはっきりと記念する握手。

結局一睡もしないままで、ニノはそっと出発する。シチリアの大地と海とのあいだを、岸壁に沿って北へ。頭の中にあれやこれやが去来する、キャロル、〈キャロル〉の勇壮でいて無防備な俤(おもかげ)、そしてその美しさに竦んだ二人の恋する男が乗り越えがたい隔たりの向こうに。彼女の思い出を土台にして自分たちの人生を築いたフレッドとカルル・アヴァンザート。朝陽の中を走るニノは、人を包み込むそれぞれの幻想、人それぞれが思い描く道程に思いを馳せる。ほんの一つの気持ちを抱いたことで、人生は完成にも瓦解にも導かれうるのだ。人生には何度か決定的な瞬間が訪れて、その先のことはそこで決まってしまう。誰かの言葉、あるいは眼差し、ただ夢想を現実のように思い込んだだけでも十分かもしれない、人ひとりの運命を決定するには、ただの見間違い、ちょっとした幻影で事足りてしまうのかも。流れる風景は美しく、ニノは目をしばたたく。でもそれなら、誰かの人生が他人のよりも錯覚が少なくて、より真実に近かったりはするんだろうか。分からない。人はみんな道の途中で、何かを待っている。それはちょっとの愛情だったり微笑みだったり、ときにはただの幻でもいい。人はただ歩き続け、探すことをやめず、前に進んでいくしかない。心を動かして、生きていくんだ。どんなものに出会うかなんて分かりゃしないんだから。ニノはこんなことを考えながら、ほとんど無心でカーブに次ぐカーブを駆け抜けていく。崖沿いを行く彼の脳裏にはキャロル・ソヴァージュの微笑み、太陽もニノにウィンクをしてよこす。眼差し一つが人生を織り上げも綻ばせもするんだ、そう心中に繰り返したところで曲がり角の向こうにホテルが現れ、不意にあくびが出てベッドが恋しくなった。ニノは駐車場に車を入れる。

　片手に茶色の革の鞄、もう片方に車のキーをぶら下げてフワフワと車を降り、振り向きもせずキーだけを背後に向けてリモートで施錠、ホテル、ベッド、シーツのほうへ。浮世をすり抜けるようにしてシーツに滑り込むのだ。涙か疲労かで目が浮腫(むく)んでいるのかもしれない、血管がドクドク言っている。右手で、大男が一人、歩いていくニノを見ていた。駐車場の真ん中で立ち止まってニノのほうを振り返っている。ニノの顔を見分けたのだろうか、それともスーパーカーに乗ってきたからどんな奴かと思われたのか。どちらにしても、もしかしたら自分が彼の視野に現れたこの二、三秒がきっかけで、あの大男の人生に変化が生じるかもしれない、面白いことだなあと思いながらニノは駐車場を横切ってフロントへ。係の者が何を言っているのかも頭に入らないまま部屋を借りる。帳簿への記名とは別に、サインを求められた。背後で扉が開き、駐車場の大男が入ってくる。ホテルから出てきたはずだったのに戻ってきたのだ。陶然としている。ニノの真後ろに立って、にこにこして、じっと、ニノを頭から爪先まで検分する、一言も発さず、視線が茶色い革の鞄に留まるごとにその目は煌めいた。ニノは反射的に鞄の取っ手を強く握りしめる。死ぬほど疲れていて、頭は既に寝入りつつあった。後悔の予感、まずい対応、不吉な曲がり角、なけなしの安心感、そんなもので敷き詰められたホテルの廊下をニノはフワフワと歩いていく。大男に声をかけてみる気も、そんな力もない。何も起こらないでくれ、死ぬほど疲れてる。

服を着たままベッドに倒れこむ。扉に鍵をかけもしなかった。ここで鍵をかけていたとしても何も変わらなかったろう。眼差し一つで人生の行き先は変わる、目を閉じる瞬間にニノはそう繰り返していた。

それがどれほど正鵠(せいこく)を射ていたか、当のニノは知りもしない。

駐車場で行き合った眼差しが部屋の扉のすぐ向こうにまで迫っているなどとは思いもよらないまま、ニノ・ファスは眠りに落ちた。

第三章　セルジュ

1

再び目にすることがあろうとは思っていなかった。衝撃だ。おばけを見るような、肝臓にビリヤードの玉を叩き込まれたような気分だ。信じられない。頭から爪先まで鷲摑みにされて脳みそがばっつり切り替わった。思わずモヤシ小僧に飛び掛かりそうになる。オレンジのもしゃもしゃ髪を引っ摑んで地面に引き倒し、車まで引き摺っていく、そして殺してしまうところだった。しかしその衝動はどうにか抑えた、というよりも歓喜に痺れて動けなかったと言ったほうがいいか。感情に全身を内側からがっしりと摑まれて、小僧が歩いていくのを奇跡でも見るようにただじっと見つめていた。

そいつがどこに向かうのかを目で追い、踵を返して眼差しで尾け狙い、そいつが借りた部屋を確認して、駐車場に残された車もしっかり検めた。手始めに、狂喜と憤激をもってタイヤを四つともパンクさせてやる。闘牛のように頭で奴の部屋の扉をぶち破る代わりだ。その気になれば木のドアなど問題にならない、間違いなく全身で突き通して、奴の前に立ちはだかることができただろう。しかしそうはしなかった。平静を保ち、牡牛の息を吐きながらホテルを出て、奴のクルマにまっすぐ向かう。ナイフを取り出して、そうだ、こんな気分は何年ぶりだ？　分厚いタイヤを一つ、また一つ刺し貫いていく、車体の脇に屈み込んで、その一刺し一刺しが陶酔の饗宴だ。それから、数メートル離れたところに駐めてある自分の車まで歩いて、乗り込み、待った。何度も頰の内側を噛み、何度もハンドルをばんばん叩いた。着込んだスーツの中で沸き立ち、茹だっている。エアコンはつけているが何の意味もない。車は直射日光を浴びているが、もしこれが素っ裸で雪原に寝転んでいるのだとしてもきっと同じくらいに沸騰したことだろう。燃えているのは己の内側なのだから。黒のスリーピースのまま、二階のあの部屋の窓をじっと見据えている。時計を見る、あのチビはあの部屋でどうする気なんだ？　寝るのか、ただシャワーを浴びるだけなのか。朝の九時だ。今となっては、あいつを待つ時間なんぞいくらでも自由になるが。

アホタレの小僧が十二時間もぐーすか寝ていたおかげで、日中ずっと車の中で蒸し焼きにされた。その間、しかたなくピザを配達させて、手づかみで食った。助手席のシートで手を拭って、メルセデスの車体に八つ当たりしに行く。サンチャゴ靴の踵の鋲で、前から後ろまでギャリギャリと念入りに筋を引いてやる。イきそうだった、信じられんくらい良い。おまけで、もうダメになっているタイヤにもう一刺しずつくれてやる。既にくたくたの古い旅行鞄のようにペチャンコだったが、そこにじっくりと、たっぷりと新たな切れ目を入れてやることで少し気分が落ち着いた。暇つぶしにもなったし、何よりも、すぐにも奴の部屋を襲って金玉を引っ摑んで逆さ吊りにして詫びを入れさせようという衝動を抑えることができた。

クソ野郎がホテルから出てきたのは二十一時ごろだった。奴が玄関ホールを出て、駐車場に、車のほうに向かうのを眺める。小僧は立ち止まり、目を見開いて、信じられないという様子で車に向かって走り出した。立派なクルーザーはいまや引っくり返った難破船のようになっている。昼下がりにフロントグラスを叩き割ってやったのだ。素手で取り掛かったおかげで手をズタズタにしそうになったが、三発目の拳骨のあとで思い直して、自分の車のトランクを探ってみる。もう永の年月使うこともなかった金槌が、以前のままの姿で現れた。十発目でガラスは砕け散り、煌めく無数の小片は満足の笑みに光る白い歯のようだ。あのチビはズタボロになったクルマの傍まで来ると、パニックを起こしたガキのように両手で顔を覆って惨状の前にただ立ちすくんだ。

そのタイミングで車から出て、どういうふうに端緒を開くか具体的な考えもなく、手綱を放した状態で近づいて行く。小僧のほうは身じろぎもせず、あまりの驚きに鞄は地面に取り落としたまま、そうして土埃のなかに転がっている。何も考えなかった。懐柔してみようとか、本題にはゆっくり入っていこうとか、そういうことは一切考えなかった。不意を衝いて手首を摑み、腕を背中のほうに捩じ上げる。せいぜい六〇キロといったところか、ボンネットの上に押しやるときも子供を持ち上げる程度の感覚だった。顔面をエンジンフードに叩きつけ、全体重をかけて頰をしっかりと鋼板に押し付けてやる。顔後ろから脚の間に手を入れて、タマを摑む、前転気味に力をかけて、そのまま小僧を持ち上げた。片手で逆さに提げて、自分の車に向かう。モヤシは言葉にならない泣き声を発しながら犬掻きのように身をよじるばかりだ。トランクを開けて中に放り込み、即閉じる。勢いよく閉めたことであるし、相手にはこちらの顔を見る間もなかったろう。せいぜい白く光る歯だけ、良くて一仕事終えた満足の笑みを見分けられたかどうかだ。このクソ野郎に延々十二時間も待たされて悶々としたが、ものの一分できっちり型に嵌めてやった。

ガラクタになったメルセデスに歩み寄り、傑作にダメ押しの一筆を加えるように前後のナンバープレートを引っぺがす。この一手間のこだわり、ガイドブックで一つ星を二つ星にしてもらうにはこれが肝心だ。引き返し、地べたに転がっていた鞄を拾い上げる。優しく撫でて土埃を払い落とし、運転席に座った。鞄はすぐ脇に置く。トランクでは赤毛が奴なりに精一杯声を潜めて呻いている。黙ってろと叫ぶと、完全な沈黙が訪れた。エンジンをかけ、馬鹿みたいにアクセルを踏み込まないよう自制する。駐車場のど真ん中でぎゅんぎゅん大きく弧を描いて、滅茶苦茶に土埃を巻き上げたかったが。頭を冷やし、腹の底から深呼吸して、そっと、そうっとクラッチを入れる、そして二人のどこへも向かわない旅はフェルトの上を滑るように柔らかく走り出した。

2

何時間も黙りこくったまま走る。時おりぐっとアクセルを踏み込んでは急ブレーキをかけて、トランクの中の連れを揺さぶり倒してやる。奴がスペアタイヤにしこたまぶつかる音がした。そんなことをしても何の意味もないのだが、もうずっとずっとこのときを待っていたわけで、馬鹿みたいに嬉しい。あまりスピードを出しすぎることもなく、平和にイタリア半島を縦断して北上する。時間ならたっぷりあった。ふとラジオを点けてみると、ちっくしょうあの曲だ、耳に飛び込んでくる〈ミスター・ダブル〉、音量をさらに上げる。もう大好きだ。国境を越えるときも汗一つかかない。スピードを落とす、そりゃあ当たり前だ、でも停められることなどありえない。見た目あきらかに善人の側なのだから。どんな噂をされてきたにせよ、そして実際どんなことをやってきたにしろ、まあ例えばついさっきもあのクソ野郎を片手でひねってやったし、奴のメルセデスをたっぷりとカスタマイズしてやったにしても、なにそんなことは関係ない。とっくに六十後半、猪首が逞しく見えても白髪交じりだ。先の尖ったサンチャゴ靴を履いてはいるが、乗っているのはマセラティだ。飛び出しナイフを呑んでいるなんて、このスーツの上から分かるものか。血の滴る肉に噛み付きたいという欲求も、家に着くまでは我慢する。トランクを開けて、連れのモヤシが両目一杯に恐怖を溜めて蛆虫(うじむし)みたいに縮こまっているのの襟を摑み、洗濯前の汚れ物のように引っ張り出した。地面に転がしてやると痛い痛いと呻く。シャツを摑んで家屋のほうに引き摺っていく最中、小僧は必死に辺りを見回していた。庭の周りは四方全部が森で、近くに人のいる気配がまったくないことも分かっただろう。尻で敷居を越えるときにはもう視界が一気に狭まる感じがしたんじゃないか。ぼろ鞄のように引き摺って、そのまま階段を下る。一段ごとに尾骶骨をガツガツぶつけて、チビは毎回か細い悲鳴を上げた。地下室の真ん中で椅子に座らせる。最初から最後までずっと受け身だ。粘着テープを取りに行くのに背中を向けたときも、まったく動かなかった。痛みと恐怖で金縛りになっているのだろう。足首と手首を椅子に括り付ける。裸電球の下、身動きできない間抜けの出来上がりだ。

何歩か下がって、出来栄えを確認する。小僧がオドオドした目でこちらを見ているのが癇に障る。近づいていって、派手に平手打ちを食わせると椅子ごと引っくり返った。もう興奮も狂熱も過ぎ去って、大発見の喜びも跡形も無い。完全に素の状態だ。扉のほうへ向かう。出ていく前に、初めて声をかけた。言葉が自然に口から出てきた。

「もっと考えてから行動するんだったな」

小僧は意味が分からないらしい。他の誰でもなく自分がここに連れてこられたことにはどうやら理由があるらしいと、ただそれだけしか摑めていない表情だ。自分にも責任があるのだと聞かされて、それから大いに想像を巡らせたことだろう。

階上に戻り、居間を堂々巡りしながら徐々に息を整える。ゆっくり、だんだんゆっくり。それからボトルの並ぶほうへ。グラスを取って、ウィスキーを開ける。一杯注いで、早いペースで飲んだ。二口か三口。勝利に。シチリアのホテルの駐車場での運命の出会いに。この天佑、赤毛のチビが鞄をぶら下げて目の前を通ったことに。もう一杯注ぐ。鞄はいま長椅子の上に置いてある。それを遠目に見ながらウィスキーを飲んでいる。クリスタルガラスのグラス。透明度の高いウィスキーはうっすらと金色を帯びて、通人の目を細めてそれを楽しむ。奥のマントルピースの上の鏡に映った自分の姿が目に入った。城主の貫禄だ、風格が出ている。いつも暗い色のスリーピースのスーツを着るようにしてきた。いつも一点の曇りも無く完璧に磨き上げられた靴を履いてきた。紅い革のサンチャゴ靴は泥濘の中でも常に赤光を放ってきた。いつだって自分のスタイルと、それを裏打ちする財力を持っているように見せてきた。実際には一文無しだったときでもだ。より多くを得るには、何より他人に一目置かせることだ。そして、センスとカネとを持っていると見せ付けてやれば誰からも一目置かれるのだ。

数分間、居間でそのままじっと動かずにいた。あのガキは地下でミミズのようにのたくっていることだろう。さっき縛り付けるときに顔を見た。今朝以来だ。相手にとってもそうだろう、そして暗闇のなか粘着テープで椅子に括り付けられたまま、奴は瞳に焼きついた誘拐者の顔を見つめ続け、いったい誰なのかと考え続けているはずだ。ああ言っておいたからには、自分がここに閉じ込められるのには確かに理由があるのだと分かったろう。だがそれが何なのかはまだ秘密にしておいてやる。奴は必死で考えるはずだ、記憶の中を引っ掻き回して、脳みそをゴリゴリすり減らしていくつも仮説を立て、己が獄卒の素性をああでもないこうでもないと想像する。ただのイカレたサディストなのだとも考えるかもしれない、こんな人里離れた場所に一軒家を構えて、自分みたいな人間を捕まえてきては繋いでおいて、最後には食べてしまうイカレ野郎なんじゃないか。自分みたいなタイプの青二才に何か恨みを抱いているのか。権力者の裏の顔、とも考えるかもしれない。社交界で顔が利く一方で、この陸の孤島では恐怖の魔王。少なくとも、マセラティにこの地所、金持ちなのは奴の目にも明らかなはずだ。だからそういう線で想像を膨らませていることだろう。次に邸の主が降りてくるときには、全裸で、蠟燭を携え、生贄の儀式風に顔を真っ赤に塗ってくると予想しているかもしれない。

だが、事実はそういった方面とはかけ離れたところにあった。この誘拐犯は、たしかにこれから少々お楽しみを味わう予定ではある。だがそれは単に、二年と二ヵ月前にあのクソ野郎が盗んでいった二百万から少しばかりお釣りを返してもらうだけのこと、一応スジを通しておくためにそうするというだけだ。その先にある本当の理由、痛みと涙のわけ、青年を地下室で椅子に括り付けて二度と日の光を見させないつもりでいる彼なりの事情、今すぐにでもまた下りていってもう一発引っ叩いてやりたいと思っているその原因は、いま入口近くのソファーの上に載っている。茶色の革に、赤い糸の刺繡。泣き崩れてしまうのが恐ろしくて、まだ開けてみることさえできない。あの表面の肌理を撫で、二つの文字を象る赤い木綿の糸に触れる瞬間を先送りにしている。絡み合ったDとA、ダンテ・アスティガリの頭文字が再び自分の目の前に現れたのだ。信じられんことに。俺のダンテ、愛しいダンテ。お前の形見といったら、今そこの椅子の上にあるそれだけだ。亡霊のように舞い戻ってきたこの鞄。もう決して二度と手放すことはないだろう。彼は今朝、この世で一番心に懸かっていたものを取り戻したのだ。三杯目のウィスキーを注いで、ダンテのために杯を乾す。ダンテ、天国から見てるか？　彼は四十年前を思い出す、カレー、初めて出会ったときのこと、工場で隣り合って食事をしたこと、小柄なダンテ・アスティガリに瞳を覗き込まれて、本能的に運命の相手を認め合ったこと。二人でなら、石油王にだってなれる、世界の全てを手にすることができると気づいたときのこと。

四十年経った今、工場は遠い彼方、ダンテも遥か彼岸にある。残っているのはあいつの鞄だけ。長い旅の果てに彼の手元に戻ってきた。彼は今でも、毎朝鏡の前でたっぷり一時間かけて身嗜み（みだしな）を整える。彼の名は今も変わらずシマール、セルジュ・シマール。ダンテの鞄がどんな道のりを経てきたのかは彼には分からない。どんな薄汚れた手に触られたのかも。この二年ほどで幾つの国を旅してきたのかも知りようがない。だが一つ確かなのは、あのカマ野郎のフレッドとそのツレのアヴァンザートがル・トゥケの別荘からちょろまかしたのだということだ。おまけに奴らマセラティを海に放り込みやがった。ダンテが熱を上げていた青いマセラティ、二人で一緒に、新車で買った思い出だ。

奴らがやった、分かっている。札束に物を言わせて調べた。さあ、シマールは決意の深呼吸をする。落涙するとしてもそれは仕方ない、いやきっと、確実に泣いてしまうだろう、だがそれでも、歩み寄り、手を伸ばす。手を触れて、ダンテに触れていると感じる、白昼夢にあいつが戻ってくる。そっと撫で、指先がファスナーの部分を掠める、不意に目がちりちりして、そして全てがようやく終着点に辿り着いたかのように雪崩れた。手にとって、感触を確かめ、開く。手を、鼻を突っ込みたい、その中に溺れてしまいたいという欲求と共に涙が溢れ出す。彼は震えながら、飛び去ってしまったダンテに涙を注ぐ。その名を呟く、恋しい、喪って二十年を経てもなお恋しい。そして嗚咽の直中で、彼は反射的に跳び退った。鞄の中に拳銃がある。

3

彼は昔から頭が回った。いつだって、人並みよりも機転が利いて、乱暴だった。ずっとそれが自慢だった。機先を制して一発強打する、相手を驚倒させて、それに続く凪ぎを一人でたっぷりと味わう。先制した見事な一撃の後には大いなる静寂がやってきて、その空白が続くあいだにどんなことでも自由にできた。どんなことでも言ってやれたし、もう一発ぶん殴ることも、相手から何もかも巻き上げてしまうことも、そのまま立ち去ることも大笑いしてやることもできる。何だってできた。一旦その場を麻痺させてしまえば完全に自由だった。ずっと昔から、ほんの子供だったころから彼は場に自分の権力を布く術を、自分なりの技をいくつも心得ていたものだ。後に、それを一般に策略だとか手管だとか呼ぶのだと知る。そうやって正しい言葉、そのものズバリの表現を使いこなすことも、他人に一目置かせるために有効だと学んだ。正確な言い回し、少し複雑な表現を使うと、対峙した相手はこちらをナメてはいけないと理解して、黙る。こちらのほうが一枚上手で、自分には手に負えないと感じるのだ。そうして萎縮して椅子に腰を落とし、吐き出しかけていた陰険な態度を呑み込んでしまう。

最初の手管は五歳の誕生日に完成させた。その日は母親が誕生会を催してくれて、紙吹雪が舞い色とりどりの小旗が壁を飾るなか、山ほど呼ばれた子供たちがやいやい走り回っていたのだが、誕生ケーキが出てきて、ホイップクリームに突き立てられた五本の蠟燭を前に、彼の周りに集まったみんながお祝いを歌うその場で、彼はこれから打ち立てていく自分自身という建造物の一つ目の礎石を据えたのである。五つの蠟燭の炎を、彼は口を開かずに一つ一つ、二本の指で抓んで消していった。ぐるりのガキどもは彼が指をやけどすると思って恐慌の叫びを上げる、だが彼はほんの二週間前に父親が同じことをするのを見ていて、あらかじめ指先を舐めておけば何も感じないということを知っていたのだ。熱さなど全く感じない。自分が周りの連中に抜群の効果を与えているという実感だけがあった。母親も仰天していた、彼は既に手に負えない悪ガキだったが、この日から本物のワルになったのだ。

それ以来、彼は数多の手管を弄してきた。何十という技を完成させ、何より彼が他の連中と違ったのは、彼だけはいつも思い切ったことをしたということだ。完全に無意味で、実際には大して危険でもなく、しかし物凄く凶暴に見えることを、彼は幾つもやってのけた。別にやろうと思えば誰にでもできるようなことなのだが、しかし彼以外の生徒は誰も、地歴の先生に静かにするよう注意されたからといって三階の窓から教室の机を放り出したりはしなかった。そして彼だけは実際にそれをやった。十四歳、それで停学を喰らいこそしたが、カレー中の中学で彼のことを知らない者はいなくなった。それから、毎朝乗る通学バスでも同じように一発かました。ある日、彼はでっかいサイドミラーが簡単な可動式のベースに固定されているだけであることを、つまり電話帳並みに大きなミラーも、鉄管のステーも、ちょっと指で弾く程度の力でまとめて車体のほうにぐりんと回転してしまうのだということを発見する。その翌朝にはもう手順を練り上げて、彼は歩道の縁に立ち、大型のバスが近づいてくる、そして停車すべく減速を始めた、彼は身構える、そしてしかるべき距離で、彼はジャンプして巨大なサイドミラーに思い切り頭突きを食らわせてやった。サイドミラーは車体側面のガラスに激突し、周りでは皆が悲鳴を上げ、彼自身は全然なんともないまま着地する。いかにも抑圧された若者のような顔をして静かに額をさすり、歩を進めれば皆が道を開け、誰も彼と視線を合わせようとはしなかった。自分の人物像を構築するという目的がなかったなら、笑い転げてしまっただろう。要するにこれが彼の真実だ、彼はたしかに粗暴だが鋭敏で、何でもやってのける、そして何より、自分を実際よりももっと強烈なワルのように見せかけることができたのだ。彼は想像力に溢れ、頭の中のどの紐をちょっと無理に引っ張ればイカレた獣性を発揮できるかを自覚していた。自分のなかには暴虐の渦巻く領域があって、自分ではもうそこに近づくことを恐れていないが、普段そこに封じられているものを表出させれば他人はみんな目を回してしまうということを彼は知っている。彼自身はもう動じない。自分を正面から見つめ、飼い馴らし、リスクを冒すことを厭わない。普通はみんな目を背けて逃げ出すことを選ぶ。彼自身も一度は逃げ出しそうになった、もうほとんど五十年も前のことだ。

十八歳のとき、初めての禁固刑を科された。〈刑を科される〉というのも、彼がきちんと使いどころを弁え、自分を脳みそのある人間に見せるために役立てる類の表現だ。しかし十八歳の当時、彼はまだこの言い回しを知らなかった。そのときは目の前の煙草屋兼バーの店主しか目に入らず、お前さんほんとは女が好きじゃないんだろ、などとほざいたこの男を叩き壊すことしか頭になかった。視界が真っ赤になって、セルジュは店主の首に摑みかかり、長い襟足を引っ張って店の裏の在庫置き場まで引き摺っていく。石敷きの中庭にはビールのケースなどが露天に並び、その真ん中で彼は男をこのクソホモ野郎と罵りながら徹底的にどつき回した。上階からそれを目撃した女性が、やめなさいと金切り声で叫びまくった挙句にお巡りを呼ぶ。決算報告：酒屋は両目の周りに青タンを作りながらも血の気の引いた白い顔をして法廷に現れる、片腕を骨折、歯の数が四つほど減って、右足の親指にもヒビが入っていた。シマールは未だになぜそんなことができたのか不思議なのだが、ともかく別人のように見る影もない店主は松葉杖をついて証言台に立ち、被告人席の彼には、新聞記事を読んで心を痛めた知事の圧力もあって早急に判決が下される。モブージュの刑務所にがっつり三ヵ月。その期間ずっと、彼は毎日何時間も寝台の上で縮こまって、これからどうなるのだろうかと自問した。ときには、これも面白いと思った。しかし大抵は怯えていた。

彼は厖大な努力を払い、行き合う人々の大半よりもよほど莫大な克己心をもって、身を持ち直そうとした。普通の野郎になろうと、堅気の社会にきちんと組み込まれようとした。内側では信じがたいほどの破壊的な炎に燃え、血管も脳みそも赤熱し黒焦げになりながらも、その力の流れを制御しようとした。絶対にやってみせる、絶対にだ。そして実際に成功寸前まで行った。当時、自己啓発であるとか、自らの心の声を聞き己を知るであるとか、今日び持て囃されているそういった概念は六〇年代のカレーにはまだ影も形もなかった。当時の労働者階級では、不和があれば殴り合いをして、それで全てが元通りになる。明くる日には酒場で顔を合わせて、以前どおり普通に接した。そうやって日々は続いていき、もし自分が他の皆と違うと感じても、自分の頭の中で問題が巣食っていそうな辺りを力任せにぎゅっと抑えて、じきに良くなるはずだと自分に言い聞かせるのだった。だから自分が普通より十倍も乱暴な人間だと気がついたなら、自分自身でそれを引き受け背負い込んで、いずれその荒れ狂う炎が消えるときをただ待つしかなかった。だから女の子の胸よりも男たちの肩のほうが魅力的だと思う自分に気づいても、ロッカールームで目にする男友達の腰つきのほうが同級生の女子たちよりも好きな自分を知っても、自分の情炎が他のみんなと同じ向きには靡（なび）かないことを理解しても、ただ目を伏せ、固唾を呑んで黙っているほかなかった。そうして眠れない夜を暗い天井を見つめてやり過ごすことしかできなかった。おそらく現代でも、十歳のホモセクシュアルの少年にとって人生は大変にややこしいものなのだろう。〈ラ・ルドゥート（La Redoute）〉のファッションカタログを一緒に眺めていても同級生の男子たちと同じように見ることはできず、それはやはりいつかの時点で葛藤が沸点に達することだろう。しかし当時、それは葛藤どころの騒ぎではなく、泥沼の塹壕（ざんごう）戦だった。どうにか防具を見繕って、自分自身とだけでなく、世界の全てを相手に闘わなければならない。セルジュは実際にそれを体験した。それは十年間続き、毎晩シーツの端を噛みしだきながら彼は地獄を生き抜いた。普通の人として生きる地獄、ごくごく普通の人を演じ続ける生き地獄を。彼は勉強した、簿記の資格を得ることができたのが今もって不思議なくらいだ。十六から十八歳のころのあの乱暴者が、いったいどうやって商業梱包材の大手バトリエ・プラスチックの模範社員になり果（おお）せたのか。内面では延々と沸騰し続けていながら、彼は穏やかになった。教師たちを跪かせた彼が、内気になった。敵対する者すべての鼓膜を破壊してきた彼が物静かになった。熊のような腕をストライプのシャツの下に押し込み、牡牛のような首に自らネクタイを締める、まるで犬をつなぐリードのようだと思いながら。そうやって朝から晩まで口輪をはめられたまま、しかし日常のレールの上を往来し続ける、彼は少なくともこれを成し遂げた。ずっとずっと要求され続けてきた、普通の人になるということを彼はやってのけたのだ。ものすごく窮屈ではあったが、やり遂げたという満足感を覚えることもないではなかった。

月に一度の週末、一ヵ月のあいだ溜め込んだ鬱屈と小遣い銭とを消尽すべく彼は出かける。ロッテルダムやハンブルク、あるいはパリ行きの列車に乗るか、ロンドンに向かう船に乗った。旅先の彼は真っ新な人間、誰知る者のない、柵も囲いもない四十八時間の自由を得た男だ。大抵の場合、彼の自由時間はバーで喧嘩をして見知らぬ男をボコボコにしながらコート掛けに吊るすか、あるいはナイトクラブのトイレの個室に好いた相手と二人きりになるかで終わった。ちっぽけな掛け金の付いた薄っぺらい扉が、相思相愛の二人の男を剝き出しの敵愾心に満ち満ちた外界から守ってくれる。

そして月曜日にはいつもの少しきついシャツを着込み、寂寞とした職場の同僚たちに合流した。どうにかこうにか靴べらを使ってギチギチの小市民生活に足を押し込むのだ。それは間違っても彼の天性に合った生活ではなかったけれども、とにかくその列に並ぶことに彼は成功した。バトリエ・プラスチックには三百人の従業員がいて、毎朝彼らが門をくぐってくるのを三階の窓から眺めていると、いったいこのうち何人がこの工場を自分にぴったりの居場所と感じているのだろうかと訝しく思えたものだ。しかしおそらくはそういう人間も少なからず存在したのだろう。八〇年代ごろまでは、まだ労働者という生き方は成立していた。彼らは皆まだ黄ばみのない真っ白いままの集合住宅に自宅を持っていて、そこではダストシュートもきちんと機能していたし、全員が駐車場さえ確保できていた。管理職ともなれば団地から通り三つほどを隔てたところに一軒家を構え、バトリエ社長と息子の次期社長とはそれぞれル・トゥケに別荘も持っているという具合だ。三階の窓辺で、セルジュは毎日こうして彼と同じように通ってくる男たち女たちの私生活を想像してみたりした。彼らのうちの誰も、セルジュ・シマールが本当はどういう人間であるのかを知らない。彼には何人かお気に入りの職員がいて、例えば三番ラインで働いているヒゲ面の大男、名簿を見て名前はヴァンサン・デボワというのだと知ったが、こいつの雰囲気にセルジュは密かにイカレていた。それからもっと歳のいった、四十がらみのジョルジュ・フォンテーヌ、この男にも遠目から心を焦がされる。こちらは二番棟で働いていて、二〇メートル先からでも分かるほどの眼光を閃かせていた。この二人の男、できることなら、抱きしめるか、叩きのめすかしてやりたかった。二人とも結婚していて、会社のクリスマス会では彼らの妻を見かけもした、どちらも子持ちの優しそうなお母さんで、毎朝、この二人の雄々しい男らが正門をくぐるのを目にするたびに彼女らの姿も脳裏に甦る。毎朝そのときだけ、ほんの一瞬だけ、彼は自身の本性に呑まれることを自らに許した。夢想と欲望のほんの数秒間。そして一日が始まる。

セルジュは二十八か二十九で、人生は軌道に乗っていた。アムスや他の都市に二、三の行きつけの場所、束の間の、人目を忍ぶものとはいえ幸せを味わうことを期待できるポイントを確保し、定職があって、給料を稼ぎ、職員の行き来を観察するのにお誂え向きな特等席まで持っている。これがそのまま長いこと、何年も、一生続いたとしてもおかしくはなかった。バトリエ・プラスチック社は今でも健在だし、ずっと在職していればちょうど数週間前に定年退職の記念パーティーを開いていたはずだ。十年ほど前に町の中心部の３ＤＫのローンを払い終えていたりするのだろうし、毎年十二回の週末以外はずっと灰色の生活を続けていたことだろう。他の皆とほぼ同じな人並みの、居心地の悪さを抱えこんだ人たち並みの暮らしを営んでいたはずだ。自分の本性を受け止め、噛み砕き、自らの血肉とすることをせず脇に避けて生き続ける、そんな凡庸な人生を歩んできていたとしてもおかしくはない。別に偉そうに説教を垂れようというのでも、そこらにいる人間の不甲斐なさを苦々しげに弾劾しようというのでもない、誰だって自分なりに精一杯やっているのだし、人生の大きな転機というのは結局のところただの偶然、ちょっとした出会いなどから起こるもので、自分自身の意志はそれほど問題にはならないのだから。ただ確かに言えるのは、人生で行き合う人々の中には時として後を追うべき相手、せめて目だけででも追わなければならない相手がいるということだ。はっきりしているのは、その月曜の朝、スパンコール煌めくパリのディスコで過ごした週末のことを思い出しながら仕事場の窓辺に立っていなかったなら、もしそうやってジョルジュ・フォンテーヌとヴァンサン・デボワの出社を待ち受けていなかったとしたら、痩せて神経質そうなその小男を目にすることもなかっただろうということだ。他の社員たちに交じって、よくよく抑圧された雰囲気を漂わせる彼は、明らかに新顔だった。茶色い革の鞄を肩越しに引っ提げて、決然と歩いている。翌々日、その男をもっと近くで見ようと建物の入口あたりに凭れて観察していると、彼の革鞄に妙な文字が刺繡されていることが分かった。この新入りはシマールの脳内の観艦式に疾風のごとく突入してきて、怒濤の雷撃で瞬く間にフォンテーヌもデボワも撃沈してしまうことになる。そればかりか、彼はシマールにとって運命の男、愛の権化にして世界の引き金、セルジュ・シマールの心臓に捻じ込まれる炸裂寸前の手榴弾、そして閃光を放ち、シマールの全存在に充溢して小市民の軌道も大地も展望もすべてすべて爆砕してしまうことになるのだ。

彼の革の鞄にはDの文字とAの文字が刺繡されていた。こっそり名簿を確認して、セルジュはそれが名前の頭文字であることを知る。決して忘れることのない名前、彼の人生のきっかけとなる未曾有の小男の名前。セルジュ・シマールが彼を喪うその瞬間まで愛した、いや自分自身の死の瞬間まで愛し続けるだろう存在の名前。男の名はダンテ・アスティガリ。

4

三階の見張り場所を離れて初めて間近で出社してくる社員たちの顔を眺めたあの日以

来、磁石のように自分を惹きつけるダンテ・アスティガリを間近に見たあの朝以来、セルジュには彼しか見えなくなった。瘦せて生命力にはち切れそうな、一七〇センチもない、五〇キロ程度の小さな体軀、栗色の髪、そして彼の目のことしか考えられない。彼の緑の目、幾筋もの稲光のように圧倒的で、彼の鼓動がそのまま表れているかのように絶え間なく顫える双眸。身体全体で脈動するダンテは活力の塊、凝縮された生命力の特異点だった。彼の勤務場所はB棟で、スーパーに並ぶフランスパン用の包装フィルムに穴を開ける作業を担当していた。シマールは既に二度ほど、人に訊かれて説明できるようなきちんとした理由もなしに彼の背後を通過してみている。窮屈なシャツにしゃっちょこばり、何か探しものがあるようなふりをしながら、ただ彼の存在を間近に感じたくて。二度目のとき、アスティガリは不意に振り向いて、シマールの顔を見た。足元には彼の一部のようにして茶色い革の鞄があった。

もう何年も、シマールは自分の影に閉じ込められるようにして生きている。どこから湧いてくる衝動をどうにか飼い馴らし、いつか何かの拍子で本性を見破られたり、あるいは不意に爆発してしまったりする可能性に怯えながら、もう何年も、身を小さくして、このバトリエ・プラスチックで壁際スレスレを恐る恐る歩いてきた。それが、ほんの九日ほどで、ダンテ・アスティガリはシマールのそんな在り様を根本から揺るがしてしまう。ダンテ・アスティガリのために彼は毎朝オフィスを離れ、作業場を横切った。ある日など彼は食堂でダンテ・アスティガリに欲情しさえした。ただ席に着いたまま、彼がトレイを持って遠くを歩いているのを見ただけなのだが、シマールは独りで、独りでに興奮し、机の下で勃起してしまう。決して、しっかり鍵をかけた部屋の中か、誰も自分を知らない遠い土地でしか勃起しない彼が、こんな人中で硬くなってしまっている。今のところは彼のことを気にもせず、彼の状態になどなおのこと気づかずに行き交う同僚たちの直中で。空っぽの皿を前に何分も、それが収まるのを待った。身じろぎしただけでも太腿のあいだでまた硬くなる。このまま席を立ってオフィスに戻らなければならなくなるかと思うと、恐怖で震えが来た。そして同時に、欲望に震えてもいる。この昼休み以来、シマールは警戒態勢を取った。このままでは、あのアスティガリのおかげでいつかきっとバレてしまう。遅かれ早かれ、あいつが通るときに思わず何か、見惚れて仕事の手が止まったり、ついうっかり仮面を取り落としてしまうときがくるだろう。その瞬間からは地獄だ。十年前に逆戻りだ。あのダンテ・アスティガリとは可能な限り距離を取らなくてはならない。

しかしもちろん、そうはいかなかった。ダンテ・アスティガリはシマールの秘密の庭園にテントを張って住み着いて、シマールが少しずつ築き上げてきた囲いを一気に吹き飛ばしてしまうことになる。距離を取ろうとすればするほど、セルジュ・シマールは彼のことしか考えられなくなった。ダンテの雇用以来一度として言葉を交わしたことはないが、セルジュは彼を知っているような、彼と共に暮らしているような気がする。朝はダンテの好みを想像しながらシャツを選び、ある週末などはハンブルクまで出かけておきながら結局ひとりの野郎にも手を触れなかった。トイレで抱き合うのも通りで殴り合うのも、心底そんな気分になれなかったのだ。ずっと、ただその二つだけが大好きで、その欲望が鈍ることなどこれまで一度としてなかったのに。どちらを向いてもあの小柄な野郎の姿がチラつく、茶色い革の鞄を肩越しに提げて。あれを開けてみたい。催眠的な吸引力に加えて、ダンテ・アスティガリは神秘を携えていた。彼が通るのを見ると、その謎を解きたいという欲求が燃え上がる。いったいこんなことがどれだけ続くのだろうか、このままでは頭がおかしくなってしまう、もういいかげん爆発しそうだった。

それからまだ数週間のあいだ、圧力は高まり続けた。シマールがB棟に通う頻度はどんどん上がり、そうやって原子炉の中心部にでも近づくようにダンテ・アスティガリに引き寄せられていく。ただ、決壊を恐れて一度も言葉は交わさなかった。しかしある夜、ついに動かねばならないような、自らに課した沈黙の頸木(くびき)を破らねばならないような事態が出来(しゅったい)する。会社からの帰路、ゆっくりと車を走らせていると、遠く、向こうの歩道に彼の姿が見えた。ハンドルを握りしめ、スピードを落とす。追い越す瞬間をできるだけ遅らせるために。同じく帰り道にあるイタ公の小さな背中を、あいつの歩きぶりを、その肩越しに引っ提げた茶色の鞄を堪能するために。そうして見ていると、ダンテの向かいから来た二人の男があからさまに道を塞ぐのが分かった。セルジュが出張っていけば一呑みにしてしまえるようなくだらないクズどもだ。両方の首を引っ摑んで、そいつら同士頭をカチ合わせてやって、側溝にでも放り込んでしまえば歩道の上のゴミは掃除完了。さらに速度を落とし、そろそろサイドブレーキに手を伸ばす。出ていって助けてやろうという構えだったが、見ればダンテの奴は自分より大柄なチンピラ二人を相手にまったく気圧された様子もない。むしろクズどもよりももっと熱り立って武者震いしながら、真っ直ぐにガンを飛ばし返している。セルジュ・シマールはそのまま少し様子を見ることにした。アホの片割れがダンテの肩を小突き、もう一人がビンタを張る。セルジュはシートベルトをはずして、飛び出そうとドアを開ける刹那、ダンテ・アスティガリは一人目の顔めがけて革鞄を一閃、男は死に体でアスファルトに沈み、唖然としたままのもう一人も鞄の洗礼を受けて歯が何本も弾け飛ぶ、そして落雷に打たれたように昏倒。シマールは走って車道を渡る。地べたにノびたチンピラどものでかい図体の上を、揃えた両足に全体重をかけて悪魔のように跳ね回りながら、あらん限りの罵詈雑言を吐き散らしているダンテ・アスティガリ。シマールは癇癪持ちのチビのほうではなく二人のクズどものほうを助けてやる形になってしまった。信じられない。ぎゅんぎゅんに振り抜いた鞄の一撃ずつ、ものの数秒で二人ともノしちまいやがった。シマールは落ち着くように言いながらどうにかダンテを引き離し、半殺し状態の二人を壁にもたせて物乞いのように座らせる。背後から近づいてきたアスティガリは社会の窓を開けて、釣りはいらねえよとばかりにクズどもに恵みの雨を降らせた。それを見ていてシマールは思わず笑みがこぼれる。彼が割って入らなければ、ダンテはきっと二人に住所を吐かせ、家ごと全部燃やしてしまっただろう。住所といえばシマールはダンテの住所を知っていて、それがもう少し行ったところだということは把握していたが、彼についてこっそり調べていたことは話さなかった。ダンテ・アスティガリはナポリ生まれで、独身、子なし、二十八歳。そんなことはおくびにも出さず、送っていこうか、とだけ言った。自分が一線を越えようとしていること、これでもう後戻りはできなくなる、地獄の歯車に指を突っ込もうとしていることは重々承知していたが、だから何だ？　欲しいのはただそれだけ、ダンテに触れて、自分の生命を謳歌したいのだ。彼の息吹を、存在を感じていたくて仕方がないのだ。ダンテは、じゃあ乗せてくれと応じて助手席に乗り込む。鞄は足の間に置いた。

「それ、いったい何が入ってんだ？」エンジンをかける前に、共犯者めいた微笑みを浮かべてシマールは尋ねる。

ダンテは鞄を膝のあいだから取り上げると、開けてみせた。この中身を見たときの感じ、セルジュはそれを一生忘れない。その瞬間に雲の上に放り上げられて、翌日からは足下の雲がぐんぐん走り出す。翌日の昼、ダンテ・アスティガリは食堂でシマールの向かいに座った。一言も発さず、欲望に燃える目を光らせて、不意に周囲に蠢(うごめ)くバトリエ・プラスチックの同僚たちのことなど心の底からどうでもよくなる。ふたり見つめ合って、当然の事実のようにして気づいた。自分たちが互いに、狂おしいほど恋していることに。茶色い革の鞄、ダンテが十五年前イタリアの更生キャンプに放り込まれたとき、手仕事の喜びを知って心の落ち着きを身に付けるべしというプログラムで作らされたものだが、その中にはセルジュ・シマールが自分のものとして正視しかねていた陰険さが押し込んであった。シマールが必死に押し隠そうとしてできていない暴力性、陰に抱いた悪意、認められずにいる二重底の本性が入っていた。それは同時に、チビで貧相な男でも優位に立てるという証拠、この世では本当はどんなことでも可能なのだという証拠でもあった。そうしたいと欲し、きちんと準備を整えてさえいれば。実際、ダンテはこの鞄を肌身離さず持っていて、常に準備万端でいた。鞄の中には、警察を恐れることもなくどんな奴でも黙らせる方法が、シマールが一月のうちたったの一度の週末以外ずっと遠ざけ逃げ続けている自由が詰まっていた。だがもう、明日からでも、シマールはその自由を正面から受け入れようと思っている。ダンテ・アスティガリが常に携えている小さな鞄には、それぞれ一キロほどの御影石の舗石が二つ、そしてそれに加えて何よりも、決して、絶対、何がどうあっても絶対、誰だろうと何だろうと絶対に自分に対してナメた真似はさせないという堅固な意志が封じられていた。

5

ダンテは彼の人生の起爆剤だった。ダンテのおかげでシマールは自分を見つめ直し、愛するということを知ったのだし、彼のおかげで、情欲を手始めに自らの欲望を炸裂させ、彼のおかげで胸いっぱいに空気を吸い込んで、今度こそ翼を広げることができたのだ。あの昼休み、食堂で彼の眼差しに呑み込まれて以来、十六年間シマールはその光の中にいた。サン＝ポール＝ド＝ヴァンスの脇道で、あの大型トラックがブレーキを踏もうとせず、ダンテのモト・グッツィがその下に嵌まり込むそのときまで。シマールのほうのバイクは二〇〇メートルほど向こうで木にぶつかって停まり、怪我一つなく起き上がったとき彼はやもめで、孤児で、真っ二つに断ち切られていた。

その昼休み、食堂で、ダンテ・アスティガリはシマールを断崖から押し出し、自分も一緒になって跳んだ。そうして二人はゆっくりと、浮揚するように高度を上げていく。その晩は退社時間になるやすぐに連れ立ってダンテの家に行き、二杯のウィスキーを注いで、小悪魔は巨漢の首を恐るべき力で摑む。セルジュが何の抵抗も示さないままにダンテは彼を飼い馴らし、二人は酒盃に触れもせず寝室へ。そして翌朝、出社する時間になるまで出てこなかった。始まりだ。

ダンテはセルジュと同年輩で、鉄砲玉のような人生を送っていた。彼の父は競馬騎手で、ミラジ厩舎をクビになったときの話は三十年が経ってもなお有名な語り草だ。小柄な男で、負けっぷりも潔い好漢の彼は、ナポリの自宅の庭にチーム全員を招いて退職記念パーティーを開いた。乾杯して、飲み始め、勝ったレース負けたレース、汚い手を使った話やトロフィー、メダルの記憶、そんな諸々を白ワインと赤身の肉と緑の豆で彩り飾る。宴の終わりにダンテの父は静粛を求め、椅子の上に立ち上がり、皆の陽気で偽善的な雰囲気のなか演説をぶった。会衆のそれぞれを値打ちのとおりに然るべく褒めては感謝の言葉を並べ、最後に栗毛のホークス・ポークスがパーティーに参加していないことを残念に思うと述べる。彼自身何度も騎乗して、何度も何度も賞を得たミラジ厩舎の花形、でも残念ながらもう二度と目にすることはない。いまみんなで食っちまったんだもんな。招待客たちは驚愕し、椅子を蹴ってみんなウサギのように逃げ出した。そんな連中の頭上に小柄な騎手は悪態をぶちまけ、階上に走って鉄砲を取ってくると、宙に向かって乱射する。その銃声は沈む船を離れていくネズミどものタイヤが軋る音よりも高く響いた。見れば、食卓の端に客が一人だけ残っている。栗色の髪をした小柄な女性で、イカレ騎手をじっと見つめてグラスのワインを飲み干そうとしていた。お肉、いい焼き加減だったわ。そう言って彼女は立ち上がる。十一ヵ月後にダンテ・アスティガリが生まれた。

そして二十八年、ダンテ・アスティガリはインド、オーストラリア、ペルーを旅して、そこここで色々やってはつまらない罪状で合計一年ほどの刑務所暮らしも経験した。誰も覚えていないようなテレビドラマに出て、そのときの共演者だった金髪男はその後〈刑事スタスキー&ハッチ〉に出ている。それからフランスの大臣の別荘に空き巣に入って、幸い捕まらなかった。風呂場に置いてある鏡はそのときの戦利品だ。以来、鏡に映る自分を見るたび、いま自分のナニがあるあたりにはかつて一国の行く末を決める男のソレがあったのだと考える。そうしてダンテは二ヵ月前、特に理由もなくカレーにやってきた。やることもなければ、誰に会いたいというのでもない。しかし海岸の様子は気に入ったし、向かいにイギリスがあるというのもいい。それでしばらく逗留することにして、街を徘徊し始めた。手には自由の証明、革の鞄を携えて。

ベッドに身を横たえて、シーツの中で二人は自分たちが名コンビ、最高の二人組だと感じた。二人でならどんなことでもできると、すぐに分かった。理由は分からないが、根拠がなくとも明らかな事実というのは存在する。滅多に出会えないものだが確かにそういうことはあって、行き合ったなら、きっとその眼差しを受け止めて、正面から見据えて捕まえて、その唇を奪って一緒に踊らなければならない。ダンテとシマール、二人は明らかにコンビだった。二人は常にどちらかが炎でもう一人が氷、片方が智ならば相棒は力、かたや露出狂かたや羞恥、蛮勇と警戒心。二人でどこかに出かければ、必ずどちらかが行く値打ちのある場所を嗅ぎ分ける、たとえばバイク野郎向けのバーに乗り込んで、まずはカウンター席に。そしてグラス三杯ほど空けたなら、黒い革ジャンたちの直中で、堂々と口付けをする。と、周囲の反応があるかないかの刹那にもうスツールから飛び降りて、客たちに突っ込んでいって必ず大虐殺を繰り広げた。セルジュはバイク野郎どもをカウンター越しに放り投げてはグラスやボトルを盛大に弾け飛ばし、ダンテは革鞄を振るって男たちをどんどん叩き潰す。最後にはいつも累々たる半死体の山を踏み越え、二人は廃墟になったバーを後にした。その前にダンテがカウンターによじ登ってレジの中身を掻っ攫い、そうしてお巡りの出てくる前に車に走るのだ。地獄の二人組だった。じきに二人とも無敵な気分になったし、事実無敵だった。しくじることなどない。ただの一度の失敗もなかった。その後二人でやってみたことは悉く成功した。宝石、絵画、ル・トゥケの別荘の一軒に侵入し、取れるものを根こそぎにしたこともある。宝石、絵画、そしてガソリンを満タンにして、翌日にはパリのクリニャンクールの蚤の市で全部売り払った。最高に興奮した。二人の水先を定めたのは常にそれ、喜びだった。現代はどこもかしこも大体この話で持ちきりで、本屋に行けば一コーナーがまるごと気持ちの良い生き方に関する本で埋まっていたりもするが、当時は歴史の中だるみの時期で、五月革命は既に遠い過去、未来に待ち受けている危機的状況なるものの萌芽が表れ、実際に失業率は既に上がり始めていた。そしてそんな中で、ダンテ・アスティガリとセルジュ・シマールは笑うことしか頭になかったのだ。というのも、考えてみれば二人は必ずしも他の連中と同じことでは笑わない人間だったのである。ダンテはすれ違う人間の言葉の尻尾を引っ摑むことがあって、例えば若い女が、あ〜疲れた、などとあくびをしていれば、ダンテはそいつのほうを振り返り、毎晩毎晩名前も知らねえような野郎どもと何人もヤりまくってるからだろうが！　とカマす。そして呆然と両手ぶらりで息もできずに目を白黒させている女の子を正面からぐっと見据えるダンテの陽気なこと。常に剝き出しの神経を昂らせて、底意地が悪い、セルジュ・シマールはそんなダンテに夢中だった。

二人ともバトリエ・プラスチックには勤め続けていて、彼らの交際は周囲に静かな細波を立てる。彼らが通ると噂話が持ち上がることもあり、二人もそれには気づいていたが、一度、昼時の食堂でシマールが男を一人壁に押し付けて、男が地面から二〇センチも浮いた足をバタバタさせてもがく様子を見てからは周りの連中もいよいよ声を潜めた。それからある晩、ダンテの鞄の一振りでもってそのヒソヒソ声さえ完全に沈黙する。工場の中庭を二人が通る横で大柄な男が不快げな身振りをしたもので、素早く振り返ったダンテの振り抜いた革鞄がそいつの顔面を強打、鼻を叩き潰された木偶の坊はくずおれ、震え上がって、四つん這いで後じさっていった。それ以来、社内で二人の周辺は静かになり、本人たちも平穏な気持ちで過ごせるようになる。不品行などなかったと言ってもいいだろう、二人には一種の職業倫理のようなものがあった。仕事が引けるのを待って、二人は互いの胸に飛び込むように駆け寄り、そして世界を滅多打ちにしに、あるいはただ海岸を散歩しに、出かけていく。そういう静かな夜もあった。

そしてある日、二人のその後を決定付ける出会いが生じる。一つの偶然、ただ刹那的にアドレナリンを放出することとしか考えていなかった二人に、ただ過激なスポーツとして盗みを楽しんでいただけの二人の眼前に、剝き出しの金鉱が突如出現したのだ。その夜、二人は当てずっぽうに、真っ直ぐ南に向けて車を飛ばし、パリまで停車もせず、そして適当に角を曲がる、ホテルかバーか、何を探しているのかも定かでなかった。そしてベルヴィル地区を見下ろす小さな公園に行き当たり、そこのベンチに腰掛けて、漠然と何を待つでもなく何かを待って時間を過ごす。手を繋いで、いい気分だ。そうしていていると、公園に老人がやってきた。中身の重みに張り詰めた、不透明なビニール袋を提げている。二人のいるほうに近づいてきて、備え付けのゴミ箱にビニール袋をそのまままるごと放り込むと、相変わらずノロクサした足取りで立ち去った。老人はそのまま消える。そして二人は、男がただゴミを捨てるためだけにそこまで来るのは妙だと考えた。ダンテが立ち上がり、シマールも、そして周囲を見回しながらゴミ箱に向かって歩く。人通りがないというのではないが、誰も特に二人のことを気にしてはいなかった。ゴミの中からビニール袋を取り上げ、誰にも何も言われない間に二人はその場を後にする。

そして夜、ホテルに部屋を取って、公園の隣の通りで覗いてみてすぐに閉じた袋の中身を正確に数え上げた。ビニール袋には紙幣が詰まっていたのだ。札束を十個ずつの山にしてベッドの上に並べていく、百フラン札と二百フラン札があって、合計金額は三十万に上った。なんだかわけが分からないままレストランに出向く。なんだってこんな大金が降ってきたのか、あのルンペン同然の老人はいったいどこから湧いて出たのか、本来何者があのゴミ箱の金庫を開けに来るはずだったのか。二人はきっと、ほんの少しの時間差を衝いたのだろう。老人がちびっとばかり早く来すぎたのか、受取人のほうがバイクの故障か道を塞ぐ配達のトラックかのせいで遅れたのか。何にせよ、二人はとても良いタイミングで、良い場所にいたのだ。ちょうど良い具合に目を開けていて、非常に良い判断を下した。間違いない。ツキが回ってきている。

食事を終えるころ、銀のトレイに載せてやった数枚の二百フラン札は、白黒で固めたウェイターと給仕長、それに店のオーナーに伴われて戻ってきた。三人とも杓子定規な鹿爪らしい表情を浮かべている。

「なんだか鹿爪らしいご様子ですね」

シマールはこの当時すでに、あまり使われないような正確な言葉遣いを好むようになっていた。

「何か問題でも？」

「ええ、そうなのです」とオーナーは実に恭しい態度で切り出す。「お支払いにといただいたお札なのですが、こちらはお受けいたしかねるものでして……その、真正なものではございませんものですから」

ちくしょうが、偽札だと。

6

つまりこれが人生というやつで、こういうことが起こるのだ。あの爺さんを捕まえようとベルヴィルの公園を隅から隅まで歩き回ったが結局無駄足で、その後パリの二十区でも他の場所でも二度と老人の姿を見ることはなかった。したがって、いったいどういう手口で回っている商売だったのかも分からずじまいで、その先は自分たちで想像するしかなかった。彼らにはただ最初の石ひとつ、鐙に乗せかけた足、眼前で閃いたほんの小さな火花だけがある。あとは自分でどうにかしろ。ただ座して待っていても大したことは起こらないだろう、だから二人は考えた。

そして実に多くのやり口を試みたので、きっとその中にはあの老人の使っていた手段も含まれていたのだろうが、どれがそうなのかはついに分からなかった。ともかく分かっているのは、手元の三十万偽フランにはいくらかの値打ち、額面には遠くとも打てば響き秤に載せれば傾く本物のカネに変わる可能性が秘められているだろうということだ。

二人は長いこと考えた。あの老人に悪態をつくことも一再ならずあったし、あの人物から全部、正確に、どんなふうにやっていたのか、どこから手をつけてどこへ向かうのか、そしてどんなリスクに対してどれだけのリターンがあったのか、二人には見当もつかないこんな全てを聞き出すためなら、相当な代償を払っただろう。

そこここでちびちびと何枚かの紙幣を使ってみて、小さい店ほどレジに差し出されたお札を警戒しないものだと気がついた。買い物をして、お釣りを貰う。なるほどこれだ。適当につまらないものを買うことで、百フランの偽札を七十、八十フランに替える。

オーケー。

しかしそうは言っても、こんなペースでは三十万フランを使い切るのに二十年はかかるし、使う場所を分散させようとしたら店の数のほうが足りなくなってしまう。キリがない。もっと高望みして、一気に消化する方法が必要だ。となれば、マージンをいただく形が良い。つまり、この偽札の山を偽札と分かった上で、本物のカネで買い取ってくれる奴を見つけるのだ。そしてそいつは、買った偽札をもう少し小分けにして、また売る。それを何段階も続けていって、末端の奴らはこの不埒な印刷物をポケットに三、四枚持って、普通に買い物をすれば良い。そうやって少しばかり日常の経費を節約するわけだ。二人はそのヒエラルキーのてっぺんにこの財源を抱えてどっしり腰を落ち着け、まあたまには二、三枚摘んで使ってみてもいいが、そんなのはあくまでついでてでしかない。ともかく故買屋を、卸問屋になってくれる奴を見つけることだ。

二人が横取りを働いたベルヴィルのシンジケートとぶつかるのはマズい。だからパリは避ける、そこまで馬鹿じゃない。クリニャンクールの蚤の市をうろついて、いかにもな目つき、見る奴が見れば分かるような仕草をする奴を探し当て、どこかの建物の暗い中庭に入り込んでさあ取引、と思ったら相手のグループからあの爺さんが飛び出してきてこいつらだ！　と叫ぶ、そして散弾の雨のなか舞い散る偽札の紙吹雪……冗談じゃない。論外だ。二人はナントに向かう。四方八方、行かないほうがいいよと親切に忠告された界隈ばかりを選んでうろつき回り、身分証まで出して、結局女の子のいるようなバーの地下室に行き着いた。二人の向かいには男が三人。彼らは差し出された札の臭いを嗅ぐ。二人の手元にはまだほとんど全部が残っていて、その時点で使ったのはせいぜい五十枚ほど、男たちは何度も角度を変えて点検し、それから談合して、三十万を五万フランで引き取るということに決まった。一番おしゃべりな奴がオマケとして女の子を一人ずつ一晩貸そうと言ったが、二人は断る。ナント側の三人は随分驚いた様子だった。

その次の月曜日、バトリエ・プラスチックの正門をくぐる二人は、この状況を続ける意味はもうないと考えていた。二人は愛し合っていて、ベルヴィルであの爺さんと行き合って以来、世界は彼らの足下にある。あの爺さんが落としていったのは魔法の鍵だ。いつでも手の届くアドレナリン、それに優雅な暮らし、いつでも笑って暮らせる保証、ずっと続く二重底の隠し扉、その奥でなら二人は居心地良く過ごすことができる。ビニール袋に詰まっていたのは蜃気楼の源、奇術のタネ、途端に他人に威厳を感じさせることのできる紙束。額面上、北仏の労働者の暮らしとパリの高級住宅地での快適な暮らしの差を埋めるもの。そう、然るべき印刷設備さえ整えれば、それだけで全部手に入れることができるのだ。そしてそう、小金さえ持っていれば胡乱(うろん)な二人組と思われることもなくなる。お札が偽物だと言われた例のレストランに、今度はたしかに本物の紙幣を持って乗り込んだ。着くなり、案内を乞う前にまずそれを差し出す。ウェイターは少し後じさり、手前どもはお客様に対してそんな、と憤慨してみせたがちゃっかり紙幣は検(あらた)めた。そして二人は席に通され、王侯のようにサービスを受ける。本物のカネさえあれば、一流だの品位だのを跪かせ、どこに行っても常連客のように扱われる、そして暗黙の了解に基づいた仲間内の微笑みを向けられるのだ。まったく愉快でしょうがない。いま温めている事業を形にすることができれば、二人の前に全ての扉は開かれるのだ。あとは具体的な方法を知れば良い。どうやって偽札を印刷するか、どうやって輸送するか、そしてどうやって売るか。偽物を作って、本物に換えてやりさえすれば良い。馬鹿みたいに簡単だ。

　そして二人はそれを実行した。まずは印刷機探し。何ヵ月もかかった。機材を入れ替えようとしている印刷所を何軒も訪ね、何台もの印刷機を試す。場所はフランスの南部、自分たちの根城からできるだけ遠いところ、あるいはベルギー、ドイツ。多方面の資料を集め、お誂え向きの印刷機と紙とを求めてヨーロッパ中を行脚した。そしてついにある日、行き当たる。そして町の外れの倉庫を借りた。廃墟同然だったが、むしろ好都合。それに二人には失うものなどなかった。どうせ失敗するときは失敗する、そういうものだ。ある朝イタリアから印刷機がやってきて、その数週間後にオーストリアから紙が届く。二人は二週間の休暇を取り、身を寄せ合って巨大な玩具を操った。マシンは複数のルートを賄うに十分なだけのものを吐き出す。ときは一九七三年、一月あたりの最低賃金は八百六十一フラン。二週間で二人が印刷したのは三百万。

　金持ちになりたいなどとは一度も思わなかった。ただ思うまま、好きなように暮らしたかっただけだ。愉快に暮らし、世間に舌を出して嗤ってやる。彼がそう言っても、他人は信じないだろうとセルジュには分かっていた。もしいつか捕まったなら、人は彼のことをただのつまらないヤクザ者、奢侈（しゃし）だけを愛し私腹を肥やすことにしか興味のない男だと弾劾しただろう。だがそれは事実ではない。セルジュとダンテの欲したことはただ一つ、世界が自分たちを馬鹿にするのと同じように、世界を馬鹿にしてやりたかっただけなのだ。世界は今も人を馬鹿にし続けている。一九七三年にはもう、あれをしろ、これを買え、そういう趣旨の言説が延々と垂れ流されていた。誰の生活も広告の洪水に呑まれ、それがどういう目的を持って行われているのかみんなよく分かっていた。二〇一四年の今になって改めてこんなこと言うのも馬鹿馬鹿しい話で、今ではもう誰もが身構える気持ちさえ失くし、目の前に差し出されるスープをそのまま呑み込むことに慣れきっているが、ともかくそんなこんなは全て、なりふり構わずどんなことでもやってやろうという一握りの連中が肥え太っていくために行われているのだ。もっともっと金持ちになるために、奴らはどんなことでもやるし、どんな嘘でも平気で吐く。一九七三年の当時、煙草を吸うのは健康に良いと、飲酒はハンドル捌きの反射神経を研ぎ澄ますのだと、恥ずかしげもなく吹聴されていた。そして四十年後の今、硝酸塩が筋肉の増強に良いと、アスリートたちは皆こいつでドーピングしているのだと言われ、スキャンダルの槍玉に上がっている男が世界長者番付で六位にいるのに、冶金業界はもう立ち行かないなどと報じられている。セルジュも欺瞞に抗して身構えるのはやめた。彼も自分とダンテのことだけを考えることにして、人の列を離れていった。贋金を作り、売って、そうやって稼いだ空疎な大金の風に乗って暮らした。弁明も、自己正当化もする気はない。敢えて違法を冒したのだ、どこかで躓いて倒れたとしても、いまさら逃げようとは思わない。既に目一杯笑った。世界が日々投げ付けてくる侮辱を、しっかりと侮辱で返してやったのだ。

7

偽札の納入先として、まずはパリに卸業者を見つけた。ダンテが昔知り合った男で、自動車登録証の裏取引を生業（なりわい）としていたのだが、ちょうど経営多角化を考えているところだった。そうなると、次の問題は稼いだ本物のカネの扱いだ。何の疑いも惹起せず、一切耳目を集めないようにしなくてはならない。

裏で稼いだ汚い金を真っ白に洗濯する方法。

基本的なマネーロンダリングのやり方は一応知っていた。バーを買い取って、夜中に酒樽の中身を下水に流し、税務署には絶好調な利益を申告して、その数字に基づいて所得税や事業税を払ってやる。そう、だがそれにはバーを経営しないといけない。そんなことは絶対にしたくなかった。じゃあ誰かを代わりに働かせるか？　まあそれも一つのテではある。ただ、ダンテもセルジュも普通の連中より頭のデキが良かった。つまらないミスをするのは御免だ。ただ賭けるためじゃなく、賭けて勝つためにこの鉄火場に出てきたのだから。バーを買い取って、すぐに他人に丸投げしてしまうというのは、いかにも胡散（うさん）臭い。だからそうではなく、普通の人間が事業を始めるのとまったく同じようにやらなくてはならない。誰もがそうするように、まずは小規模に始めて、しばらくして軌道に乗ってきたなら手を広げて二軒目を出店する。もちろん、町外れの倉庫に延々と金を汲み出すポンプを隠し持っている以上、彼らの事業は最初から軌道に乗ると決まっているわけだが。

ダンテはバトリエ・プラスチックを退職し、セルジュは念のため残った。二人はどこまでも慎重を期する。そして町外れに一軒の花屋を買った。ダンテがお花屋さんだ。夜ごと、二人は花束を投げつけ合っては、碧い芳香のなかで笑い興じた。本当に魔法みたいだ。二人はいまや商人、パリまでカートン単位で配達した偽札と交換に、ピンピンの本物が詰まった封筒をいくつも持って帰ってくる。毎朝業者が納入する山ほどのバラやサンザシを、ダンテは一日かけてゴミ袋に詰めていき、帰りにゴミに出す。そして金曜ごとに銀行に売り上げを持って行き、週を追うにつれ増えていく数字を見た顧問は二人のこぢんまりした商売がよく儲かっていることを祝福する。それに加えて、当然のことながらダンテは実際にお客の相手もした。それは楽しいことであったし、彼が作る花束はいくぶん珍妙なところがあったにしても、それで誰が困るというほどではない。ダンテのイタリア訛りも手伝って、客たちは剪定鋏(せんていばさみ)を持った彼のことを一種の芸術家とみなしたわけだ。二人は事業で大成功した連中の事例を色々調べてみて、半年から八ヵ月に一軒の割りで新店舗を出店するというのはありえなくはないペースだと判断した。猛烈なペースではあるが、もっともだと思える範囲を逸脱してはいない。なので、そうした。最初の店の開業からおよそ一年、三軒目を出すにあたって、今度はシマールもバトリエ・プラスチックを退職する。そして正式に、〈ベリフラワー〉会計担当の共同経営者となった。〈ベリフラワー〉、生花、そのほか植物、花束などを扱う小売店舗の買収と経営を業務とする有限会社。

　このカネ工場を稼動させて軌道に乗せるのは、実際かなりの大仕事だった。パリに偽札を配達し、代わりに本物の紙幣を回収、カレーに戻り、手にしたカネが花束幾つ分になるのか計算して、それに合わせて仕入れを手配、毎日きちんと整合性を保つように帳簿をつける。二人は時おり顔を見合わせ、これなら本当に働いて稼いだカネと変わりないよな、などと言い合ったものだ。

　彼らが一緒になって二年ほど、二人の花屋は四軒を数え、この手口の思わぬ利点が明らかになってくる。四軒の店はしっかり回転して、そのアガリで二人は正当に潤沢な収入を得るようになっていた。三十歳の誕生日プレゼントとして、セルジュはダンテが夢にまで見たクルマを贈る。メタリックブルーのマセラティ・インディ。一番でっかいやつ、四・九リッター、三二〇馬力。月曜の朝、店の前にそれが、プレゼントの包みのように巨大なリボンを結わえられて駐まっているのを見て、ダンテは思わず茶色の革鞄を手から放してしまう。取り落とされた二キロの重量は彼の足のほんの数センチ横に着地した。こいつだよ、夢みたいだ。公平になるように、セルジュは自分にもランボルギーニ・エスパーダを奮発した。ずいぶんな無茶ではあった、というのも四軒の花屋はこの二台をいっぺんに買えるほどの収益は上げておらず、彼は悪魔と勝負をしに出かけたのだ。銀行の担当に会いに行き、悪魔とはただ勝負をしようというのではなく、机の上にひっくり返してやって、しっかりと長いこと押さえ込み、踊り子のように甲高い声を上げて鳴くまで、どちらが上かはっきりと分からせてやるつもりだった。二台の車を、彼はローンで買った。二人は偽札の絨緞の上で火の車の窓から札びらを切り、虚無の空気でぱんぱんに膨れた巨大なケーキのてっぺんを飾る極めつけのチェリーとして、銀行がそんな彼らに信用貸しをしてくれる。何もかもが底抜けに馬鹿馬鹿しい茶番だ。スーパーカーに乗って、ダンテとヘッドライトを並べ、新たな店舗に向かって高速道路をぶっ飛ばす。もう二度とブレーキを踏まない、二人は花屋の社長、花びらを毟って占いに興じ、体制を整えた。パリへの偽札移送には若いバイク乗りを取っかえ引っかえ雇って、何を運ばせているのかは教えない。何キロものドラッグを運んでいるのだとでも勝手に想像させておく。取引先のほうも似たような経路を使い、本物の紙幣で代金を送ってよこした。二人はそれを持って週に何度かずつ各店舗を回る。体制は万全だ。どの花屋にも一人ずつ、彼らの手口を忠実にこなす実行役が詰めていて、二人から受け取った封筒の現金を売り上げに加え、その分の花を廃棄する。そしてもちろん、社長たちがやって来るときには忘れずに見事な花束を用意していた。

十六年間で、二人は二十七軒の花屋を開き、コンテナ単位の偽札を製造した。思い浮かぶ限りのありとあらゆる高級車を乗り回して、世界中の名勝を巡った。ル・トゥケの、何年も前に彼ら自身が盗みに入ったあの別荘を買った。現地を見に行くとき、不動産業者は前情報なしで物件を見せようと思ったらしく何も言わずに彼らを乗せて車を走らせたもので、近づくにつれ、見覚えのある道に記憶を呼び覚まされた二人は無言で顔を見合わせた。まったく、人生にはこんなサプライズが用意されているものか。運命に舌を出してみせるように、鍵はいつも現地に、庭の真ん中の大石の下に置いておくことにした。セルジュの思い付きだ。二人は陽の当たる場所で大っぴらに愛し合いながら、好きなように生きた。そんな生活が十六年続いた。燃えるような十六年、シマールの人生で最高の十六年。十六年というのは既にして相当なものだ、大半の人間はほんの一年もそんな気持ちを味わえない。シマールにはそれが十六年もあった、自分の人生には意味があると確信していられた十六年、ダンテが笑い、歌うのを眺めていると、シマールは自分がたしかに何かの、誰かの役に立っているのだと思えた。そうして時は流れ、ある夏二人は紺碧海岸（コート・ダジュール）にバイクで出かけた。それぞれに自分の、見事なモト・グッツィ二台。カリフォルニアのハイウェイをパトロールする白バイ野郎、〈CHiPs〉のジョン&パンチみたいだった。入り江や村を次々に訪ね、何もかもが美しく、あんまりにも最高で、たまらなく暑くて、セルジュは前を見るのも忘れていた。ダンテもだ。坂道を下ってくる大型トラックに二人とも気づいていなかった。直線道路の真ん中で、バスを追い越した先が運命のどん詰まりになっていようとは、巨大な四角い鉄の箱が真っ直ぐに向かってきていようとは思いもしなかった。セルジュは右に避け、ダンテは左に行こうとしたが何かの拍子にスリップ、セルジュはネズミの穴ほどの隙間を突き抜けて、背後に壮絶な音を聞いた。大量の火花が散って、道路中に血が広がる。セルジュは大分先の松の木立に倒れ、パニックに陥っていた。起き上がったときにはもう知っていた、それでも痛む太腿を押さえながら駆け戻る、そして彼は見た、彼のダンテが、彼の心臓がタイヤの下に、引き千切られて潰れているのを。ダンテのバイクはひしゃげて遠くに横たわり、ダンテはもう笑わない、トラックのタイヤの下で死んでいる。トラックの運ちゃんは身を震わせて泣いていた。セルジュは太陽の光のなか、自分の身体を抱きかかえるように、人生の最良の日々を抱きしめるように縮こまる。彼の息吹、彼の帆を膨らます風、ダンテ・アスティガリ、いまもまだ見える、ずっとその姿が宿っている、涙を一杯に溜めた彼の目の中に。

8

彼は生き続けた。耐え難いことだったが。〈ベリフラワー〉も経営し続けた。全てに目を配り、何一つ忽せ(ゆるが)にしなかったが、もはや何一つ、彼に意味や興味を覚えさせるものはなかった。その後も味気なさが日々を満たし続けたが、他にすることも思いつかず事業を継続していたのだ。ル・トゥケの別荘もそのまま持っておくことにして、ランボルギーニとマセラティはそこの車庫に仕舞い込んだ。時おり地下の車庫に下りて、並んだ二台を眺めると相変わらず胸がいっぱいになる。鋼板を撫でれば温もりさえ感じる。自分が丸裸で、空っぽなように思えた。それでも夜は床に就き、日々食事を摂る。ある日など、男に手を出しすらした。別の男、若くて美しい。自分でもまさかと思いながら、そっと触れた。そして夜にはその男を抱くところまでいった。美青年にはシマールの涙の意味が分からなかったろう。自分のために流された涙だと思って、自身の魅力を、美しい身体を誇るように自信に満ち満ちていた。ビンタの一つもくれてやって、そんなふうに胸を張るのをやめさせたかった。ダンテの死んだ世界でのうのうと生きているそいつがあんまり憎くて、思わず殺してしまいそうだった。しかし靄を振り払って、生かしておいてやった。シマールの頭の中で何が起きていたか、相手は知らず終いだ。明け方に青年を帰らせる。ダンテを喪ってからもう二年になるのだ。二年間、生活には何の変化もなかったし、何かを変えようという気もなかった。シマールは微睡んでいた。しかしその一夜の恋人が彼の中の何かを、少なくとも肉体的な何かを呼び覚ました。もう二度と誰も愛することはないと分かっていても、同時に、きっとそのうち、ほとんど以前と同じように、悦びを感じることはありそうだと思い始める。しかし近場で相手を探すつもりはない。自分の周りをきっちり囲い込んで、主導権は一人で完全に掌握したかった。タイ行きの飛行機のチケットを買う。タイにはダンテと一緒に行ったことがある、あそこでなら望みのものが見つかる。あの国では、ベルトより下に関することならどんな探し物でも必ず見つかるのだ。二週間後、シマールは黒人の巨漢を一人連れて帰ってきた。フランス語はまるっきり分からない奴だったが、契約の内容は呑み込ませた。一緒にフランスに渡って、一年間、運転手やボディーガードなど全てを兼任する。もちろん愛人の役も。まずその場で、札束一つを渡す。そして一年後、一緒にバンコクに戻ってきて、そのとき餞別代わりにもう一つ。黒い肌の巨漢はその契約を受けた。

シマールが再び人生を愛することはなかったが、それでも彼なりに精一杯やった。彼は生き延びて、また笑うこともあった、紙幣を印刷し続け、ダンテの旧友経由のパリのルート以外に、新たに開拓したルートでも流す。近場な分危険も大きいが、儲けも大きい。ブリュッセル、国境を越えるだけだ。そのために、シマールは新しい手口を考えた。ガキに偽札の束が詰まったリュックを背負わせ、自転車で森を抜けさせるのだ。そして帰りに紙幣を一枚、これは本物を、握らせる。思い返せば、決して褒められたやり方だとは思わない。しかしダンテを喪って以来、シマールのエンジンはもうきちんと回っていなかった。アヴァンザートがこの自転車を漕いだこともあった、それともツレのほうだったか、とにかくあの二人のどっちかだ。カネはうまく回り、花屋の店舗はどれも順調だった。

いっぽうで身の回りのことを任せるために雇ってきた男たちは、たびたび面倒を持ち込んだ。選ぶシマールの嗅覚が十分に鋭くなかったということだろう。そして一旦カレーに、自宅に着いてしまえば、そうそう厄介払いもできない。連れて戻ったのがとんでもない駄馬で、大損をさせられかねないということに気づくことも、それ自体なかなか難しい。最悪だったのは三番目の奴で、ギリシャ人の巨漢だったのだが、ある晩ドイツからバンを盗んで帰ってきた。そもそも何をしにドイツくんだりまで出かけたんだ？

ともかくドイツで白バイを撥ねてしまい、バンの後部にバイクとポリ公を積み込んで、ポリ公は手近な病院の前に放り出してから、タイヤを軋らせフランスまでまっしぐら。帰ってきた大男が、倉庫のなか、問題のバイクをあいだに挟んでシマールに身振り手振りで説明したのはそういう内容だった。シマールは呆れ、ビンタを張る。男はびっくりして尻餅をついた。それ以来、バイクはずっとそこにある。タンクには〈Polizei〉の文字。おまけに、このくそったれのギリシャ人は三週間後にまたやった。タクシーを盗んできたのだ。どうやったんだ？　それ以前にそもそもどういうつもりで？　ある朝、得意げな顔でやってきて、倉庫のど真ん中に駐めた戦利品を彼に見せた。シマールは目の前が真っ赤になり、事務所に駆け込んで拳銃を取ってくるやタクシーに向けて乱射する。アホタレの木偶の坊はびっくりして、銃声がトタン屋根の下で反響するなか、この蹂躙劇の意味がまったく分からず、ほとんど泣きそうになっていた。この件でシマールはこの男の契約期間を切り上げることにして、タイ行きのチケットを二枚取る。そしてギリシャ人を元いた場所に帰した。

　シマールはこうした人生の陥穽やちょっと傍目には不明瞭な出来事などを利用して、ダンテとともに築き始めた大いなる虚構を補強する積み石とした。ここが自分の強みだと彼自身思っている。二人は幻想のなか、欺瞞の宮殿に生きてきた。そしてそれ以降に降って湧いた出来事のいちいちを、セルジュは自分の周囲で囁かれだした噂話を膨らませるのに役立てた。ダンテを喪ってからこっち、彼の心はもう開かれてなどいない。周囲の誰もに猜疑の目を向け、街を歩いていても、ふとした瞬間に、はっと後ろを振り返る。車に乗るときは座席の下に拳銃を隠し持つようになっていた。パリへのバイク便を任せる連中に必ずウィスキーを一杯注ぐことにしたのも、ダンテが死んで以降のことだ。そしてそれぞれのグラスにそれを飲んだライダーの住所と氏名を記したカードを添えて、大きな食器棚に仕舞ってある。

グラスの縁にはライダーの唾液が付いていた。

グラスの側面には指紋もいっぱい残っている。

9

妙なことではあるが、ちょうどあのフレッドという奴の存在を意識したころから状況が難しくなってきた。不都合が頻発するようになり、それはたしかに何年も前から危なっかしい綱渡りを続けてはいたが、あの野郎の冷たく暗い目と視線が交わって以来、あいつが何か仕掛けてきてでもいるかのように悪い流れの渦は回転を速めている。どうしても奴のことを凶兆を運ぶ不吉な鳥のように思わずにはいられない。

奴はいつもツレと一緒だった。二人して喧嘩自慢のイキった態度。若くてやんちゃだった頃のダンテとシマールが好んで叩き潰した、まさにああいうタイプ。だがセルジュ・シマールももう大人の落ち着きを得た。奴らのことは遠くから見ているだけだ。連中は下手くそでみっともない手口を弄し、危なっかしい仕事やらすぐにポシャる計画ばかり繰り返して、ずっと泥濘のなかでのたうっていた。車の登録証をごまかし、団地の駐車場でドリルを使って走行距離のメーターを戻す、そんなことからずっと抜け出せないでいる。小遣いでも恵んでやりたくなるくらいだった。また同時に、このフレッドというのは役に立つかもしれないとも思った。こいつの目つきには何かがある。こいつは信用できるぞと思わせる何かが。問題は相棒のほう、カルル・アヴァンザートだ。こっちについてはシマールは判断を迷った。そして公判でのカルル本人の発言を聞いて、自分の疑念が当を得ていたことを知る。だがフレッドについては、シマールは最初から最後まで見誤ったままだった。後になっても、自分があんなに完璧にハメられてしまったのが何故なのか、完全には呑み込めないままでいる。

ともあれ、腐れ盗難車のフィアットに乗ったアヴァンザートが国境でとっつかまって三ヵ月喰らって姿を消し、ようやくフレッドを配下に取り込むことができた。その当時のシマールの金魚の糞は、パッタヤーのビーチで見つけてきたユーゴスラビア産の巨人。頭の中身は犬以下だったが、他人を威圧するにはもってこいの巨体で、他にも何やかや考え合わせればセルジュにとって十二分に収支が合っていたと言える。そしてそう、その少し前、フレッドを懐柔する手始めとしては、ときどき顔を出しているベルギーのナイトクラブに連れていったのだった。ここなら用心棒たちが一番の席を空けてくれるし、フレッドの小僧にはそういうのが効果的だろうと分かっていた。プロレスラーのガタイに喧嘩でデコボコになった強面を乗っけてはいても、やっぱりガキなんだ。フレッドはガキだったが、シマールはこいつなら偽札をパリまで輸送するただ一人の運転手が務まるかもしれないと思っていた。配達を週に一度だけに減らして、その代わり車で、トランク一杯の量を一度に動かす。シマールはそろそろ撤退を考慮に入れていた。徐々に手を引いていきたい。ちょうど、このフレッドには副官の才能があるように思えた。ベルギーのクラブで盃を重ね、朝まだきに千鳥足の状態で住み処の近くの歩道に降ろしてやる。目の中にはシマールが吹き込んでやった大量の星が瞬いている。小僧は完全に呑まれて少し混乱していた。シマールのほうでは既に気持ちを決めていて、この時点で既に首までどっぷりドブ臭いスープに嵌まり込んでいたわけだが、そのことに気がつくのは十年近く後だ。フレッドは彼のところで働くことになった。

正式に契約するに当たっては、町外れの倉庫の奥の、〈ベリフラワー〉の事務処理のために設えたちょっとばかり雰囲気の良い事務所に招く。前任の奴らと同じようにグラスにウィスキーを注いでやるのだ。ただ、ちょうどフレッドと日取りを決めるための電話をかけたタイミングで、もう一つの番号にパニクったユーゴスラビア人からの電話がかかってきた。この脳足りんはどこかの森で男を一人ぶっ壊してしまい、ぶらんぶらんになった半死体をトランクに詰めて倉庫に向かっているところだというのだ。これを運命の警告と受け止めることもできたはずだ、フレッドを呼び込む電話をかけたタイミングで頭の上から瓦が降ってきたのだから、呼び出し中の受話器を置いて、ユーゴ人をクビにするのと同時にフレッドの内定も取り消してしまおうと考えても良かったはずだ。だがシマールの鼻はこのとき狙った先だけに集中していて、閃きには恵まれなかった。そのままフレッドと電話し、招いて、パヴィクが帰ってくると、道中で事切れた男の死体をトランクから降ろし、入口近くの冷蔵室の中で椅子の上に乗せた。こっちの問題は後で処理しよう。少し下がって見ると、死体はありえないくらいひどい状態で、完全にズタボロだった。いったい何があったのかパヴィクに尋ね、その説明を聞く。道で睨み合いになったんス、車で追い越して、割り込みだっつって、ファックっつって中指立てて、ブレーキおもっきし踏んで、タイヤがキキーッつって、そしてメルセデスから出てきたユーゴ人の巨体を見た相手は慌ててエンジンを再始動しようとしたもののエンストを起こし、こういう結果になったのだという。

目撃者はいなかった。それにこれでは今更どうしようもない。頭にきたセルジュ・シマールは振り向いてユーゴ人にリバーブローを叩き込んで膝をつかせるところだったが、ちょうどやってきたフレッドが鉄扉をノックした。冷却システムの電源を入れて、冷蔵室の扉を閉じる。フレッドに入口を開けてやる背後でフリーザーが身震いして起動した。フレッドを奥に招じ入れ、パヴィクは廊下に立たせておくような気分で入口に見張りとして残す。そして二杯のウィスキーを注いだ。腸（はらわた）が煮えくり返って、すぐにでも事務所から飛び出してユーゴ人に飛び掛かってグイグイ首を絞めてやりたかった、てめえはいったいどこまでバカなんだ？　だがどうにか抑えて、フレッドと乾杯する。フレッドは圧倒され、すっかり小さくなっていた。良い傾向だ。あまり気が大きくなるようでは困る。初めての場所ではまず口を噤んで、よく観察するのが大事だ。しかし気持ちをほぐしてやる気分ではなかったので、かなり手短に済ませた。グラスを一息に空ける。小僧は面食らいつつも同じようにした。シマールはもう立ち上がって扉に手を伸ばす。フレッド坊やはスジの良い生徒だ、不意の思いつきで冷蔵室の扉を開けて、作り話をしてやった。シマールはフレッドに自分と同じ不道徳の才能を感じていた。特別に手をかけてやる値打ちがある。シマールはフレッドに自分と同じ不道徳の才能を感じていた。それが自分以上のものだとは見抜けなかったわけだが。

「このクソは俺に一万フランの借りがあったんだ。それを二ヵ月もノラクラ躱した挙句に、返す気はねえってぬかしやがった」と言い放つ。「その先はてめえで想像しろ」

扉を閉めるシマールは心の中ではゲラゲラ笑っていた。フレッドは蒼い顔をして帰る。シマールはにこにこしているユーゴ人にビンタを張った。ユーゴ人は背後の車に倒れ掛かる。フレッドの次はこいつがビビり上がる番だ。

それから事務所に戻って、ブリストル紙に〈フレッド〉という名前と日付を書く。ハンカチを出してフレッドの飲んだグラスを取り、鍵のかかった戸棚に向かった。鍵を開け、フレッドのものもグラスの列に加える。既に五十以上、白い厚紙とセットになったグラスが並んでいて、言ってみればこれがシマールのところの従業員名簿、遺伝子情報一覧だ。そして戸棚を閉じる。

　フレッドはシマールの往復便に従事し始め、実に順調にこなした。何の問題も起こさない。取引先の人間が毎回届け先で物陰に隠れてブツの到着を見張っていて、そうして配達完了のたびシマールにメールを送っていたのだが、フレッドがヘマを報告されるようなことは一度もなかった。ただの一度も踏み外さず、うっかりヘルメットのバイザーを上げているようなことも、指定の時間に遅れることもなかった。連絡員には配達に来たのが別人のように思えたその日も、メットとジャンパーは確かにそうだが、いつもより肩幅が狭くて細身に見えると言ったそのときも、シマールが確かにいつもの男だと答えて、先方が謝ったくらいだ。すみません、見間違いでしょう、車の窓ごしだったんで、実際、何の問題もありませんでしたし。とはいえシマールは事務所で少し眉根を寄せはした。午後、フレッドがいつもどおりの時間に戻ってくるのを確認する。いつものジャンパー、全部いつもどおり。そしてシマールの中でこの件はそれっきりになった。

　それ以上問い詰めようとしなくて正解だったとも言える。見誤ったのは明らかにパリの卸業者なのだ。多角経営の目論みの果て、彼はウクライナで娼婦を勧誘してきて働かせていた。そしてその件でもう何週間も風紀取締り班に嗅ぎ回られていることに気づいていなかった。そしてフレッドを唯一の配達員として雇用してからわずか三ヵ月後、卸業者はベッドでお気に入りの女の子を可愛がっていたところに手錠をかけられる。シマールはその午後に電話を受け、即座に動きを止めてできる限り目立たないようにしていろと忠告された。ちょうど新しいロットが刷り上がり、ユーゴ人を連れてル・トゥケの別荘の地下に持っていったところだった。雇われユーゴ人は頭のほうは上等とは言えなかったが、セルジュにとってはたしかに甘美な特質を持った存在でもあったのだ。とまれ、ちょうどそういうタイミングで卸業者がお縄になった。ちょうどダンテの鞄をいっぱいにしたときに。シマールにとって革の鞄は、彼の情夫であり愛の形象そのものであったあの素晴らしい存在の形見のうちでも一番大切なものだった。そうして印刷所から持ち出す偽札を詰め込んだ茶色い革鞄を、シマールは別荘の地下、二台の美しきイタリア車のあいだ、彼の愛の聖域の中心に納める。

翌朝、次の配達のためにフレッドがやってきたが、何も説明せずに全ての動きを止めなくてはならない。こいつには手口について何も教えていないし、余計なリスクは一切冒せないのだ。だから単に、お前にはもう用がないとだけ言った。小僧が呆気に取られているので、シマールはもう帰れと言う。ユーゴ人がジャケットの下に手をやったのが拳銃を取り出す動作にでも見えたのか、フレッドは後じさりながら「じゃあ、さいなら」と小声で囀(さえず)った。

それでお終いだ。

10

冷蔵室に居座っている死体を処分しなければならない。こんな悲惨でくだらない話に係わり合いになるのは御免だったし、ユーゴ人が一人で片付けてくれれば助かるのだが、この間抜けに任せていては事態を悪化させかねなかった。奇跡の閃きを得て街中のゴミ箱に死体を押し込もうとしたり、ショッピングモールの入口に飾ろうと思いついたりするかもしれない。この脳足りんは本当に、悪いほうにならら幾らでも天才を発揮できそうだ。だからシマール自身が手を下した。二人で死体を車に積み込み、仄白む空の下を廃鉱に向かって走る。そして巨大なメルセデスを徐行させ、爬虫類のようにそろりと這い込む。パヴィクは何か言おうとしたが、シマールは黙れと怒鳴った。そして縦坑のそばで車を停める。間抜けのユーゴ人に、死体を思いっきり、できるだけ遠く放り投げるように指示した。哀れな男の亡骸は深さ数百メートルの縦穴に呑まれて消える。そしてパヴィクが振り返ると、シマールは彼に拳銃を突きつけていた。

大男は一瞬で真っ青になり、泣きべそをかき始めた。本能的に、自分から膝をつく。シマールはその口に銃口を突っ込み、どうしてこんなのが生きてるんだ？　数年前に官能の味を思い出したあのときよりも、あの美青年に対してよりも断然怒っている、あのときは何を勘付かせることもなく見逃してやったが。パヴィクはガタガタ震えてシマールを見つめている、合わない歯の根が銃口の周りにガチガチ当たる、瞼いっぱいに涙、男らしく四角い雄の顎がもう外れてしまいそうになっている、大きな手が地べたに触れるほど力なく腕は垂らされて、セルジュ・シマールは拳銃を仕舞って車に乗り込んだ。そうしてエンジンをかけ、大男のほうは差し始めた朝陽の中に凍り付いて、立ち上がることもできず去り行く車を見送る。

一年の契約が満了するとき、シマールはユーゴ人をタイに連れて戻り、最後の夜、餞別代わりにボコボコにどつき回してやった。それからキックボクシングを見に行き、マッサージ・サロンを訪ねる。めくらめっぽう当てずっぽうに、もう何年もきちんと定期的にそうしているように。そこには情熱など宿っていなかったが、既に折り目正しく習慣は固まっている。時おり、そんなふうにして自分はただいつか死ぬその日を待っているだけのような気がした。

*

そいつの名はヒーロといった。ポリネシア生まれで、歳は三十前後。知り合った夜の時点では、無名の、そしてそのまま無名で終わったらしいスターの卵のボディーガードを務めていた。ずんぐりして、目と髪は黒く、頭周りと同じ太さで続く首、太腿のような腕にセメント袋のような胴体、高くても一八〇センチ程度の身長に対して一二〇キロはありそうだ。いざというときには護衛として役に立つ、そんな付き人をさせるのにぴったりの身体をして、眼差しにはきっと優しくもなれるのだろう光を灯していた。バーのカウンター席から、セルジュ・シマールは彼をじっと見つめる。スター気取りの金髪娘に一歩下がって付き従う形の彼と、だんだん周期的に目が合うようになってきた。セルジュはそのたびにだんだん微笑みを向け、ヒーロはだんだん目を伏せる。

二人は一緒にフランスに戻ってきた。ヒーロは悲しげな微笑みを湛えながらも冒険家気質で、しがらみもほとんど持たず、海の大時化以外にはほぼ何も恐れない。そして、何度見ても信じられないのだが、冷凍庫から出したカチンコチンの挽き肉ステーキをそのまま食べることができた。こいつなら愛せるかもしれない。

セルジュはヒーロのことなら愛せたかもしれない、しかしちょうどこの時期、彼は大いに弱っていた。偽札を捌く取引相手だったパリの卸業者は、例の売春斡旋で逮捕された件以来、シマールがパヴィクをタイに送り返し、次の一年のオトコを送り返してもまだ立ち直ってこず、真面目な奴は誰もその松明を受け継ごうという意思を示さない。少なくとも、シマールが信用して取引できそうだと思える相手は誰も。そしてブリュッセルのほうのルートはだいぶ前に切っている。いまいち信頼できなかったのだ。これまでに雇ったギリシャ人やユーゴ人のことで、シマールは自分の嗅覚に自信を失っていた。慎重にも慎重を期さなければならない。その一方で、二十七軒の花屋は税金や人件費を支出する。もちろん花束が一つも売れていないわけではないが、倉庫に隠したカネを汲み出すポンプの収入なしでは全く立ち行かないのだ。新たな鉱脈を見つけて、偽札を捌かなければならない。そして花屋も少しずつ売り払って軒数を減らしていかなければならない。風向きは明らかに変わりつつあったし、死ぬまで欲望の赴くままに暮らせるだけの額は脇に除けてある。それにそもそも、ダンテを喪って以来、シマールの欲望はほとんど涸れてしまっていた。

ヒーロとの契約の一年の間には時おり、もう永遠に失ったと思っていた笑顔を取り戻すこともあった。ヒーロは実に様々な物を本当に妙なところに隠す。冷蔵庫から下着が出てきたことが何度あったろう。これが一番お気に入りのジョークだった。それからまた、ヒーロは自分自身が家具の後ろに隠れるのも好きで、しかしいつも自分の巨体が露骨にはみ出していることには気がつかない。あるいはルイ・アームストロングの物真似を試みては激しく咳き込んで苦しそうにしていたり、無理に着用したベビードールタイプの寝間着(ナイティ)が背中のほうで破けてきているのにも気づかないふりで、陽気にテラスへ出ていったりもした。

一年経って、シマールは〈ベリフラワー〉の店舗を既に六軒売却し、もう二軒についても契約が進んでいる。買い手を騙してふんだくろうというような意図はなかったので、帳簿とはかけ離れた実際の収支に合わせて、どの店舗も捨て値で手放していった。残る十九軒も徐々に処分していければと思う。ヒーロにとっては、タイに帰される日が刻一刻と近づいてきていて、そのため毎日、いっそう熱心に、シマールの考えを変えさせようと説得を試みた。帰りたくない、何より、別れたくない。ときには目に涙をいっぱい溜めてセルジュを見つめる。セルジュは目を背けた。ここでも、彼の嗅覚はきちんと働いていなかったのだ。ヒーロのなかで高まっていく荒波に、まったく気づかなかった。この関係が終わりになることにヒーロがどれだけ胸を痛めていたか、少しも分かっていなかった。もう完全に潮目は変わっている。仕事からは身を引いていこう。偽札からも、ダミーのお花屋さん稼業からも、それに金で買っただけの嘘の関係からも。そう思っていた。何もかもあまりに嘘で塗り固められているように見えていたので、自分の目の前で、腕の中で光を放つ真実ともまともに向き合おうとはしなかった。彼はヒーロを突き放し、もう止めろ、立て、と言った。ヒーロが心から彼のことを愛していることも、心を開けばセルジュ自身も同じようにヒーロのことを愛せただろうということも、正面から認めようとはしなかった。

そうして目を背けていたために、セルジュは全部台無しにしてしまったのだ。目の前に差し出された二度目の機会を台無しにして、ヒーロの差し伸べる手を無視してしまった。連れ立ってバンコク行きの飛行機に乗る。シマールは、高速道路のサービスエリアででも捨てるつもりで飼い犬を連れ出しているような、そんな気分だった。ヒーロは一言も口をきかない。セルジュには彼が何を考えているのか分からなかった。彼の鞄に何が入っているのか思いもよらなかったし、そもそもどうやってそれを持ったまま空港のゲートを幾つも抜けてきたのやら見当もつかない。どこで手に入れてきたのかも。タイの北部、ラオスとミャンマーに接した黄金の三角地帯のバンガローで、その夜ヒーロが弾倉を回転させ、自分のこめかみに押し当てたリボルバー。シマールはただ見ていた。ヒーロはもう一度尋ねる、また一緒にフランスに連れて戻ってくれと懇願する。だがシマールは分からなかった。まさか本気だとは、本当に撃つつもりだとは思わなかった。弾倉は空っぽで、ロシアンルーレットごっこでもやってみせているのだと思った。ヒーロが引き金を引いて自分の頭を吹き飛ばしてもなお、シマールには何がなんだか分からなかった。涙さえ出ない。呆気に取られていた。意味が分からないまま歩み寄り、拳銃を手に取る。スイングアウトしてみて、たしかにロシアンルーレットだったことを知る。そう、ただしアタリとハズレが逆の。ヒーロは六つのうち五つに弾を込めていた。生きる可能性はほんの少ししか残していなかった。セルジュはそれを自分に向ける、まだ焼けるように熱い銃口を自分のこめかみに当てた、空撃ちに終わる可能性は六分の二だ。六分の四の確率でそのままあの世行き。ヒーロの亡骸の上に自分も倒れることになる。だが本当に引き金を引くのか？　彼は引いた。

ガチリ。それだけ。

勝った。

それとも負けたのか。

11

　とはいえダンテを喪って以来、もう心の底から強い感情を抱くことはなくなっていて、目の前でヒーロに自殺されても打ちのめされはしなかった。思い返しても信じられないことだが、しかし事実として、当時、セルジュ・シマールは不透明な繭のなかに完全に閉じこもっていて、それまでどおりの遅回しの生活を続けていた。優しく見えないように残忍な笑みを絶やさず、倒れるのを恐れていることを見抜かれないように身体を揺って歩く、心が躍っているように見せるべくスピーカーからは音楽を流し、余裕を見せるべくポケットからは無造作にクシャクシャな高額紙幣を出す。それからも毎年新たな大男を連れて戻り、いつも内心、一緒に暮らすのはこいつで最後かもしれないと思っていた。ヒーロに死なれた時点で六十歳、処分すべき花屋が十九軒、清算すべき事業が一つ、それが済んだら引退だ。最後の極めつきの皮肉と言うべきか、社会保障の負担金を最高額で払い続けてきた〈ベリフラワー〉社長の彼は、合法的に相当な額の年金を受け取れることになるらしい。インターネット上でシミュレーションをして自分の受給予定額を知ったとき、倉庫の奥の居心地のいい事務所で彼は大いに笑っても良かったはずだが、そういう気分にはならなかった。誰も彼もハメてやった、という満足感は覚えなかった。なぜだかは分からない。国が彼に何かを返してくれる感じがするからだろうか。その日、彼は正気とは思えないような行動に出た。電話帳を調べて〈心のレストラン〉(Restos du Cœur)の番号をメモしたのだ。そしてその数年後、初めて年金を受け取る段になって実際に電話をかけ、それ以来毎月、フランス国が彼に支払う年金は全額がそのままこの慈善団体の口座に移動していくことになる。これなら問題ない。毎月、貧乏人に食わせるための金を国が一旦彼に送ってよこす、そういうことなら問題ない。

ヒーロの亡骸を残してタイから戻り、契約進行中だった二軒は無事に売れる。あとの店舗もだんだんそれに続いた。買い手は誰もが彼の要求する額の小ささに驚いたが、シマールは穏やかな口調で、今日び商いの売り上げは偶然に大きく左右されますからね、直近の業績に基づいて店舗の売価を決めるのはどうかと思ったんですよ、と説明する。交渉相手は彼のことを一種の賢者、芯からの善人を見るような目で見た。それに、とシマールは付け足す、お金なら私はもう十分に持っていますから。それはたしかに事実だ。しかし何より、半年ほど経営してみて期待した売り上げに比べて悲惨な結果しか出ないことに怒った買い主が文句を言ってくる、というようなことは極力避けたかった。

ダンテと二人で築いたレゴブロックの帝国はだんだんと縮小していき、最後にはきっと砂埃しか残らない。最初に取引をしたナントのルートを繋ぎなおして、まだいくらか印刷は続けていた。ナントの連中はあのとき三人組だったが、今は一人だけで、一人は投獄され、あとの一人は死んだという。娑婆に生き残っている一人は五十歳くらい老け込んだようで、すっかりツヤを失い、乾しプルーンのようにしわくちゃになっていた。前のときと同じ、女の子のいるバーの地下室で取引するのだが、この店のほうは対照的に以前と変わらずで、皺一つ増えていないように見える。ともかくまだ傘下に残っている花屋の収支を合わせる分だけ偽札を売るべく、月に一度、シマール自身が運搬に携わった。そのときのボディーガードにしても、それに続いた数人にしても、いったい自分は何のために雇われたのかと訝ることがあったろう。最後の手下となったレバノン人の巨漢など、ル・トゥケの浜辺で凧揚げをしたり、ときにはツーリングに出かけたり、そんなことばかりして過ごしていた。シマールはずっと遅回しで生きている。夜には奥の寝室に引っ込んで、一人で寝た。レバノン人はひとり困惑するばかりだ。それにしても、あの冷血漢シマールがこんな様子なのだ、あんなに容赦なく精力的だった彼が、夜、独りでシーツに包まって、去り行く全てを惜しんでうっすらと涙を浮かべている。これを知ったなら、きっと大喜びで笑い転げる連中が何人かはいるだろう。

絶対にいるはずだ。

そしてその証拠は、数ヵ月後に表れた。シマールは、今回タイから一人で戻ってきた。もう随分久しぶりのことで、目の前に広漠たる永遠が開けているような感じがする。出発の前に最後の花屋を手放して、一年前に出会ったビーチへとレバノン人を連れて帰る、そしてパリ＝オルリー空港の外に、タクシーの並ぶ歩道に踏み出したとき、巨大な空っぽが待ち受けているような気がした。これから車に乗って、北仏へと走らせる、しかし目的地には誰も待っていないし、やるべきことも何もない。家に帰るのだと言ってみても、世界中のどこにも自分の居場所などないように思える。二週間ぶりに携帯電話の電源を入れるが、その間どこからも着信などなかったはずだ。そのとき、そこに証拠が表れた。この世にはシマールの吠え面を見たくて仕方がない奴らが二、三人はいるということの動かぬ証拠。発車するタクシーの中で、眉根を寄せ、画面に点滅する記号の示す留守番電話サービスに発信する。流れる車列に加わっていくタクシー、そして電波の向こうから聞こえてくる男の声。シマールは、物陰からずっと自分を見張っている奴がいたことを知った。彼のことを知っていて、いつか魚雷を叩き込んで沈めてやろうと隙を窺っていた奴、セルジュ・シマールという個人に対して、いつか攻撃を加えようと、距離を保ったままでどこか水面下に身を潜めていた奴がいる。生まれ損ないのクソ野郎が、宣戦布告してきていた。セルジュにとって一番大切なものを海に放り込むという最悪の形で。彼がダンテに贈ったマセラティ・インディが、ル・トゥケの浜辺で塩の波に洗われ動けなくなっていた。国家憲兵隊員は言葉選びに迷いながらメッセージを残している。いったい何がどうなってそういうことになったのかが理解できていないのだ。そしてセルジュ・シマールは自分の中に激烈な怒りが生まれるのを感じていた。赤く熱い血潮がこめかみを打ち、パリの外周環状道路に差し掛かるタクシーのバックシートでセルジュは、産声を上げたばかりの怒りが成長していくに任せる。それは彼自身がゆっくりと、穏やかに、目を覚ましつつあるかのようだった。破砕の本能が暖機運転を始める。地平線の果ての生まれ損ないのクソ野郎がシマールを打ちのめそうとして、逆に彼を、見事に、すんでのところで救ったのだとも言える。そいつは、本当にもう消えなんとしていた燠火を煽ってしまったのだ。

12

眼前の車は全部の関節が外れた幽霊のようだった。塗装は塩気に喰われて色褪せ光沢を失い、今にも層の下からブクブクと水ぶくれが浮いてくるか、塗膜がボロボロに崩れて落ちるかしそうな感じがする。あまりにも変わり果てた姿で、あの同じ車だと確信することさえ難しい。セルジュの背後では国家憲兵隊員が何の役にも立たない言葉を並べ続けていた。

「塩ってやつはほんとに……」ぼそぼそと何度も同じことばかり言う、「塩の害ってのはものすごいですからね……」

そこはカレー市の駐禁車両置場で、マセラティは簡単な屋根のようなものの下に入れられていた。せめてこれ以上状態を悪化させないように、もはや何からなのか分からないながら、とにかく保護しようというかのように。ハンドルを握るダンテの姿が目に浮かぶ。エンジンが猛り狂い、ダンテはこいつの出す音が全部、一言一句分かると言ったものだ。「こいつの唸り声はイタリア語だぜ」「これぱっかりはお前には分かんねえだろうなあ！」何時間も海水の汚らしい手で撫で回されたマセラティ。そこらじゅう、ボンネットの中にまで入り込まれ、気筒も、ギアも、アブソーバーも、革の座席も、ベージュ色の絨緞も、どこもかしこも隈なく汚し抜かれている。まさしく強姦と言うほかない。

「ドアの取っ手やシフトレバーから指紋を取ろうとしたんですが、何も残っていませんでした。海水ってやつはまったく……」また繰り言に陥りそうになったが、隊員は今回は踏み止まった。

「お宅のほうでも指紋は二種類しか出てきませんでした。一つは貴方のでしょう、そこらじゅうに付いていましたし。もう一つは、半年前にバーで喧嘩して拘置されたレバノン人のものです。こいつが今どこにいるのかはまだ調べがついていませんが、とにかく捜索は始めています」

レバノン人はもちろんタイにいる。数日前にシマール自身が送って帰したのだ。バーで喧嘩をしたなんて話は聞いていないが、きっとシマールが特に何も言いつけず独りシーツに包まっていたそんな夜のいつか、あいつはちょっと気晴らしに出かけたりしたのだろう。

「どこのバーです?」とだけシマールは尋ねた。

「〈パラディーゾ〉といって、フェリー乗り場の近くのカラオケ・バーです。なんでも、このレバノン人がウェイトレスの尻に触って、入れ墨なんかしてる小柄なウェイトレスなんですが、この娘がこいつの顔にカプチーノをぶちまけたんです。それで荒っぽいことになったんですね」

「そいつの捜索はけっこうです」

「まあ、お好きなように。でも被害届は出されるんでしょう、シマールさん?」

「いや」
マセラティがクレーン付きトラックに載せられる様は、遺体の回収作業のようだった。喧嘩がしたかった。誰でもいいから捕まえて、ボコボコにしてやりたい。腕が、腹が勝手に強張る。歯も食いしばっている。やられたのがランボルギーニのほうだったら、こうはならなかったろう。いま、シマールは暴力を渇望していた。しかし自制した。何ヵ月も、一年以上も、自制した。そしてついに暴力が噴き出したとき、彼の手は赤毛のチビを金玉から引っ摑んで吊り上げていた。そいつをトランクに放り込むべく、無人の駐車場を自分の車のほうへと向かう。背後では彼が素手で粉砕したメルセデスがへしゃげている。

被害届を出さなかったのは、一人でやりたかったからだ。この攻撃は、言ってみれば彼に投げ与えられた救命浮き輪、生きるための理由だった。ル・トゥケの別荘に着いてみて、その印象はさらにさらに強くなる。ゆっくりと、部屋から部屋を巡り、何にも触られていなければ、空き缶や吸殻の一つさえ転がっていないことが分かった。メタリックブルーの美女を沈めた下痢糞野郎は、セルジュにとって本当に大切なもの以外には一切手を出していない。実に的確に急所だけを突いた攻撃で、結果的にはこれで息を吹き返すことになったが、そうでなければ打ちのめされて膝をついていたところだ。おまけに、そいつはセルジュに残されたダンテの全てを奪い取っていた。あの茶色い革の鞄、聖遺物のように大切に取っておいた、彼の人生が美しかったころの思い出。何週間か前に鞄を置いたその場所を見つめる。そう、二台の車のあいだだ。いまやダンテのマセラティは皺くちゃの老婆のように見え、自分のランボルギーニは無用の長物としか思えなかった。泣きそうな気がしたが、セルジュ・シマールは涙をこぼすにはあまりにも冷徹で、あまりにも固い決意を抱いている。彼の頭は、視界の外に追いやることができないその部分、マセラティのハンドルのてっぺんでいっぱいになってはち切れそうだ。もう他には何も見えない。海面がどこまで這い上がったかはよく分かる。メタリック塗装を見ればはっきりと分かる、海水が届いたのはフロントグラスの下までだ。そこより下は何もかもが塩気で白くなり、艶を失っている。しかしガラスはどこも綺麗に透明なままだ。そしてハンドルのてっぺんは、ダンテが運転席に埋もれるように深く座っていっぱいに伸ばした両手で摑んでいた大きなハンドルの、そのてっぺんのところは潮の手の這いずり回った領域よりも上に突き出ている。その一部が、そう、革で覆われた二〇センチほどの部位が、無事に、ずっと乾いたままで、きっと大量の指紋を帯びている。

セルジュ・シマールに友人はいなかったが、実に多くの人間と知り合ってきてはいた。それに彼は鼻も利いた。鈍ったとはいえまだまだ人並み以上だ。陰で何かするときに、どういうスジを当たれば良いかが分かる。それがなぜなのかは分からない、一種の第六感のようなものだ。これはダンテもそうだった。そして、自分たちは昼盲で、夜目のほうが利くのだとよく言った。セルジュの教えてやった言葉だが、ダンテはこれがすごく気に入って、気に入りすぎた挙句に何度か間違って罵り言葉のように用いたことさえある。チューモー呼ばわりされた連中は意味が分からず、ダンテの顔を見つめ返すばかりだった。

指紋を採取して戸棚のウィスキーグラスに保存されているものと比較・同定することができる人材、これを見つけるには少しばかり記憶の糸を手繰って、これまでに係わり合いのあったポリ公、若いのでもそうでないのでも、そういう連中に会ってみればいい。まあ大抵はそれほど近くで係わったわけではないが、今なら何かやり返されるような心配なしに誰にでも近づいていくことができる。今ではセルジュ・シマールは堅気のご隠居、連中にとっては全くそれ以上でも以下でもない。

いい具合に、歳のいったポリ公が見つかった。シマールと同じで今はもう引退しているが、以前テュレンヌ通りの店に薔薇の花束を買いにくるのにちょくちょく出くわした男だ。こいつが指紋を採取できるのは間違いないないし、いつも競馬でスッている額からして金が入用なのも間違いない。日曜日の薔薇の花束は、奥さんに勘弁してもらうためのものなのだと、いつだったか場外馬券を売る煙草屋兼バーのカウンターで本人から聞いた覚えがある。男はそのバーにいた。相変わらず通っているらしい。セルジュが来たときには、テーブル席に薔薇の花束を置いて、レースを映す画面をじっと見つめていた。そしてちょうど近づいていったタイミングで、手にしていた馬券をクシャクシャにする。

いかにも胸クソ悪そうな表情だ。

「また負けましたか」

老警官は振り向きつつ頷く。そしてシマールの顔を見分けると立ち上がって握手の手を伸べたが、いや、そのままそのまま、と言ってシマールは彼の向かいに座った。テーブルの上には空のグラス。

「二人ともキールでいいですかね?」

男はご馳走になると言い、シマールは店主に合図する。


シマールが観音開きの戸棚を開くと、老警官は両手を腰にやって口笛を吹いた。ル・トゥケの別荘の地下で二台のクルマを見たときと大体同じ反応だ。それが二台のイタリア車の驚異的なラインの美しさに対する賛嘆だったのか、それともメタリックブルーのマセラティが受けた海水の凌辱に対する畏怖混じりの驚嘆だったのかはセルジュには分からない。ともかく、まずそっちに行ってから、カレーの町外れの倉庫にやってきた。奥の事務所までついてくるあいだ彼は言葉もなく、ボニー&クライドのがらくた置き場のようになっている倉庫内を見回す。ドイツ警察のバイク、弾痕の鏤(ちりば)められたタクシー、なんだかすごいところに来ちまったなあ。そしてそれぞれに札の付いたグラスの群れを前に、感嘆と、他にも何だかよく分からないものの入り混じったか細い音を吐いた。水道関係の業者が故障した洗濯機を前にこんな反応をしたなら、目ん玉の飛び出るような修理費を請求されるのは間違いない、そうセルジュ・シマールは思う。そして老警官はここで初めて、馴染みだったお花屋さんの裏の顔に勘付いたろう。外に漏れ出たのは口笛でも、頭の中ではサイレンが鳴っているはずだ。

「どのグラスも、それぞれ別の奴が触ったものってわけですね」戸棚に近づいて、それぞれに添えられたブリストル紙を見てそう理解する。

「そうだ」

元警官はこいつは時間がかかりますよと忠告しようとするが、シマールはかまわないと遮った。時間ならたっぷりあるし、カネだってたっぷりある。それで納得したのだろう、男はそれ以上は言わなかった。ただとても遠慮がちな微笑みを浮かべてシマールを見返すだけだ。


まずはマセラティのほうから。まだ何回か口笛を漏らさずにはいられない。シマールは老警官の反応の一つ一つを固唾を呑んで見守っていた。最初のうち、男は調査の進捗を知らせるためにしゃべっているのかと思ったが、じきにただの独り言だと分かる。きっと普段から場外馬券公社の画面越しに競走馬に向かって話しかけているのだろう。めがね型の大振りな拡大鏡をかけて、ハンドルの上に屈み込む、そして満足げで小狡そうな笑みを浮かべてシマールを振り返った。凸レンズの向こうの目がグニャリと歪む。指紋は残っていた。ダンテは運転するとき必ず手袋をしていたから、それは間違いなくあの生まれ損ないのものだ。そいつが死ぬかシマール自身が死ぬまで、徹底的に追い詰めてやる。

「でも、グラスに残っている指紋のどれとも違ったら？」倉庫に戻って戸棚の前に立つと、老警官はそう尋ねた。

「必ずこの中にいる」

シマールがそう断言する根拠を、男は訊き返しはしなかった。だからセルジュも敢えて説明しなかったが、ダンテを喪って以降にシマールが係わり合いになった奴らは全員、一人の例外もなく、この事務所に招かれ、ウィスキー通な手付きで十六年物を注がれる栄誉に与ったのだ。そして、犯人は必ずこのなかの誰か、シマールのことをよおく、シマールのほうでは思いもよらなかったほどによおく知っているクソ野郎なのだ。

なんだかんだでシマールはこれまでけっこうな数の野郎どもと係わり合いになってきた。けっこうな、思っていた以上の数だ。ここに連れてきたのはタイで雇った多目的の付き人たちを含めてもせいぜい五十人というところだと思っていたのだが、戸棚の中に並ぶグラスの数は実際には九十六にのぼった。老警官はそれらを順次、小さな刷毛を片手に、机の上に身体を折り曲げるようにして念入りに調べていく。最初の晩に調べることができたのは十七個、そのなかには問題の指紋はない。男は断言した。

四日目、老警官はそれまでとは違う様子で目を上げる。離れたところにいたセルジュにも、ダンテの車を波間に投じたのがどのグラスの主だったのかが判明したのだと分かった。男は巨大なめがねを外し、犯人の名が記されたブリストル紙を脇に除ける。そして立ち上がり、集中したような、何か重いものでも運んでいるかのような様子で歩み寄る。シマールは彼が向かってくるのを待った。見つけたというのは分かっている。ポケットから、事前に取り決めていた紙幣の包みを取り出す。老警官は調査の目的についても、倉庫に並ぶがらくたについても、決して何も質問はしない。シマールがこれから渡す札束は騎手たちの勝負服の色彩をちらつかせ、厩舎の臭気を帯び、蹄の音を轟かせている。それが全てで、この札束に纏わるその他のことなど老警官は一切眼中にない。だからこそ、それを最初に見抜いたからこそ、シマールは他でもないこの男を雇うことにしたのだ。老警官は黙ったまま、目を伏せて手を伸ばし、受け取った包みをポケットに押し込んだ。そして「それじゃあ、シマールさん」と小声で言う。それは背筋が冷えるほどで、男は自分の車に戻るや泣き出すのではないかという感じがした。シマールはその理由を尋ねようかと思ったが、しかし今彼の背後の机の端にはブリストル紙のカードが一枚だけ他から除けてあるのだ。彼はただ「それじゃあ」とだけ返して男の背中を見送った。それから振り返って机に向かう、身を屈め、厚紙を手に取る瞬間を敢えて遅らせようかとすら思う。自分をこんなふうにコケにしてくれた輩の名前を、遅かれ早かれ、世界の果てにいようとも必ず見つけ出して絞め殺してやる相手の名前をこれから知るのだ。指先で厚紙を撫で、それから手に取る。そして認知に渇く目の前に、それを近づける。足元が崩れたかのように、彼はカードを机に戻す。

侮っていた、などというのではない。もっとひどかった。シマールは全く何も見えていなかったのだ。フレッド。シマールの道具立てにすっかり呑まれて、冷蔵室の男にビビり上がっていたフレッドの小僧。何の説明もなしに追い返したあの明け方には蒼くなっていたあいつ。もう一度厚紙を手に取り、口に入れて、嚙む。長く、長く時間をかけて嚙みしだく。そして引き金を引くように一呑みにした。

くちゃくちゃになった厚紙の玉が胃に達するころには、これから奴をどんな目に遭わせてやるかを思ってもう心が躍りだしている。いながらにして既に、追い詰めたときの奴の顔が見えるようだ。奴は小娘のようにガタガタ震えるだろう、指を触れるまでもなく、奴を丸呑みにして消化してやる。炭火の上で裸足で踊るような思いをさせてやれる。奴はありとあらゆる言葉遣いを弄して許しを乞い、その様子をダンテが天から見ていると思ってシマールは歓喜の涎を垂らすのだ。それがもう目に浮かぶ。凍て付くようで焼け付くような、一つの綻びもなくそれでいてどこまでも粗暴な復讐だ。そしてシマールは二発目の平手打ちを喰らった。まだ倉庫の出口に向けてすら歩き出さないうちに、扉が再び開いて、元警官のオッサンが戻ってくる。相変わらず重石(おもし)を背負わされたような様子で。

男は近づいてくる。なんだ、いったいまだ何の用があるっていうんだ？　老警官はポケットから紙幣の包みを取り出し、差し出してきた。やっぱりもらえません。シマールはその腕を、手を見つめ、重圧に喘ぐ老人の目を見る。どうしたんだ、シマールは努めて苛立ちを見せないようにして、取っておけと重ねて言う。でもダメです、やっぱりもらえません。

「あなたに頼まれてあたしがやった仕事は、あれはきっと何の役にも立たないんですよ、シマールさん。あなたの車を水没させた奴は分かりました、でもその犯人は……」

セルジュは老警官の目に哀しみを見た。仮借のない運命を告げようとしているかのような。シマールは男をじっと見つめ、目を見開く。

「フレッド・アブカリアン、カードにそう書いてありましたよね」男はその名に念を押した。「知った名前です、あたしらのとこの資料にも載ってました……三日前、むかしの同僚たちと会ったんです。そのときたまたまそいつらが教えてくれたんですよ、アブカリアンの奴が先週ボルドーで車に轢かれたんだ、って。シマールさん、フレッド・アブカリアンはもう死んでるんです」

13

フレッド・アブカリアンがシマールの仕事に関係したのはほんの三ヵ月ほどのあいだだけだった。カレー――パリ間を全速力で何往復かして、そしてシマールの視野から消えた。それが、こうして彼の人生を一撃で叩き壊しに戻ってきた。十年の沈黙を挟んで、雷がぎゅうぎゅうに詰まった砂時計をひっくり返すように。しかも、やるだけやって、もう死んでいる。気づいたときにはもう手遅れだった。咎人の喉笛を捉えるはずの手が虚しく空を掴む。シマールは倉庫でひとり荒れ狂うほかない。しょげかえった老警官の言ったことは確かに事実だった。インターネットを調べて、sudouest.fr の記事を見つけた。車の盗難事件に続いて大通りで起こった、よくあるような交通事故。盗まれた車のあとを走って追いかける持ち主、そしてアブカリアンはリードを放された狂犬のように轢き潰された。男がもう一人、一緒にいたという。例のツレだろう、間違いない。そっちの名前は忘れたが、住所は覚えている。町外れに立ち並ぶ背の高い建物、腐れたような低所得者向け団地だ。そこに出向き、拳を握って階段を上る。ベルトに差した拳銃を腹に感じるが、奴を叩き潰すのは素手でだ。あんな羽虫にはそれが相応しい。見つけた、三階の、扉に表札が出ている、アヴァンザート。呼び鈴を押す。長いこと押し続けたが誰も出ない。踵を返す前に拳骨で呼び鈴を粉砕した。倉庫に戻って、何もかも滅茶苦茶に投げ飛ばしながらぐるぐると堂々巡りする。壁の鉄板に投げ付けるウィスキーグラスは次から次へと石榴(ざくろ)のように弾け散り、シマールは怒り狂っていた。頭の中では荒波が猛る、やるべきことは一つ、アヴァンザートを追跡して、見つけ、この手で絞め上げる。そんなことでこの神経の昂りが治まる日がくるとは到底思えないが。フレッド・アブカリアンは、死ぬことで、シマールをハメたまま勝ち逃げしたのだ。おまけに、奴は自分の動機も謎のまま持ち去った。奴がなぜこんな形で彼を辱めようと決めたのか、それを知る機会は恐らくもう永遠に失われている。

できることはただ一つ、奴のツレを捜すことだ。カルル・アヴァンザートを見つけ出し、鎖に繋いで、口を割るまで殴るのをやめない。両手両足を粘着テープで固定して、天井から垂れた裸電球の揺れる下でなぜなのかをしゃべらせる。一緒にいたことを白状させ、それはそうだ、奴らはいつも一緒だった、そしてなぜこんなことをしたのかをしゃべらせるのだ。カネはどうでもいい、奴らがカネを欲しがるのは当然だし、カネだけなら別に取り返そうとも思わなかったろう。どうせ奴らのほうで勝手に、有頂天の状態から偽札だと分かってどん底に転落するだけのことだ。ダンテの鞄、これはたしかに泣かされた。後々まで、ときどき思い出しては涙を流すことになるのだろう。とはいえこれも、まだシマールを微睡みから引きずり出しはしなかったはずだ。しかしマセラティは、これはダメだ。奴らはやりすぎた。そしてどうやらアヴァンザートは完全に姿をくらましたらしい。毎日扉を叩きに行ったがずっと留守だ。

そんな日々が続いて、普通ならもう諦めようと思うくらいのころ、シマールは逆に一つの確信を抱いた。朝な夕な歯を食いしばって、座席の下に拳銃を隠してカレーの町を車で流すのはもう止める。町を流すにはマセラティを使っていた。海没の傷痕はそのままに、修理させたのだ。ふやけてゴワゴワになった革も、精彩を失った下半分の塗装もそのままのマセラティで、最後までやり通す意志を、自分の中では何も死んでなどいないことを見せ付けて走った。町の中心部のバスターミナルのそばに駐車する、アヴァンザートがカレーの町にいたならば必ず目にしたはずだ。シマールが戻ってきて、健在なのだと分かったはずだ。しかし何日そうやって町に出ていても、どんな形の反応も返ってこなかった。そうしてだんだんと衝動的な攻撃性は鳴りを潜め、もっと動かしがたいものへと変質していく。彼の静かな怒りは不動の確信に裏打ちされていた。遅かれ早かれ、アヴァンザートは再び姿を現す。そしてそのとき、奴の背後にはセルジュ・シマールが音もなく立っている。必ずだ。

身の回りの整理を続ける。そろそろ倉庫を引き払うことも考え始めた。中に詰まった何もかも、何十年も前にダンテと購入した偽札用の印刷機も含めて全て処分したい。ル・トゥケの別荘を売りに出すと、不動産業者の見つけてきた大金持ちのオランダ人夫婦は面倒なことは何も言わずすぐに契約にサインした。それからクリニャンクールの蚤の市に出向いて屑鉄屋を探す。そういう場所の歩き方は心得たもので、一週間後にはロマの一家がキャラバンでカレーの倉庫までやってきた。そして何もかも、小さじ一つ漏らさずに運び出していく。シマールは対価を一切要求しない。二日かけて、何一つ質問することなく彼らは倉庫を空っぽにした。とは言えときおり、特に弾痕だらけのタクシーを巨大なトラックの荷台に押し込むときなど、驚いた目でシマールのほうを窺いはしたが。

まあこんなものだ。

人生を引き払うのは実に簡単で、すぐに済む。持ち家があれば売りに出し、借家住まいならば鍵を返す、そしてタダで持って行けと言ってやれば家の中身などすぐに空っぽになり、数時間後にはもう何も残らない。ル・トゥケの別荘にも行って、同じようにキャラバンが中のものを全て引き取った。別れ際に一族の長老がシマールの手を握り、彼の目を真っ直ぐに見つめる。老人が知りたくて仕方がないのは分かった。こんなふうに、値の付きそうなものまでまとめてタダで手放して、いったい何から逃れようとしているのか。しかし男は口に出して問いはしなかったし、シマールも秘密を明かそうとは思わない。そして巨大なトラックは走り出す。パリに戻る道中、シマールについて色々と噂をすることだろう。彼はル・トゥケの砂浜に立って、眺めていた。手放した別荘、思い出たち。いま立っているのは数週間前にマセラティが発見された辺りのはずだ。シマールは独りで、なんだか完全に自由になったような気分に包まれている。あまりに濃密で、寒気すらしてくる自由の感覚。どうにか煙草に火を点ける、風に煽られて火先はじりじりと赤い。マセラティは上の道に駐めてある。ポケットの中でキーを握りしめた。バックシートには鞄が載っていて、中にはシャツが二、三枚にズボンが一本。ランボルギーニは自動車博物館に預けた。おそらく二度と取りに来ることはないと伝えてある。六十数年にわたる偽札と愛と悲嘆の人生の果て、全ての他人に幻を見せながらひたすら自分自身へと向かう道を進んで行き着いた先で、彼の手に残ったのはこれだけだ。スカイブルーのイタリア車一台、磨き上げられた靴の底に入り込んだ砂粒少々、彼が吸うまでもなく風に燃え煙に変わっていく煙草一本、そして、いつか必ず、一年後、五年後、あるいは二十年後になったとしても、アヴァンザートは必ず彼の眼前で全てを吐き出して許しを乞うのだという絶対の確信。

*

群衆に溺れ、溶け込む。人波の中に潜伏する。ホテルで眠り、安食堂で食事を摂った。今日は東で、明日は西、風任せに。歩道を歩き、誰の関心も惹いていないと思う、パリ、リヨン、マルセイユ、それからもっと小さな町、しかしすぐに、誰かに発見されてしまうような気もした。別に自分の何を隠そうというのでもないが、アヴァンザートの視界から消えたかったのだ。奴から見えなくなることで、逆に奴が自分から逃れるチャンスを一切奪ってやる。奴がうっかり光の下に出てきたなら、その瞬間、陰から現れて奴の後ろを取る。そんなふうに何ヵ月も、敵地に潜伏中のテロリストか潜入捜査中の刑事のように常に警戒を絶やさず、静かな狩りを続けた。アヴァンザートはそろそろカレーに戻るころだろう、そしてシマールはどこかへ消えたものと考え、何の心配もなくなったと思い、以前のとおり頑丈な肩で隆々と風を切って、何も知らず暢気に、叩き潰されるその日を待つばかりになるはずだ。

国内をぐるぐると経巡る過程で、いくつもの都市や田舎町を見た。車のまったく通らない道を走っていると、もう少し行った先で、ぷつんと道が途切れて奈落が口を開いているのではないかという気がしてくる。森の中の道をゆっくりと、自分自身がこの緑に埋もれるつもりでいるかのように流したこともある。そしてこんな目的地のない行脚の果てに、ある朝、閉じた門扉の前に辿り着いた。その両脇に延びる外壁は数ヘクタールの地所を囲み、その中心には一軒の家屋。一番近くのお隣さんとも何キロメートルも離れた、緑に茂る地獄。何もかもから遠く隔てられ、鳥の声しか聞こえない。門扉には〈売物件〉の看板がかかっていた。それを引き剝がしてマセラティ・インディのトランクに放り込む。まさにお誂え向きだ。音もなく、息を殺して静かに隠遁するのにぴったりの物件。いつかついにアヴァンザートを捕らえたなら、奴を囲うのに理想的な場所だ。庭に放してやって、逃げ惑う奴の脚をテラスからスコープ付きのライフルで狙い撃ってやる。そのときはステレオスピーカーを持ち出してジェームス・ブラウンをかけてやろう。奴らがマセラティを溺死させるときにかけたディスクだ。カーステレオの中に残っていた。広大な庭いっぱいに響かせてこれを聴かせてやる、そして音楽のなか奴が走り回るのを何発もの銃弾が掠めるのだ。額に煙草の火を押し付けてやる、好きなだけ叫べ、お前の焼け焦げた両頰を誰かが気にすることはもうない、お前の膝を滅多打ちにするバットもご近所さんの迷惑になる心配はない。配達員たちが家具を運び入れて、これはここですか、あそこのほうがいいですかね、などと尋ねるのに応対しながら、彼らの目には老後の庵を調える大人しい退職者のように見えるだろう、シマールは内心でそんなことを考えていた。こうして設えているのは、アヴァンザートのための終の棲家なのだ。
しかし全ての家具が配置され、庭のプール、足枷を付けて放り込んで、奴がパニクってじたばたとのたうつのを眺めるためのプールを掘る工事も終わって、庭の監視カメラシステムも完成し、全ての準備が整ったとき、シマールはパソコンの画面を前に目を見開くことになる。先を越された。アヴァンザートは他の奴らに捕まった、パリで強盗事件を起こして逮捕、お巡りを二人殺している。恐らくは終身刑。

大文字のタイトルと並んだ奴の写真を前に、シマールは引き攣る口で自分を呪い、地球上の全てを呪った。あの生まれ損ないのクソ野郎はもう、せいぜい検事の憤怒だけを恐れていれば済むのだ。奴は匿われている、どうやってももう手が届かない。唯一の手段は、奴の眼前に立つたった一つの方法は、こちらも収監されることだ。奴と同じように塀の向こうに渡ること、財産をすべて差し出し、家宅捜索を受け、徒刑囚として世界と対峙する、十八歳のころに経験し、それ以来ずっと一貫して避けてきたことだ。しかし復讐を果たし、均衡を取り戻すためには、何かは知らないが馬鹿げた挙に出て、捕まり、奴と同じ牢に繋がれるというやり方しかない。居間の真ん中で煙草に火を点けた。ムショに入る。アヴァンザートが安心して納まりかえっているシェルターの中へ、奴の知らないうちに、最悪の脅威がエアロックを通って入り込む、俺が、セルジュ・シマールが奴を殺しに行く。

吸殻を床で踏み潰し、もう一度ネットの記事に目を通した。アヴァンザートは二日後にクレティユの法廷で裁かれる。そこへ出向くことに決めた。

14

「でも結局、俺は投げ出したんだ」

長い溜息。そして言葉を継ぐ、

「どんな具合だったのか教えてやろう。どうせ椅子に括りつけられて何もできないんだから、そこで聞いてろ。よく聞けよ、これから俺が言うことを一言も忘れるな。俺はアヴァンザートの公判に行った。実際に法廷に行ったんだ。傍聴席に座って、奴を見た、ポリ公二人に挟まれて、あいつは被告人席にいた。二日間、俺は一回も目を離さなかった。奴も俺を見た。一日目のいちばん最初だ。奴はちょっと眉毛を動かしただけで、震えもしなかった。それでその後は一回も俺のほうを見なかった。それから、最後になって、あいつは俺の名前は出さずに、俺に向かってしゃべったんだ。札束の詰まった鞄は消えた、それっきり取り返せなかったってな。あれは俺に向かって言ったんだ、俺にはわかる。自分もハメられたんだって、言い訳みたいに。でもな、俺からしたら、むしろ逆効果なんだ。奴は自分がそもそもの最初っからどんだけ間抜けだったかを、知らないままでムショに行っちまったんだよ。二百万ユーロが全部偽札だったって知らないままで。俺は心底、頭にきた。奴らはそのことを知るべきだったんだ。それで呆然として、パニクって、奴らは札束が全部偽物だと知って、何にもならないスカを盗んだんだって分かってあっちこっち走り回るべきだった。そんなもののためにツレが死んだんだって分かったら、それがあいつには一生消えない天罰になるはずだったんだ。そんなもの耐えられるわけがない。おい、分かるか？ 想像できるか？ 何もかもがどんだけ無駄で、どんだけクソ馬鹿げてたかに気づいたときのアヴァンザートのツラを？ それだけがあいつに一発かましてやれたんだ、三十年のムショ暮らしが何だ。でも奴はそれを素通りしたんだよ。むしろ滅茶苦茶ツイてやがったんだ、何も知らないままで済むなんてな。あいつは、自分もハメられて札束を盗られただけだと思い込んでるんだ。俺は思わず立ち上がって言ってやりそうになった。あいつの懺悔だか独り言だかに割って入って、あの法廷で真実をはっきりと言ってやりたかった。そしたらきっと、奴は悲しくて遣る瀬無くてブチギレたはずだ。でも俺はじっと黙って座ったままで、周りの連中と一緒にあいつの話を最後まで聞いてたんだ。奴らは女に会いに行ったんだとよ、キャロルとかいう女だ、奴らは二人ともその女に夢中だったらしい。俺は奴がそんな話をするのをずっと聞いてたんだ。立ち上がって、頭を低くしてブルドーザーみたいに奴のとこまで突進して襟首を摑んでやりたかった。そうしたら大騒ぎだっただろうな、それでも俺はきっと奴を叩きのめせたはずだ。でも俺はじっと座ったままで、ぴくりとも動かなかった。ブチギレないように、俺がどれだけ自分を抑えたか分かるか？ そこにじっと座って、落ち着いてるふりをしたまま、目の前で、あいつが立ち上がって、ポリ公二人に両側を固められて、永久に俺の手が届かないところに行っちまうのを見てたんだ。そのとき俺が何を見たか、お前に分かるか？　俺は気がついたんだ、この手でアヴァンザートの首を絞めて、あいつが目を見開いて、何分もかけてだんだん奴の身体が指先まで硬くなっていって、最後にふっと空気が抜けるみたいにあいつの全身の力が抜けちまうのを感じるには、そうやって復讐をやり遂げた満足感を味わうには、たしかに落とし前を付けさせたって納得するには、そのためには、俺もムショに入るしかないんだ。俺はこのクソみたいな事実を見たんだ。徹底的にやるには、俺が思ってたように最後までやり通すには、あの下痢糞野郎をぶち殺すには、俺は五十年前に逆戻りするしかないんだ。ムショに入ったことがあるか？　ないだろうな、優等生のツラだ。お前は陽の当たる側で生まれて、ずっとそっち側にいた。そりゃあちょっとは胡散臭いこともやったんだろう、ダンテの鞄を持ってたのがその証拠だ。それでも、ないな、お前はムショに行ったことはない。俺は昔行った。俺が投げ出したのはそのせいだ。ピストルを持って宝石屋に押し入って、防犯カメラに写って、とっ捕まって、有罪になって今度は俺自身がムショに入れられる、それをやるのは嫌だと思ったんだ。八メートルからの高さの塀に囲まれた内側、監視塔から見張られて、決まった時間に狭っ苦しい運動場で散歩をさせられる、食堂ではトレイに飯をもらって、シャワー室で喧嘩になるのはしょっちゅうだ、俺も奴と同じムショに放り込まれることを祈って、移送に賭けて、情報を集める、弁護士を抱き込んで小細工をさせたり、それに俺の歳、でもどれだけ時間がかかったとしても必ず、いつかあいつをとっ捕まえる……俺はそれをやるのを諦めたんだ。その代わり裁判所を出たとき、別の考えが根っこを張って頭がいっぱいになった。最後に、世界の全部に背中を向ける前にもう一つだけ正面から見ておこうと思ったんだ。あいつの言ってたキャロルってのに会いに行こうと思った。どんなツラで、どんな身体をしてるのか、奴らがあんなことをしたのがどんな女のためだったのか見てやろう、ってな。もちろんどんな女だろうと俺には何の関係もない。それでもどんな奴なのか見てやろうって思ったのは、自分の目を眩(くら)ますためだ。こんなことまで話すのはな、お前がこれを誰かにしゃべる気遣いはないからだ、お前はもう二度とここから出ることがないんだからな。よく聞けよ、お前はな、あいつと、他の連中全部の代わりに償いをするんだ。こうしてお前を捕まえた、俺はこれで満足することにする。俺が自分をごまかしてるのは分かってる、満足する前にやるべきことを、二つも三つも段階をすっ飛ばしてる、それはそうだ。それでも、お前がどれだけ自分が悪いんじゃないと言い募ったとしても、俺はもう決めたんだ、お前に全部おっ被せて、それで終わりにするんだよ。この罪はお前の身の丈には合わないし、お前には重過ぎるだろうけどな。それでもお前が贖(あがな)うんだ。俺は辛い気持ちもぶっ殺したい気持ちもいっぱいいっぱい溜め込みすぎたから、どこかに吐き出さないわけにはいかない。お前がそれを受けるんだ。お前が全部の責任を一人で負うんだ、俺がそう決めた。腑抜けなのは分かってる。この一回しか言わないけどな、これは俺の一番の告白だ、世界でただ一人これを聞けるのは、お前にとって相当に名誉なことだと言ってもいいかもしれん。俺は投げたんだ。俺は諦めた。五十年前に牢屋で体験したこと、今の俺はあれに耐えられる自信がない。これも告白だ、お前に分かるのかは分からんが、そうなんだ、俺は歳を取ったんだ。あの日、裁判所から出てきたとき、俺は老いぼれになった。くっちゃべってる連中に紛れて階段を下りながら、頭の中でキャロルってのが大きくなってくるのを感じながら、そうだ、俺にとってはどうでもいい、何の関係もないことだと分かってるのに、俺は手綱を放して、その考えを追っ払おうともせずに、自分の頭の中を明け渡したんだ。そうやって俺は自分を諦めた。老いぼれたんだ。ムショに入り込む計画に背を向けて、しり込みして、俺はキャロルってのに会いに行くことにした。どんな女なのか。それが急にすごく、何より大事なことみたいに思えてきた。俺は調べたよ、四方八方嗅ぎまわって、最後には居所を摑んだ。俺があのシチリアの駐車場にいたのはそういうわけなんだ。そこでお前を見つけた。俺は前の晩に舞台を見て、あのホテルに泊まったんだ。なあ、俺はもう帰るとこだったんだぜ？　サーカスで、あの女が空中を、ブランコからブランコに飛び回るのを見て俺は泣いた。黙ったまま、俺は涙が出た。なんでだか分かるか？　俺は分からん。あの赤いテントの、黄色い星がいっぱい描いてあるあの下を、あの女が飛んでるのを見て俺は泣いた。俺はダンテのことを思った。俺の生きてきた人生のこと、俺の歳のこと、それだけじゃない、俺はフレッドとアヴァンザートのことも思った。俺にはあいつをノックアウトできない、今はもう無理だ。お前みたいなモヤシを叩きのめすくらいなら今でも朝飯前だけどな、アヴァンザートが相手じゃ、俺はもう上手じゃいられない、もう無理だ。俺はそんなことを思った。ショーが終わったとき、俺はきっと周りの連中よりも強く拍手してたと思う。俺はいつになく疲れてて、しかも落ち着いてた。心の底から落ち着いてた。二十時間もぐっすり寝たみたいにな。それから、黙って、誰ともしゃべらずに帰った。車であのホテルまで行って、寝た。その次の日、ダンテの鞄を持ったお前に出くわしたとき、なあ、信じられるか？　俺はもう行くところだった、帰るところだったんだ。車に向かって、もう全部に背を向けて、自分は老いぼれてビビってるんだって認めるつもりだった。そのままここに帰ってきたら、ピストルを口に突っ込んでぶっ放してたかもしれん。そんなところにお前が降って湧いたんだ。俺は二度見したぜ、ほんとに、奇跡だった。俺がどんな思いをしてたか分かるか？　どんなにえげつないことだったか、想像できるか？　あんなふうにコケにされて、その犯人を見つけたと思ったらもう死んでやがって、共犯者のほうまで、俺の目の前でムショにふけこみやがる、しかもそのときに気づくんだ、自分にはもうパワーがない、奴を追っかけて行くだけの肝っ玉が俺にはもうないんだ、って。これがどんな気分か分かるか？　こんなふうに自分の間違いに気づかされるのがどんな気分か、もう自分には手の届かない目標を追っかけてたんだって、しかもそれがただ時の流れを見過ごしてたせいなんだって気づかされる気持ちがどんなもんだか分かるか？　人生をずっと闘いみたいに生きてきて、それがいつの間にか、ここにいる自分が鏡に映った自分よりも小さくなっちまってるってのがどんな気分かお前には分かるか？　またおんなじことを言うけどな、お前も責めやしないだろう、俺は老いぼれたんだ、繰り言だって言うようになるさ。俺は自分を諦めた。俺は底なし沼みたいなごまかしに嵌まり込んでるんだ、分かってる、無理矢理ごっちゃにしてごまかしてるのは分かってるけど、もういいんだ。俺はそうやってメンツを保つ、少なくとも自分自身に対してな。お前が贖うんだ。全部、何もかも。お前が俺の出口になる。お前のおかげで、これから俺がお前にすることのおかげで、俺はケジメをつけたつもりになって出ていくことができるんだ。やめろ、何も言うな。ちょっと上に行って十六年物のウィスキーを飲んでくる。あのころ若造どもに注いでやってたやつだ。それからまた下りてくる。なんならそのときお前と少し話をしてもいい。でも今は、こんな告白をした後だからな、今は黙っててくれ」

第四章　オール・トゥギャザー

1

ジェラール・ファスは壁にかかったギターを手に取った。顔を近づけて眺め、その曲面を、ネックを撫でる。もう何ヵ月触っていなかっただろう？　ソファーに腰かけて、永の無沙汰に気後れするような心地もしつつ親指で弦を弾いていく。六本の弦はてんでに不協和な音を発した、長いあいだほったらかされて拗ねているのだ。

ミレーヌ・ファスは台所でその音を聞き、こしらえている最中のタルトから顔を上げて微笑みを浮かべた。だんだん整っていく音調、ジェラールがギターのチューニングをしている。思わず息を漏らす、夫は退職して以来ずっとギターに触れていなかったのだ。ニノ・ファスの両親は息子の失踪以来、海で遭難したようになっている。毎日ずっと、何か変化が、手がかりが、水平線に霞む帆柱が見えないか窺って、また国家憲兵隊や警察に相談し、果ては千里眼能力者をはじめ霊能力者の類にまで頼ろうとしたものの、ふたり空しく項垂れたままでいた。

ジェラール・ファスは左手をネックのロー・ポジションに据え、右手はゆっくりとピッキング位置に、そして笑みを浮かべたところへ妻が部屋に入ってくる、〈マラゲーニャ〉の最初の和音を聞き分けて、彼女も笑みを浮かべる。彼は音を紡ぐ、逡巡し、震える、長い眠りから目を覚ましたかのように、涙をいっぱいに溜めた二人の目の前で不意に窓が開かれたかのように。音符を連ねる、続けること、ただそれだけ。まだ息をして、立ってい続けること、人生が続いていくのを受け入れること。躓いて、もう立ち上がれない気がしても、それでも先へ、次の音を鳴らす。完璧な演奏ではなかったとしても。あまり滑らかでなかったとしても。家族が一人、足りなかったとしても。

足りないものなど、このキャンディ・レッドのキャデラックには一つもない。重々しく、堂々と、油を流したような海を行くタンカーのように、熱い風の中を駆けた。その運転席で、ペントは片腕をドアに預け、ときおり頭を揺すりながらエルヴィスを口ずさむ。静寂とV8エンジンの唸りのなか、マジでこのクルマはヤバいなと彼は思う。アルメリーアまでの道は遠く、その隔たり自体が十分に旅の目的となり得た。パリを出発点として一八〇〇キロ、巨大なエンジンの静かな力強さと革のシートの快適さとに包まれた三日間のクルージング。それに、ゲンズブールの〈頭文字(イニシャル)BB〉で名前が出ているというそれだけでもうこの町は伝説の香を漂わせている。いつかは絶対、じかに見に行かないわけにいかない場所だ。それに今日は五月の二十一日、夏も近い。ペントは太陽と、砂浜と、美女たちを求めていた。カクテルを飲みながら人生の喜びを堪能して、知らない言葉で笑い交わす声を聞きたい、歌うような響きの言葉だとなお良い。スペインなら間違いないだろう。

しかしよくよく考えてみると、このアメリカ美人にもちょびっとばかり足りない部分があった。エアコンだ。いまモントーバンを過ぎてトゥールーズを視界の果てに捉えたあたりだが、既に気温は上がり始めている。外ではもう三〇℃に届くんじゃないか、まあハイウェイ・パトロール一九五六年モデルの開襟シャツにはそれほどこたえる温度じゃないが。しかしこれだけ暑いと、じきに窓を開けなくちゃならなくなる。貧弱な空調ではもう無理だ。そして窓を開ければ気持ちの良い風は吹き込むわけだが、その風で髪型が台無しになってしまう。右にヨレたリーゼントを振り立ててアルメリーアに降り立つというのは、想像しただけでも興醒めだ。ウィンカーを点ける、ちょっと休憩しよう。よく冷えたコーラを飲めばスカッとするはずだし、うまくすれば車に風を入れないで国境を越えていけるくらいに身体を冷やしてくれるかもしれない。崩れたリーゼントで乗り込むなんてスペインに対して失礼ってもんだしな。

スペイン、マルセルはそこに住むことになっていたかもしれない。四十年近くも前、マドレーヌと出会ったころのこと、抱き合った二人の前に、世界はどこまでも開かれていた。しかし色々と旅して回って、結局はヴェルコールに落ち着いたのだ。そのヴェルコールに、マルセルは今もいる。もうここを去ることはないだろうと思って。上空を旋回する猛禽を眺めながら農場の庭を歩く、それは彼にとっていつまでも飽きの来ない楽しみだ。空を仰ぎ、コーヒーを飲む。鼻腔から流れ込む清涼な風で肺をいっぱいに膨らませ、時にはピアノを持ち出すこともあった。特別に誂えたレールの上を滑らせて、御影石の灰色をした空の下で音符を振り撒く。鳥たちも彼のリズムに合わせて羽ばたくように思えた。ちょうど、ゆうべも夕食の後ピアノを引っ張り出して、スタンダードナンバーに即興を交えて鍵盤を叩き、宵闇のなか一時間も成り行きまかせの旅を楽しんだだろうか、もう家に入ろうと、納屋にピアノを戻そうと思い、楽器本体にケーブルを接続して小型のウィンチを起動しようとしたところ、これがうんともすんとも言わなかった。驚いて、何かの間違いだろうと何度もオンオフを繰り返してみるが、やはりダメだ。空を仰ぐ。晴れた夜だ。ふと、三十年以上前の思い出が甦った。何かのお祝いで友人たちが農場に集まった夕べ、彼をはじめ男連中はみんな酔っ払って、力が有り余って、納屋から古いアップライトピアノを担ぎ出した。洗剤とブラシも持ち出し、水をかけて丸洗いしようというのだ。マドレーヌをはじめ女性陣はみんな大体ぼけーっとその様子を眺めていた。

ゆうべ、マルセルはピアノを外で寝かせた。雨も夜露も心配ない。そしてこの五月二十一日の朝、出てきてウィンチを試してみたがやはり動かなかった。いま、庭の真ん中で椅子に座って、ピアノを眺めている。そして、故障したウィンチを交換しようか、というのではなく、むしろピアノをこのままそこに出しておくことを考えている。いい眺めじゃないか。冬になっても、覆いでもかけておいてやれば寒さはしのげるんじゃないか？

寒さ、それはサンドラがもう永らく味わっていない感覚だ。永らくといって、正確には、ジェレミーと互いに情熱を通わせるようになって以来のことだが。音楽家としての天賦の才、月世界児めいた不思議な魅力、それに珍妙なクセの数々を持っているだけでなく、坊やは本当のところ、初めての扉を開いて、初めてサンドラを満足させてくれた人物だった。自分が男たちの心の中と下着の中身をすぐに熱くさせる女性だということはサンドラ自身も理解していたが、自分のほうがこんなに大きな喜びを感じるのは初めてだった。というよりも、包み隠さず言えば、喜びを感じること自体が初めてなのだ。これまで何人かの男が彼女に喜びを与えたつもりになったし、彼女自身も何かかなり近くまでは行けたように思ったことがあったが、でも違った。その点に関して彼女は成熟した女性の経験をしないままできたのだと認めざるを得ない。これまでのパートナーたちの肌の色、年齢、社会的地位がどうであれ。でもそれが演奏の糧になってるのかも、と彼女は考えたりもする。身体の奥底にこの欲求不満の蓄積がなかったとして、果たして同じ音を鳴らせただろうか？　分かんないけど、禍中に福ありってことなのかも。

そこへジェレミーが現れた。天使の顔をした月世界児、大抵の女の子は恋愛対象として見ないだろうし、男の子たちはそもそも男として見ないだろう。最初は優しい子だと思ったし、実際そうだった。繊細な子なんだろうと思ったし、実際そうだった。あんまり繊細であんまりにも優しくて、ジェレミーは目も、耳も、五感の全て、全身の産毛の一本一本まで全部何もかもをサンドラだけに向けていた。彼の心の戦慄き、湧き起こる衝動、躊躇いと欲望、彼の欠点と疑念、欲求、そして歓喜、彼は何もかもをあまりにも強烈に濃密に感じていて、最初に指先が微かに触れ合った瞬間から、サンドラは羽が生えたようだった。そのときから、一度も地面に引き戻されることがない。

この真新しい体験のなかでも特に変わっているのは、ジェレミーが何事にも気づいていないように見える点だ。他の人なら大抵、いや、恐らくみんながみんな、自分自身のうちに他人よりも優れた部分を見つけたら胸を張って得意げに反っくり返るものだろうに、坊やは自分の楽才も、動物的な求心力も、何についても誇るということがついぞない。サンドラ自身は、自分の裸体を鏡に映して、自分は美しく、魅惑的だと思ってひとり微笑んだりする。ジェレミーが隣の部屋で眠っているいま、自分の生きてきた二十八年を振り返ると、生まれて以来の何もかも、十歳にもならないころに父が破産して、廃兵院広場に面した豪壮なアパルトマンからイヴリーでのキャンピングカー暮らしに移らざるを得なかったことも、何年かして兄がドラッグ絡みで脳天を撃ち抜かれたことも、悲憤慷慨する両親を尻目に地下スタジオに通ってトロンボーンばかり吹いていた大学時代も、それからステージに出始めたころのこと、さらにはもうそろそろ二年になる〈ライトグリーン〉での活動、本当にどんなことでも実現可能になったこの生活でさえも、ぜんぶ混沌としてもう何がなんだか分からない中から、どれ一つとして特に際立って浮かび上がってくるものはない。彼女のこれまでの人生すべての中で混沌の水面から上に突き出てくるのはたった一つだけ、その一線を越えてくることができずに水面下に残される色々なものからすればえげつない話かもしれないけれど、とにかく、そのたった一つというのがジェレミーだった。こうして花開いた新世界を自ら生き、受け止め、味わい尽くしても、同時にまだグラスに唇を触れただけのような気がする。この新生活を隈なく、どの部屋にもすぐ戻ってくるつもりで電気さえ消さずに次の部屋へ次の部屋へと全部見て回って、そんな全てを改めて俯瞰してみれば、それで初めて正面から見ることのできる事実があった。ステージ上のサンドラの息吹は一切減じることがなく、トロンボーンの音は少しも光を失いはしない、彼女が唇を当てれば歓喜を伴って深みと煌めきが躍り出し、すべては相変わらず、いやもしかしたらこれまで以上に輝き渡る。ジェレミーは隣で眠っている、そしてサンドラは彼のことを思い、自分がどんどん美しくなっているように思う、この五月二十一日に彼女はこの甘い奇跡を舌の上で転がしている。サイコーなヤツ。渦中の福男。

「禍中に福あり」マルチーヌは呟く、「禍中に福あり……」

手紙を胸に押し付ける、もう二十回は読み返して、もはや疑いを差し挟む余地はない、間違いなく、そういう意味なのだ。宛名人は彼女、マルチーヌ・アブカリアン、これも間違いではない。手短な手紙、言い訳のように響く言葉がいくつか並び、行間に蠢く暴力はどんな丁寧な言葉遣いも全て塗りつぶしてしまう。次の十一月で五十八歳になる、そのうち三十六年間を同じ工場で過ごしてきた。その工場が、地球の裏側への移転を通知してきている。

「もちろん、皆さんを放り出すわけではありません」雲上の本社から工員のおばちゃんたちの平土間に降臨した〈製造設備再編委員長〉は言う。

テレビの奴らみたいだった。いつも新聞で見るような、やたらこぎれいな連中。三十そこそこ、それか四十になってるのか、ジムとか日焼けサロンに通ってばっちりキメてる。不自然なほど落ち着きくさって、厚かましいくらい。ご大層な資格を持ってて、毎月大金を稼いで、大口を叩く、ほんといつもそればっかり、ちびっちゃい口先でだけやたらでっかいことを言ってくれちゃって。

「馘首ではありません。皆さんは新しい工場で優先的に雇用されます」

女たちは顔を見合わせる。五十人ばかりの女工たちはみんな訝しげな顔をして、委員長の言ったことを自分がきちんと理解できているのか自信がない。彼女らのあいだでだんだんとひそひそ声のやり取りや目配せの波が広がっていくが、前に立った男が教室の先生のようにそれを止めさせる。両腕をいっぱいに広げ、大変な贈り物を差し出すかのように言い放った、

「端的に言いますと、私どもは三ヵ月後にここの生産単位(ユニット)自体を中国南部に移転します。皆さんにはそれにご同行いただくことができるというわけです。労働条件は現状のまま維持されます、もちろん現地の物価に対応してですが」

呆気に取られた空気が凍る。男はそれでも眉一つ動かさず、赤面する様子もない。女が一人泣き出して、さらにもう一人。別の一人が進み出て、男に平手を張った。委員長氏は途端に日焼けの色もほとんど失って、詰め寄る女性たちを前に後じさり始める。

もちろんそんなことでは何も変わらない。工場は閉鎖され、移転する。そして何もかも犠牲にして中国についていくというのでなければ、女工たちはこの国の求職者の群れをさらに膨らませる羽目になるだけだ。そして誰一人中国には行かなかった。そういうわけで彼女らは全員が、長きにわたる実り多い協力関係の終焉を正式に告げる郵便物を受け取ったことになる。そして一方的な決定への埋め合わせということなのか、各自宛てに小切手が一枚ずつ添えられていた。一年分の給料、その一万九千ユーロを胸に押し当ててマルチーヌ・アブカリアンは繰り返す、禍中に福あり。そう、この五月二十一日は一種の生まれ変わりを画するのだ。このお金には意味がある。これは訴訟手続きのため、調査を行うため、正義のためのお金なのだ。あのとき裁判所で、カルルは誰かがシュペール5を盗んだんだって言った。乗り逃げされた車を追っかけたせいで、あの子は死んだんだ。その共犯者は今も逃げてる。カルルはだんまりを決め込んでる。だからこの一万九千ユーロには意味がある。この特別手当はそのためのものなんだ。探偵を雇って、犯人を見つける。フレッドを殺すことになったそいつを裁判所に引っ張っていって、この世に正義が存在することを見せてもらう。

「〈ジャスティス〉だって。こんなバンド名ってなんか変じゃない？　〈ポリス〉の仲間なのかな？」

ローリーは赤ん坊を抱いて、デパートのディスク売り場を歩きながら、目に留まったジャケットに寸評を加えていく。乳児には入れ墨をしたお母さんのユーモアはまだ早いようで、ただばあばあと応えるだけだ。かつての〈パラディーゾ〉のウェイトレスは、既に何ヵ月かロンドンで暮らしている。町を散策して日常のあれやこれやに寸評を加えて回るのがなんといっても楽しい。カレーを去って以来、いろんな変化があった。まずマイク、フェリーでバーテンをしている彼女のパートナーは、早速カムデン区の中心部にある2Kの自宅に案内してくれる、そしてローリーはすぐにその居心地に馴染んだ。それからテオ、もう六ヵ月になるピンク色で丸々とした小さな人、その目は新しい朝を迎えるごとにどんどん世界や人々に向かって開かれていく。もちろん新しい仕事も。蚤の市の屋台で古着屋の売り子をして、古いジーンズや革ジャンに囲まれる毎日。そんな何もかもが、いっぺんにカキッと、あるべき場所に嵌まり合ったみたいだった。だから次に、アルファベット順などおかまいなしに、グレイス・ジョーンズのシングル盤が目に留まったのも全然不思議じゃない。胸に抱いた赤ちゃんの耳元でそっと口ずさむ、彼の腕に抱かれて、優しく囁かれて、人生は……薔薇色。

薔薇色の人生、二人のステファンにとって、それはほんの少しのことだった。ただ二人、出会って、互いを把握し、それぞれが対等な片割れとして一つの塊を成すこと。よく似た外見、同じ楽器、それに同じ名前、全部が全部あまりにも似通っていてしかも相補的なので、周りの者は混乱してしまう。しかし本人たちにとっては、それはむしろごくごく自然なことに思えるのだった。二人のステファンは出会った日以来ほとんどずっと一緒にいる。そしていい気分だった。単純に、いい気分。いつでも、どこでも。一年来、二人の青年はパリに大きなアパルトマンを借りて住んでいる。ロックスターの肩書きが収入証明の代わりになって、面倒なことはほとんど何も訊かれなかった。そして二人は日々の大半を、白い広間の真ん中で向かい合い、ギターを弾いて過ごす。ケーブルが床を這い回り、アンプの城壁が二人を囲む。食事は何でも思いついたものを出前で頼んだ。毎朝二人が眠っているうちに通いの家政婦さんが家事を片付け、晩は女友達がちょっと寄って行ったりもする。ここに越してくるときに試算してみたところ、誰にも面倒をかけずここでただ毎日好きなことだけをして暮らすとして、二人の共有口座には五百七年分の貯金があった。

五百七年、この本を書き上げるにはそれくらいかかりそうだとローザは思う。書き始めたのは何ヵ月も前になるけれど、正直なところ未だに終わりはおろか半ばも、それどころか始めさえも見えない。反故にした草稿がすでに二、三百枚も、目の前の机を占領している。もう何分も前から眼鏡をはずして、鼻の上のほうをつまんでいた。しんどい。

この手記を書くのに、どういう軸線を選んだらいいんだろう。でも本当は分かっている、それも最初から。目の前に散らばる紙にはあの人のことしか書かれていない、彼女の雇い主、雇い主だって、と彼女はひとり微笑む、職業上の付き合いというのは分かりやすい建前だけれど、実情はもっと複雑で、奇妙なものだった。それも最初の日からずっと。そう、これが他の可能性を全て脇に追いやってしまう、彼女の手記の軸線だ。数多のレコードも関係ない、彼女がずっと務めてきたお手伝いさんという立場から見聞きした幾千の逸話も問題じゃない、輝かしい音楽プロデューサーに付き従ってきた半生の細々とした出来事なんていうのは本質じゃない。彼女の生涯の秘密は瞳のなか、頭のなかで燦然と燃え立っている。それ以外のことを語ろうとしても無駄な試みだ。彼女が書きたいのは最初からただ一つ、この関係、あの人、自分たち二人のことなのだから。ラルフ・マイヤーリンクこそが彼女の人生を照らす太陽だった。

太陽は今日も輝いている、ここフレンヌでも。だがここでの暮らしは砂を噛むようで何の味もしない。カルル・アヴァンザートにとっては、もはやどこにいたとしても人生に味などありはしないのだ。とはいえここでは、ポリ公を二人殺したという事実ゆえに、彼は大物のワルとして扱われた。みんな彼には道をあけ、敬意を払う。しかしそんな尊敬に満足感など覚えない。むしろまったく逆で、顔には出さずともイラつかされている。あの宝石屋に押し入ったのは、自分で自分に銃口を向ける勇気がなかったからだ。一人で死ぬことができなかったから、殺されるように仕向けようとした。それが、こうして後光でも差しているかのように賞賛と敬意を向けられている。あまりにも皮肉なこの状況が彼を押しひしぎ、毎日、毎日、自分がどれだけ腰抜けだったかを思い出させる。


「おい！　それ一旦抜けって！　なあ！」

「ええ？　でもだって、じゃあこのベルトどこに付くんだよ？」

「分かんねえけど少なくともそこじゃねえよ、そこは三番の留め具が付くんだ」

「説明書見せてくれる？」

「っていうかプーリーが一個余計な気がするんだよなあ……」

二人の配達係が説明図を見ながら悪戦苦闘しているのを見ていると、週末までにこいつが使えるようになるのか、ペドロは不安になってくる。

「え、なあ、そこってウォームギアが付くんじゃないの？」

どうもこの調子だと一番頻繁に会うカノジョのシンディには、約束してた週末のサプライズはまだ準備ができてないんだと言うことになりそうだ。

「すみません、このタイプを組み立てるの初めてなんです。いつも〈レディー・ファースト〉ってやつを配達してるもんで。それが一番人気なんですけど」

〈レディー・ファースト〉ならもちろんペドロもウェブカタログで見た。でもこっちのほうが何倍もイカしてる。メルトン裏の革製〈乗馬コンクール仕上げ〉の二つの座面もすごく快適そうだし、ピンク色の編み革のベルトも金色の革紐もたまらなく豪華で、それに何といっても拡張性、大量のオプションが用意されてるのがいい。どんなタイプの欲望にも、どんなマニアックな嗜好にも対応可能、どのポジションにも夢が膨らむ。そして、はっきりと値段が違っている。まさに楽園の門番だって買収できる額だ。でも何百万枚もＣＤを売ったのは何のためだ？　こいつを買うためみたいなもんじゃないか！　このファッキング・マシーン、〈ハード・スカイ＆ブラック・シャドー〉モデル、愛し合う全てのカップルたちに贈る、夢のパートナー。

「お客さん、申し訳ないんですけど、一回持って帰らないとダメっぽいです。アーチ・シャフトってのが足りないみたいで。それがないままで使ったら、お客さんのガタイだとたぶん一人で乗ってもマシンが真ん中で折れて、こうガシャーンって閉じてきて挟まれることになると思いますし」

「かなり危ないんです」

ペドロはいいよいいよと、にこやかに配達員たちを宥める。別に今週でなきゃダメってもんでもない。それに、待った分だけこいつを始動させるときの喜びも大きくなるだろう。

始動はスムーズだった。小型のエンジンは少しだけ咳き込んだが、すぐに滑らかに回転し始める。最初こそ一瞬青い煙を薄く吐きはしたが、それもじきに正常な排気ガスに変わった。シュペール5はもう何年もじっと放置されていたにも拘わらず、ラルフ・マイヤーリンクがキーを回すとエンジンはすぐにかかった。マルセルの言っていたとおり、こういう小型車は頑丈で信頼できるようだ。エンジンをかけっぱなしのまま、老プロデューサーは車から降りる。そしてこの骨董品、いまや過去となってしまった時代の遺物の周りを一周してみた。初めてこの庭に入ってきたとき、この車は白かったはずだが、今は緑色、あるいは灰色と言うべきか、とにかく大分暗い色になっている。長いこと動かされもせず、霧雨に苔生(こけむ)してくすんでしまったのだ。まだ白かったころのこの車には小柄な赤毛のシンガーが乗っていて、白い車体とオレンジの髪が彼らの持って生まれた色、そして青年は不安に押し潰されそうになりながら何か秘密を抱えていた。今では誰も運転席に座る者はなく、世界中の誰もがニノ・ファスについて何でも、彼がどうなったのかという一点以外は何でも知っている。ネット上にはありとあらゆる噂が溢れ、どのページも純然たる真実という顔をして語っていた。しかし実際には、誰一人、何一つ知らないのだ。ラルフ・マイヤーリンクの知る限り、確実なことは、この車がここに来たときから彼がキーを回した今までに〈ライトグリーン〉のアルバムは世界中で千七百万枚売れたということ、そして、かつて借金取りか何かに怯えきっていた青年が世界的なスターになり、それから蠟燭を吹き消すようにふっと掻き消えてしまったということだ。そして堆く積まれた黄金の山と、この小さな車一台だけが残った。ラルフ・マイヤーリンクの手にはジャクリーヌ・アヴァンザートという名前の入った自動車登録証がある。あるいはこれは国際自動車保険証というやつか。しかしこの女性はいったい何者なのだろう、どんなふうに暮らしている人で、果たしてこの車を失って辛い思いをしているのかどうか。

「そりゃ辛いよ、会えないのは辛い」ダンは泣きそうになりながら繰り返す。「でも母さんとは、もう一緒には暮らさないって決めたんだ。父さんたちだって辛い。でもこうやって一週間おきに、って、三年前にそう決めたし、これからもこのままだよ。このほうがずっと良いんだ。そりゃあおまえの友達は大抵、家にお母さんもお父さんも揃ってるんだと思うよ、でもきっとお父さんとお母さんが毎日喧嘩ばっかりしてるって家も多いと思う。あれは最低だよ。母さんも父さんも、おまえの前でそんなふうになりたくなかったんだ。おまえには、上手くいかないときはどうにかそれを変えていくんだってことを見せたかった。もし、変わるために別れなくちゃいけないなら、別れることだってするんだってな。辛くてもさ。だって、人生は短い――」

ダンはこの言葉を出したところで口を噤んだ。自分が、息子のためというよりも自分自身のために話し始めていると気がついたのだ。彼を見つめ、微笑みを浮かべて彼の言葉に耳を傾けている、彼の息子。

「人生は、短い？」少年は鸚鵡返しに尋ねた。

「いや、そうじゃない。父さんが言いたかったのは、『人生は素晴らしい』ってことなんだ。つまり、そう思った瞬間に、急に人生の持ち時間は短いって気がしてくるんだよ」

焼き時間がちょっと短かったかもしれない。骨付きの肩ロースステーキはレアよりももう少し生焼けで、食べ始めはすごく良かったのだが三分の一を過ぎてくるころにはもうほとんど冷めてしまっている。一方で、炒めたジャガイモのほうは完璧だった。ニンニクもタマネギも黄金色に輝いて、最高だ。おまけに、今日はフランス中どこもかしこも素晴らしい空模様で、それはもちろんここも同じ。裏庭に面したこのテラスで食事をしていると、本当に俗世から切り離された感じがする。妙なことに、前庭に面したほうのテラスではこの孤立の感覚もどことなく別物だった。どちら側からも、見渡す限り木々や羊歯の類、背の高い下生えしか見えず、人の気配がまったくないという点では何の違いもないのだが。この敷地のどこにいても、ここが広々として穏やかな隠れ家であることは変わらない、それでも裏のテラスは殊更に心の落ち着く場所だった。セルジュ・シマールはワインを飲み下しつつグラスを置き、静けさの気配を嗅ぐ。向かいの席で、ニノ・ファスはその様子に微笑んだ。

「それ、よくするよね」

「どれ？」セルジュも笑みを浮かべて尋ねる。

ニノ・ファスはしばしステーキを切る手を休め、ナイフとフォークを皿の縁に置くと、グラスを手に取った。椅子に深く座り直し、満足しきった男というポーズを取る。少し劇的なくらいに、心の底から満ち足りた様子を作って、そしてグラスから一口、それが人生最後の一杯であるかのような、あるいは大変な名誉、ものすごく貴重なワイン、神代の秘酒ででもあるかのように飲む、それからグラスを置きつつそっと瞼を閉じ、歓喜の絶頂の直後のように、穏やかに長い長い息を吐いた。セルジュ・シマールは笑い出す、

「俺が？　俺そんな笑っちゃうようなことしてるのか？」

ニノは気を悪くしたようなふりをしてみせる。

「いや可笑しいよ。ほんとに、まさしく珍妙って感じだったぜ」とシマールはなおも言う。

二人とも笑い出して、ニノは肉を一切れ口に入れた。グラスを手に取ったシマールは少し動きを止めて、自分の気分の盛り上がりを抑えるような、熱烈さを制御しようというような素振りをしてみせて、ニノを笑わせる。そしてちょうどこのとき、この十分の一秒くらい、このほんのちょっとのくだらない瞬間に、セルジュ・シマールの脳裏に電光が閃いた。今日は五月二十一日水曜日だ。この物語の登場人物たちにとって、それは何かが決定的に変わったあの瞬間から凡そ二年が経ったということだった。ほぼ二年前に、世界が引っくり返ったとさえ言える。それでいて誰も、それが正確にはいつだったのかを知らない。そしてただ一人、その日付を正確に知っているのが、彼、セルジュ・シマールだった。それからニノも。あのとき以来、二人はそのことについて何度も話し

合ってきた。とはいえ今ステーキを咀嚼（そしゃく）しているその様子からすると、どうやらニノはそのことを忘れているらしい。シマールの視線に、ニノは訝しげに動きを止める。

「なんでそんなにじっと見てるのさ？」

「シャンパンを開けよう」とセルジュは応えた。

ニノが意味が分からず固まっているので、彼は念を押すように言い足す、

「今日は五月二十一日だ。お前がここに来てちょうど二年になるんだよ」

2

最初の一週間、セルジュ・シマールはニノ・ファスをしこたま痛めつけた。基本的には顔面への平手打ちで、粘着テープで椅子に括り付けられたロックシンガーはありとあらゆる種類を、右から来て左に抜けるもの、上から下への打ち下ろし、左から来て右へ、それに下から上への掬い上げ、漏れなく一通り味わった。シマールは大喜びで打つ。この小柄なアンチャンはなかなかよく撓（しな）り、バネの軸の上にまん丸なボールが据えてあるような感じに頭が往っては返る、疲れを知らない起き上がり小法師（こぼし）のようだった。時おり手を止めて、シマールは喜色満面で手のひらを揉む。その眼前でニノはただただ息を吸おうと、他には何も考えられず、時おり、もう止めてくれと口にするくらいだ。そうするとシマールは自分も座って、ニノが魔法のように回復していく様子を眺めた。そし

て最後にはいつも、なぜだかつい、どんな気分かと尋ねてしまう。
朝昼晩、シマールはトレイで食事を持って下りた。それを足元に置いて、粘着テープを切ってやる。カッターナイフで手早く雑にやったので、手首にぶっつり切り込んだりしなかったのが不思議なくらいだ。ニノは両腕を広げ、小刻みに動かして血行を促して、ほの暗い地下室で身体の硬直が解けていくのを感じる。泣くこともあった。それから、獄卒にじっと見つめられながら、喉を詰まらせるのを恐れてでもいるかのようにゆっくりと食事を摂る。シマールは内心でごく率直に、よく嚙んでたっぷり食え、などと思っていた。そういうわけで二人ともそれぞれに居心地の悪い思いをしていたことになる。ニノのほうはもちろん、時が経つほどに、自分に対してひたすら悪意を持っているらしい人間の玩弄物になっていることが身に沁みてくるから、そしてシマールのほうは、そんなふうに自然と相手に対する思い遣りが生まれてしまうことで、拷問者としての自分が綻びてくるからだった。

七日目の朝、シマールはいつもどおりコーヒーを持ってパソコンの前に座り、立ち上げて世界中のニュースや公告を眺めてまわる。特に興味があるわけではなく、ただの習慣だ。しかしその日は、不意に、彼は目を見開くことになった。いつも利用しているポータルサイトの最初のページに、でかでかと、今も地下室で眠っている赤毛のチビの写真が現れたのだ。あまりのことに思わず跳び退ったが、ゆっくりと画面の前に戻って大文字のタイトルを目でなぞる。〈ライトグリーンのヴォーカル、謎の失踪〉。シマールは記事全文を貪るように読んだ、そうして地下室の虜囚の素性を知り、分けても、全世界が奴をどれほど重要な存在と看做しているかを知った。ネット上では奴がどこに隠れているのかについて何千という噂が飛び交い、世界の四隅から目撃情報が寄せられている。また同時に、シマールはニノ・ファス（って名前だったのか）が相当な大金の持ち主で、具体的な試算額には情報源によって百倍からの開きがあったが、ともかく実際の資産がその最低の分だけだったとしても、数多の詐欺や誘拐、騙し討ちが画策されて当然な額に上るのだということを知った。セルジュ・シマールは肘掛けに両腕を休め、考え込む。まさかそんな奴を招待していたとは。そうやって自然とニノのことを客のように考えてしまい、どうにか思い直そうとする。そうして何分も経った。彼の中で、亀裂はただ広がっただけだった。

たしかにシマールはニノのことを自分の憎しみを向けるスケープゴートに仕立て上げはしたが、心底それを徹底できてはいなかった。そこへ飛び込んできたこの情報、ニノ・ファスが人々に愛されているという話、あの小柄な赤毛を賛美する者が世界中にいるということ、あいつがこのどことなく馬鹿馬鹿しくてくだらないスターダムの頂点に輝く一等星だったという事実が、なぜかはシマール自身にも分からないのだが、彼を一気に突き崩しつつある。彼は立ち上がり、階段を下りて、ゆっくりと地下室にやってきた。

「お前、歌手だったのか？」とシマールは切り出す。

ニノは彼を見つめ返す、一週間来怯えきっていて、不意に訪れたこの凪の意味が分からない。それに、この男が自分の素性を、世界中が知っている彼の立場をまさか知らなかったなどとはまったく思いもよらない。

「はい」この返答がどういう反応を呼ぶのか全く分からず不安なまま、彼ははっきりしない声で答えた。

「〈ライトグリーン〉？」セメントに足を取られたような重ったるい訛りでシマールは口に出す。

でかいほうは呆けていた。その向かいで、ちいさいほうも呆けている。獄卒はただの男になっていた。どこにでもいるような、ただの一人の男。

シマール自身もその変化に気づいた、あるいは単に足元が崩れるような感覚に襲われたというべきか、これでもう手遅れになると感じた。彼の抱いてきた辛苦も、疼痛も、悲嘆も、彼の人生の真っ黒なずぶどろ全て、目の前の椅子に括り付けたこのチビに背負わせてしまうつもりだった何もかもが、もうじき本当に彼自身にしか関係のないものになってしまう。無駄な抵抗を止めて、自分の惨めな闇黒を正面から見つめなければならなくなる。たった独りで。もうじき、自分自身にも全世界に対しても、このニノの坊主は本当は大して関係ないのだと、革の鞄も実はそれほど大切ではなくて、ダンテだけが、もういない、飛び去って、永遠に葬られてしまったダンテ本人だけが大事だったのだと認めなくてはならなくなる。だからニノ・ファスをどれだけ殴ったところで何も変わることなどないのだと、認めなくてはならなくなる。椅子に向かって近づいていく彼のこめかみにはこんな思いがガンガン打ち付けていたのだろう、そしてまだ今なら、まだ間に合うかもしれないと、ここで、今、永遠に最後の拳を打ち放つことができると思ったのかもしれない、そんな全てを掻き集めて彼は腕を振り上げ、勢いを付け、息を呑み、最後の、きっと彼の人生で一回きりの、しかし究極の、巨大で、決定的な、全てを語り尽くし刻み付ける、最も些細なことから深刻なことまで、カネにも死にもはっきりと否を突きつける一撃を、彼は腕を振り下ろす、ニノの顔面に、音高く、素晴らしく、ニノと椅子は二メートル先まで、床を擦る金属の音と人間の呻きを交えて響き転がっていく、そしてシマールは息を吐く、果てしなく空気の塊を吐き出す、溜息のように。

踵を返し、電気を消して、彼は階上に消えた。

その同じ日の午後、シマールは地下室に下りて、ニノを椅子ごと起こす。そうしてから周りをゆっくりと回って、最後にもう一度だけビビり上がらせる、最後にほんのちょっとした冗談を楽しませてもらおうと決めた。ちょっとしたボーナスだ、革の鞄に入っていた拳銃を取り出し、自分自身のこめかみに突きつける。

「こいつを撃つことにした。お前の見てる前で、俺は頭を吹っ飛ばす。お前のピストルでな。そんでお前の目の前でくたばる。お前は見てるんだ、俺の頭が弾け飛んで、それでもお前はずっと括り付けられたままだ。そうやってまったく動けないままな。お前もくたばるだろう、疲れきって、腹ペコになって、衰弱して、なんかそんなふうにして死ぬんだ。死ぬまで何日もかかるだろうな、四日とか五日とか。それよりは短いかも知らんが、どっちにしろ長いことかかるのは確かだ。そのあいだ、ほっぺたの内側でも噛みながら、あの鞄を盗むんじゃなかったってたっぷり後悔するんだな」

そしてニノが言葉を挟む隙も与えずに、シマールは引き金を引いた。

カチャリ。

大きく見開いた目で、ニノはシマールの大きく見開いた目に食い入っている。鉛の沈黙のなかで二人は見つめ合っていた。ニノは肩で息をしている。シマールは銃を下げ、がらくたのように床にほうった。

「鞄にピストルを隠し持ってるつもりだったんだろう？　俺はお前を監禁して、そのまま殺すつもりだった。俺たちはどっちも思い違いをしてたんだ。誰か殺す気だったのか？　これで？　護身用か、ワルぶりたかったのか、でも本物だと思ってたのか？」

ニノは不審顔で、ただシマールを見つめ返すだけ。

「これはオモチャだぜ！」シマールは大笑いする、「びっくりしてるな？　じゃあ本物だと思って買ったのか？　あん？」

しかし真顔に戻った。

「俺もおんなじだ」と彼は囁く。「俺はタフになるつもりだった。自分自身の中身に住み込んで、自分のイカレたところを正面から見据えて押し倒してやるつもりだったんだ」

不意に顔を上げる、

「でも俺のはそういうんじゃなかった。俺がイカレてたのは、ただ自分の生き方に何の垣根も作らなかったってことだけだ。何の囲いもなしで、何の決まりごともなし、ただ適当に足の向くままほっつき歩いて、邪魔する奴がいたら素手ででもぶっ殺してやっただろう。俺はそういうふうにイカレてたってだけなんだ。でもそれだけで、俺は根っからのビョーキじゃあなかった。俺は勘違いしてたんだ、お前をここに閉じ込めて、さんざん張っ倒したりするなんて、俺は本当はそんなことどうでも良かったんだ」

長い沈黙が降りる。そしてセルジュ・シマールはカッターナイフを手にして、ニノに歩み寄り、この一週間彼を繋いでいた縛めを切り裂いた。

3

その次に起こったことを目にしたなら、誰もが面食らっただろう。二人は肩を並べて階段を上る、両脚が痺れてしまっているニノをシマールが支えて。そうして居間にやってきて、ニノはパソコンの画面いっぱいに映し出された自分の顔を見た。シマールをちらと見やってから、彼は遠慮がちにパソコンのほうへ近づく。シマールはニノが掛けるように椅子を引いてやり、コーヒーまで勧めた。

シマールの目付き、声音には、どこか人を受け入れるような、何か素朴で真摯なものが宿っている。それはむしろ誰も彼もを震え上がらせるだろうが、しかし本人としては、シマールは自分がニノに対してもはや二度と手を上げないことを、そして恐らくは誰に対しても金輪際拳を振るわないことを確信していた。そしてそれと呼応するかのように、不思議とニノもこの柔らかな性格こそがセルジュの本質なのだと受け取っていた。なぜそう思えるのかは自分でも分からなかったが。シマールは力いっぱい、リズム良く彼をぶちのめしたし、粘着テープで椅子に括り付けて地下の暗闇の中に閉じ込めもした。しかしそうしながら、シマールは毎日、具合はどうだ？　とか、痛むか？　とか尋ねたのだ。それは本人が捨て去ろうとしても厳然とある、抑えがたく隠し切れない親切心の迸（ほとばし）りと見えた。実のところ、ニノ・ファスは心の底では怖くなどなかったのだ。打擲は恐れたし、暗闇を忌み、また打たれる時間がやってくることには怯えた。それでいて、一番最初の数分の時点で、いや、最初にきちんと視線を交わした瞬間から、こんなことはじきに平穏な幕切れを迎えるだろうという予感があった。二人はその後この点についてたっぷりと意見を交わしたが、なぜ、ときに人は恐怖に囚われ、またときにそうならないのか、そこのところは結論を得るに至らない。そんな会話の中でシマールは若いころにパリで過ごした一夜の思い出を引き合いに出した。何とも言いようのない雑多な動物相が行き交うおんぼろホテルで、深夜三時頃、知らない男が肩で扉をぶち破って彼の部屋に闖入する。金槌を携えた、一種のイカレポンチ。誰だって震え上がるのが当然だろう。しかしシマールは、自分でも未だに驚くのだが、微塵も恐怖を覚えなかった。何の怯えもなく話しかけ、出ていってくれないかと言う。それだけで事態は収まった。でもなんで、怖いと思わなかったんだろうな？　謎だ。逆に、ニノはこんな話をした。ある晩、〈パラディーゾ〉で、支払いをせずに立ち去ろうとした十人ほどの客を相手に店主が一人で立ち向かったのだ。バーにはもう他に客はおらず、ローリーが椅子を机の上にあげて、ニノは床にモップをかけていた。十人の団体はレジの前で、近いうちに、また来たときにまとめて払うから、そのほうが簡単だろ？　などと言っている。ニノは家具が飛び交ったりガラスや何やかやが弾け飛んだりする場面を覚悟しつつあった。そして店主は、特に普通の人より貫禄があるわけでもないのに、きな臭いガスの充満する店内に火花を散らすような発言をした。

「お客さんがた、あたしはビビったりしませんからね、払うもんはちゃんと払っていただきましょう」

　床を磨くニノは、マジかよ、と思って唾を飲み込む。ローリーは、手にした椅子の脚をぎゅっと握って、もう飛び出す心の準備にかかった。水を打ったように静寂が降り、団体で一番口数の多かった男がジャンパーの前を開ける。そして紙幣の束を取り出して、そのなかからきっちり支払いの額を抜き出し、全員分の勘定をまとめて払うと、十人組は引き揚げていった。

「今なら、どうしてだか分かるよ。あのとき店長が言ったことは、間違いなく本当だったんだ」

地下室で、椅子に括り付けられ、シマールの視線で金縛りにされていたあいだ、ニノは漠然と、何かが嘘くさいと感じていた。シマール自身が心底からは自分の意図を信じていなかったように。これははっきりと言葉で説明できるようなことではないけれども、ともかく事実は事実としてある。シマールが地下室からニノを解放した数時間後には、二人は肩を並べコーヒーを飲みながらインターネットを渉猟して、いま世界中で〈ライトグリーン〉と失踪したヴォーカルについてどんなことが言われているのかを見て回っていた。

数日が経つ。ニノが地下生活の傷痕から快復するようシマールは宿を提供し、ニノはこれを降って湧いた一種の休暇と受け止めていた。じきに元の生活に戻る、音楽と、ツアーの日々。彼が失踪してからまだほんの一週間だというのに、インターネットを見る限りでは世界全体が上手く回らなくなっているらしい。きっと質問責めにされて、少しでも秘密を読み取ろうと瞳の奥までジロジロと見つめられることになるだろう。こうして広大な森の奥に埋もれた一軒家で穏やかに過ごしていると、自分でも驚くのだが、出ていってからのことを思って早くも気疲れしてしまう。肉食獣の世界に戻る前に、もう少しここに隠棲していてもいい気がした。ここは本当に静かだ。木々の葉叢（はむら）を揺らす風と、鳥の声しか聞こえない。こんなのは初めての体験だ。マルセルの農場でさえも、周囲の山肌に反響して遠くの車のエンジン音が微かに聞こえてくることがあった。この静寂は、きっと無人島の静けさと同じなのだろう、ニノがときおり、カレーの憂鬱な夜にソファーで夢見た絶海の孤島、きっと実際に行ったらすぐに退屈して嫌になってしまうだろうと考えていた何もない島。日が経つにつれて確信は強まるのだが、実はまったく逆で、ちっとも退屈する気配がない。そのことを自分で明確に意識するのはおよそ二年後のことになるのだけれども、地下室の椅子週間を終えたニノは、満面に微笑みを湛えて、静かに、長い長い無気力期に突入したのだった。

朝は遅くに起きた。テラスに出ると大抵セルジュがコーヒーを片手に、ノートパソコンでニュースなどを読んでいる。それからニノはプールに飛び込む、本来は虜囚の手足を縛って放り込んでは引っ張り上げ、息も絶え絶えにビビり上がらせるために作られたプールに。そうして、ニノが暖かい水の中を行ったり来たりするのを眺めながら、セルジュはこっちのほうがずっと良いなと思うのだった。そのあと二人は太陽の下で朝食を摂る。二人で画面を見ながら世情について意見を言い合った。あるいは、パソコンは閉じて陽光と静寂を楽しみながら取り留めもなく話をしたりもした。ロックスターと贋金作りの対談であるから、話題には事欠かない。途切れることなく様々な逸話が飛び出した。じきに昼食の時間となり、四方山話はなおも続く、そうやって二人は互いを知り合い、互いに秘密を分かち合っていく。セルジュ・シマールはダンテのことを話した。セルジュにとっては世界に向けて開かれた窓であり、自分自身を見つめる入口でもあった男、彼が自分にとってどれだけの意味を持っていたかを話した。ニノ・ファスは、自分がこれまで本当のところ誰も愛したことがなかったことに気づく。それを聞いてシマールは呆然となった。いったいどうして、舞台に上がり、何千人もの前で、そのうちの誰のことも愛していないのに、自分の裸心を晒す（少なくとも彼にはそう見えるのだが）なんてことができるのか。その疑問に対してニノの答えることには、たぶん、だからこそなんじゃないかな、それか逆に、そんなふうに自分を晒すから誰のことも愛せないのかも、いや、うーん、難しいな。そうしてきちんとした結論が出せないままに少しずつ日は傾き始める。談話の場をビリヤード台に移すこともあった。シマールがこれを用意したのは本来、捕虜を緑のラシャの上に脚を開かせた状態で縛り付けて、金玉にボールを思いっきりキャロムしてやるためだった。そのときを楽しみにしていたのだが、結局そういうことにはならなかったわけだ。ビリヤード台は結局普通に球撞きを楽しむことに使われ、シマールは想定していた嗜虐的な喜びと同じ程度には遊戯の楽しみを味わっている。このビリヤードという遊び、撞き損じや撥ね返り、狙った場合もあればたままのこともある曲打ちの数々、球が正面から当たったときの快音、そんな全てが二人とも大いに気に入った。ときには会話を忘れて熱中することもあるくらいだった。

クリスマスが駆け足でやってくる、ニノはこの地所の囲いを越えて外に行くという意志はおろか、そういう選択肢自体も一度として口にしない。彼はセルジュと既に半年以上一緒に暮らしていて、友人に、そして一種の共犯者になっていた。二人で一緒に笑い転げ、何でも隠すことなく打ち明けあい、そして突き詰めて考えると、それ以外に何も必要としていない。言ってみれば、互いに欠けた部分を補い合う相手を見つけたのだ。そんな理想的な情景に落ちる唯一の影、二人の親友のあいだでたった一つ意見の不一致があるのは、ニノがここに来て以来ずっと、誰にも何の連絡もしていないという点についてだった。部外者の詮索を疎ましく思うのは、もちろんセルジュにもよく分かる。しかし両親にさえも何もなしというのは、これはまったく理解できない。そう言われても、ニノはただ心の準備ができていない気がするのだとしか答えず、シマールはそれ以上どう言ったものかと困惑して、状況は何も変わらないままになっている。

そしてクリスマス、この機会にならいい、ニノも一歩踏み出す気になるのではないかとシマールは思った。電話とか、ほんのちょっと、何かのしるしだけ、グリーティングカードの一枚でも。

「なんなら、封筒に入れてニューヨークに送って、誰かにセントラルパークから投函させればいい。アメリカの消印が押されるから、みんなお前はそっちにいるんだと思うだろ」シマールは粘る。「電話でもいい、遠くまで車のトランクに隠して連れてってやるから、誰にも顔は見られないし、例えばスペインで電話を買って、一回かけたら帰ってくるんだ」

　だがニノはその気にならない。ニノ・ファスはシャボン玉に包まれて生きていた。田舎の片隅に引き籠もって、他には何も要らない、特に、外に出たり、この地所の門前に人だかりができたり、壁を乗り越えようとする奴が出たりするようなリスクは冒したくない。最初のうちはとびきりの贅沢だと思った有名人としての暮らし、当初は安楽だと思ったそれが、いまではまったく逆に、最低の奴隷状態のように思えるのだ。ここでの暮らしは穏やかで、この静寂を外部から脅かされるのは真っ平だった。

　何も要らない、ただ一つ、ある晩食前酒(アペリティフ)を飲みながら二人で画策したクリスマスプレゼントだけを例外として。ここの暮らしは牧歌的で、ニノが両親に辛い思いをさせているだろうという点だけは問題だったが、彼はすぐに他のことに関心を移してこの話題を避ける、そうしてこの平和な楽土は千年でも続いただろう、それはそうなのだが、しかし二つ、どうしても足りないものがあった。ニノには裸の女の子、セルジュには裸の男。二人は顔を見合わせて、頷き合う。イヴのお祝いは新しい趣向にしよう。外部の人間を二人、ここに連れ込む。セルジュがパリの街頭でプロフェッショナルを二人見つけてくる、そして外周環状道路を出るときに二人ともに目隠しをして、この森の奥の隠れ家までフランス全土を跨ぎ越して連れてくる。部屋でセルジュと二人きりになったら、男は目隠しを外していい。どうせ最初に顔を合わせている。しかし女の子のほうは完璧な闇の中で一夜を過ごすことになる。そして一度も明かりを見ることなく、ほんの一瞬たりとも自分の相手が失踪中のロックスターだったなどと想像することもなく帰って行くのだ。

そのとおりに実行した。

夜中に一度、女の子が目隠しのスカーフを取ろうとするフリをしてみせる。ニノは目の前が真っ赤になり、一瞬で石のように強張って、この女を殺し、死体を埋めてしまわなければならないのかと思った。ほんの一瞬の妄想、女の子のほうは少しも勘付かず、ただ男が自分の手を強く握ったのを感じて笑い出しただけ。そうして口元いっぱい微笑みを浮かべたまま揺曳を続ける。ニノも一瞬で緊張が解け、もうすぐそこ、涅槃(ニルヴァーナ)はもうすぐそこだった。

メリークリスマス！

4

アヴァンザートは二人の男と同房だった。一人は彼よりも前から収監されていて、小柄で虚弱、クレジットカード泥棒が専門の相当な重犯者、ことあるごとに激しく咳き込む。パッと見で明らかにパッとしない灰色の空気を纏っているにも拘わらず、この猫背のアンチヒーローは〈キング〉と呼ばれていた。由来は誰も知らない、誰も興味がないのだ。だがアヴァンザートだけは、ある晩その話を聞いてやったことがある。キングは寝台の上で起き直り、胸を張って反っくり返ると、ありそうもない波乱万丈の物語をディテールたっぷりに長々と語って聞かせた。最後の場面は太平洋上に浮かぶヨット、さる国の王妃の所有にかかる船で、同房のよしみといっても流石に高貴なご夫人のことであるから名前は伏せておく、そう語るキングは嘘をついているようには見えなかった。キングが誘惑して、ぼんくらな旦那の国王の元から攫っていった王妃様。一月の間、二人で魔法のように幸せに暮らした。

「王妃様は言ったもんさ、『あなたは王の器です（You are a king）』ってな。それから俺たちは国に帰った。王妃様の国さ。何処とは言わねえ。名誉に傷を付けちゃいけねえからな。それで茶番の王様のとこに帰らしたんだ。俺だって、国を乱すつもりはねえからよ……」

アヴァンザートは天井を見つめたまま、話の腰を折るような真似もせずじっと聞いていた。そしてそれ以降、そいつのことはキングと呼んだ。そのほうが嬉しいようだから、それでいい。

もう一人は彼の少し後にやってきた。オマール。アヴァンザートは自分のマットレスを床に移して、寝台を譲ってやった。二十二歳の売人はそれを服従のしるしと受け取ったらしく、礼の一言もなくじっとアヴァンザートの目を見据えてくる。その瞬間からもう自分がその房のボスのつもりになっていたようだが、アヴァンザートはそのままにしておいた。オマールは声が大きく、口を開けば吠えるようにしゃべる。何を言うときも命令口調か、脅すような調子だった。三日間、アヴァンザートは何も言わずそれを我慢してやった。気が立っているにしても、じきに落ち着くだろうと。四日目の朝、唐突に彼の堪忍袋の緒が切れる。腹に拳を二発、崩れたところに両手で首を押さえて顔面に膝を一発。そのまま襟首を摑んで片腕で引き起こし、止めの盛大な頭突きをお見舞いしてやると、ワルぶった若造は空中分解でもしたように力なく床に沈んだ。上段の寝台で、キングはたまらず噴き出し、またもや激しく咳き込む。ニコチンで黒ずんではいるがザリガニのように真っ赤になっていた。アヴァンザートは恐怖に震えるオマールの顔の上に屈み込み、自分にはもう失うものは何もなくて、ポリ公を二人殺してここにいる、もう一つ死体を増やしたところで刑期はほとんど変わらないのだと、特にお前のようなクソ野郎の死体ならなおさらだと言ってやる。オマールは目を大きく見開き、聞き取れないような謝罪の言葉をもごもご口にして、べそべそ泣き始めた。

そういうことがあって以降、キングとオマールと彼とは概ね落ち着いて同居している。キングは疲れ知らずの誇大妄想狂ではあったが、他の二人がうんざりして黙れと言えば黙った。イカレてはいても許容範囲だ。オマールは、中庭に運動に出る時間にはいかつい様子を作ってイキっていたが、房に戻ればきちんと分を弁えている。そして映画のように、チョークで壁に日一日と線を書き付けていった。カルルはそれを眺めて、なるほど、人それぞれだな、と思う。カルル自身は最初の日以来、頭の中で日数を数えて、その数字を名前に含む車のモデルを思い浮かべていた。基本的にはカッコイイやつ、火の球みたいに突っ走るやつばかりだが、五日目に頭に浮かんだのだけは例外で、母親の小型のルノー、否も応もなく、あの白いシュペール5だった。その三日後はルノー8・ゴルディーニ。ガキの頃フレッドと二人、カレーの町で眺めたあれが夢に出てくる。空の青に二本の白いストライプ、軽快に轟くあのリアエンジンの雷鳴……。以降、オマールが白線で壁を埋めていき、キングが世界中のお姫様を誘惑して回るあいだ、沢山の車がカルルの頭の中を駆け抜けていった。フォード・GT40、知り合ったころ、フレッドの部屋にポスターが貼ってあった、それから数ヵ月が経って、アルピーヌ・A110。エンジンの唸りだけが唯一外界とのつながりとして昼と夜を刻み、カルルは毎日六時間、クラフト紙を折って封筒を作り、作業報奨金でちっぽけだが合法的な貯金を積み上げていく。フレッドとカルルが大好きだった自動車たち、盗み損ねた赤いフィアット・126、あのときは上の階の明かりが点いて慌てて逃げ出した、それからアルファロメオ・175、町内に一台あって、二人で涎を垂らしそうになりながら見ていたものだ。パール塗装、油光りするピストンヘッド、スポーツステアリング、合金製のホイールリムが次から次へと現れては消え、何の変化もない日々が過ぎていく。だんだん日が短くなってきて、メルセデス・ベンツ・300SL、灰色の空の下ガルウィングドアを思い浮かべてつい笑みを漏らす、そして翌週には〈私立探偵マグナム〉のフェラーリ・308GTS、それからフェラーリ・400、唯一の4ドアモデル、それからフェラーリ・512BB、当時はかっこわるいと思ってたけど、それにしても畜生、もう五百十二日もここでくすぶってるのか。それから子供のころの夢だったBMWのクーペ、635CSi

の日もやってくる。刑期は永遠に終わらない、三十年だ、世界中のスーパーカーを並べてみたところで気持ちが軽くなんてならない。オマールはいなくなった、よくあるような移送。代わりに入ってきたのは中国人で、こいつはやってきて以来せいぜい二言か三言しか言葉を発していない。キングはこいつには何も語って聞かせようとしなかった。「あいつ、俺の言うこと信じなさそうだかんな」とキングはカルルの耳元で囁く。珍しく冴えてるじゃないかとカルルは思った。「なんでかは分かんねえ。けどあいつ、俺は気に入らねえな」

アヴァンザートは相変わらず地べたで寝ている。その気になれば、俺が法律だと言って、大抵の無理を通すこともできただろう。一番いい寝場所を要求すれば手に入ったはずだ。それに食堂が満席のときは必ず誰かが彼に譲ろうとしたが、いつも断った。特権など要らない。地べたで寝るのも、食堂の隅で蹲って飯を食うのも、別にどうでもいい。そんなことで、窓の鉄格子を握って外を眺めるときの気分は少しも変わらない。そしてどうせ外にいたところで、フレッドとキャロルの亡霊が視界にちらつき、瞼の裏で躍るだろう。牢屋にいるからといって何も変わらないのだ。それはたしかに、外でよりも日常は汚らしいものになっているかもしれない、しかしこの雑居暮らしも、水垢だらけのシャワー室も、皆で中庭をぐるぐる回るだけの散歩時間も、本質的には問題にならない。最悪な部分はもっと別のところ、つまり彼の頭の中に、永遠に巣食っていて、刑期三十年など瑣末（さまつ）な問題だ。既にここで過ごした九百十一日などなおさらちっぽけな問題、九

一一、９１１といえば、ポルシェ・９１１、これも夢に見た車、しかしもはやそのハンドルを握ることを想像しても、ときめきなど一つもない。収監されてからの二年半、何も漏らさないできた二年半。何の手がかりも見せないできた。マルチーヌ・アブカリアンが何度か、大抵はカルルの母親と一緒に面会に来はしたが。母親たちは肩を寄せ合うようにして、それぞれの息子であるフレッドとカルルもずっと、そんなふうだったのだろうか、訪ねて来ては涙を浮かべて彼を見つめ、懇願する。誰なの、誰が車を盗んでいったの？　教えてよカルル、あたしたちそいつを見つけるから、そいつにも償いをさせるから。なんであんた一人が二人分の報いを受けてるのよ。アヴァンザートは何も言い返さない。二人を苦しめていることに罪悪感はある、当然だ、しかし決して何も教えなかった。俺だけの問題だ。報いは受けるし、受け続ける。責任は彼だけのもので、頑なな沈黙は彼が自らに科した罰でもあった。償いは一人でする、最後の最後まで。ときおり、夜の雑居房でテレビにミュージッククリップがかかることもある。もちろん〈ライトグリーン〉が映らないわけがない。アヴァンザートは画面を凝視し、ニノ・ファスが踊るのを見ていた。瞬きもせず、一言も発さず、ただじっと見つめる。母親たちが面会に来る回数はだんだん減ったが、それでも差し入れの小包は送ってきた。カルルはだんだん頻繁にその中身をキングにやってしまうようになる。包みを開き、板チョコやポルノ雑誌を取り出しながらキングは大はしゃぎで笑っていた。誰もがカルルのことを御しがたい筋金入りのワルだと思っていて、だから誰も気がつかなかったが、実際のところ彼はただ消え行く炎のように勢いを失いつつあったのだ。収監されてから既に二年半、そして特に、ニノのやつが何の痕跡も残さず蒸発してから既に二年近い。誰にも意味が分からないし、世界中で噂が飛び交っているが、カルルにとって確かなことは、もう二度とあいつには手が届かないということ、ニノの肩に手を置いて、ぎゅっと摑んで、真っ直ぐに目を見て話をするのはもう不可能なのだということだ。手遅れ。話をしようとした、ニノのスケジュールを追って、コンサートにも四回出向いた。熱狂する観客たちの中で全然ノッていない自分が映っている写真まで存在する。それでもいつも警備のチームがいたし、バンドの他のメンバーたちが巷に出てくることがあっても、小柄なシンガーだけはいつもホテルに引き籠もっていたりで、安全柵の向こう側から出てくることがなかった。もう手遅れ。これに限らず、目の前でフレッドが死んだ瞬間から、カルルにとっては何もかもが手遅れだった。いつかキャロルに会いに行って全てを話そうと思っても、これも手遅れだ。キャロルに愛を告白するには手遅れ。呑み込んできた言葉を、耐えてきた痛みを、吐いてきた嘘を白状するにはもう手遅れ、フレッドのことも、札束のことも、旅のことも、ポルトガルのホテルのことも、キャロルに話そうにももう遅い。キャロルはキャロルの人生を、この灰色に聳える塀からもカルルからも遠いところで、幸せに生きているのだろう。そして彼がどれだけ彼女を愛していたかを知ることは永遠にない。

そしてこの九百十一日目、キングは気管支疾病のために医務室に行っており、中国人のほうも眠っている静寂の監房で、カルル・アヴァンザートは時が来たと思った。というよりも、彼自身の心の準備が整ったと言うべきか。足りなかった覚悟、彼をあの宝石屋に押し入らせることになった欠落がいま満たされ、必要だった力が今は、じっと見つめる両手の中に宿っていると感じた。この先の日々のスーパーカーのことはもういい、アルファロメオ・スプリント1500、ボルボ・P1800、BMW2002tii、そのあとにもまだまだ沢山、マセラティ・3500GT、いつかはサーブ・9000の日も来ただろう、五十になって、まだ刑期は終わっていない、でもどうでもいい、どうせもう永遠に手の届かないクルマたちのことはもういい、時は来た、頭の中でもう一周だけ、ファイナルラップ、もう後は紙切れに言葉をいくつか残すだけ。房の小さな机に向かい、ごちゃごちゃと上に積まれたものを全部押しやる。まっさらな白い紙を広げ、ペンを取り、取り掛かった。言葉を搾り出すには苦痛が伴うが、カルルはそれと向き合い、粘る。書き直そうとせず、とにかく最後まで書くことに決めた。影に光を当て、沈黙を叫び、全てを語る。一時間かけて、涙の粒をいくつもこぼした。そして読み返してしまわないよう意を決して、紙を畳む。毎日作っている封筒の一つに入れて、閉じ、震える手で不完全な住所と宛名を書き入れた。それから二枚目の紙を用意して、今度は何回も書き直し、苦労して短い一文を拵える。はっきりと意図を伝え、しかし余計なことは言い過ぎないように。慎重に言葉を選び、全てを隠しながら全てを語るべく。一時間は粘った。

最後に三枚目の紙を用意して、まず自分の名前と、住所、ここだ、この監獄の名を殴り書く。そして最後に二つの遺志を述べる、ほんのちょっとしたことだ、この施設の長への頼みごと、彼自身の代わりにやってほしいことを書いた。一つ目は、先ほど封筒に入れた手紙を宛先に届けてくれること。もう一つは、二枚目の紙に書いた文を、発行部数の多い日刊紙に案内広告として掲載してもらうこと。意味不明に映るかもしれないが、目的の相手にはきちんと伝わるはずだから。カルルはこの小文を読み返し、ここに至るまでの様々な出来事を思って一人震えた。毎日封筒を作った報奨金で、案内広告の掲載費は賄えるはずだと書き足す。その金が続く限り何度も再掲してもらうか、あるいは複数の新聞に出稿するか。瓶詰めの手紙のように、いつか宛名人に届くことを祈って。最後に、汚い字で痛みと共に数語を書き加える。〈母に、申し訳ないと伝えてください。愛している、と。〉

そうしてカルル・アヴァンザートはペンのキャップを戻して、中国人を振り返る。よく眠っているその男を、なぜだか分からないが何分も眺めていた。立ち上がり、どうしようかと思う。でも既に九百十一日、ゆっくりと考える時間があって、結論は出ていた。方法は一つ、二本の靴紐を結び合わせる、ショートブーツを編み上げる長い靴紐だ、今日この日のために母親に頼んで手に入れていた靴。でこぼこだらけの道を出鱈目に歩いて辿り着いたどうしようもない終着点としての、不吉な今日。やれるだけやった、精一杯闘ったのだ。そして一番大切な玩具を壊してしまった。この人生で与えられた最良のものを失ってしまった。彼の親友、フレッド。しかしこれから会いに行く。窓の鉄格子に紐をかけ、自分の首を結わえながら、カルルはそんなことを考えていた。それからキャロルのことを思う、それから母親のこと、それからシマール、裁判所に来ていた、それからこれまでにあったこと、〈ライトグリーン〉、結び目を固く締める、それからまたフレッドのこと、あの微笑みと真っ赤に広がった後光、そして全体重を投げ出す、強烈だったが首の皮に切り込んだだけで即死はしない、しかしそのままでいる、首だけでぶら下がって、静まり返った中でだんだん力が抜けていく、じきに意識を失い、遠くではマセラティが唸りを上げ、波に巻かれながら、ポルトガルへ。

5

刑務所の所長は、アヴァンザートが雑居房の窓の鉄格子で首を吊る前に目に付くところに遺していた三枚の手紙を何度も読み返す。死んでいるのを見つけたのは同房の中国人で、扉に跳び付いてガンガン叩きながら大声で喚いて人を呼んだ。それからアヴァンザートは医務室に運ばれ、死亡が確認される。それならばそういうこととして処理するほかない。カルル・アヴァンザートは母親とマルチーヌ・アブカリアンの立ち会いのもと火葬に付された。昨日のことだ。共に息子を亡くした二人の母親が、だだっ広い空っぽの火葬場で身を寄せ合っていた。アヴァンザートのマットレスは、その夜にはもう次の囚人に引き継がれる。二十一歳の新入りは性質の悪い冗談のような人生をギリギリと噛み締めて、自分がそこにいることが信じられないまま、眠ることもできずにじっと天井を見つめていた。

所長はまた溜息を吐いた。人間として、自殺した囚人の最後の願いを撥ね付けるわけにはいかない。それが警官を二人殺した殺人犯であっても。封をされていた手紙はキャロル・ソヴァージュなる人物に宛てられていて、〈叔母様方〉という但し書きと、随分あやふやな住所が添えられている。カレー市、そして通りの名前だけで番地なし、〈子供洋品店の向かい〉。所長はパソコンを立ち上げて少し調べた。インターネット上で問題の街路の実地写真を辿り、どうやら三番の二が合致するようだ、電話帳も確認したところ、その集合住宅の居住者の中に〈マリーズ・ソヴァージュ〉の名が見える。最後にもう一度読み返してみるが、この手紙を投函しない正当な理由はどこにも見つからない。そっと畳んで、新しい封筒に入れてきちんとした住所を記入する。

郵便物の回収はいつもどおり正午にやってきた。郵便局の小さな車が手紙や沢山の小包を運んでくる。手紙のほうには、愛を確かめる言葉、バースデーケーキを囲んだ子供たちの写真、いつか再会できるようにという祈りや約束、全体として、いくばくかの近況報告と沢山の願い。小包のほうには大抵、ちょっと口に入れる甘いもの、あるいはケーキの中に携帯電話の一部、ケーキは担当職員が規定どおり幾つにも切ってみるので、隠された部品はじきに発見される、それからまた大判の本に挟まれたカッターナイフの刃、ときには下着、ブラジャーも。

届け物を降ろすと、郵便局員はここから出ていく手紙の袋を積み込んだ。もちろんすべて検閲済みで、何度も何度も読み返され、胡散臭い点がないと確認されたものだけが発送される。その日の手紙たちの中にはアヴァンザートの言伝も埋もれていた。そして小型のバンは発進する。

仕分けセンターで袋は開けられ、封筒は宛先の郵便番号ごとに振り分けられる、囚人たちの手紙も散り散りになって請求書やダイレクトメール、定期購読の雑誌や種々の契約書、絵葉書などの波間に溶けていく。アヴァンザートの手紙も犇く郵便物の群れのなかで揺られ、持ち上げられ、ぎゅうぎゅうに挟まれ、放り出され、大きな麻袋に入れられてトラックに放り込まれ、別のトラックに載せ替えられ、そして翌朝早く、カレーのセンターに皺一つない姿を現して、それから新米配達員の鞄に預けられた。新米の彼女は、託された沢山の封筒のそれぞれに、一体どんなものが入っているのだろうかと考える。先輩たちからは前もって、最初のうちはそういう興味が湧くものだけど、じきに何とも思わなくなるから、と言われていた。でもとにかく、絶対に一線を越えちゃダメだからね。どんなに気になっても、封筒がちゃんと閉じられてなかったりしても、中身がちょっと透けて見えてたりしても、絶対に開けちゃダメ。担当分の封筒を整理して、配達に出る準備をする。ワゴンが空になって各員のカゴや鞄がいっぱいになると、彼女はささっとコーヒーを飲みに行って、紙コップ越しに指を火傷しそうだ、それから自転車に跨がって出かけた。今日はいい天気になりそう。

事実、彼女がカナディアン通り三番の二の前で自転車を停めてスタンドを立てたとき、空は晴れ渡っていた。建物の外装は最近塗り直されたばかりで、降り注ぐ陽光に輝いている。手紙の束を持ってホールに入り、郵便箱に向かって分配を始めた。少しずつ名前が頭に入ってくる。一部は他よりも印象が強くて、例えば住所は町の反対側だが〈ピエル・パストーリ〉というのは最初の配達で頭の中にしっかり根を張ったし、〈ジェスィ・カタ〉も同様に一回目で忘れられなくなった。この建物の住人だと、同じ女性の名前が既に二度彼女の注意を惹いていたが、まだはっきりと記憶に刻まれるには至っていない。〈マリーズ・ソヴァージュ〉。封筒に書かれていたのはこの名前で、彼女の視線は壁に並ぶ郵便受けに貼られた名札を斜めに流す。あった。差し入れ口に滑り込ませる際、封筒の左端に押された〈フレンヌ刑務所〉のスタンプが目を惹く。空手になって建物から出てくると自転車に跨がって、次の建物へ。

その晩、彼女は夫に、牢屋から出された手紙を配達したのだと話した。中身はどんなだったんだろう。良い報せなんかじゃないよね、たぶん。夫は彼女をからかって、心配してみせる。そのうち他人の手紙を開けてクビになるんじゃないだろうな?

「そうね、気を付けないと。ときどきほんとに開けてみたくてしょうがなくなるから」

と彼女は微笑んだ。

マリーズ・ソヴァージュのほうは、封筒の中身を知りたくてしょうがなくなどならなかった。台所のテーブルに載った手紙を、十分に距離をとって、険しい目で見つめる。実際にはそれほど歳がいっているわけでもない老女は、部屋着の袷を掻き寄せるようにして、その封筒を一種の脅威、あるいは侮辱、彼女の庵への闖入者のように思っている。キャロルは二度と訪ねてこなかったし、電話もかけてこなければ、グリーティングカードの一枚もよこさない。手放しで歓迎してあげた可愛い姪っ子が、カレーでも最低のゴロツキをこの家の窓のすぐ下まで連れてこようとは、まさか思わなかった。手紙を取り次いでくれ？　冗談じゃない。十年を経て、キャロルの不愉快な交友関係が今なお叔母の彼女を苦しめる。現にこうして、手紙が、ここに、彼女の家に届いている、連中は彼女の住所を覚えているのだ。入口まで後じさり、念を入れて三つの鍵をかける。これじゃまだ足りない、今度もう一つ付け足さないと。洗面所に行って、抗不安薬を呑む。これで家から悪魔を追い出す元気が出てきた。封筒を指先でつまんで、もしかしたらちょっと熱い思いをするかもしれないけどかまうもんか、ガスコンロを点火して、青い炎、そこに手紙を放り投げる、炎は黄色くなり、それから緑色に変わった、そうして全ては煙と消える。カルル・アヴァンザートの愛の言葉、最後の、たった一度の、初めてで唯一の、短い人生で一度きりの告白、そして愁訴、そして打ち明け話、この世を去る前にただ一度だけ彼が露にした、涙に濡れた手紙は灰になった。キャロル・ソヴァージュは生涯、カルル・アヴァンザートが呵責の重石を擲(なげう)つために死を選んだことを知ることはない。そしてまた彼の悔悟も。一度も試さなかったこと、その勇気が出なかったことをカルルが悔いていたことも、彼女は永遠に知ることはない。もし、もし本気で打ち明けていたとして、キャロルが彼に靡かなかったと誰に言い切れる？　カルルは消え去ることを選び、キャロルが彼のことを思い出すのは何年も後のことだ。サルデーニャで、綱渡りをするピエロに出会い、その男のアヴァンザートという名前が心に響いて、そしてある日、まさにその男と結婚するその日に、彼女はかつてこの名前を知っていたことを思い出し、そして微笑むだろう。カルル・アヴァンザートは、憧れのキャロルが自分と同じ名を持つ男と結婚したのを知ることは永遠にない。そんなふうにほんの少しの違いで、その相手が彼であったかもしれないなどと考えることもない。キャロルはフレンヌの塀の向こうで起きたことを知ることはなかった。彼女の叔母が、もう精神の奈落の縁に追い詰められながら、それでも澄み渡るカレーの朝の太陽の下、一通の手紙を燃やしたことを知ることもない。マリーズ・ソヴァージュはガスを止めて、渾身の憎悪を込めて吹き払う。飛び散った灰は鈍色の雨となって降り注いだ。

6

ヴォーカルの失踪により、〈ライトグリーン〉は空中で弾け飛んでしまった。だが謎の失踪のおかげで、人々の寄せる関心が弥増したという面もある。ラルフ・マイヤーリンクは、様々な噂話が伝説へと変質していくのを利用して、深く打ち込まれた釘にダメ押しの一打を加えた。〈ライトグリーン、ライブ・アット・グラストンベリー〉が全世界で発売され、添えられた豪華なブックレットにはニノ・ファスのあらゆる角度からの写真が盛り込まれている。最後の〈サニー〉、上半身裸で、この魔法じみたショーのほんの数時間後に、ブリクストンの暗い路地裏で彼が拳銃を買ったとは、売人以外の誰も思いもよらないだろう。売人は今でも面白くてしかたがない。五百ユーロふんだくって、オモチャを掴ましてやったんだ、そりゃズッシリ重たいけどよ、ありゃただのオモチャだぜ。彼はまだそのお札を両替に行っていない。みすぼらしい部屋の壁に、最高の戦利品のようにして画鋲で留めてある。世界的なスターをハメてやったんだ。そうやって大得意で眺めている薄紫の高額紙幣を、いつか手放さねばならなくなる日がやってくるかもしれない。急な出費、差し迫った返済、綱渡りのその日暮らしには珍しくもないことだ。そうしたら、自分のほうも騙されていたのだと知るだろう。

ジャクリーヌ・アヴァンザートも、何年か前にシュペール5と交換に息子から渡された札束が贋金だとは知らないままだ。そこから始まった悲劇的展開ゆえに、その最初の切り傷とも言える紙幣に手を付けて、散財する、買い物をするなんて、彼女にはとても無理だった。札束はそのまま、台所の天袋の中で、悪い思い出のように蹲っている。

死後発売、という様相を帯びたライブ盤の売り上げは、二枚のアルバムの売上合計を超えた。ラルフ・マイヤーリンクは天文学的な額の収入を得て、それを厳正にメンバーたちと分け合う。公式に死亡しているわけではないので、ニノにもきちんと分け前が振り込まれた。彼の口座の最後の動きは、シチリアでカードを使って支払われたホテル代だ。それ以降には一切、一銭も動かない。セルジュ・シマールは何の費用もすべて自分が支払っている。ニノはもちろん再三にわたって自分の分は支払うと言ったが、セルジュはまったく取り合わなかった。カネなんかどうでもいいよ、俺だって使い切れないくらい持ってるんだから。カレーの金融代理業者がニノの財産を管理していて、担当者は毎日、口座に動きがないかを見張っている。毎晩、家に帰ると二人の子供が寄ってきて、今日はニノどうだった？ と尋ねるのだが、彼は毎晩、何もなし、と溜息混じりに答えるしかなかった。

音楽方面で言えば、この極端な大成功と山のように積み上がった大金はバンドメンバーのそれぞれに各者各様の影響を及ぼした。バンドが停止しても各人の人生は続いていく。ただ、明らかに、彼らにとって、物事の優先順位は数年前と同じままではなくなっていた。例えばダンは自宅の大改装を目論んでいたが、もう初日から諦めてしまい、道具を置く。こんなあばら家をどうしようっていうんだ？ 不意にそう思ったのだ。そしてその日のうちに売りに出してしまった。リーゼントは必須、テディブルゾンの袖を捲り上げリーのバンドを組もうかと考える。リーゼントは必須、テディブルゾンの袖を捲り上げて、短めのジーンズ、厚いゴム底のクリーパーズ。専らバーで演奏するバンド、ピンク色に塗り上げたダブルベースにクロムメッキでピカピカのマイク……しかし〈ライトグリーン〉の狂熱のあとでは、そういうのを疲れるだけで馬鹿馬鹿しいと思うようになってしまうのも時間の問題という気がした。ペントは今のところ、友達のレコーディングに参加したり、相変わらずエアコンのないキャンディ・レッドのキャデラックでヨーロッパ中を巡航したりしている。二人のステファンの生活は何も変わらない。広大なアパルトマンで向かい合って、足元には繁茂するシールドケーブルと無数のエフェクター、そこらじゅうに林立する何本ものギター。ペドロも相変わらずリズムを打って、ときにはYouTubeに動画を投稿することもあった。ただ、以前とは打って変わって、再生数は数週間で百万回を超える。彼は満足げに笑みを漏らした。それ以外の時間を、ペドロは女性の腕に抱かれて過ごす。とっかえひっかえはやめて、いつも同じ一人の、彼の精力を上手く導き制御してくれる女性。彼女はヴィッキーといって、ダイナマイトなところは特になく、ペドロのオモチャのことは一笑に付した。彼はすごすごと、叱られた子供のように、例のファッキング・マシーン、〈ハード・スカイ&ブラック・シャドー〉モデル、愛し合う全てのカップルたちに贈る、夢のパートナーをガレージに押し込める。彼女に出会って、ペドロは初めて女性というものを、本当の女ってやつをさ、知ることができた。ヴィッキーは楽しそうに微笑んで、そんな言葉には取り合わない。そして彼を抱きしめる、ペドロが特別なアドレス帳に連絡先を溜め込んでいる女の子たちの大半と比べて、だいぶ大人しいやり方で。ペドロはもう長いこと、そのアドレス帳を開こうともしていない。俺は恋をしてるんだ、と彼は思う。成功が本当に何の変化も齎(もたら)さなかったのは、ジェレミーにだけだろう。少年は相変わらず、以前と同じようにただ旋律を求めている。ただ、ジャンルだけは変えたいと思う、交響楽団、あれを鳴らしたい。彼はパリの国立高等音楽院(コンセルヴァトワール)に入学した。募集要項はほとんど一つも満たしていなかったが、その経歴に免じて特例を認められたのだ。それ以来、ジェレミーは指揮棒の扱いを鍛錬し、夜を徹して様々な譜面と向き合っている。サンドラは相変わらずの活発さでトロンボーンを吹き鳴らし、レコーディングに呼ばれれば勇んで出かけていった。一点だけこれまでと違うのは、貧しい都市郊外での音楽教育を行っている活動グループにギャラの全額を寄付していることだ。サンドラとジェレミーはパリで一緒に暮らしていて、彼女は暫く前からピルを飲むのを止めている。

皆それぞれの道を行く。それに、彼らは一緒に音楽活動をすることは、ことに〈ライトグリーン〉の名を掲げて活動することはできなかった。一度そういう話をしてみたことはある、三枚目のアルバムとか、別のヴォーカルを呼んだりさ、やってみない？　それか全部インストでもいいし、良さそうじゃない？　上座に鎮座したラルフ・マイヤーリンクが静かに、しかし決然と手を挙げた。私は反対です。そして誰も何も反応できないうちに、斜陽の老人は議論を終わりにしてしまう。〈ライトグリーン〉は私の作品、私の描いた最高傑作です。名称の権利も、個人の集合体に関する権利さえも、全ての契約書に規定されているとおり、彼の所有に帰する。
「〈ライトグリーン〉という名前の権利を持っているのは私です。皆さんが集まって何かをするということに関しても、私が権利を持っています。皆さんを引き合わせて〈ライトグリーン〉を設計、構築した建築家は私です。私の同意なしで皆さんが一緒に演奏することはできません。納得していただくほかありませんが、ニノが戻らない限り、今後〈ライトグリーン〉がレコーディングを行うことはありません」

場の空気が完全に沈んでしまったのを見て、マイヤーリンクはどこか申し訳なさそうな微笑みを浮かべた。

「私が死んだら、ローザが全てを相続します。そうしたら、どうするかは彼女が好きに決めるでしょう」そしてマイヤーリンクは感に堪えないという面持ちで言い足す、「皆さんは私の最高傑作なんですよ」

テーブルを囲む面々の中で、マルセルだけは驚くこともなく、それがむしろ自然だという様子だった。彼は最初から、自分はパズルの一ピースに過ぎないと感じていたのだ。権利がどうとかいうことは別にどうでもいい、彼はもうとっくの昔から自由な人間になっていた。彼の生活には何の変化もなく、自然の歩みにリズムを合わせて暮らしは続く。ときおり、このピアニストを直に、生で見ようと、何人かの観光客を乗せた車が彼の農場の庭に停まることもあった。感激した来客たちを、マルセルは気が抜けるほど自然に歓迎し、コーヒーを供して、彼のあまりに素朴な様子に、観光客たちはなんとも不思議な体験をしたという顔をして帰っていく。成功も、大金も、マルセル自身には何ほどの影響も与えなかった。日常の細部に瑣末な変化を齎した程度のことで、それは例えばピアノを月影の下に引き出すための軌道を設置したり、百万長者のちょっとした玩具だ、それから、ウィンチを交換する代わりに新たに設えたガラスの覆い。ピアノは夜も天候の影響を受けずに外で眠り、澄み渡る空の下では天蓋を開いて夜風の中、マルセルの指は鍵盤にステップを踏む、二つのムードランプを載せて、瞳の中ではマドレーヌとニノが踊る、マドレーヌ、永遠に、そしてニノ、どこにいる、どうしたんだ？　マルセルには分からない、海原に撒き散らした札束のことを思う、出所の分からないあの大金、どんな秘密があったのか、痕跡を消すかのようにカレーの部屋を引き払ったあの日、マルセルは揺らめくオレンジ色の光を見据えて音符を並べ、そして最後にはいつも微笑みを浮かべた。

ある朝のこと、その奇妙な案内広告に最初に目を留めたのはマルセルだった。他の数多の広告に紛れて、意味の分からない通知。全文に目を通したが、用いられた語句のどれ一つとして内容を摑む手がかりにはならなかったし、ましてやそれが彼の近しい人に向けられたものだとはちっとも気づかなかった。署名入りの、不明瞭なメッセージ。マルセルはリベラシオン紙に載るこういった奇妙な案内広告が好きだった。何かを思い起こすきっかけになったり、その向こうにある物語を想像させたりしてくれる。その朝は、ある男がこんなことを言っていた、「オペラ座駅、先週木曜十八時、黒いコートの、ブロンドの美しい貴女。当方長身、帽子着用、またお目にかかりたく」そして電話番号が添えられている。また別の一文は迷子の子猫の人相書きで、見つけてくれた人に凄まじい額の報酬を約束しているのだが、飼い主への連絡方法が一切示されていない。マルセルは静かに笑う。その次の広告でも、マルセルは眉根を少し寄せて、やはり穏やかに笑った。まさか広告の主がその一文を認めたあとに自死を遂げたとは思わないし、宛先が彼の友人ニノだとも知らないまま。

マルセルはコーヒーを飲みながら新聞に目を通し終えた。なんだか見慣れない感じの風変わりな鵟が上空を旋回している、彼は新聞を畳んで双眼鏡を取りに走った。

その朝、セルジュ・シマールは村に出かけて、煙草屋に寄る。新聞売り場の前で少し迷って、リベラシオンに手を伸ばしたが、結局煙草しか買わなかった。店を出て、駐めておいたマセラティに向かうと、子供が二人、車に見惚れて周りをぐるぐる回っている。運転席に座り、立ち去る前にガキどもへのサービスでエンジンを派手に空ぶかししてやった。

刑務所の所長は、案内広告がきちんと掲載されていることを確認して新聞を置く。アヴァンザートの報奨金は、あと三回出稿できる分だけ残っている。彼が自腹で二ユーロ半足してやれば四回だ。そのときになってから考えよう。一種の善行だ、やってみても罰は当たらないだろう。もう一度読み返してみるが、やはり何の話なのかは分からない。

「百回も電話したし、追っかけもしたけど話せなかった。言いたいことがあったんだが、お前はずっと隠れてた。全部とっとけって言いたかったんだ、俺にはもう要らなかったから。じゃあな。カルル・アヴァンザート」

7

この奇妙な広告は、この物語の登場人物たちのうち何人かの目に触れた。誰も意味は分からなかったが。ダンは、息子と一緒にジャガイモを剝いているときに、目の前に広げたル・プログレ紙で目にする。アヴァンザートの言葉はじきに芋の皮に埋もれて見えなくなった。ローリーは休憩のときにリベラシオン紙を読んでいて見つけた、カムデンの市場に持ち込まれたフランスの小さな切れ端。しかしこのカルル・アヴァンザートというのが何年も前のあの朝、ニノのところで見たあのイカツいアンチャンだとは分からない。ラルフ・マイヤーリンクは、海水療法のために訪れたサン゠マロの、パブのカウンターでウエスト゠フランス紙を読んでいて出くわした。思わぬところで現れた、このアヴァンザートという名前に驚かされる。サント゠マキシムの庭で今も微睡んでいるシユペール5の、自動車登録証に書かれていたのと同じ名前だ。老人は呆然となって固まってしまった。赤毛の綺麗なウェイトレスが心配して、どうかなさいましたか、大丈夫ですか、と声をかけてくれる。大丈夫ですと安心させて、マイヤーリンクは気を取り直す、サント＝マキシムに帰ったら、すぐにあの車を処分しよう。スクラップ業者に引き取らせて、潰してスチールの立方体にしてもらえばいい。自分の店仕舞いの前に、というのも彼は自分の残り時間がもう少ないと予感していたのだが、最後の大掃除をして、跡を濁さず立ち去りたい。老プロデューサーはそう考えた。

しかし、アヴァンザートの報奨金では足りなかった二ユーロ半を刑務所の所長がポケットマネーで足して、五度目の正直の出稿がなされたにも拘わらず、結局この奇妙な案内広告がニノ・ファスのところまで辿り着くことはなかった。だから彼は、自分には命の恩人であるおニイさんを徹頭徹尾コケにしてハメっぱなしにした過去があるのだと、死ぬまで思い続けることになる。この悔悟のために、ニノは生涯、自分は全世界に対して借りを負った人間なのだと思い続けるだろう。自分の手には受け取ったままの、投げ返すべきボールがある。自分はポケットの中で、誰かに差し伸べるべき手を、それも何回分も、ヌクヌクと温めている。彼はそういうふうに思って、どれだけの善いことをすれば釣り合いを取り戻すことができるのだろうかと考える。セルジュ・シマールは、ニノがそういう考えを口にするたび、馬鹿にして笑った。そのうち、夜明けに別れの歌でも残して、善行行脚の旅に出たりするのかよ、え？　だが心の底ではシマールも同じ気持ちだった。それは妙に思えるかもしれないけれども、獄卒と囚われ人だった二人は、片方は贋金作り、もう一人は泥棒、この二人組は共に、人は誰に対しても悪事など働くべきでないと、少なくともそうしないように努めるべきだと、思っていた。アヴァンザートは、あの財宝が偽物だとは知らないままで死んだ。ニノ・ファスは、死ぬまで自分が誰もハメてなどいなかったことを知らずに終わる。

一方でニノは、ある日、カルル・アヴァンザートがフレンヌの監房で自殺したことは知ることになった。画面の前で目を見開き、彼が震えている背後にセルジュがやって来る。カルルの名は、世を儚んで自ら命を絶った囚人たちを悼むウェブサイトの黒い名簿、その最新更新分に載っていた。ニノはこの巨大な喪失を前に感情を抑えきれず、泣いた。自分もこの死に責任があるような気がして、もちろんそんなことはないのだと頭では分かっていても、涙が静かに頬を伝う。

こうしてニノの頭上のダモクレスの剣は影も形もなくなった。少なくとも、彼はマルチーヌ・アブカリアンが自分を、あの共犯者、あのときシュペール5を運転していた人物を見つけ出したいと心中に炎を灯していることなど知る由もないのだから。退職見舞いの小切手は銀行に持っていったが、彼女はまだ探偵に相談しに行きかねた。まだ迷っていて、今のところまだ何も手をつけていない。少し元気が出た気がしても、溜息に紛れて霧散してしまう。ラルフ・マイヤーリンクは迷わなかった。南仏に帰るや、心配性のローザからはやめておくように言われたけれども、自ら白いシュペール5に乗り込んで、フレジュスのはずれのスクラップ業者まで転がしていく。そしてその場にいた三人のアンチャンたちに高額紙幣の束を摑ませて、自分の見ている前でシュペール5をペシャンコにしてくれるように頼んだ。依頼は容れられて、耳を聾する爆音のなか、ガラスは砕け散り、一分足らずで車体も何もかもアルミ箔のようにクシャクシャに捻れて潰れる。そして巨大なクレーンの先端のアームに持ち上げられ、ルノーの小型車は、鋼の灰色が主調をなす色とりどりの屑鉄の山に放り込まれて永久に姿を消した。ラルフ・マイヤーリンクはタクシーで帰る。断崖に張り付いた道を行きながら、エステレル山塊の赤い岩肌を眺めた。あのあたりは、随分と派手な事故がよく起きる場所だ。自分で車を運転することは、きっともうないのだろうなと思った。

マルチーヌ・アブカリアンはホットチョコレートを飲んでいる。向かいに座ったジャクリーヌ・アヴァンザートは、この数週間で十歳は老けたように見える。数年前のマルチーヌと同じだ。二人の女性は見つめ合い、無言のまま手を取り合う。口元には微笑みを描こうとして。

「今晩、映画観に行こうよ。奢るから。そのあとピザ食べに行こう、こっちも今夜はあたしの奢り。ね？」

これを口にしたのがどちらだったか、そんなことはどうでもいい。大事なのは、言われたほうがこの誘いに乗ったということだけだ。

外界でニノを脅かすものはもう何もない。アヴァンザートは秘密を墓まで持っていった。インターネット上でも、ニノが誰かの死や何かの盗みに加担した、あるいは偶然にでも関わったなどという噂は微塵も見られない。もしアヴァンザートがしゃべっていたら、必ずウェブ上にその木霊が響いているはずだ。だが現に、何もない。

何も、まったく。

つまり、自由だ。

本当に。

本当のところ、それは胸にぽっかりと穴が開いたような感覚だった。

ローザは著書に一旦キリを付けた。目の前には数百枚の原稿が積み上がっている。上から線を引いて消したり、選り分け、鋏で切り抜いたり、一部の単語には修正液を塗り、早く乾くようにフーフー吹いて、自慢の万年筆で書き直したりした、そんな前時代の原稿、ちょっと想像を絶するくらいの、丁寧な職人仕事の賜物。紙自体に加えて大量の粘着テープが使われているおかげで、枚数以上の迫力を持った厚みになっている。コピーの存在しないこの原稿を、彼女は郵便で送った。ほんの一瞬たりとも、輸送の途中で紛失してしまう可能性や、包みを解かれもせず他の書類と一緒に出版社の廊下の片隅に積まれて終わる可能性など考えなかったのだ。結果的には彼女は正しくて、ローザの想像したとおりに原稿は届き、包みを開かれ、そして読まれた。まるごと、最後まで。数日後に電話がかかってきて、興奮した編集者が、原稿をそのまま、一行の修正も要求せずに出版する用意があると言う。ローザはその申し出をにこやかに受け容れた。受話器を置くと、彼女は外を見やる。ラルフ・マイヤーリンクが庭園の真ん中に立って、海を眺めていた。後ろ姿だけでも、草臥（くたび）れてしまっているのが伝わってくる。彼女は長いこと彼を見ていた。草臥れてる、たしかにね。でもなんて上品なんだろう。後ろ姿だけでも。

ラルフ・マイヤーリンクは六月のある夜、サント＝マキシムの邸宅で、睡眠中に息を引き取った。とても幸せそうな死に顔だったとローザは言う。瞳を閉じて、輝くような微笑みを浮かべていたそうだ。弔辞が溢れる、世界中が彼を、あまり自分では表に出てこなかったものの世界的なヒットや大傑作ばかりを世に出してきたプロデューサーを讃えた。彼を写した個人蔵の写真が何枚も日の目を見る。エルヴィスとのツーショット、二人ともまだ成人したばかりくらいのころ、あるいは浜辺に一人、肩まで伸びた髪、電話ボックスの中でジェームス・ブラウンと、馬上にエラ・フィッツジェラルドと二人、無数のスナップ写真がネット上に溢れ、ちょっとした特集から一時間にわたるドキュメンタリーまで、テレビでの追悼企画をも彩った。ニノが出くわしたのも、深夜に放送されたそんな急ごしらえの番組だ。目を疑った。あの人が死ぬなんて、そんなことが起き得るというのが信じられなかった。番組は彼の目に映るだけでそれより奥には入ってこなかったが、それでも画面に映っているのがまさしくマイヤーリンクだというのは分かる。あの物腰、あの声、あの老プロデューサーの体温さえ感じた。画面の中でマイヤーリンクは今も、ミキシングテーブルの向こうでビートルズと一緒に微笑み、黒いピアノの横で若い女性シンガーと見つめ合い……ナレーションはこの女性シンガーには触れないが、ニノは見覚えがある気がして、この真夜中に肘掛け椅子から跳ね起きる。彼女の姿を前に涙は乾いた、瞼に残る彼女、黒い肌、若く、スパンコールの煌めくドレスに身を包んでマイクを手にする、白黒の写真からは一つの時代が、そして一つの愛が滲み出ていた。若い彼女がその男に抱いた愛情、とても単純なことだった、ラルフ・マイヤーリンクとローザ、眼前に二人の姿が浮かぶ、実は彼女は、かつて歌手だったのだ。それをニノがきちんと知ったのは、浅い眠りの果てに迎えた次の朝、セルジュが村に出かけて戻ってきてからのことだが。セルジュは大量の新聞を小脇に抱えて帰る、どんな情報も漏らさないように、あるだけ全種類買ってきたのだ。その朝、次から次へと目を通した日刊紙の記事のほとんどは、マイヤーリンクについて、ニノが既に知っていることばかりを書いていた。目新しいことは何もない。ただ、ローザの本の出版社は、この事態に出版を急ぐ一方で、彼女の見事な原稿の最初の数ページを新聞に出稿していた。ニノは紙面でラルフ・マイヤーリンクと昨夜の若く美しい女性シンガーにぶち当たる。昨夜ニノが、何十年の隔たりを越え、燦然と輝く若い娘と、彼の知る泰然と動じない家政婦さんとのギャップを越えて面影を見た彼女。ローザ・コリンズは、この写真の撮られた一九七四年には二十四歳、彼女の人生を決定付ける男に付き添われて、最初のレコードを録音したのだった。

ニノ・ファスは先行掲載された序章を読む。ローザ・コリンズは一九五〇年、デトロイトに生まれた。両親は自動車産業に従事する労働者、二人とも音楽が大好きで、当時のアフロ・アメリカンとしては当然のことながらまずはゴスペル、しかしそれだけではなくソウルも、ロックも、さらにはクラシックにまで造詣が深かったという。コリンズ家では、音楽は言ってみれば本能の一部だった。父親は、夜、古いアップライトピアノを弾き、そして母親はサラ・ヴォーンの曲を歌う、その周りに六人の子供たちが集まって、踊りながらコーラスを歌った、ローザ・コリンズはそんな夜のことを今でも覚えている。音楽は人々を集まらせて、一つにするもの。もしそうでないなら、止めてしまったほうがいい。ニノは目に涙を浮かべながらこの序章を読んだ。人々を結ぶ音楽、それはニノの父親が言っていたことでもある。彼が生涯、何千人という生徒たちに言い聞かせてきたことだ。愛について語る父、その一方で、ここに隠れたっきり、父にも母にも一言もない自分。ニノは自分を包むシャボン玉が弾けるのを感じた。

読み進める、どんどん自分が小さく思えてくる、向き合わずにこうやって逃げ続けてきた自分に腹が立つ、それでも読み進める、貪るように。ローザ・コリンズはソウルに満ち溢れたシンガーで、ラルフ・マイヤーリンクに声をかけられて録音したアルバムは、今でもコレクターたちの垂涎（すいぜん）の的になっているビニール盤だ。しかし当時は期待されたほどの成功を収められず、プロデューサーとしてマイヤーリンクは二枚目の録音はないだろうと言わざるを得なかった。ローザは、そこで終わってしまうのだと思うととても悲しかった。と言っても、他人が想像するだろうような意味ではではない。成功も、音楽も、この男性と出会って以来、彼女にとって大した意味を持たなくなっていた。ただ、彼といさえすれば生きている実感を覚えられた。ラルフ・マイヤーリンクと出会って、ローザ・コリンズは自分の星を見つけたのだ。どんなに説得しても、小細工を弄しても、ラルフ・マイヤーリンクは彼女の気持ちを変えることはできなかった。それどころか、彼のほうでも、ローザの中にこそ自分がずっと、知らず知らず探し求めていた誰かの面影があるように思い始める。ラルフ・マイヤーリンクとローザ・コリンズは一九七六年の春に結婚した。

私たちが揃って人前に出ることは一度もありませんでした。それに、彼が他の女性に気を惹かれたことはあったかもしれませんが、私を裏切ることは一度もなかったと断言できます。ラルフという人は、誰よりも忠実でした。自分の愛するもの、自分の信じるもの、自分がそうありたいと願う理想にどこまでも忠実な、ですからつまり、自由な人間でした。私たちの結婚のことは誰も知りませんでしたが、この四十年間、彼の腕に抱かれることなく半日以上を過ごしたことはありません。私が四十年来愛しているこの人物の逆説と狂気は、端的に言えば彼がずっと夢を見続け、自らの伝説を、まず誰よりも自分自身のために、積み上げ続けてきたという点にあるでしょう。私は、自分が彼を幸せにしたと言って良い気がしています。私なしでは、彼はイカレてしまっていたでしょう。というよりも、やっぱり実際に、彼はイカレていたのかもしれません。この私に。

ニノは何回も読み返した。ローザはのっけから、マイヤーリンクは実は色弱でもなんでもなかったと明かしている。彼は機会さえあれば誰彼なしにこの妙な嘘を吐いて、その世界観を固持してきたのだという。どういう理由があるのかはローザにも分からない。それから、読み進めると二人のあいだには子供が二人できたということも述べられている。それぞれ何年生まれでその後どうしているかなどには触れられていないが。思い出も一気に溢れ出す、ブライトンの夜、ワインレッドのグラデーションを纏って、そして記事の内容と混じり合う、マイヤーリンクの眼差し、彼の夢、彼の光輝、ニノはその影にあるものをも垣間見た。当然だ、影がないはずがない、それも無数に。しかしこうして神話がひび割れ崩れていくことで、初めてラルフ・マイヤーリンクという伝説がニノのなかで血肉を持って姿を現したのだとも言える。彼の言葉が再び響き渡る、選択の時だ。マイヤーリンクも選んだのだ、気が狂わないために、ローザという守護天使を。そして彼女はだんだんお手伝いさんという立場に落ち着き、彼は彼女を愛した、ずっと愛し続けた。毎日、人に知られず彼を見つめ、見守り続けた彼女。なんとも奇妙なカップル、しかし奇妙でないカップルなどそもそもあり得るだろうか？　ニノは聞く、そこ、すぐそこで、ベッドに腰かけているマイヤーリンク、ヴィルヘルム二世荘、老人はニノ・ファスという人間を易々と読み解き、語りかける、勇気を持ちなさい、人生に足を踏み入れるんです、自分の、自分自身の人生に、私が愛へと踏み出したように。老人はしかし同時に自分の人生を夢想し続けたのだ、そう、それに尽きる、選択の時は何かを選んで他を捨てる時などではなくて、ぜんぶ手に入れることができるのだ、現実も、夢も、何もかも。細い糸の上を歩き続けて、もし糸が切れて落っこちるならそれもしかたない、痛い思いをするかもしれない、しかし必ずそうなるとも限らない、やってみることだ。一つの道を選んでみて、しかし他の道が塞がってしまったわけではないと気がつくこと、それがあのときあの部屋でマイヤーリンクが差し向かいで教えてくれたことなのだ。自分の人生を生きる勇気を持ちなさい、少なくとも、まずはその一つを。それから、なんなら他に幾つでも。ある一節に述べられていた事実が特にニノに印象を残した。ローザ・コリンズのアルバム、当時は注目もされず、結局一度も再版されずに埋もれた金塊の、そのタイトルは〈ライトグリーン〉。

夜明け、ニノは居間のランプの下に山ほどの新聞を広げ、椅子にじっと座ったまま、ずっと壁を見つめていた。セルジュは背後からやってきて、無言のまま机を回り込んで、黙ったまま立ち止まる。そっと微笑みを向けた。ニノはやつれた顔をして、涙も流したのだろう、彼は静かに口を開いた。

「お葬式に出たいんだ」

8

葬儀は二日後、ペール・ラシェーズの墓地で行われる。ラルフ・マイヤーリンクは、結婚するとき墓地に二人分の場所を買っていた。これもまた、彼女を生涯の伴侶だと思っているということを示す、彼なりのやり方だ。墓石には二人の名前と生年月日が刻まれ、墓碑職人とその跡を継いだ息子とは、もう四十年も続きを彫る日を待っていたことになる。

出発の前日をニノはほとんどずっと眠って過ごした。広い広い河を渡って疲れきってしまったかのように。セルジュは朝食をベッドまで運んでやって、二人とも笑ってしまった。こんな気遣いは映画でしか見たことがないが、それもそのはずだと分かったのだ。ニノが少し脚を動かすとトレイ全体が傾ぎ、火傷しそうなコーヒー、それをすぐさま冷やすオレンジジュースと順次浴びることになった。見事なしくじりと言うほかない。ニノがそんなふうに笑うのを見て、セルジュ・シマールは安心した。彼はニノが外に出ようと言い出すのを待っていた、ずいぶん待ったのだ。ときどき、折に触れてセルジュは何度も水を向けてきた、お前はまだ若いんだし、人生はこれからだぜ、しかしこれまで一向に効果が挙がらなかった。ニノにとってここは居心地が良かった。〈ライトグリーン〉の他のメンバーたちがそれぞれに自分の居心地の良い場所を見つけたのと同じだ。というのも、ニノはバンドのファンたちのブログ伝いに仲間たちの消息に触れていたのだが。

「でも他の連中は自由なわけだろ」とシマールは指摘した。「どこに行くのも自由、そういうの、恋しくないのか？」

「僕を一生ここから出さないって言ったのは誰だよ?」とニノは笑った。「僕はそれでここにいるんだぜ!」

昨日、ニノが出かけたいと言い出したとき、セルジュは正直なところ心配になった。ニノは混乱して、気持ちが昂っているように見えたからだ。それに、長い時間をずっと一緒に過ごしたことで結び合わされた絆があって、急に離れることを思うと二人とも心が揺れた。セルジュは睡眠薬を呑んでどうにか寝付き、ニノのほうは逆に遭難者がようやく浜辺に打ち上げられるようにして眠りの中に沈んでいった。

そして今朝、シーツの上にコーヒーとオレンジジュースを引っくり返してしまったニノが大笑いする様子を見て、セルジュは、こいつの芯は十分に靭(しな)やかでタフなんだと思えた。外ではイカレた世界がニノを待ち受けている。

「気が向いたらいつでも戻ってきていいんだぜ」着替えるニノにセルジュはそう言った。

二人は見つめ合う、無言のまま。二人とも、ニノはもうここには戻ってこないだろうと分かっていた。休暇は終わりだ。何もかもから隔てられた穏やかで心地良いシャボン玉の世界はもう弾けてしまう。外の世界の一員に戻る時が来たのだ。ニノ・ファスの長い長い無気力期がついに終わりを迎えようとしていた。当初はそれがどれくらい続くものなのか、十日で終わるか、一生そのままなのか、そんなことは誰にも、ましてや本人にはなおさら見当がつかなかったわけだが。

シマールはニノが服を身に着けていくのを見ている。イカしてるぜ、と囁いた。その儚くも濃密な視線にこもっているものはただひたすらに友情なのだと、ニノには分かる。彼はまだ若くて、人生はこれから、走り続ける世界にもう一度跳び乗るのに遅すぎはしない。ニノを見つめながら、セルジュはそんなことを思っていた。俺はもう六十九になった、いや、まだ六十九歳、俺だって若いし、元気だ、でもいつまでそれが続く？　それに、セルジュは既に愛した、それを経験して、たっぷり味わった。セルジュにはダンテがいた、マルセルはマドレーヌを愛した、ローザは素敵なラルフと共に生きた。みんなこの世にあり得る最高のものを知ったのだ。しかしニノは違う、追っかけの女の子と行きずりの一夜を過ごしたりしただけ、あるいは一時はローリーと過ごしたし、彼女とならもう少しは一緒にいられたかもしれないが、それでもニノはずっと遠くに、自分の奥底に隠れたまま、ずっと埋もれていた。でも今、これから、もう一度人生を摑まえに行く、自分から自らの人生へと踏み出す、心を開いて、しっかりと絡み合うために、痛い思いをすることも恐れずに、何がどうなるかを実際に体験しに行くのだ。セルジュ・シマールと過ごす最後の一日に、ニノ・ファスはそんなことを思っていた。

外の世界に戻るにあたって、ニノは一つだけ注文をつける。次に目を開くのは、朝陽の中、パリのコンコルド広場のど真ん中がいい。オベリスクの目の前から人生を再開したい。分かった、と言いながらシマールは頭の中で経路と所要時間を計算する、もちろん彼が自分で送っていくのだ。夜になり、一緒に食卓を調え、二人は微笑みながら最後の晩餐を摂る。セルジュはゆっくりと食べ、ニノはじっくりと息を整えていく。真夜中を過ぎ、セルジュはもうじき出発の時間だと告げた。ニノは荷物をまとめ、セルジュはダンテの鞄をプレゼントする。この贈り物は二人ともの心にじんわりと響いた。

マセラティに乗り込み、セルジュがエンジンをかけたところで、ニノはポケットから黒くて細長い布を取り出し、自分で目隠しをする。

「ここがどこなのか、知らないままでいたいんだ」ニノは前を向いたままでそう言った。「世界のどこでもない場所だと思っときたいからさ」

セルジュはその言葉を、ニノが決してここに後戻りしない、世界からも、自分自身からももう二度と逃げ隠れしないという決意の表れなのだと思うことにする。敷地の壁を出て、背後で門が閉まる、そして何キロも暗い森の中の道をゆっくりと走り、閑散とした県道に出て、それから別の県道に乗って田園地帯を抜け、また別の県道、次いではもっと流れの速い国道、セルジュは思わずアクセルを踏む、ダンテを、二人で走った過激なドライブを思い出す、高速道路に乗ってＶ８は唸りを上げ、ニノの口に浮かんだ微笑みをセルジュは自分に向けられたものと受け取った。


首都圏に入ると、黒い目隠し越しにも日が昇りつつあるのが感じられる。まだ遠いの？ 調子よく行けばあと三十分ってとこだな、とシマールは見立てた。このやり取りが自然と次の言葉を呼ぶ、なんということもないこの質問、ちょっと沈黙を埋めて、話すことに身体をまた慣らすような、ちょっとした会話、ただ、その会話は長い沈黙を挟んでぽつりぽつりと交わされ、二人は残り少ない共犯関係の時間をたっぷりと味わって過ごす。セルジュは、なんとなしに、藪から棒ではあったが、ニノ、お前、子供って欲しいか？　と尋ねた。そうだね、うん、欲しい。しばらく走って、ニノはセルジュにこれからどうするつもりなのか尋ねる。分からない。南のほう、イタリアにでも行って、なんならそのまま引っ越しちまってもいいな。なるようになるだろう。

そうしてパリに入る、まだ静かな外周環状道路に乗って、旧市門を一つ過ぎるごとに、ハンドルを握るセルジュの手は強張り、ニノは大きく踏み切るときが近づくのを感じる。こうするのが正しい、そういうものだ、人生の精髄を最大限に味わわずに過ごすなんて、そんなわけにはいかない。これはマイヤーリンクの言葉だ。自分の義務を果たす、自分を産み落とした人たちよりも少しでも幸せになること、少なくとも、それを目指すこと。その時が近づいている。この先に何が待っているかは、行けば分かる。それを知るために、生きて、行く。その先を想像するというのはとんでもなく素敵なことだ。そして、自分の運命が完成されていくのを全力をもって正面から見据えるのは、まだもっと素敵だ。

「素敵な綱渡り」ニノは口に出してそう言った。

セルジュは答えなかった、何の話かも分からなかった、でもいいじゃないか。互いに知る由もなく、ニノとセルジュは二人のステファンがぐっすり眠る窓の下を通った。広大なアパルトマンの、狭い学生部屋のようなそれぞれの寝室でステファンとステファンは夢を見ている。その三つ前の通りには、ローザ・コリンズの本を出す出版社があった。編集者は眠っていない、本が出るのは四日後だ。マセラティはパリを駆ける、窓を少し開けて、ニノはその空気を感じた、水面へと浮上すべく、水中の踊り場を一つ踏むように。カレーでは、息子がもうじき自分たちの世界に帰ってくるとも知らず、ニノの父はコップの水を飲んで寝直すところだ。その妻は寝息を立てながら彼に身を寄せる。もう少し先の大通りで、上のほうの階で明かりを灯した窓からマセラティを見下ろす、眼下を過ぎるエンジンの音に不思議といつもより強い吐き気を覚えた。サンドラは窓辺で涼んでいる、彼女の楽団長は今はぐっすり眠っていて、胸焼けはさておき彼女はおなかをさすって独り微笑む。車は赤信号で停まった。ニノは身を硬くする、まだだよ、セルジュはその膝に静かに手を置いた。

そしてコンコルド広場。セルジュはロータリーをゆっくりと巡る。隣に友達がいることの時間を、ニノとの時間を最後に味わうべく。そしてついに停車して、着いたよ。エンジンは回したまま、別れを長引かせる気はない。何秒かのあいだ、ニノは動かない。そしてゆっくりと目隠しを取った。最初の眼差しはセルジュに、友達に向けられる。彼のほうでもそれを待っていた。それから辺りを見回し、広大な空間に目を輝かせる。聳え立つオベリスク、広がる敷石。ドアを開け、湖面の氷を踏むように両足を下ろす、躊躇いがちに、そして一歩、二歩、両手を広げ、車を振り向く、セルジュも降りてきた。ニノに鞄を手渡し、二人は見つめ合う、少しのあいだのこと。

「どうやって連絡したらいい？」何の伝手もなく別れようとしていることに突然気がついて、ニノは尋ねた。

「〈リベラシオン〉に案内広告を出せばいい」とセルジュ。「待ち合わせを指定するんだ、場所と、時間と、ニノって署名で。そしたら俺はそこに行く。これから毎日、俺はリベラシオンの案内広告を読むようにする」

車へと戻る、片方の足を乗り込み、一瞬止まった。

「ありがとうな。お前がいなかったら、俺はきっとイカレちまってた」

そしてドアを閉める。

セルジュ・シマールはエンジンを空ぶかしして、ギアを入れる。マセラティ・インディは広場を走り出し、ニノはその後ろ姿を見送る、クラクションが高く鳴り響いた、朝陽の中に大きなさよなら、ニノも大きく手を振る、茶色い鞄は肩越しに提げて、波間から戻った青いマドンナが遠く小さくなっていくのを見送った。

セルジュ・シマールはシャンゼリゼ大通りに入る。胸にぽっかり穴が開いたようだった、しかし微笑まずにはいられない。前の日に、彼は一つ善いことをしたのだ。カルル・アヴァンザートの案内広告を見つけて、それが刑務所の所長のポケットから二ユーロ半を足されて出稿された最後のものだとは知る由もなかったが、セルジュはカルル・アヴァンザートが少しも復讐を考えなかったことを知った。愕然として、しかし持ち堪えた、我慢して、ニノには知らせずにおけた。それを知ったら、ニノは打ちのめされただろう、永久に孤独な気持ちになるはずだ、そしてあの腐った盗みゆえにひたすら惨めで、自分を矮小な中でもさらに矮小な人間だと思うだろう。何も言わないでおいてやれば、ニノはこのパズルの中にずっと居場所を持っていられる、他よりマシなわけでもみっともないわけでもない、ただの居場所、でも人間が誰しも求めてるのはそれだ、そんで自分の居場所さえあれば、そこで自分は格好がついて、元気だって、少なくともそこに生きてるって、感じることができるんだ。

シマールはそんなことを考えていた。フレッドとカルルがあんなにも恐れていたデブのシマールが、世界で一番美しい大通りを転がしながら。バックミラーに、もうニノは見分けられない。消えてしまった、もう、大通りが繋ぐこのパリの歴史に溶けて、巨大な薪束のなかのほんの一本の柴のように。この世界の薪束をバラバラにして、どんなふうに組み合わさっているのかを調べたい、そして理解して、予測して、支配したい、誰もがそう思うだろう。そんなことは無意味で、誰も大して自分の運命を選んだり決めたりなんかできないんだなんて、決して心の底では認めたくないはずだ。だって、じゃあ、もう止まっちまうのか？　まさか。そうじゃない、行く、走り続ける、あの青信号を過ぎて、赤信号でシマールは停車する。壮麗な大通りに人通りはなく、空は快晴を約束している。俺の中では全部意味がある、ギアを一速、二速、三速、ピストンが吼えて、そりゃあ誰にも分からない、ほんの一言が、ほんの目つき一つが人生の流れを変えちまうことだってあるだろう。シマールはこのこんがらがった、そして同時にしごく単純でもある物語に関して、自分が知っていることについて考えていた。誰もがそれぞれにその先を想像して、思い違いをしてきたこの物語。幻影のことを思った。自分をあやしてくれるまやかし、信じることに決めて道標に選ぶ筋書き、あるいは拒絶してしまった解釈、そしてそのことで自分を責める気になれないこともあるだろう、でもとにかく歩き続けることだ、生きて、そしてまた試すこと、正面から見つめて、耳を傾けて、ときには流れに身を任せて。

セルジュ・シマールは微笑んだ。バックミラーには、まだオベリスクが見える。そのずっと奥に、見えはしないがルーヴルのガラスのピラミッドの輪郭を思う。前方には、凱旋門。そのもっと向こう、同じ軸の上に、ラ・デファンスのガラスのアーチ。一本の線の上に並んだ四つの建造物。そして真ん中、凱旋門と巨大なアーチが重なり合ったそのど真ん中に、大きな橙色の太陽が昇り、目配せをしてよこした。シマールは思う、そうだ、生きるってのはほんとにこういうことなんだ、ときどきこんなふうに、ちょうど今だけ、ほんの一瞬、でも魔法みたいに、星々と記念碑がみんな一列に並んで、人々はみんな輪になって。

解説

野崎　歓

最初にお断りしておかねばならないが、筆者はフランス文学が専門とはいえ〝フレンチ・ミステリ〟の現在については詳しくない。ミステリ一般についても造詣が深いわけではない。ただ中学生のころ、文庫本を夢中になって読むことの愉楽を最初に教えてくれたのは翻訳推理小説だった。それ以来、翻訳物を中心にミステリへの愛着を保ち続け、何か面白い新作はないかとつねづねアンテナは張っているつもりだ。

そんな人間にとって近年ネックとなってきたのは、あまりに殺伐として残酷な内容を誇る作品が主流をなしている（ように見える）ことである。硫酸を飲ませたり延々と拷問にかけたりといった文字どおり酸鼻をきわめる趣向が幅をきかせ、かつ喝采を受けている現状に、ついていきにくいものを感じる。未知の刺激は大歓迎だが、基本的にミステリはわくわくと心躍る、そしてどこかエレガントな遊び心を漂わせたものであってほしい。

そこでこのエルヴェ・コメール作品である。何の予備知識もなしに読み出してたちまち引き込まれ、痺れ、唸った。しまいにはむやみに感動して、不覚にも目頭が熱くなってしまった。以下、こいつは素晴らしい！　という思いを綴ることで解説に代えさせていただく。

お話自体が何ともイカしている。最初に登場するのは、幼なじみの親友同士でいまはそろってしがないチンピラとなった二人の男、カルルとフレッド。いつかは大金を摑みたいと願う彼らの前に、二十歳の美女キャロルが現れ、まずカルル、それからフレッドを夢中にさせる。それだけで物語はぐっと膨らみ出す。そこに、超強力ロックバンドの誕生秘話と世界規模の華麗なサクセスストーリーがからんでくる。プレスリーやビートルズ、ストーンズをはじめロック・ポップミュージック史上のレジェンドを軒並み手がけた天才プロデューサーが最後の〝作品〟として世に送り出す〈ライトグリーン〉。メンバーはいずれ劣らぬ個性派ぞろいで魅力豊かに描かれ、彼らの鳴らしている音が聞きたくてたまらなくなる。虚構のバンドとわかっていてもつい検索したくなるくらいだ。リードヴォーカリストの座を射止めたのは、地方都市のさえないバーのカラオケ担当店員だったニノ・ファス。ところがニノは、バンドがセカンドアルバムをリリースし、いよいよ圧倒的な人気を巻き起こした直後に、忽然と行方をくらましてしまう。

失踪したニノがどうなったかを知っているのは——ぼくら読者のほかは——ニノ本人、そしてもう一人、彼を拉致していった六十過ぎの白髪まじりのタフガイ、セルジュだけだ。いったいなぜこの恐ろしいおやじがニノをつかまえなければならなかったのか。誘拐事件とそれまでの話とはどんな関係があるのか。そこからあとは一瀉千里で、ひたすら物語の楽しみに酔うべしだ。意外な展開や、隠されていた真実の啓示、告白に事欠かず、あれよあれよというちに最後には何もかもが加速していき、全員が次々にステージ上に登場して、すべては落ち着くべきところに落ち着くのだ。

一見とっちらかったようでいて見事に構築されたストーリーの随所にちりばめられた小道具の放つ魅力も特筆に値する。ニノの持ち運ぶ「茶色い革の鞄」、その革に施された赤い糸の刺繍に、タフガイを泣かせるほどの愛の物語が秘められているのだ。小さな古ぼけた鞄が堂々、ほとんど一個の登場人物として役割を演じきっている。あるいは乗り物である。無名時代のニノが愛用するヴェスパ――「夜のしじまと濤声のなかバルバル言っている」かわいいやつ――、サーカスの花形をめざすキャロルの一輪車や空中ブランコなど、さまざまな乗り物が出てくるが、とりわけ重要なのは冒頭から二人組が乗っている「シュペール5(サンク)」である。かつてルノーの主力車だった平凡で武骨、面白みはないが信頼度抜群のこのセダンが、最後はどんなことになってしまうのか。その運命の転変だけでも波乱のストーリーといっていい。さらにはあわれ、波打ち際でエンストを起こし満ち潮に呑み込まれていく華麗なスーパーカー、マセラティ・インディ。車内に流れるジェームス・ブラウンの熱唱、汗の飛び散る「Good God!」の叫びとともに波間に消えていくスーパーカーの姿は悲愴美を漂わせつつ笑いを誘う。しかもこのマセラティにしても、決して海底に眠ったままではいないのである。

そんな細部の数々が告げているのは、この作品ではすべてにいきいきと生命の息吹がかよっているということである。人間だけでなく、物、酒、音楽、はたまた風景にまで、作者エルヴェ・コメールの友愛と共感と夢がこめられている。章から章への〝ジャンプカット〟的なつながり、誇張とユーモアをまぶしつつもスピーディーな語り口、意外性を生み出す回想（フラッシュバック）（およびスリリングな先取り（フラッシュフォワード））。駆使されるテクニックがぴたりと決まって読者を自在な物語の境地へと運んでくれる。そこに浮かび上がる大きなテーマは人間の「自由」ということではないだろうか。不意に何もかもから解き放たれたかのような瞬間を、登場人物たちの何人かは経験する。おそらく作者のうちには、だれだって自分の思うがままの人生を生きられるはずだという信念ないし祈念があるのではないか。そうした根本的にポジティヴな向日性ゆえに、読後感は無類に爽快である。

　そして特筆したいのは、コメールの創意に富む、愉快でかつスタイリッシュな文章を完璧なまでに日本語に移し替えた訳者の凄腕である。長年の翻訳ミステリ愛読者として、これほどの出来栄えの訳文にはめったにお目にかかるものではないと断言したくなるほどで、舌を巻くほかはない。たとえば、二人組がとうとうヤバい計画を実行に移してしまってからの次のようなくだり。

「（……）カネの匂いはそれよりもっと強烈で、二人はこの現ナマの蜜の壺に汚れた手を突っ込んだ。餓い（ひだるい）餓鬼のように鞄に覆いかぶさり、外の物音も中の匂いも忘れて、二人は数えた」

　こんな具合の名調子が炸裂し、「劈く（つんざく）」だの「薙ぐ（なぐ）」だの「叫ぶ（おらぶ）」だの、凝った文字づかいによるスパイスのきかせ方も心憎く、本作品がミステリの枠に留まらず現代小説としても一級品であることを躍動感あふれる訳文によって証明してくれている。五百ページの分厚さも嬉しいこの快作を、みなさん、どうか存分にお楽しみいただきたい。読後、作中の名文句でいえば「これは残る」……と呟かれんこと間違いなしだ！

（のざき・かん　フランス文学者）

集英社文庫

その先は想像しろ

2016年7月25日　第1刷　　定価はカバーに表示してあります。

著　者　エルヴェ・コメール
訳　者　田中未来
発行者　村田登志江
発行所　株式会社 集英社
東京都千代田区一ツ橋2-5-10　〒101-8050
電話　【編集部】03-3230-6095
【読者係】03-3230-6080
【販売部】03-3230-6393(書店専用)
印　刷　中央精版印刷株式会社　株式会社美松堂
製　本　中央精版印刷株式会社

フォーマットデザイン　アリヤマデザインストア　マークデザイン　居山浩二

ISBN978-4-08-760723-9 C0197